北外岁月

胡文仲的外语人生

李尧 著

新世界出版社
NEW WORLD PRESS

图书在版编目（CIP）数据

北外岁月：胡文仲的外语人生 / 李尧著 . -- 北京：
新世界出版社，2023.4

ISBN 978-7-5104-7695-2

Ⅰ . ①北… Ⅱ . ①李… Ⅲ . ①传记文学－中国－当代
Ⅳ . ① I25

中国国家版本馆 CIP 数据核字 (2023) 第 064305 号

北外岁月：胡文仲的外语人生

作　　者：李　尧
责任编辑：孔德芳
装帧设计：贺玉婷
责任校对：宣　慧
责任印制：王宝根
出　　版：新世界出版社
网　　址：http://www.nwp.com.cn
社　　址：北京西城区百万庄大街 24 号（100037）
发 行 部：（010）6899 5968（电话）　（010）6899 0635（电话）
总 编 室：（010）6899 5424（电话）　（010）6832 6679（传真）
版 权 部：+8610 6899 6306（电话）　nwpcd@sina.com（电邮）
印　　刷：北京亚通印刷有限责任公司
经　　销：新华书店
开　　本：787mm × 1092mm　1/16　尺寸：170mm × 240mm
字　　数：286 千字　印张：23.5
版　　次：2023 年 4 月第 1 版　2023 年 4 月第 1 次印刷
书　　号：ISBN 978-7-5104-7695-2
定　　价：58.00 元

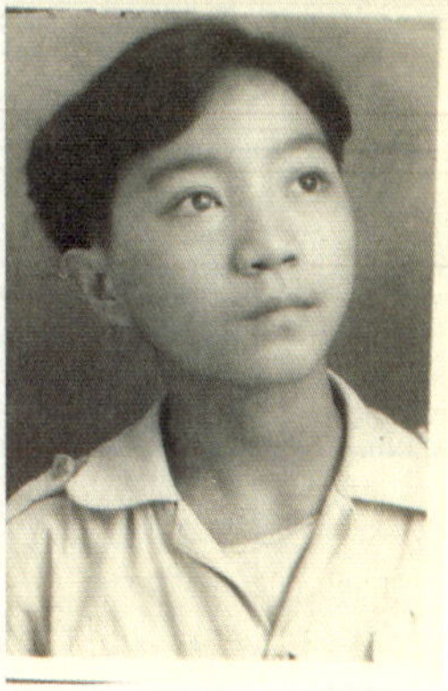

1946年胡文仲在昕昕中学

1950年军事干部学校胸章

1951年北外入学照

1956年头像

1958年吴祯福获红旗手时留影

1955 年在丹麦为中国京剧团做翻译，右 1 为楚图南团长，右 2 为梅葆玥，右 3 为胡文仲

1955 年华沙世界青年联欢节期间与比利时青年合影

1958 年总支书记石春来与宣传队在安庄合影，前排左 1 为胡文仲，后排左 1 为吴祯福

1958 年在安庄入党后学生向胡文仲老师赠笔记本，左 3 为李玉陈，左 5 为方碧辉，左 6 为李铁非

1961 年在上海与岳父母等家人合影

1966 年 3 月于山西南张

1970 年赴沙洋前全家合影

1971 年吴祯福（前排居中）与沙洋师范学生在一起

1979 年赴澳九人在悉尼大学图书馆前合影

1980 年初次采访作家怀特

1981 年获得悉尼大学文学硕士学位后与吴祯福合影

1982 年在中央电视台与凯特·费劳尔拍摄《跟我学》电视教学节目

1984 年被任命的北外新领导班子：左起
三人为王福祥，胡文仲，刘政权

1986 年代表北外与利兹大学
副校长签交流协议

1990 年悉尼大学授予胡文仲名誉文学博士学位典礼后我驻澳使馆文化参赞楼燕、澳中理事会主席惠特拉姆、悉尼大学副校长等与胡文仲合影

1991 年《英语学习》杂志编辑部成员及顾问合影，后排左 1 为邓炎昌，左 4 为杨树勋，左 5 为熊德輗，左 6 为高厚堃，前排左 1 为朱炳和，左 2 为郑荣成，左 3 为胡文仲，左 4 为刘承沛

1992 年在北外外国文学研究所前合影，左起李赋宁、裘克安、王佐良、周珏良、胡文仲

1999 年获澳中理事会特殊贡献奖，左 1 为胡文仲，左 5 为澳外交部部长

2004 年与国际应用语言学学会会长苏珊·加斯交谈

2005 年在美国麦迪逊申办第 16 届世界应用语言学大会

2006 年胡文仲、吴祯福在华南理工大学讲学

2007 年在第四届中国英语教学研讨会上致词

2009年留澳教师在北京饭店
与悉尼大学克拉玛教授重聚

2013年胡文仲、吴祯福夫妇
在紫竹院公园合影

2015年胡壮麟、胡文仲获得外语教育终身成就奖后合影

2021年北外80周年校庆胡文仲代表参干同学向伊莎白老师献花

2021年北外80周年校庆时1950年参干学生与伊莎白老师合影

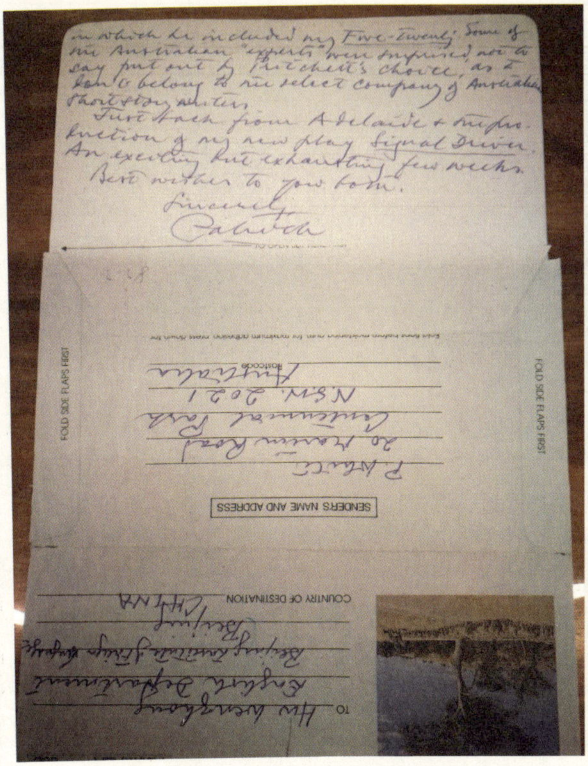

in which he included my *Five-Twenty*. Some of the Australian "experts" were surprised, not to say put out by Pritchett's choice, as I don't belong to the select company of Australian short story writers.

Just back from Adelaide & the production of my new play *Signal Driver*. An exciting but exhausting few weeks.

Best wishes to you both.

Sincerely

Patrick

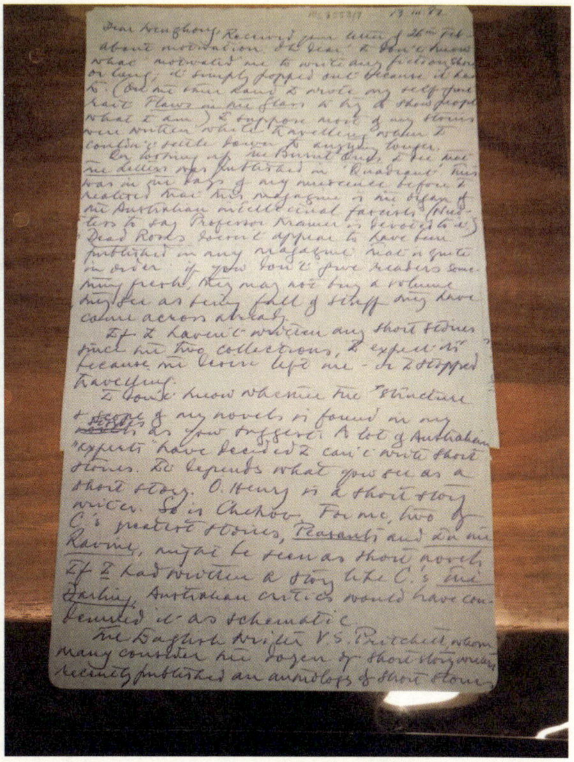

19.iii.?

Dear Wenzhong, Received your letter of 26th Feb about motivation. I'm afraid I don't know what motivated me to write any fiction short or long; it simply popped out because it had to. (On the other hand I wrote my self-portrait *Flaws in the Glass* to try & show people what I am.) I suppose most of my stories were written while travelling, when I couldn't settle down to anything longer.

On looking up the Burnt Ones, I see that *The Letters* was published in 'Quadrant'. This was in the days of my innocence before I realized that this magazine is the organ of the Australian intellectual fascists. (Needless to say Professor Kramer is devoted to it.) *Dead Roses* doesn't appear to have been published in any magazine. That is quite in order. If you don't give readers something fresh, they may not buy a volume they see as being full of stuff they have come across already.

If I haven't written any short stories since the two collections, I expect it's because the desire left me — or I stopped travelling.

I don't know whether the "structure & scope" of my novels is found in my stories as you suggest. A lot of Australian "experts" have decided I can't write short stories. It depends what you see as a short story. O. Henry is a short story writer. So is Chekhov. For me, two of C's greatest stories, *Peasants* and *In the Ravine*, might be seen as short novels. If I had written a story like C.'s *The Darling*, Australian critics would have condemned it as schematic.

The English writer V.S. Pritchett, whom many consider the doyen of short story writers, recently published an anthology of short stories

与怀特的往来书信

与外语界前辈季羡林、王佐良、
李赋宁等教授合影

2023 年胡文仲、吴祯福夫妇向
中国国家图书馆捐赠了他们珍
藏的怀特著作

目录

楔 子

2021 年 10 月下旬，北京城西白石桥附近的紫竹院满园秋色。放眼望去，一碧如洗的蓝天下，一株株银杏披上金黄的盔甲。微风吹过，枝叶婆娑，灿烂得让人心醉。

这是品尝丰收的季节，也是况味人生的季节。就在这样一个美好的时节，我在灿烂金光的照耀下，穿过紫竹院，到与之比邻的一个居民小区，采访胡文仲教授，心里充满激动和喜悦，仿佛去拜访从未谋面的心中偶像。而实际上，胡文仲教授是我相识相知三十多年的老朋友，是我在文学翻译道路上携手同行的合作者。三十多年来，英语教学和翻译技巧，是我们经常讨论的话题，但是坐在一起，以写一本传记为目的，聊家事，论短长，采写他八十多年来走过的道路，追寻他在这条道路上留下的足迹，还是第一次。

其实，作为与他相知多年的文学工作者，写一本书，介绍胡老师作为一代“英语人”之代表的学术思想、人生历程，这个想法，由来已久。但是熟悉胡老师的人都知道，他为人低调，不事张扬。几十年来，虽然学术成果丰硕，教学经验丰富，编写教材，著书立说，组织和领导过重大的学术活动，是国内英语教育界的领军人物之一，是国内外多所著名大学的访问学者，但面对闪光灯和记者的话筒，胡老师总是避之唯恐不及。退休后，更是“淡出江湖”。“深藏不露”成了这位谦谦君子、著名学者的生活轨迹。即使在老朋友面前，谈到自己的成就，胡老师也只是淡淡一笑，并不多言。然而，胡文仲不只属于他自己，胡文仲属于一个时代。记录他的成长之路，就是记录新中国成立以来，一代知识分子风雨兼程、砥砺前行的人生经历；

记录他的成长之路，就是记录一代“英语人”在过去几十年，承上启下，为新中国的英语教育事业做出的巨大贡献。不将这种贡献记录下来，不把他们用心血和汗水创造的宝贵经验留存于世，终究是极大的遗憾。而我，作为一个依然站在三尺讲台上从事翻译教学的英语教师，对此体会尤深。因为我发现，随着时代的发展、科技的进步，英语教学理念、学生的知识结构都发生了深刻变化。在这种飞速发展、急剧变化的过程中，老一辈“英语人”在新一代学子的心目中，已经“渐行渐远”。他们的背影变得模糊不清，他们的业绩不再熠熠生辉。三十年前，叱咤风云、影响深远的名师大家，在年轻人眼里已然陌生。同为老者的我，望着那一双双睿智清纯却有几分茫然的眼睛，悲凉之感油然而生——为逝去的岁月，更为岁月的无情。我自然懂得“长江后浪推前浪，世上新人赶旧人”的道理，这是自然规律，是历史发展的必然，谁也不可能永远“独占鳌头”，谁也不可能永远留在舞台中心。但是，我们都在追寻生命的价值。而这价值诚如与胡文仲教授同代的翻译家郑克鲁教授所言：“生命就是你给世界留下什么。”那么，老一辈“英语人”给世界留下了什么？他们留下的是：奋斗历程、治学精神、高尚品格和光辉业绩。这是一笔最宝贵的精神财富。这财富不会因为时代的发展而过时，这财富只能因大浪淘沙而愈显其黄金本色。胡文仲老师是创造这财富的一员，唯有把他和他的经历写出来，流传于世，我才能安心。

漫天尽皆黄金甲，一路秋色扑面来。就这样，我带着一种崇高的使命感、责任感，敲响胡文仲教授的家门，打开胡文仲教授记忆的闸门……

第一章

逆境中成长

胡文仲于1935年10月26日出生在天津，但祖籍是江苏淮阴。祖父胡天禄从淮阴来到徐州，与徐州胡家联宗，属于安定堂胡氏。安定胡氏，得名于安定郡，中国古代著名门阀世族。安定是胡氏最普遍的郡望，有“天下胡氏出安定”的说法。安定胡氏起源于周朝诸侯国胡国，宋朝龙图阁学士、通议大夫、吏部尚书胡直孺作《安定胡氏家乘序》：“一则胡以国氏。成周时为子爵，其地在颍州汝阴西二里，胡城是也。鲁定公十五年，楚昭王灭之，其后子孙分散，有望安定者，即汝阴之支别也。”

胡文仲的父母都出生在徐州。徐州古称彭城，素有“彭祖故国、刘邦故里、项羽故都”之称。历史上是华夏九州之一，具有五千多年文明史和两千六百多年建城史。这里人杰地灵，除了出过诸如刘邦、项羽、李煜这样一些影响了中国历史进程的“帝王将相”之外，也出过李可染先生这样中国近代杰出的画家、诗人，以及许多文人雅士、学界名流。胡家在当地算不上名门望族，但祖祖辈辈靠勤劳与智慧，也将日子过得颇为殷实。胡文仲的祖父胡天禄精通文墨，写一手好字，从淮阴到清江（今淮安市），在印书局中负责写字、制版。后来应邀到徐州，修《铜山县志》（当时的徐州叫铜山县）。胡文仲的祖父和父亲还曾经参加修编《江宁府志》（就是南京市志）。他们负责“写版”，住在夫子庙旁边。后来他们一家在徐州扎下根来。徐州素有“五省通衢”之称。民国时期，津浦、陇海铁路相继贯通，交通便捷。民国初年，当地商业就很繁荣，钱庄、店铺林立。胡文仲的父亲胡肇棻在徐州车站附近开了一个货栈。货栈虽然规模很小，但他善于经营，从乡下进货，主要是粮食和食油，在货栈零售，渐渐积累了一些财富。之后，便和一个无锡人合伙开了一家小面粉厂。面粉厂虽然只有一台电磨，但在20世纪40年代的徐州，也颇有点现代化的色彩。可惜云龙山下，并非太平盛世，诸事艰难，面粉厂运作两年就关门歇业。胡肇棻靠手头的积蓄，做过一些小生意，甚至远走他乡，到西安开了一家饭馆。胡文仲的姥姥家本也衣食无忧，但姥爷英年早逝，家道中落。姥姥三十多岁就守寡，一个人拉扯两个女儿，其艰难可想而知。为了维持生计，姥姥只得卖掉家里的土地，勉强度日。然而日子虽然艰难，姥姥还是让两个女儿上学读书，接受教育。这在民国初年实在难能可贵。胡文仲的母亲石玉芬能读书、看报、写信、记账，全是姥姥的功劳。姥姥上了年纪以后，一直和胡家人住在一起。大约在抗战前夕，胡肇棻到天津做生意，夫妻俩在天津定居下来，生下胡文伯和胡文仲两兄弟。

天津是沿海城市，之所以称之为天津，是因为古人认为那是天子经过的渡口。天津又处于南运河和北运河的交汇之处，史称“三会海口”，这里很早便成为南方粮食、绸缎运到北方的水陆码头。1860年天津被辟为通商口岸后，西方列强纷纷在天津设立租界，天津成为中国北方开放的前沿和近代中国“洋务”运动的基地，是当时中国第二大工商业城市和北方最大的金融商贸中心。胡文仲的父亲从“五省通衢”的徐州“北漂”到“三会海口”的天津做生意，将一家人前途命运的赌注押在这里。胡肇棻此举想必经过深思熟虑。然而一个人的成功不但需要独具慧眼，还需要“天时、地利、人和”，三个因素缺一不可。胡肇棻来天津不乏“地利、人和”，缺的恰恰是最重要的“天时”。胡家在天津生活期间，正是日本侵略者的铁蹄肆意践踏中华大地的年月。1937年，“七七事变”爆发。7月7日当天，天津伪宁河县公署成立，宁河、汉沽沦陷。7月12日，日军侵占天津各火车站。自此，烽烟四起，炮火连天，天津人民开始了侵略者铁蹄践踏下的水深火热的生活。不到两周岁的胡文仲虽然不知道这个世界发生了什么，但他的父母和已经成年的姐姐、已经记事的哥哥一定经历了战争的恐惧、绝望。在天津做生意、谋发展的梦想彻底破灭，胡文仲的父母只好打道回府。或许深知回到同样已经在战火中燃烧的徐州，前途未卜；或许对大都市天津还抱有一丝希望，父母把胡文仲和哥哥留在天津，由大姐胡文珍照顾，夫妻俩一路艰辛回到徐州。自此，胡家天各一方，直到1945年抗战胜利，胡文仲兄弟俩才回到徐州。

胡文仲在“水陆码头”天津生活了整整十年。这十年间，胡文仲姐弟三人在天津过着食不果腹的日子。在日本侵略者的统治之下，不许中国人吃大米白面。如果发现有谁偷偷吃了，就会被押到宪兵队去灌凉水。当时中国人的主食是高粱米。远在徐州的母亲知道儿女的艰难，如坐针毡，虽然自己也没有足够的粮食可吃，还是把从牙缝里省下的一点白面，做成锅饼，冒着危险带到天津。锅饼是山东人爱吃的一种大饼，也叫锅盔。实际上就是烤得很硬的发面饼，容易存放。可是路途遥远，即使又干又硬的锅饼，到了天津也常常早已发霉。但在胡文仲和姐姐、哥哥眼里，那依然是难得的美食。他们刮掉锅饼上的绿毛，在火炉上烤一下，吃得还很香。

胡文仲小哥俩和姐姐住的西开区属法租界，离闻名遐迩的西开教堂不远。西开教堂是由法国传教士杜保禄（Paul-Marie Dumond，1864—1944）主持修建的。始建于1913年8月，1916年6月竣工。教堂宏伟壮观，主体用红黄色花砖砌造而成，教堂内八角形的穹顶及侧窗均镶嵌着彩色玻璃。教堂内，壁画精美，装饰华丽，充满宗教神秘气息。但是，对于一天到晚饥肠辘辘的胡文仲和比他大三岁的哥哥胡文伯，那种神秘的宗教气息并无吸引力。他们更关注的是教堂旁边那条胡同里一个做面包、饼干的小作坊。作坊老板常常以很便宜的价格出售烤箱里掉下来的面包渣和饼干渣。胡文仲和哥哥就用平常攒着舍不得花的零钱买一点饼干渣。那是他们最大的享受，小哥俩一个渣一个渣地吃着，一包饼干渣能吃大半天。还有个常到那条胡同里卖小金鱼和蝌蚪的小贩，也是胡文仲和哥哥关注的对象。小哥俩蹲在小贩旁边，饶有兴趣地看着玻璃鱼缸里游来游去的小金鱼，真想买一条拿回家养着玩。可是没有钱，买不起，只能买几个黑黝黝的小蝌蚪。小贩把蝌蚪捞到一个小碗里再往里倒点凉水。胡文仲端起碗咕咚一口就喝到肚里。当时，普通老百姓认为喝蝌蚪有清肺、顺气、润喉、静躁之功效。但胡文仲并不知道，他只是为了好玩，或许觉得那玩意儿能抵饿。就这样，胡文仲在战乱与饥饿中渐渐长大，1940 年，开始到西开教堂开办的西开小学读书。和沦陷区所有学校一样，日本人在西开小学实行殖民教育，日语是强制学习的语言。胡文仲至今还记得小时候学的那几句日语：“这是什么？这是桌子。那是什么？那是椅子。”见了日本教官要用日文说“你好”。早上出操，日本教官就在孩子们身后来来回回地走。谁站得不直就踢一脚，学生们都很害怕。有一天，听说日本人要从小学生身上抽血送到前线，虽然不知道是真是假，胡文仲和哥哥都不敢到学校去了。

胡文仲上学时年龄很小，在西开小学的学习成绩刚开始的时候中等偏上，期中总成绩为乙等第一名。他心有不甘，努力追赶，到期末就上升为甲等第五名。从各科成绩看，体育最差，只得了七十五分。学年结束时，老师的评语是：“在上课的时候很用心，希望你在课余的时候努力锻炼身体。”可见老师认为他身体不够健壮。小时候的胡文仲也很淘气，胆子也不小。胡同里有大孩子无缘无故欺负他和哥哥，两个人气愤不过，想报复，又不善打斗，只得“另辟蹊径”。听大人说有一种办法叫“扎小人”——用稻草扎成四寸长的稻草人或者用泥土捏成四寸长的泥人，在上面扎几根针，埋到什么地方，就能让欺负他们的坏孩子遭报应。于是小哥俩模仿天津“泥人张”的手艺，捏了个小泥人儿，扎了一根针，放在那个孩子家门旁的阴沟里。不过，胡文伯和胡文仲有所不知的是，按照这种迷信讲究，“小人”身上必须写对方的姓名、生辰八字和命理信息。扎的针也不能是一根，而是七根，还得染上某种颜色，否则泥人白捏，针也白扎。这小哥俩不明就里，不懂得这是迷信，并无科学道理，自然是白忙一场。“小人”照样在胡同里横行霸道，吆三喝四，胡家两兄弟只能“惹不起，躲得起”。

泰戈尔说：“儿童喜欢尘土，他们的整个身心像花朵一样渴求阳光。”战争和贫穷剥夺了胡文仲童年的快乐，但他依然喜欢尘土，依然像花朵一样渴求阳光，尽管日本侵略者占领的天津，满天阴霾，难有阳光照到他身上的时候。放学后和放假时，无处可去，哥哥胡文伯就经常带他到八里庄玩，而八里庄实际上是一块坟地。战火纷飞的年月，死亡对于被压迫的人民，似乎成了一件司空见惯的事情。坟地里，野狗乱窜，白骨森森，骷髅头黑洞洞的眼眶向辽远的苍穹诉说着万般的冤屈和仇恨。胡文仲跟着哥哥在坟地里瞎转，没有什么目的，也不知道害怕。但这是他们人生的一课。小小的年纪，他们已经真真切切体会到战争的残酷。

1945 年 8 月 15 日，日寇宣布投降，饱受磨难的天津人民敲锣打鼓，涌上街头。胡文仲和哥哥胡文伯也跟大人们一起欢庆胜利。那些日子，他们亲眼目睹了昔日耀武扬威的日本侵略者狼狈逃跑的情景。看到中国人捡起石头追赶爬到军车上逃走的日本侵略者，特别解恨。但邻里之间很快就在流传，说日本人逃跑时，把他们养的狼狗都放出来，专门咬中国人。人们听了都很紧张，不知道如何应对。后来，有的人说，狼狗和狼一样，怕画在墙上的白圈。于是家家户户在自己家门口用白灰水画一个白圈。大家相信画了白圈以后狼狗就不会来，胡文仲的姐姐也在家门口墙上画了几个大大的白圈。

抗战胜利，最让胡文仲和哥哥高兴的是，他们终于可以回徐州和父母团聚了。可是那时津浦铁路天津至徐州这一段已经不通车了，他们只能跟家里的朋友先坐船从天津到上海，然后从上海再坐火车到徐州。徐州不但是“五省通衢”的商业重镇，还是“北国锁钥、南国门户”的兵家必争之地。抗日战争期间，1938 年 1 月至 5 月这里爆发了著名的“徐州会战”。中国第五战区部队与日军华北方面军、华中派遣军各一部，在以徐州为中心的津浦（天津至浦口）、陇海（宝鸡至连云港）铁路地区进行了大规模的防御战役。其中，三四月间的台儿庄大捷最为著名，史称“台儿庄战役”。无数次规模不等的战事使得这块富饶美丽的土地满目疮痍。到达徐州，走下火车，刚刚十岁的胡文仲和哥哥看到的是断壁残垣和满大街国民党部队的士兵和伤员。伤员当时叫“荣军”。他们横行霸道，蛮不讲理，对老百姓敲诈勒索更成了家常便饭。胡文仲不止一次看到他们站在街头，横眉立目地用方言叫喊：“老子抗战多年，流血牺牲，打跑了日本鬼子，吃你一点，喝你一点，算个屁。”其实抗战时他们究竟在哪儿谁也不知道。有一次，胡文仲和哥哥放学回家，路上碰到一个国民党兵，手里拿着一根手杖。

胡文伯不小心撞到他身上，手杖掉在地上，断成两截。那个兵抓住这个才十三岁的小学生，一甩手就给了他几个耳光。胡文伯是个倔脾气，宁肯挨打也不肯求饶。结果被那个家伙带到驻地，又是一顿暴打。后经家人出面求情，才放了回来。抗战胜利后，国民党空军也进入徐州。他们在市内开着吉普车，横冲直撞，如入无人之境。车上常有年轻女子陪伴。徐州人都管她们叫“吉普女郎”。胡文仲和他的同学们走路时都特别小心，生怕被吉普车撞上。当时淮海路中段有一个空军俱乐部，那是空军军官聚集的地方。他们美女咖啡，灯红酒绿，寻欢作乐，彻夜不眠。刚刚经历了战争洗礼，连肚子也填不饱的徐州人对这些国民党官兵印象极坏，深恶痛绝，但也敢怒不敢言。

胡文仲和哥哥回徐州后，到昕昕中学上学。昕昕中学是天主教会在中国开办的重点中学，在中国近代教育史上占有重要地位，颇有历史渊源。早在光绪三十四年（1908），天主教法国传教士艾赉沃（Leopold Gain）在徐州创办“要理学”。1916 年，改名为“震旦大学附属中学”，不久恢复原名。1932 年更名为“圣类思修院”。1935 年改名为“类思中学”。1936 年更名为“昕昕中学”。昕昕中学素有优良传统，其校训是“礼义、廉耻、诚”。回荡在校园里的校歌——“壮哉徐州，仰戏马枕云龙，津陇交轨，胡越联空。美哉吾校，背楼阁面园亭，青山外绕，白水东横。我们有胜地美校，我们有明师良朋。我们要沈毅艰苦，修德立诚。我们要激昂奋发，讲艺植能。为青年模范，做国家干城”，更激励少年胡文仲做“赳赳武夫，公侯干城”——一个能御敌而尽保卫责任的人。昕昕中学老校长张宗思先生反抗日寇侵略，身受严刑拷打仍视死如归、大义凛然的不屈壮举，更是在同学们中间流传。修德立诚的种子自此播撒在胡文仲的心中，保卫祖国的情怀贯穿了他的人生。胡文仲在昕昕中学读书时的校长名叫程慰先，在当地教育界很有影响。他曾为高中第五届毕业的同学题词：“以冷静的头脑追求真理，以热烈的心肠力行博爱。”每天早晨全体学生教师集合在操场，背诵孙中山遗训：“余致力国民革命凡四十年……”，背诵完毕后师生回到教室上课。授课的老师都是高薪聘请来的优秀教师。有一个地理老师，学生们特别佩服。他手拿粉笔，背对黑板，一笔就能画出中国地图，或者某一个省份的地图，连第二眼都不看，非常准确，从来不需要涂改。化学老师是从国外留学回来的，每天上课都西装革履，在当时的徐州难得一见。学校的课程设置很规范，生物课上，老师带着学生做解剖，一群十几岁的孩子围在旁边，听老师讲解。胡文仲对这门课产生了浓厚的兴趣。那或许是他推开的第一扇科学之门。昕昕中学的课外活动十分丰富，学校组织了一个话剧团，叫“野火话剧团”。剧团成立时全体演员拍了一张合影，其中有程校长和任课老师。胡文仲上学早，比同班同学都小两三岁，但是在学校里很活跃，很快就成了“野火话剧团”的成员，可惜因为没有适合的角色，似乎也没有演戏的天赋，一直没有机会登台表演。范大方、侯文明等大哥哥们就让他做“提词人”——演出时站在幕后，边看剧本边给台上的演员提词。虽然没有亲自登台亮相，但他心中小有得意，依然积极参加。从某种意义上讲，昕昕中学培养了他的团队精神。作为教会中学，对学生传播天主教教义自然是学校的职能之一，有一位名叫狄守敬的老师是加拿大人，担任这项工作。胡文仲年纪小，家里又没人信教，对他讲的那些道理似懂非懂，不感兴趣。但这个老师有许多外国邮票，经常送给听他课的学生。胡文仲喜欢集邮，为了弄到难得的外国邮票，就硬着头皮去听什么“福音”“十诫”，背诵“Worship the one true God”（敬拜唯一的天主）。听了好几年也没有听出个所以然，最终当然没有加入天主教。

昕昕中学给胡文仲留下许多美好的记忆，但是他的中学时代一直伴随着战争的炮火。1948 年 11 月 6 日到 1949 年 1 月 10 日，解放战争三大战役中的第二个战役——淮海战役打响。徐州城外炮声隆隆，枪声不断，国民党的败兵、伤兵、逃兵潮水般涌入城区，专门以欺压骚扰百姓为能事。他们随便写个条子“某某师，某某团，驻徐留守处”，然后把条子往老百姓院门上一贴，院子就成了他们的“留守处”，国民党兵就住到你家里头。“留守处”的士兵荷枪实弹，凶神恶煞，老百姓敢怒不敢言。他们把老百姓的院子当作“铁打的营盘”。那些“流水的兵”走了一拨，又来一拨，不仅在你家里住，还在你家里吃，徐州百姓苦不堪言。胡家在车站附近，自然是国民党官兵经常光顾之地。国民党军队在战场上连连失败，国民党当局妄图挽回败局，通货膨胀，法币急剧贬值。1937 年抗战前夕，全国法币发行总额只有十四亿余元，到日本投降前夕，法币发行额已达五千亿元。到 1947 年 4 月，发行额又增至十六万亿元以上。1948 年，法币发行额竟达到六百六十万亿元以上，等于抗日战争前的四十万倍，物价上涨三千四百九十二万倍，法币彻底崩溃。徐州城的老百姓把法币一捆一捆地装在布袋里，拿去买面。一袋子钞票只能买半袋儿面粉。布袋里装的钞票比买的面还多。价格不断上涨，八点钟去是一个价钱，九点钟是另外一个价钱。胡文仲一家人从老到小都生活在极度紧张之中，日子过得十分艰难。徐州解放前夕，国民党军队为了掩盖战场的失利欺骗老百姓，在徐州举行了一次庆祝胜利大游行，其实那时候他们已经做好逃跑的一切准备。徐州城一片混乱，车站附近的军用仓库无人看守。有些胆大的市民就进去抢东西。抢什么的都有，除了米面，还有牛肉罐头、棉被、军装，等等。胡文仲和哥哥站在外边看着人们跑来跑去，有人到仓库里面去抢，有人拿根棍子等在仓库门口，等抢东西的人出来，便拦路抢劫，真是无奇不有。

残酷的战争在幼小的胡文仲和哥哥心头留下挥之不去的阴影。他们在城里，除了听到枪炮声之外，还闻到一股难闻的味道。一股从来都没有闻到过的、说不清道不明，但让你一辈子也忘不掉的气味。后来才知道那是人的尸体烧焦的味道，从不远的战场飘来，无处不在，无孔不入。他们上学的路上要过一条河。那条河是黄河故道，虽然不宽，但是洪水暴发的时候，还是波浪滚滚。过桥的时候，他们经常看到浑黄的水面上漂着尸体，有小孩，也有大人。所以每逢走上桥头，小哥俩都两腿发软，战战兢兢。1948年冬天，天寒地冻，战火中逃难到城里的许多穷人无家可归，露宿街头。胡家后面有一条胡同。每天早晨起来，都会看到有人拉着平板车从胡同里出来，车上躺着夜里冻死的人。每天都有，有时候多达三四具，甚至更多。尸体上面盖着草席，拉出去草草掩埋。所有这一切都对胡文仲幼小的心灵产生巨大的冲击。有一天，邻居的房子起火，火光冲天。过了一会儿，救火车开来了，车上下来几个人，站在路边观看，但就是不去救火，后来才知道是在和房主谈救火的价钱，谈妥了就救火，谈不妥就把车开走。

莎士比亚说："孩子们接受欢乐和幸福最为迅速，也最亲切，因为他们生来便是幸福和欢乐的。"艰难的岁月，残酷的战争，并不能完全泯灭少年胡文仲对欢乐的追寻，只是连那欢乐也呈现出被炮火炙烤过的颜色。

淮海战役期间，徐州周边到处都是战争留下的痕迹。田野里、山石间、战壕边，经常看到战斗双方留下的子弹、手榴弹。有一天，胡文仲和哥哥跑到郊外，看见有的人拿着捡来的手榴弹往河里扔，手榴弹在河里爆炸之后，水面上漂起震昏了的鱼。那些人就下河捞鱼，回家可以美餐一顿。胡文仲和哥哥看到能用这个办法捕鱼，喜不自禁，四处搜寻，也想找几枚手榴弹“捕鱼”。结果手榴弹没找到，却找到一枚没有被成功引爆的哑弹。经历过战争的小哥俩看着这枚炮弹头，就像看到一件难得的玩具，既好奇又高兴，一点儿都不害怕。哥哥胡文伯胆大心细，小心翼翼拧开炮弹头，看到里面塞满白色小布袋，布袋里装着炸药。他们把小白布袋都倒在地上，在附近找了一个洞。那个洞很深，估计是有人拔走电线杆之后留下来的一个坑。兄弟俩把炸药全都填到里头，然后在上面压了好几块大石头，还留了一个小口。一切就绪之后，点着一个纸条从小口扔到洞里，撒腿就跑。没跑几步，就听到轰隆一声巨响，洞里的石头飞到天上。胡文仲和哥哥躲在一座坟墓的后面看着，高兴得手舞足蹈。附近的农民从家里跑出来破口大骂。这件事虽然过后想起来有点后怕，但好长时间他们还是引以为豪。只不过父母亲一直蒙在鼓里，只有他们两个人偷着乐。

1948年12月1日，国民党军从徐州撤退，中国人民解放军第十二纵队、第一纵队侦察营立即进入，人民解放军渤海纵队于当日晚进占徐州，战略要地徐州获得彻底解放。那一天，不再有隆隆的炮声，不再有冲天的火光。经历了多年战乱的徐州城出奇地安静。胡文仲从门板缝里往外看，大街上空无一人，只看见街对面墙上贴着一张布告。布告旁边站着一个解放军战士。解放军入城，秋毫无犯，纪律严明，他们露宿街头，没有惊动徐州老百姓，更谈不到扰民。胡文仲和他的家人终于盼来了和平与安宁，徐州人民终于盼来了解放的一天。

徐州解放了，但并没有马上天下太平。不甘心在淮海战役中惨败的国民党军队依仗其空中优势，常常派飞机来徐州狂轰滥炸。每天都能听到远处炸弹爆炸的声音。有一天，胡文仲和哥哥听见警报声就往红十字会跑，人们说飞机不会往红十字会扔炸弹。不料跑在路上，就看见飞机迎面俯冲下来，这两个孩子从来没有这么近距离看到过一架飞机，更没有看到过飞机机头上喷火，耳边的巨响比炸弹的声音还大，他们不明白这是发生了什么，原来是飞机在向街上奔跑的人群疯狂扫射。在大街当中奔跑的人有好几个被机枪打中，立刻倒在血泊中。胡文仲和哥哥命大，他们在路边靠着墙跑，没有被机枪扫射到，算是捡回一条命。但是回家后发现家里的铁锅被机枪打得稀烂。

战争的硝烟尚未散尽，社会依然动荡不安，胡文仲从昕昕中学辍学。1949 年 2 月，经山东省人民政府批准——当时徐州隶属山东——建立徐州市立第三中学。徐州三中，坐落在风景秀丽的黄河故道西侧，其校址原为 20 世纪 40 年代初日军侵华时的一所小学。抗战胜利后，颠沛辗转的江苏学院曾先后于 1946 年和 1948 年两度迁至此处办学。著名学者费孝通曾在此执教。淮海战役胜利结束后，该院随之解散，徐州三中应运而生。昕昕中学是一所男女分校的教会中学，徐州三中男女生合校，比昕昕中学大。这个学校因为是中华人民共和国成立后徐州开办的第一所中学，焕然一新，尤以“干干净净、琅琅书声、歌声嘹亮、虎跃龙腾”的校风，“求实进取”的校训，办学业绩卓著而闻名遐迩。胡文仲到了这个学校以后，就开始喜欢体育运动，经常在课后打排球或者参加其他活动。因为刚刚解放，学生经常上街游行，参加各种大会，虽然对上课有一定的影响，但激发了学生们的政治热情。那时候，学校已经开设英文课，而且课文相当难。有一篇课文讲的是一个下雨天的故事，状物抒情，描写得非常好，年纪尚小的胡文仲被这篇课文深深吸引。他喜欢英文，喜欢仿佛从另外一个世界传过来的声音，学得非常投入。或许冥冥之中正是这种儿时的启蒙为他后来步入英语殿堂铺下第一块基石。爱因斯坦说："学校要求教师在他的本职工作上成为艺术家。"徐州三中就有不少这样的"艺术家"。教语文的武昌俊老师，不但上课认真负责，而且爱心满满，和同学们的关系特别好，大家都非常喜欢他。他的教诲对胡文仲也产生了很大的影响。多年以后，胡文仲专门到三中看望他。武老师还记得小时候那个勤奋好学、在班里年纪最小的好学生。

胡文仲从小就喜欢读书。离家不远那条路旁边有个小书店。店不大，却是胡文仲经常光顾的地方。他没钱买书，只能捧着一本书站在书店的一个角落，贪婪地读。书店老板明知道他不会买书，可是从来都没有赶过他或者催过他，甚至连不高兴的表情都没有。胡文仲渐渐放下心来，常常在书店里一待就是好几个钟头，翻看各种书籍，乐此不疲。

英国文艺复兴时期散文家、哲学家弗朗西斯·培根说："知识是一种快乐，而好奇则是知识的萌芽。"胡文仲兴趣广泛，好奇心强。随着读的书越来越多，知识的萌芽破土而出，拔节生长，开花结果。不过有时候也会开出"奇花"，结出"异果"。他读过一本《实用魔术大全》，一度为之着迷。这本书在"前言"里说，该书介绍的都是可以自己在家里表演的魔术。胡文仲从前翻到后，找了好几遍，希望找到一个可以在家人面前小露一手的魔术。有一个魔术说，在青蛙嗓子眼儿里边放一点胡椒面，然后把这个青蛙偷偷放到家人的床下，青蛙就会不断地咳嗽，家里人就会很害怕。他觉得这个魔术很有意思，决定试一试。可是找了好几天也找不到青蛙，最后只得放弃。还有一个魔术也让他动心。书上说，把火柴头上的药粉刮下来，集中到一起用水泡。泡得像浆糊一样之后，涂到指甲盖儿上晾干。干了以后用火柴一点就有一种奇妙的效果——手指可以着火。找火柴自然比找青蛙容易，胡文仲很快就找来一盒火柴，按照书上的说法，一步一步仔细去做，等手指上的药干了，就把爸爸妈妈和哥哥都叫到一起，洋洋得意地说："我要给你们表演一个魔术，这个魔术叫'空手取火'。"大伙儿都将信将疑，坐在那儿眼巴巴地等着看他表演。只见胡文仲昂首挺胸，举起左手，在空中划了一个圈儿，把右手拿着的一根已经点燃的火柴凑到涂了药的食指上，嘴里大喊一声："走！"话音未落，噗的一声，手指尖亮起一道红光，火是真的取来了，但是他疼得大叫，拼命摇手，火也不灭。最后还是爸爸妈妈齐上阵，才终于把手指上的火弄灭。但从此他那个手指的指尖留下一块很大的疤，许多年都没有完全恢复。这是胡文仲根据《实用魔术大全》小试牛刀，变的第一个，也是最后一个魔术。

充满艰辛但又不乏欢乐的少年时代就这样过去了。胡文仲一家人都为人谦和，勤劳能干。大姐胡文珍吃苦耐劳，不到十四岁就给弟弟们洗衣做饭，自己没有受过很好的教育，但对子女教育十分重视，一直严格要求，培养出几个大学生。胡家三兄弟都聪明过人，在各自的领域均有所建树。哥哥胡文伯和他一起度过那难忘的岁月。后来，胡文伯一直在徐州建工系统工作，曾任文化教员。他文字功底深厚，书法出众，熟读唐诗宋词及古典名著，对《红楼梦》情有独钟。胡文伯工作一贯认真负责，为人正直，不忘初心，1982 年加入中国共产党。徐州建工承揽各地工程，南起福建三明，北至黑龙江佳木斯，西至新疆乌鲁木齐，都有徐建工程队的身影，都留下了他们的足迹。胡文伯一直随建工队转战全国。1989 年因工作努力，表现突出，被评为模范党员，1992 年任单位政工科长，直到退休。退休后胡文伯得过几次大病，但他一直保持乐观的情绪，豁达开朗，为人谦和，年近九旬，依然关心国际国内大事，微信网购都能纯熟运用。

弟弟胡文季 1948 年生，胡文仲离开徐州到北京求学时，他只有两三岁。1968 年，胡文季毕业于南京化工学校电气装备专业，此后一直在南化公司工作，历任技术员、车间主任等。1983 年考入北京化工大学工业经济管理专业，1984 年加入中国共产党。他在化工大学实现了专业方面的跨越，毕业后任南京东方化工有限公司财务部经理，南京化学工业集团公司财务处处长，江苏新中期股份有限公司总会计师等职务，直至退休。退休后开设了环保方面的工贸公司。胡文季多才多艺，虽然化工是他的领域，但从 1966 年起，利用业余时间学习书法和篆刻，达到了很高的水平，从 1973 年到 2003 年，多幅作品在《新华日报》《中国石化报》发表并获奖，任江苏省硬笔书法协会常务理事。

第二章

西苑年代

1950年6月25日，朝鲜战争爆发。10月19日，中国人民志愿军入朝作战。全国随即展开了轰轰烈烈的“抗美援朝保家卫国”运动。中央人民政府号召青年学生参加军事干部学校。一大批爱国青年响应祖国召唤投笔从戎。这是新中国成立以来规模最大的一次发动青年学生参军的运动。当时流传的口号是：“十万学生兵，披上新戎装，跨进军干校，掌握新武器，打击野心狼，卫国保家乡！”

正在徐州第三中学读高中的胡文仲听到这个消息后，激动得夜不能寐，决心报名参军，报效祖国。回到学校，同学们立刻报名参干。胡文仲的父母并不反对学习成绩优秀、过两年就可以到大学深造的儿子到军事干部学校学习。胡文仲参干后家里成了军属，门楣上挂着“光荣军属”的牌子，胡文仲母亲觉得无上光荣。胡文仲戴着白地红字的“军事干部学校”胸章，心里更有说不出的骄傲。当时整个徐州红旗飘扬，锣鼓喧天，人们都沉浸在高涨的爱国热情中。连商店饭馆对参干的学生都格外照顾，买东西给打八折九折的优惠。

报名参加军干校的学员集中之后，住在全市档次最高的徐州饭店，等待军队干部来审查接收。这些满腔热血的年轻人，焦急不安地等待着，虽然饭店的条件非常好，还是觉得日子过得太慢，都想早点离开到部队上去。1950年12月8日中央人民政府人民革命军事委员会总政治部发布《关于空军、海军、坦克、炮兵、防空等军事干部学校之学员条件的通告》。胡文仲和他的同学们都想参加这些充满神秘色彩的现代化兵种。可是参军后，才知道“一切行动听指挥”，无论到哪里，必须听从上级的安排。在徐州饭店，胡文仲没有见到前来选拔的空军和海军军官，但是同班同学黄耀兰获准参加了海军，后来进入海军文工团。大家都非常羡慕。胡文仲听了一场坦克兵军官做的报告。那时候大家对这种新式武器知之甚少，军官详细讲解了坦克兵是干什么的，在战场上起什么作用。他说坦克灵活机动，可以进攻，也可以退守，有很强的战斗力。胡文仲听了真想当一个坦克兵，但未能如愿。被各兵种招收的学员陆续离开徐州饭店，剩下的人越来越少。望着同学们远去的背影，胡文仲心里不由得升起一种落寞之感，不知道命运之舟会把一个热血青年载往何方。胡文仲有所不知的是，1950 年 12 月 25 日中央人民政府人民革命军事委员会总政治部发布了《关于规定军医、后勤、通讯、公安、外文等学校之招收学员条件、报名手续及学习时间的通告》。该“通告”将决定这个年轻人的前途命运。

按照“通告”，最后剩下的一批学员到济南集中，住在一个中学里待命。这时只剩下两个分配方案，一个是通讯兵，一个是外事学校。在济南住下不久，一些同学被通讯兵单位接走，胡文仲和青岛、济南的一些同学被接到北京。来接他们的是北京外国语学校英文部副主任武刚同志。他是老八路，工人出身，虽然是领导干部，但一点架子都没有，待人和蔼亲切，对这些“新兵”更是处处照顾。

1951 年 1 月初，胡文仲和另外一些学员在武刚的带领下到达北京。当时的北京外国语学校在西苑华北革命大学院内，与颐和园只有一墙之隔。北外是一所有着革命传统的学校，1941 年成立时只有俄文大队，隶属延安抗日军政大学，1944 年增加了英文，改名为外国语学校。解放战争期间，学校曾转至山西和河北。1949 年 11 月学校迁至西苑大院。这里原来是袁世凯的旧兵营，房子相当破旧，有五栋楼，既是宿舍楼，也是教学楼。

院子的北头是一排平房，是学校领导和教师的住房。外国语学校原属中央外事组领导，建国后改为外交部领导。学校校长刘仲容[1]。当时大家只知道他是民主人士，不是中共党员，其他情况全然不知。其实，在中国革命近代史上，他也曾是叱咤风云的人物。为赢得革命胜利，几十年间毛主席曾经先后六次亲自接见他，共谋大计。1949 年 5 月 21 日，刘仲容毅然决然离开国民党桂系李宗仁、白崇禧，表明自己的政治立场，他说："古语云鸟栖良木，臣择明主，几十年耳闻目睹，共产党是真正的明主，毛先生是真正的明主。毛先生、周先生一再挽留，不胜感激，我决意留下，听从驱策。"1949 年 6 月，周恩来亲自任命刘仲容为北京外国语学校副校长（浦化人离开北外后，为校长）。从此，刘仲容一直在北京外语学校（北京外国语学院）殚精竭虑、努力工作了三十一年，直到 1980 年 3 月去世为止。

参干的学员来自华东地区的上海、南京、青岛、济南、福州等城市。福建来的学员到校最晚。他们到校时胡文仲和先期到达的同学夹道欢迎。但让大家百思不得其解的是，这些同学都身穿"国军"的军装，只是没有番号，活脱脱一群俘虏兵。后来才知道，这些同学在家乡福建没穿过棉袄棉裤，家里压根儿就没有棉服。一月的北京早已寒风凛冽，没有棉衣无法过冬，他们集中以后当地政府只能从仓库里找出国民党军队留下的军装发给他们御寒。真是一段"西苑轶事"。学员们住的是简陋破旧的两层砖木

1　刘仲容（1903—1980）：湖南益阳人，著名的爱国民主战士、杰出的政治活动家、民革卓越的领导人，曾任民革第五届中央委员会副主席、第五届全国政协常务委员等职。刘仲容早年留学苏联莫斯科中山大学，与国共两党都有良好的关系，曾长期在李宗仁、白崇禧左右任参议，并与中国共产党有较深的交往。西安事变时，刘仲容在西安做了大量的有益于抗日民族统一战线的工作。抗日战争时期，刘仲容在武汉、桂林、重庆等地积极从事团结抗战的民主活动，并参与发起"小民革"的成立工作。国共内战时期，刘仲容在中国共产党的指导下，积极为和平奔走，为新中国的建立做出了贡献。

结构的楼房，宿舍与教室在一起，睡的是上下两层木板床，吃的是三餐大锅饭，礼堂当饭厅。开大会、听报告、上大课、看电影，都离不开这个“多功能礼堂”。学员总计五百多人，年龄差距很大，有的已经是大学一二年级的学生，大部分则是高中学生。班长王钰龙已经二十一二岁，胡文仲和潘绍中、张永彪、王怀祖却只有十五岁。十五岁的孩子尚属少年，没有选举权、被选举权。选人民代表的时候，几位小小少年只能坐在大礼堂最后边旁听。眼巴巴看着别的同学手持神圣的选票，投入大红票箱，胡文仲和几个小伙伴火急火燎，盼望自己赶快长到十八岁，也能参加选举。学校实行供给制，冬天发给一套黑色棉制服，夏天发两套灰色单制服，另外每月发三万元（相当于现在的三元）生活费，可以买牙刷牙膏等生活用品。到外校后最令人难以忘怀的是欢迎大会的情景。主席台前悬挂着“来了就是主人”的大红横幅。除了通常欢迎会的例行程序外，给大家印象最深的是主持人十分动情的讲话。他宣布说：“现在发给你们每人一个马扎、一双筷子、一个碗。从今以后，它们就属于你了，你要好好保管，当你离开这个家园时，移交给接班的伙伴。”他的言语朴实无华，却情真意切。关于“马扎”，有许多佳话，也在老北外学子的心中留下难以磨灭的记忆。“马扎”是北方人的物件儿，许多南方来的同学，连“马扎”的名字都没有听说过，对它的模样和用途更是一无所知。入学后四年的校园生活中，才深深体会到它的作用之大。大家整天离不开它，吃饭用它，开大会用它，听报告用它，找个角落自习还得依靠它，和同学谈心、班干部谈工作都带着它。小“马扎”成了“老北外”形影不离的朋友和伙伴，似乎因此也获得了一定的革命意义。

学校实行半军事化管理，每天清晨五点半铃声一响就起床，五分钟后列队操场，体育老师喊：“锻炼身体”，同学们齐声回答“保卫祖国，建设祖国”。然后就在校园里跑步，做操。去餐厅吃饭也都是排队前往。班上有生活干事负责日常生活安排。吃饭时，一个同学端着搪瓷盆去打菜，打回来以后，值日的同学负责分菜。那时礼堂没有扩音设备，有事情通知学生，就利用吃饭时间由一个嗓门大的同学站在台前大声叫喊。发布通知之前，为了引起大家的注意，同学们一起敲饭碗。碗声四起，蔚为壮观。和胡文仲同班的李金达同学声音洪亮，经常负责“广播”通知。法语系的庄元泳有时也做“广播员”。他还是法语系同学唱歌时的指挥，留校多年后成为法语系教授。曾在 20 世纪 80 年代中期在中央电视台主持《法语入门》节目。

北京的冬天十分寒冷，胡文仲和二三十个同学一起住在一间大屋子里，取暖全靠屋子中间一个不大的煤球炉。大部分同学来自南方，没经历过北方滴水成冰的寒冬。早晨，一群不到二十岁的小青年从暖和的被窝里爬出来，缩头缩脑，十分难受。刚到学校那几天，每天早上还没有起床就有人来生炉子。炉火熊熊，屋子暖和了，大家才起床。有一天，生炉子的人没有来。同学们都很奇怪，就问为什么没有人来生炉子。询问之后才知道他根本就不是专门负责生炉子的工友，而是一位高年级的同学，怕新同学挨冻，每天特意早早地起来给他们生火暖屋。大伙儿听了十分惭愧，胡文仲又一次深切体会到革命大家庭的温暖。

学校初创，条件艰苦。头一两年，没有浴室，即使冬天，洗澡也只能在卫生间里用冷水冲冲了事。胡文仲到校第二年，终于盖了一个浴室。这是当年的一件大事。刘仲容校长在全校师生大会上郑重宣布，浴室竣工，投入使用。顿时，欢声四起，掌声不断。由于浴室是男女共用，规定男女同学洗澡的不同时间段，校长还特别提醒大家不要把时间搞错。同学们听了哈哈大笑，这个消息让大家激动了好几天。

祖国的命运和个人息息相关。胡文仲和他的同学们都是在抗美援朝保家卫国的热潮中参军、参干，对抗美援朝战争的动向自然特别关心。他在1951年3月31日的日记中写道：

> 早晨读报，有一段令人兴奋的新闻！
>
> 助理员跑来告诉我们，汉江两岸歼敌五万，顿时"乌拉"之声四起，同学们都蹦了起来，真是喜不自禁，同学们自言自语地说，歼敌五万，歼敌五万，乌拉！真是抑制不住了，这真是空前之大喜。助理员叫同学们静下来，才把整个新闻完全念出来。这是掌握了消灭敌人有生力量的原则。又一次在麦克阿瑟的脸上打了一记响亮的耳光。

新中国成立不久，学校对学生的思想政治工作极为重视，提出"在政治的基础上学好外文"的口号。步入新社会才两三年的青年学生，沐浴着温暖的阳光，胸怀革命理想，朝气蓬勃。那时候，同学之间少有芥蒂，无话不谈，经常交流思想。按照上级要求，每学期期末都要做思想鉴定。领导动员之后，每个人自己先写一个思想小结，大致上就是写自己存在的问题和对问题的认识。写完以后在班上讲，然后同学们提意见，展开批评和自我批评。胡文仲每学期的思想小结，主要写两条。一条是和家庭划清界限，一条是批判个人英雄主义。与家庭划清界限是大部分同学都要涉及的内容，因为在旧社会能读到高中的人真正劳动人民家庭出身的极少，大多数同学都"出身不好"，与家庭划清界限便成了"必修课"。批判个人英雄主义，大约是因为胡文仲学习成绩不错，自我感觉良好，才十五六岁的年轻人，有点骄傲情绪在所难免。胡文仲便将这种情绪上升为“个人英雄主义”，自我批判。思想鉴定会上同学之间的批评虽然可能尖锐，当时听了心里不舒服，但是这些批评都是发自内心的善意相助，即使有时言词过重，也绝不是故意伤害别人，更没有无限上纲一棍子打死的情况。除了思想鉴定，第一学年年末，组织上还要求每人都写一份自传。胡文仲的自传很简单，1935年在天津出生，就读于西开小学，之后在徐州上中学，初中是昕昕中学，高中是市立第三中学。高二没有上完就参加了军事干部学校，一共只写了一页纸。有的同学写得比较长，因为他们的经历比才十五岁的胡文仲丰富得多。这个自传大约就是他个人的第一份档案。

革命大家庭的氛围在有着光荣传统的北京外国语学校十分浓厚。同学们亲密无间，倘若有人生病，大家轮流打饭，送到病人面前。当时有一位同学有一段时间似乎有精神方面的疾病，经常坐在床边不说话不理人。同学们把饭送到他面前，有时候他不肯吃就一勺一勺地喂他，亲如兄弟。这种情况延续了很长一段时间，没有一个同学表现出不耐烦的情绪。胡文仲读书时，每个班配备一位助理员，相当于现在的政治辅导员。同学们有思想问题，随时随地都可以找助理员谈话。胡文仲当时年纪小，思想不稳定，有的问题想不清楚，心里很苦闷，常常去找班上的助理员袁青侠。以现在的眼光看，当时与助理员谈的都是一些鸡毛蒜皮的小事，但当时胡文仲简直把这些小事看作性命攸关的大事。袁青侠同志总是耐心地听他讲，从不厌烦。等胡文仲讲完以后，她就像老大姐一样，从各个角度帮助他分析问题，认识问题，摆脱思想上的羁绊。每次谈话之后，胡文仲都如释重负，原来低沉的情绪又高昂起来。胡文仲在他 1952 年 11 月 15 日的日记中写道：

参加袁青侠的婚礼。结婚典礼很短，只吃了三块喜糖，接着是全校舞会。

那种淳朴的、革命同志间的友谊跃然纸上。2001 年，北京外国语大学六十周年校庆时，胡文仲见到前来参加校庆的袁青侠同志。两个人近半个世纪没有见面，袁青侠已是古稀之年，重情重义的胡文仲专门就当年她对自己的帮助表示了谢意。袁青侠说，其实当年她也只是个二十几岁刚参加工作的年轻人，比周围的同学大不了多少，自己也在成长进步中。两个人相视一笑，五十多年前“革命大家庭”的往事历历在目。

当年北外由外交部直接领导，学校经常邀请外交部的领导同志来给师生员工作报告。时任外交部副部长的伍修权曾到校讲话。胡文仲在他 1952 年 9 月 13 日的日记中写道：

开学典礼九点举行。欢呼声中，伍修权副部长上了梯子。他说，我们将来的前途是外交人才，必须经过一个翻译的阶段。一个翻译干部如果能翻译得很好，就会得到人民极大的赞誉。外交部领导非常重视我们这批干部。他又讲，我们应该珍惜现在的学习时间。在职干部感到很缺乏各方面的知识，要求学习的愿望非常迫切。我们趁这个机会应该好好学习。他的话鼓舞了我们，增加了我们的信心。

外交部亚洲司司长陈家康更是北外的常客，多次来学校给大家作报告。他的讲话信息量大，又十分风趣，受到大家的热烈欢迎。著名的马克思主义哲学家、教育家和革命家艾思奇同志也曾被学校邀请来校讲话。艾思奇那时候四十出头，风华正茂，已经是党内颇有影响的理论家。全国解放后，1950年3月，他发表了一篇题为《学习——思想领域的解放战争》的重要文章，说明在中国革命夺取了政权、建立了劳动人民的政权以后，为什么要进行"思想上的解放战争"。他说："内外反动派的影响以及其他旧社会遗留下来的坏习惯和坏思想，是很有害的东西，它是使得我们在认识上以及工作上发生错误的主要根源。如果不加以改造、推翻，无疑是会妨碍我们新中国建设事业的前进的。"艾思奇的这篇文章和他亲临北外的讲话，在同学们当中引起强烈反响。大家都从思想上认识到，在新民主主义革命到社会主义革命和建设的过程中，通过学习和改造思想，求得从旧意识、反动思想的影响和束缚中解放出来，以实现思想上的革命和解放的重要性和紧迫性。

为了配合思想政治教育，北外的学生还积极参加各种社会活动，到工厂参观学习，到农村访贫问苦。学校定期邀请英雄模范人物、专家学者来校作报告，邀请著名作家、工人师傅与同学们见面座谈。《把一切献给党》的作者——被誉为中国保尔·柯察金的吴运铎[1]的感人报告，使同学们受到极大的教育和鼓舞。1929年毕业于哈尔滨英文学校的部队作家杨朔[2]曾担任新华社战地记者，1950年赴朝鲜前线，写下了反映抗美援朝生活的长篇小说《三千里江山》，产生深远的影响。他回国后专程到北外给同学们作报告，介绍中国人民志愿军在朝鲜战争中的感人事迹。所有这一切，在

1　吴运铎（1917—1991）：祖籍湖北省武汉市，出生于江西省萍乡市安源煤矿。1938年参加新四军，1939年加入中国共产党。曾任中南兵工局副局长、机械科学研究院副总工程师、五机部科学研究院副院长等职。

2　杨朔（1913—1968）：山东省蓬莱县人，原名杨毓瑨，字莹叔。中国现代作家、散文家、小说家、全国政协委员，与刘白羽、秦牧并称为"中国当代散文三大家"。

胡文仲的成长过程中都产生了很大的影响。他在 1951 年 4 月 7 日的日记中写道：

在革大听了两位工人同志给我们讲他们深受压迫的血泪史。一位是女工同志赵淑兰，一位是门头沟煤矿的白宝纯。讲得非常动人，尤其是白宝纯同志，那真是纯粹的无产阶级思想立场，我真是钦佩极了。他说的都是亲身所经历。帝国主义、封建主义、官僚买办的气他都受过。他的思想没有经过改造就是无产阶级思想，所以无产阶级才能领导革命。他希望我们努力学习，将来领导革命。

政治理论学习中，对胡文仲影响最大的是 1949 年 6 月，由华北大学出版的《社会发展史讲授提纲》（艾思奇著）。这本书开宗明义，第一句就是："在讲社会发展史之先，先要讲一下人生观的问题。所谓人生观，就是我们个人对于社会、历史，对于人类生活的各种看法，有各种不同的人生观，反映着各种不同阶级的人对于社会、历史，或人类生活的不同看法……"而书的第一章："从猿到人——劳动创造世界——生产力与生产关系"便深深吸引了胡文仲。对他而言，这是从未接触过的哲学命题。胡文仲家虽然不是天主教徒，但他中学时代基本是在教会学校读书，特别是昕昕中学的宗教氛围十分浓厚，校长就是司铎，学校经常举行宗教活动，亚当夏娃的故事对少年胡文仲并不陌生。现在，艾思奇的"社会发展史"为他打开一扇窗户。骤然间，清风扑面，胡文仲仿佛走进一片新的天地。艾思奇在书中引用了恩格斯"从猿到人"的论述："不论哪一种猿的手，都不能制造任何东西，即使是最粗劣的石刀。从猿到人的转变就是以制造工具的时候为分界线的。在没有学会制造工具以前，猿始终是猿，始终是兽类。当我们的祖先的两手，经过长期的改造与练习，而学会了制造石刀和类似极简单的工具的时候，猿转化为人的第一个决定性的步骤就完成了。”看着自己的一双手，胡文仲懂得了劳动创造人类，劳动创造世界的道理。正确的人生观、世界观在北外的课堂、书本以及社会实践中渐渐形成。理论学习还包括《中国共产党的三十年》[1]《联共（布）党史简明教程》[2]等。

胡文仲从来就是一个积极向上、心里充满阳光的人。他是典型的新中国培养的第一代知识分子。他像一面镜子，映照出20世纪50年代革命青年的成长历程。在北外，他一如既往地喜欢读书，喜欢文学。和20世纪50、60年代所有中国青年一样，苏联小说也是他思想营养、精神世界的重要部分。康·西蒙诺夫[3]记录斯大林格勒保卫战的长篇小说《日日夜夜》、奥斯特洛夫斯基[4]的《钢铁是怎样炼成的》、波列伏依[5]的《真正的人》、记述苏联女英雄卓娅·科斯莫杰米杨斯卡娅英雄事迹的传记体小说《卓娅

1 《中国共产党的三十年》，胡乔木著，1951年由人民出版社出版。该书介绍了中国共产党的历史及成立背景，讲述了中国共产党成立以来经历的重要阶段及重要意义，历数了党在中国历史上发挥的重大作用及丰功伟绩，同时也展现了近代中国历史的轮廓。

2 《联共（布）党史简明教程》是由联共（布）中央特设委员会编著、经联共（布）中央审定的一部联共（布）党史著作，全称为《全联盟共产党（布尔什维克）历史简明教程》，最初书名是《联共（布）党史通俗教程》，又称《苏联共产党（布）历史简要读本》，简称《联共（布）党史简明教程》，首次出版于1938年10月。

3 康·西蒙诺夫（Константин Михайлович Симонов，1915—1979）：苏联作家、小说家、诗人、剧作家。1934年开始写作。

4 奥斯特洛夫斯基（Николай Алексеевич Островский，1904—1936）：苏联作家、革命者，代表作为《钢铁是怎样炼成的》。

5 波列伏依（Борис Николаевич Полевой，1908—1981）：苏联新闻记者、作家。1941—1945年卫国战争时期，作为《真理报》记者随军采访，参加过莫斯科战役、斯大林格勒战役，到过保加利亚、捷克、波兰、南斯拉夫，最后随攻克柏林的部队进入柏林，并到纽伦堡采访对纳粹战犯的审判。他写过许多有影响的作品，最为中国读者熟知的是《真正的人》。

和舒拉的故事》以及高尔基的《母亲》、马雅可夫斯基如投枪和匕首的革命诗篇，都是胡文仲和同学们必读的文学作品。革命英雄主义激励着一代青年，大家谈起来津津有味，情绪激昂，久久不能平静。特别是闪烁着崇高理想主义的光芒、塑造了保尔·柯察金无产阶级英雄形象的《钢铁是怎样炼成的》，更成了与胡文仲朝夕相伴的“枕边书”。书中主人公的名言：“人最宝贵的东西是生命。生命对人来说只有一次，因此，人的一生应当这样度过：当一个人回首往事时，不因虚度年华而悔恨，也不因碌碌无为而羞愧，这样，在他临死的时候，能够说，我把整个生命和全部精力都献给了人生最宝贵的事业——为人类的解放而奋斗。”成了胡文仲学生时代，乃至一生的座右铭。胡文仲读书并不只是赶时髦，看个红火热闹，而是有意识地从这些充满革命激情的书籍中汲取营养，培养自己高尚的情操。他喜欢做读书笔记。

1951年6月10日，读完《卓娅和舒拉的故事》之后，他在日记中写道：

卓娅深深地爱她的祖国。她对着太阳微笑，对着新鲜的景物微笑，对着盛开着芬芳花朵的菩提树微笑。她在祖国遭受灾难的时候待不住了，她要亲自去消灭敌人。她懂得自己生活的意义，她把保尔的话记在心里并以自己的英勇行动证实了它。她在临死时高呼：“我不怕死，同志们，为自己的人民而死，这是幸福啊。”社会主义祖国的优秀儿女成为英雄，照亮了人们的道路，人们以她为行动的指针。卓娅精神不死。

1951年7月9日，读完《钢铁是怎样炼成的》，他在日记中写道：

保尔是这样一个人。严肃刚毅，对同志诚恳，对敌人斗争，忠诚于党，忍耐屈辱，为了集体与党，爱工作，爱学习，对困难不低头，憎恨布尔乔雅与其生活方式，并向其影响做坚决斗争。他踏实不虚荣，不顾惜自己，忍受痛苦，不向别人诉苦。

1951年8月9日读完《暴风骤雨》[1]之后，他写下读后感：

作为党的一级领导，肖队长以其大公无私坚忍不拔的革命精神使工作取得辉煌的胜利。他常说，人多出韩信。有了问题就与群众商量，对困难从不低头，掌握政策，执行党的指示，真是千万党员中的典型。同时，农民干部接受到真理，也同样表现出优秀的品质。赵玉林临死前说："干革命还能怕死吗？"这和我认为革命是轻而易举的完全不同。在整个书中，贯穿着群众的力量，任何工作脱离了群众就会失去力量。土改斗争是一场复杂激烈的阶级斗争，在这场斗争中，如果没有坚定的认识，就会摇晃起来。从这本书中，可以学习的东西实在太多了，我应该加强思想改造，把自己锻炼成像肖队长那样坚强的人。

1951年8月29日，读完《绞索套着脖子时的报告》[2]之后，胡文仲心潮起伏，久久无法平静。他在日记中写道：

伏契克同志的爱与恨分得很清楚。一个人和集体的关系，他是最

1　《暴风骤雨》是著名作家周立波创作的一部长篇小说，1948年在东北书店出版。《暴风骤雨》以磅礴的革命气势、鲜明的阶级爱憎以及丰满的人物形象，再现了新民主主义革命时期中国农村暴风骤雨般的阶级斗争。这部小说具有鲜明的民族特色，结构严谨，人物惟妙惟肖，语言富有地方色彩。

2　《绞索套着脖子时的报告》（又译为《绞刑架下的报告》）：作者伏契克是记者、捷共中央委员，德国占领期间坚持反抗占领斗争，1942年被捕，一年后遇害。伏契克在狱中用零碎纸片写成这本书。二战结束后，作者遗孀整理后，将其出版。

明白的，但是最重要的一点却是有对未来必然胜利的信心，因此在他最痛苦的时候，还是那样的乐观，充沛的革命的乐观主义。伏契克同志并没有死，他活在每个人的心里，我们要随着先烈的血迹，继承先烈的遗志，挺着胸膛大步地走向未来。

1953 年，人民文学出版社出版了苏联作家多勃罗沃尔斯基的《三个穿灰大衣的人》。这本书深深地打动了 20 世纪 50 年代的中国青年读者。所谓三个穿灰大衣的人，是指战争结束后穿着苏军灰色军大衣复员的三个战士。他们从前线归来，走入向往已久的和平生活。小说以大学生维克多为中心，以优美纯净的抒情风格描绘了战后年轻一代的生活画面，写了他们的学习、工作和丰富多彩的课余生活，写了他们的感情世界，他们的爱情、友情和亲情，写了他们的品格和情操，写了战后苏联社会的种种风貌，写了苏联人民积极进取重建家园的情怀。这本书和另外一本描绘战后一代苏联大学生生活的特里丰诺夫[1]的《大学生》一样，在胡文仲心中引起强烈的共鸣。因为胡文仲也是从战火纷飞的年代刚刚走进和平幸福新时代的大学生。他也憧憬着美好幸福的未来，他也满怀报效祖国的决心。他在 1953 年 8 月 15 日的日记中写道：

《三个穿灰大衣的人》的作者多勃罗沃尔斯基，战前毕业于哈尔科夫大学，战时在军队中服务。他的这部作品获得 1948 年斯大林文学奖。这本书是描写战后三个复员青年如何生活、工作和恋爱。这当中特别集中地刻画了维克多的形象。维克多在战争中就常想到战后要

1　尤里·特里丰诺夫 (Юрий Валентинович Трифонов,1925–1981)：20 世纪 60、70 年代苏联具有一定影响力的作家，俄罗斯文学史上“莫斯科小说”或者“城市小说”的代表人物。1951 年发表长篇小说《大学生》后，特里丰诺夫获得斯大林文学奖，在苏联文坛上崭露头角。之后，他又相继创作了许多有影响的作品。

进大学继续读书，因此当他真正在大学课堂里听讲时，他感到这是如何的可贵。他奋发努力地学习，虽然他的才能平平，但他的努力比别人更多。有一次他的普通物理学意外得了五分。他认为这个五分他是不配的。他找到了教员，让他划掉这个分数，并说要在两星期后来补考。当时教员认为他一时受到良心责备，至于说再来补考，那他是不相信的。维克多在两星期后进行了补考，并且又得了个五分。教员在这时才真正地信任了他。显而易见，他对学习的这种踏实态度表现出他对待学习是非常认真的。对于同志，维克多是非常关心的。在且美索夫病严重时，他几乎每天都去看他，他把且美索夫的病当成了自己的事，因此他尽了他最大的努力。他认为这是他的义务，大家也都是这样。在一次滑雪比赛中，他因为救玻里岑而放弃了第一，并且冒着很大危险。事后他也没认为他有什么功劳，相反他认为如果任何人遇到这种场合都会那样做的。这种对同志的爱正是他爱情的基础，他对恋爱是十分严肃的，他对塔玛拉一直记在心里。当他发现他和慕侠不明确的关系时，他马上断绝了这段关系，他一直等待着塔玛拉，最后还是等到了。维克多认为每个人都应该树立自己学习的榜样，都应该竭尽自己的力量，即使是把手足磨得鲜血淋漓，也要达到目的，攀登到最高峰，要知道这才是人生存的意义。

20世纪50年代的流行语是“苏联的今天就是我们的明天”，一代中国青年对苏联的一切都十分向往。学校经常放映苏联电影，如《宣誓》《难忘的一九一八》《列宁在十月》《攻克柏林》《莫斯科保卫战》《列宁格勒保卫战》《乡村女教师》《牛虻》等。课余饭后，同学们唱的也是苏联歌曲。《喀秋莎》《红莓花儿开》《小路》《三套车》《纺织姑娘》在校园里飘荡。革命的文学艺术就是这样潜移默化地影响着胡文仲和他那一代人。

1952 年 9 月 6 日，胡文仲成为一位光荣的新民主主义青年团（1957 年 5 月改为中国共产主义青年团）团员。这是他梦寐以求的理想。他在当天的日记里写道：

> 我被批准入团了，虽然是候补团员，但我还是很高兴的，从今天起，我做的一切都要改变了，入团就意味着把个人的一切完全交给了组织。两天前崔启瑶同志已经和我谈过话，指出我的缺点，告诉我进步如果没有思想基础，那就不能算是进步。当时我还没接受下来，经过今天刘贞标和我谈话之后，我认识到在入团讨论后，我没有虚心接受同学们的意见，而以为同学们要求过高，其实是自己要求过低。

入团，是胡文仲人生路上的一个新起点，从那以后，他就决心“把个人的一切完全交给组织”。他一生严于律己，实践着自己十七岁时许下的诺言。

然而，伴随新中国第一代青年大学生成长的不只是鲜花和歌声。毛主席在《组织起来》一文中说：“我们共产党员应该经风雨，见世面；这个风雨，就是群众斗争的大风雨，这个世面，就是群众斗争的大世面。”胡文仲和他的同学们将在一场又一场群众斗争的大风雨、大世面中，壮筋骨，长才干。1950 年 10 月 10 日，中共中央发出《关于镇压反革命活动的指示》。按照中央指示精神，政务院、最高人民法院、公安部对开展更大规模的镇反斗争作了具体部署。镇压反革命运动从 1950 年 12 月起在全国范围内开展起来，打击的重点对象是特务、土匪、恶霸、反动党团骨干和反动会道门头子。1951 年 2 月 21 日，中央人民政府公布了《中华人民共和国惩治反革命条例》，为镇反斗争提供了法律武器和统一的量刑标准。1951 年春夏，镇压反革命运动形成了全国性的高潮。北京外国语学校不是世外桃源，那一场在全国范围内掀起的镇反运动震撼着这一群年轻学子的心，使他们经历了第一场革命洗礼。从未经历过政治运动、刚刚十五六岁的胡文仲密切关注形势的发展变化，决心在运动中锤炼自己。

和北京外国语学校同在万寿山湖畔之西苑的华北人民革命大学的斗争更为激烈。华北人民革命大学创立于 1949 年 2 月，学员虽然以青年学生为主，但也有来自旧政府机关的职员，学校教师，还有一小部分商贩、旧军人和失业工人等。这样复杂的人员结构难免鱼龙混杂，良莠不齐，运动开始不久就揪出数名隐藏很深的反革命分子，还有人向政府自首，主动交出手枪。严酷的现实触目惊心，胡文仲和他的同学们在斗争中受到一次深刻的教育。

随之而来的是“三反”“五反”运动。所谓“三反”“五反”运动是 1951 年底到 1952 年 10 月，在党政机关工作人员中开展的“反贪污、反浪费、反官僚主义”和在私营工商业者中开展的“反行贿、反偷税漏税、反盗骗国家财产、反偷工减料、反盗窃国家经济情报”斗争的简称。

1952 年 4 月，“三反”运动进入核实定案处理阶段。经过一再核实，发现原来揭发的问题有许多不实之处，被批斗的干部大部分都平了反。运动中，全国各地揭露出一批少数干部受侵蚀的严重的腐败事件。最典型的案例是依法判处大贪污犯、原中共石家庄市委副书记刘青山和原中共天津地委书记张子善死刑。刘、张二人20世纪30年代入党，为革命事业做出过贡献，但是解放后居功自傲，目无法纪，贪污腐化，最终走上不归路。这是新中国成立后的反腐第一大案，在全国引起极大的震动。1952年10月25日，中共中央批准了关于结束"三反"的报告，"三反"运动基本结束。"三反"运动是新中国成立后中国共产党作为执政党领导的第一次大规模反腐败斗争，这场运动的胜利，有力地抵制了资产阶级腐朽思想对革命队伍的侵蚀，清除了干部队伍中的蜕化变质分子，教育和挽救了一批干部，提高了干部和广大人民的社会主义觉悟，增强了对资产阶级腐蚀的抵抗力，并在社会上树立了廉洁奉公的道德风尚，维护了中国共产党和人民政府的形象。亲身经历了这场斗争的胡文仲和他的同学们深刻认识到共产党之所以光荣伟大，最重要的一条就是党的干部必须清正廉洁，必须全心全意为人民服务。这个信念贯穿了他的一生。

北外的学生遵从学校"在政治的基础上学好外文"的办学方针，"经风雨见世面"的同时，非常刻苦地学习外文。西苑年代，北京外国语学校只有俄文系、英文系和德法西文系。后来，俄文系并入俄文专科学校[1]。胡文仲他们这批参干学员绝大部分在英文系，分成甲乙丙三个年级。甲级都是英语有一定基础的学员。胡文仲被分在乙级。那时候，北外英文部有四位外籍老师，即柯鲁克、伊莎白、史克和陈梅洁。柯鲁克夫妇[2]是英国共产党员，1947年，以国际观察员的身份前往河北十里店（今河北省武安市十里店村），调查研究中国共产党领导下的土地改革和整党运动。经过详细

1　1959年经教育部批准俄专并入北京外国语学院，就是人们常说的东西院合并。

2　柯鲁克夫妇即大卫·柯鲁克（David Crook）和伊莎白·柯鲁克（Isabel Crook），本书中一般称大卫·柯鲁克为柯鲁克，伊莎白·柯鲁克为伊莎白。

考察，伊莎白和柯鲁克完成了著名的社会调查著作《十里店（一）——中国一个村庄的革命》，真实记录了中国新民主主义革命重要阶段的改革和发展情况，成为蜚声海内外的社会人类学名著。1948 年，伊莎白夫妇受中共邀请，来到位于石家庄市西部的南海山村，在叶剑英、王炳南直接领导的外事学校开始英语教学。从那以后就一直在北外工作。还有一批爱国知识分子，听到新中国成立的消息之后，满怀热情，踏上回国之路，即使放弃即将得到的学位也在所不惜。王佐良、刘世沭[1]等都属于这一类学者。另一批教师是 1949 年从南方招来的大学毕业生和在校大学生，如丁往道、薄冰、陈琳、周谟智、祝珏等，他们在革大学习半年后陆续参加了教学工作。还有一些是从解放区随同学校入京的学员，后来也成了教师或干部，如宁均维等。由此可见，解放初期，北外教师队伍的阵容还是相当强大的。

教基础英语的有李信纯、应曼蓉[2]、刘世沭等老师。他们教学认真负责，对同学都很关心。李信纯老师从美国回来不久，中文不如英文好，整天都说英文。她上口语课，方法灵活多样，总是设想出各种场景，让大家利用这些场景练习口语，同学们学得有滋有味。应曼蓉老师毕业于上海圣约翰大学，教分析性阅读（相当于精读）。刘世沭老师来校前在英国爱丁堡大学读博士学位，专攻中世纪英语。他知识渊博，英语法语水平都很高，课堂上讲得出神入化，把同学们带到一个奇妙的知识世界。当年基础阶段使

1　刘世沭（1913—1990）：江苏南京人，1936 年毕业于清华大学外语系，1949 年至 1951 年在英国爱丁堡大学从事研究工作。1951 年回国后到北京外国语学校英文系任教。1962 年参与修订英语系教学大纲。1980 年曾赴美国进修。研究方向为英语教学法、英语史、英国文学等。讲授过《基础英语课程》和《英国文学选读》、《英语语言史》等专业课程。曾在《外语教学与研究》和《西方语文》杂志上发表过论文多篇。

2　应曼蓉，生于 1928 年，女，浙江人，中共党员，编审。1949 年 1 月毕业于上海圣约翰大学，获文学学士学位。1950 年起在北京外国语学校任教。曾任《汉英词典》组组长。参加《新汉英词典》的编写工作。

用的分析性阅读教材是苏联的《高级英语》一、二两册，课本的基本路子和后来的《许国璋英语》近似，以一篇精选的短课文作为基本材料，课文后面附以大量的课文练习和语音、语法及词汇练习。教师先处理课文，课文搞熟以后做各种练习，达到充分掌握课文，口语、书面都能复述的地步。教师对于语音给予特别的重视，一个音一个音练准，再练下一个音。这种教法是北外所特有的，也是培养出口语实践能力强的翻译干部的秘诀。泛读当时称作家庭阅读，材料也是用苏联的，但材料不是很多。当年都是直接翻印，没有版权的概念。教师十分重视朗读、背诵、复述、听写这些基本的练习方式。分析性阅读贯穿整个四年，在高年级增加了翻译等课程，但是没有条件开设文学和语言学课程。北外多年来都是每个班只有十五个学生，口语分两个小组，课上实践机会很多。课后为了练习口语，教师在学员中组织口语小组（speaking pairs），每天练习口语。还规定在“英语口语周”期间，同学们见面必须讲英语。每逢“口语周”，每个同学胸前都要别一张小纸片，谁说了中文就要在上面记上一笔。

期末举行英语晚会，同学们格外开心。晚会上，有的同学唱英文歌曲，有的说英文相声，还有的同学演英文短剧。这对平时开展口语活动起到很大的促进作用，激发了同学们学习英语的兴趣。寓教于乐，年轻学子乐在其中。《半夜鸡叫》和《武松打虎》是最受欢迎、多次上演的拿手好戏。同学们生动风趣的表演，拟人化的台词逗得大家哈哈大笑。老虎见到武松时说：“I am a tiger. I'm hungry. I want to eat you.”（我是老虎。我饿了，我要吃你！）扮演武松的同学进入角色，骑在扮演老虎的同学身上演得非常投入，一边挥拳猛打，一边不断地大声喊：“You beggar, I'll make you suffer.”（你这个坏蛋，我非得让你受点苦不成！）台下的观众笑得前仰后合，拼命鼓掌。随着英语水平逐步提高，英语晚会的内容和剧目也越来越丰富多彩。他们曾排演了一个英国短剧《亲爱的逝者》（*The Dear Departed*），抽了不同班级的吴千之[1]、张泰金、尹伟、徐淑平等六个同学扮演剧中的人物。除了导演熊德輗老师精心指导外，柯鲁克和伊莎白老师也参与排练，一句一句地教剧中人道白应有的语调。伊莎白老师甚至拿来自己的衣服，供同学们演出使用，为角色增添了真正的“英国味儿”。柯鲁克老师还请来在京的外国专家戴乃迭等来朗诵英语诗篇，给晚会增光添彩。

学校的劳动主要是大扫除，有时候组织一部分同学帮厨，还有就是清理储水池。当年厨房外面有一个储水池，大约两米多深，厨房用水就从池里取，水源是地下冒出来的水，像是自流井。那时北京西苑地下水位很高，不需要用泵抽水，地下水直接往上冒，水非常干净，但储水池过一段时间需要清洗一次，要把水放掉，把源头堵住，几个同学跳下去用石块打磨池的四壁，然后冲洗干净。这个活儿有点艰苦，特别是冬天，但也是考验男同学的好机会，身体好的同学争先恐后要下去。谁得到这个机会都感到特别光荣，干起活儿来特别卖力气。下面的同学在打磨，周围还有一批人摩拳擦掌议论纷纷，就像在街边看人下象棋，指手画脚，纷纷出招。

北外的教学传统历来都重视基本功训练，特别重视语音和口语。因此，学生的口语能力一般都比较强。除了在教学中重视外语实践以外，学校也

1　吴千之（1935—2012）：上海人，1951年入北京外国语学校，主修英语，1954年毕业，留校进研究生班，师从水天同、王佐良、许国璋等教授。1957年毕业，在英语系任教。在哥伦比亚大学获得博士学位，后在美国里德学院创立中国语言文学系。

十分重视学生在社会实践方面的锻炼。朝鲜停战谈判开始，北外的周珏良教授被派到板门店参加谈判的翻译工作。还有一批学员被派到战俘营做美国战俘的教育工作。1952 年，由于美国片面制造对日和约，加速了日本军国主义的复活。美国侵略者破坏朝鲜停战谈判，在亚洲区域建立军事基地，准备发动更大规模的战争，亚洲及太平洋区域的和平和安全遭到严重的威胁。1952 年 10 月 2 日至 12 日，亚洲及太平洋区域和平会议在北京召开，参加会议的有：中国、苏联、朝鲜、蒙古、印度、日本、澳大利亚、智利和墨西哥及美洲太平洋沿岸的共三十七个国家的代表。这是 1949 年以后我国主办的第一次大型国际会议。学校派出了一批英语、法语、西班牙语在校学生去参加会议服务工作。 1954 年 7 月，北京又召开了一次大型的国际会议。胡文仲当时是四年级学生，因学业优秀，学校抽调他为会议服务。听到这个消息，胡文仲特别高兴。他在 1954 年 7 月 16 日的日记中写道：

今天派我出去工作正是考验自己的机会。过去常讲为人民服务，今天是能为人民做点事情的时候了，我应该好好地抓住这个机会，证明自己忠于祖国，忠于人民。

1954 年 7 月 17 日，胡文仲在日记中写道：

早晨忙得不可开交，一直在交代工作。十一点半，武刚同志召集我们讲了话，对我们的未来工作做了一番指示。这都是以前出去工作的同志积累的经验，应该很好地汲取。午后杨淦春同志为欢送我们讲了话。他说这个工作对于世界和平事业有很重要的意义，因此我们的工作也是非常有意义的。他要我们服从组织，好好地工作。下午四点，汽车开到学校，大家和我们热情握别，我们也很激动。我从心眼里感谢我们的外国语学校。我刚来学校时什么也不懂，什么也不会，现在我能工作了。若不是党的教育，老师的辛勤劳动，哪会有今天？人不能忘本，我在将来的工作中一定要显示出我是外国语学校的优秀学生，使我们的小弟弟小妹妹们看着我们更努力地学习。我们先到了二十四中大楼。一位同志向我们介绍了一般情况，然后又分配了工作。我的工作是联络处英文翻译。工作可能是陪外宾参观游览等。组织上指定我负责联络组这一部分人的生活问题。我当然什么也不懂，也不知道。不过我还是要尽我的力量去做好。

胡文仲的革命热情，胡文仲的积极向上，由此可见一斑。

报到后，胡文仲被分配到埃及代表团，任团长翻译。同时调到埃及团的还有法文系的姜文霞。对于刚刚十八岁的胡文仲，这是难得的学习、锻炼机会。他自然格外高兴，初次上阵，做了充分的准备。那次会议，外国代表团的代表住在新侨饭店，工作人员住在附近的一个小旅馆里，安排得有条不紊。白天工作，晚上为第二天的日程做准备，主要是了解外宾的行程，弄清他们将要游览访问的地方，突击可能使用的英语词汇。像这种派出去做短期翻译的事情在当时的北外十分常见。有时任务下达很急，上课时助理员突然敲门进入教室，点名叫到某个同学，大家就知道又有任务了。师生对此都很习惯，大家的组织观念很强，只要上面有任务，立即接受，从来没有人讨价还价。当年北外学生经常唱的歌是：

人民需要我们到哪里，我们就到哪里。

我们有马列主义武器，毛泽东思想指导。

我们勇敢地走向岗位，永远为人民服务。

人民需要我们到哪里，我们就到哪里！

这首歌后来成为北外的校歌，七十年来，一直回荡在胡文仲的心中，回荡在北京外国语大学美丽的校园。

中华人民共和国成立不久，国庆节是全国人民最盛大的节日。每年国庆前，胡文仲和他的同学们都要在西苑操场操练，练习列队行走，准备通过天安门广场，接受毛主席的检阅。他们都知道，1949 年 10 月 1 日，北京外国语学校的师生到天安门参加开国大典，毛主席在天安门城楼上看到外国语学校师生的队伍时，高喊“外国语学校的同志们万岁！”人民领袖的博大胸怀，人民领袖对人民的热爱，激励着一代又一代的北外人，鼓舞他们在毛泽东思想的指引下前进。他们还听说，1949 年 10 月 1 日，胡文仲的老师伊莎白——著名国际友人，国际共产主义战士、教育家、新中国英语教学的拓荒人，“友谊勋章”获得者——和她的丈夫柯鲁克作为国际友人都被邀请在观礼台上观礼。那时，伊莎白的大儿子柯鲁刚生下来不久。伊莎白在观礼台上看一段时间，该给孩子喂奶的时候，就一路小跑穿过长安街到东郊民巷朋友家里去给柯鲁喂奶，喂完再跑上观礼台继续观礼。这些事都给胡文仲和他的同学们留下深刻的印象。1950 年去天安门广场参加国庆游行时，校领导嘱咐同学们一定要穿上最好的衣服，特别是女同学要穿得色彩鲜艳。十月一日清晨三四点钟，他们就赶紧起床。吃完早饭后，带上两个馒头两块咸菜列队从西苑走到清华园车站。在那里坐火车，到西直门站下车，然后从西直门一路走到东单。当年的天安门广场比现在小很多，挤满了人。北京外国语学校的师生高举红旗，手捧鲜花，迈着整齐的步伐，从天安门前走过。他们一边高喊口号，一边朝检阅台张望，盼望着看到城楼上挥手致意的毛主席和其他党和国家领导人。游行结束后，他们在西直门车站乘车返校。虽然这一天路走了很多，人也累得精疲力竭，但大家热情依然不减，连续两三天都处于亢奋的状态。

胡文仲虽然在班上年纪最小，但他积极向上、助人为乐的品格深得同学们的赞赏。入学不久，就被选为学生会的干部。他在1951年3月7日的日记中写道：

昨天就已经在酝酿重选学生会，提出八个候选人，也有我，我本来不想担任工作，因为学习没搞好，但是也很喜欢为同学服务。晚上决定。同学们提优缺点，有几个优点我是不能承认的：学习积极，工作能力强。缺点：上课不专心，工作不细心。我觉得缺点提出很少。我本来认为，群众对我有意见，不想提出，但是实在是他们没有意见，也许没有检查到。投票结果是，我得了二十九票，除了一张废票和自己未投外，只有一位同学没有投，可见群众关系搞得比较好。

谦虚谨慎，严于律己，贯穿了胡文仲的学生时代。由于工作出色，到了1953年，他依然是学生会的人选。他在1953年8月28日的日记中写道：

开学了，下午分班名单公布了，我和邵迥初、王钰龙分在二下甲三班，我反正在哪个班都一样。不过这个班还是非常活跃的。虽然我有不想工作的念头，并且公开表示过，但校学生会还是推荐了我，我的念头也就有了改变。当然工作中困难是一定有的，但只要有坚毅的精神来克服，那是不成问题的。

学生会确实是个锻炼人的地方。胡文仲先是在系学生会当生活委员，在王嵎生领导下工作。王嵎生很早就表现出领导才能，毕业后当了多年的外交官，历任驻尼日利亚和驻哥伦比亚大使，后任亚太经贸合作组织（APEC）高官[1]，中国国际问题研究基金会战略研究中心执行主任等职。在系学生会之后，胡文仲又在院学生会做了秘书长，在老大哥王钰龙领导下工作。王钰龙毕业后分配到中国图书进出口公司工作，之后长期作为公司负责人驻纽约，为我国进口科技和其他学科的图书，引进先进技术做出很大的贡献。学生会的这些职务使得胡文仲逐渐增强了组织工作的能力，培养了团队精神。

在西苑北京外国语学校的学习和生活，不仅确立了胡文仲的人生观、世界观，深刻地影响了他一生对很多问题的看法，还培养了他的兴趣、爱好，养成良好的习惯。胡文仲属于那种从小就志存高远的人。他一直牢记孟子的格言："故天将降大任于是人也，必先苦其心志，劳其筋骨，饿其体肤，空乏其身，行拂乱其所为，所以动心忍性，曾益其所不能。"他知道，为了担当大任，必须"苦其心志，劳其筋骨"，让自己有坚强的意志，健壮的体魄。所以到北外后，他就特别注意锻炼身体。和他同班的尹相华同学来自青岛。他喜爱体育运动，体魄健壮，肌肉发达，在单双杠上可以做很多高难度的动作。这让自小被认为体育比较差，尤其不善玩单杠、跳马之类体育器械的胡文仲十分羡慕。晚自习之后盥洗完毕，他经常和几个同学一起去单双杠活动场地，一边锻炼一边聊天。尹相华在单双杠上表演惊险动作，赢得围观同学一片赞叹。这些接触和活动使得胡文仲越来越喜

1 出席 APEC 高官会的各成员代表，被称为 APEC 高官。APEC 高官一般由大使和司局级官员担任，副部长和部长助理也会担任这一职务。

爱体育运动。后来认识了学校长跑队的队长，就跟他一起跑步，对长跑的兴趣越来越浓，每天早上跑两三千米。还正式参加了学校的长跑队，每天跑三五千米，甚至万米以上。在长跑队锻炼准备参加高校比赛期间，体育组司徒锦才老师安排他们在礼堂的台子上吃饭，早饭多加两枚鸡蛋，中午的饭菜也比一般同学更富营养。胡文仲当时练长跑十分入迷，心中的榜样是被誉为“奥运史上最伟大的长跑选手”——捷克斯洛伐克的埃米尔·扎托佩克（Emil Zátopek）。这位和大作家左拉同名的捷克斯洛伐克运动员，在 1952 年赫尔辛基奥运会上囊括五千米、一万米和马拉松三大长跑项目世界冠军，同时打破这三个项目的奥运会纪录，报刊上对他的报道很多。胡文仲仔细阅读《新体育》杂志上有关扎托佩克训练方法的介绍，并且用到自己的训练上。他按照扎托佩克的训练方法，把三千米切成十五段，每段二百米，按短跑的速度跑完二百米，然后休息一下，再跑下一段，这样跑完三千米。这种高强度的锻炼十分奏效。经过一段时间的练习，成绩果然提高了很多。他逐步体会到在长跑中调整呼吸和合理分配体力最为关键。最难跑的不是五千米，而是中距离的八百米或一千五百米，因为一直要保持比较高的速度，呼吸比较困难。另外，通过比赛，他体会到领跑是最危险的，压力也最大，最好的位置是在领跑的后面跟跑。在司徒老师的调教下，经过长时间的艰苦锻炼，胡文仲的长跑成绩不断提高，在学校的运动会上拿到过冠军，还代表学校参加过高校运动会，竞争对手是体育学院和清华北大的学生，比赛之激烈可想而知。持续的体育锻炼使他的身体越来越好，体重从四十多公斤增至六十公斤。那时候，学校特别支持学生参加体育锻炼。为了开展冬季体育运动，学校鼓励学生滑冰，但又没有足够的经费购买价格不菲的冰鞋供学生使用，只得垫钱给大家买冰鞋，然后逐月从微薄的生活费中扣除，相当于现在的分期付款。胡文仲特别喜欢滑冰，尽管囊中羞涩，还是咬咬牙，买了一双。那时候，西苑大院外面是大片大片的稻田。冬天稻田结冰，宛如一个天然溜冰场。胡文仲和同学们就在稻田里滑冰，遇到田埂，纵身一跃，轻轻落地，动作十分灵活。从那以后，他几乎每年冬天都滑冰。直到 1983 年，已经四十八岁的胡文仲还到北大未名湖和紫竹院的湖上滑冰。体育锻炼使他一生受益无穷。他通过长跑训练体会到付出多少就收获多少，训练时肯吃苦不马虎，比赛时就比较轻松，也就能取得比较好的成绩。一般人都觉得长跑十分枯燥，没有球类运动有意思，但是，胡文仲从来没有这种感觉，相反，他觉得长跑不但充满乐趣，还能锻炼人的意志。

新中国，新天地，胡文仲这一代年轻大学生满怀对未来的憧憬，不但努力学习，课外活动也搞得丰富多彩。他原本对于音乐不太喜欢，但是同班同学戚名琮是个音乐迷，闲聊时常常给他讲交响乐队的组成、各种乐器的特点以及这些乐器在乐队中的位置和作用。在他的引导之下，胡文仲对音乐越来越感兴趣，还花了不少时间背乐器的英文名字。戚名琮后来当上学校乐队的指挥，工作以后还买了他最喜欢的单簧管。胡文仲虽然没有像他那样对音乐如痴如狂，达到很高的境界，但渐渐培养起对西方古典音乐的兴趣，提高了艺术素养。戚名琮来自青岛，人长得帅，体质也好，冬天很少穿棉衣，只穿一件薄毛衣。和他接近的几个同学深受他的影响，也都不穿棉裤。每年冬天发下棉制服后，立刻把棉裤卖掉，然后去附近小镇的餐馆吃一盘炒面，犒劳一下自己。胡文仲不但卖过棉裤，还卖过一块心爱的手表。那块表原本是哥哥胡文伯送给他的，但胡文仲从小就是个孝顺的孩子。离开徐州之后，一直惦记着家人的生活。他知道母亲没有固定收入，家里十分困难。而他每个月只有学校发给的三块多钱的零花钱，想接济母亲根本办不到，就动了卖表的念头。他把卖表所得悉数寄给母亲，换得几日的心安。他还进城卖过旧衣服，或许因为太旧没有卖掉。他把一件袖子磨破的毛衣，拿到西单，本想找人拆了之后再重新织成一件毛衣，无奈毛线不够，只能织成一件背心。从那以后，胡文仲好多年没有再穿过毛衣。艰苦的生活并未使他的坚强意志稍减，只能激励他奋然前行。

1954 年，北京外国语学校经教育部批准改名为北京外国语学院。校址也从西苑搬到了苏州街魏公村。办公楼、教学楼和宿舍楼都是新建的楼房，教学条件和生活环境发生了根本性的改变。1954 年底本科学习结束，1955 年 1 月举行了毕业典礼。毕业后，同学们纷纷走上工作岗位，一部分同学被分配到外交部，一部分同学去了新华社，还有的同学直接被派到我驻外使馆。例如，邹德孜被派到中华人民共和国驻芬兰使馆，陆贝贝被派到中华人民共和国驻丹麦使馆，黄祖辕和王育德去了中华人民共和国驻叙利亚使馆，冼志宏奔赴西藏，在拉萨外办工作。大家都开始为新中国的外交事业贡献自己的知识和力量。为了给外交部培养水平更高的翻译干部，学校留下四十多个同学开办了进修班。胡文仲于 1955 年进入进修班学习，待遇由供给制改为工资制，每月二十多元，生活有了进一步的改善。

北京外国语大学的“西苑年代”从此画上句号，但是“西苑年代”老同学的深情厚谊延续了七十年。退休后，他们曾多次聚首。学生会老会长王钰龙一如既往负责组织。刚开始有二百多人参加。十几年前春节聚会还有一百多人出席，共有十几桌，后来减少到五六桌，最后一次是三桌，这时平均年龄已经超过八十。最近一次北外八十年校庆，经郑荣成多方联系，只召集起十八位老同学。其中有担任过大使的资深外交官，有国际问题研究所所长，有大学教授，有资深翻译家。大家见了面都还是不问官衔直呼其名，都还是那么亲热，似乎又回到了西苑年代。革命大家庭的余温尚在，记忆永存。

第三章

华沙与北欧之行

1955 年，更名后的北京外国语学院留下四十多位本科毕业的同学开办了进修班。进修班以培养外交部翻译为目的，所以也有人称其为翻译班。进修班分三个小班。从 1955 年 1 月到 1956 年暑期，时间长达一年半。按现在的说法，应该属于硕士研究生了。还不满二十岁的胡文仲因学业优秀也被留下来在该班学习。进修班增加了翻译课程，包括口译课、笔译课、对照阅读等。

胡文仲特别喜欢进修班开的对照阅读。这门课主要对比好的翻译和差的翻译，注重实践，培养学生的鉴别能力，针对性强。老师薄冰是山西应县人。应县是雁北出名的穷地方，但应县民风淳朴，那里的人刻苦勤俭、风趣幽默。这种品格在薄冰老师身上也多有体现。薄冰 1947 年毕业于国立浙江大学外国语文系，1949 年至 1950 年间在华北人民革命大学学习。接受革命洗礼之后便到北京外国语学校教书。他上课热情奔放，口若悬河，所讲所评又句句在理，同学们特别欣赏。

读本科时，限于当年学生的水平，胡文仲这一届学生阅读的原著英文小说数量有限。转入进修班后，英文原著大量增加，主要是阅读进步作家的作品，例如杰克·伦敦的长篇小说《马丁·伊登》（*Martin Eden*），杰克·林赛的《被出卖了的春天》（*The Betrayed Spring*），讲述朝鲜战争的《我为什么去朝鲜》（*That's Why I Went*）等。进修班的老师中，具有印度血统的张汉熙教授是个不同凡响的人物。张教授 1921 年生于广东梅州，1942 年毕业于印度加尔各答大学。1949 年来北外任教。他平时沉默寡言，英语水平高，课上得好，很受学生欢迎。他编写的《高级英语》是高校英语系选用最多的高年级精读教材。教师遇到特别艰深的文字常常去找张汉熙老师，向他请教。他在进修班任教时，选用的阅读教材还有詹姆斯·阿尔德里奇的《外交家》（*The Diplomat*）。这也是胡文仲最早接触到的澳大利亚作家的作品，尽管内容与澳大利亚完全没有关系，小说讲述的是第二次世界大战期间大国间的外交斗争。当年他们很少读到英美经典小说。这时候，胡文仲和同学们的生活待遇从供给制改为工资制，生活有了很大的改善。周末在校同学与已经毕业的同学经常在颐和园或中山公园聚会，有时老同学也会来校看望。胡文仲班上的同学还集资在天桥买了一台二手留声机和古典音乐的唱片。周末，几个爱好音乐的同学在一起，听施特劳斯的《蓝色多瑙河》、贝多芬的《命运交响曲》、舒伯特的《小夜曲》等。戚名琮有时给大家讲解这些古典音乐的奥妙。他对于如何取下唱片、如何把唱片放在唱盘上很讲究，一再嘱咐大家不要把手指放在唱片上，不然会影响唱片的寿命和质量，完全像是科班出身的乐师。

在进修班学习半年之后，胡文仲被学校选拔出来，参加第五届世界青年联欢节做翻译。同时被派出的还有张永彪和张中载。世界青年联欢节（World Festival of Youth and Students），又叫“世界青年与学生和平友谊联欢节”，由总部设在匈牙利布达佩斯的世界民主青年联盟（World Federation of Democratic Youth）主办。是以苏联为首的国家举办的大型国际活动，主题是反对侵略和战争，歌颂友谊与和平。第五届世界青年联欢节 1955 年 7 月 31 日到 8 月 14 日在波兰首都华沙举行。参加这次联欢节的有一百一十四个国家、三万多名青年代表。中国青年代表团的团长是团中央书记罗毅，成员二百余人，都是新中国成立以来艺术、体育界涌现出来的新秀。比如青年歌唱家郭淑珍，舞蹈家赵青，京剧表演艺术家李玉茹、江新蓉，著名画家刘勃舒等。胡文仲虽然是随团翻译，但也绝对是有资格参加青年联欢节的优秀青年。他在北外不但学业优秀，而且积极参加学校组织的各种活动，在学生会担任学生干部，认真负责，有目共睹。这也是学校选拔他参加如此重要活动的原因之一。对于从来没有出过国，而且要途经向往已久的莫斯科，到波兰和北欧访问的胡文仲，这自然是极大的鼓励。兴奋激动之余，他立刻给哥哥写信，把这个好消息告诉家人。一家人听了，都为胡文仲能有机会出国见这样大的世面而高兴。母亲更是满心骄傲，其实，自从儿子参干，门楣上悬挂“光荣军属”的牌子，胡文仲的母亲就以自己有这样一个争气的儿子为荣。她相信胡文仲一定能给这个历经磨难的家庭带来更大的光荣。

经过短暂的集训，胡文仲和这一批朝气蓬勃、风华正茂的年轻人一起登上开往莫斯科的国际列车。火车从北京出发，经由与哈巴罗夫斯克和犹太自治州隔江相望的佳木斯，风驰电掣驶向当时人们心中普遍向往的苏联。火车穿过苏联远东地区辽阔的湿地平原，穿过西伯利亚广袤的原始森林，途经烟波浩渺的贝加尔湖，向莫斯科进发。火车走了七天七夜，旅途十分漫长，但胡文仲毫无厌倦之感。坐在窗前，眺望着扑面而来的黑松林，一闪而过的白桦林，一道道陌生而又熟悉的风景线，让年轻的胡文仲浮想联翩。陌生，因为这是他第一次身临其境；熟悉，因为他早已从读过的苏俄文学作品中领略了西伯利亚——亚洲第一大平原的风采。他想起在建设祖国的火红年代里，感动了一代大学毕业生投身到教育事业的苏联电影《乡村女教师》——刚从学校毕业的瓦尔娃拉到西伯利亚乡村当教师的故事。看着窗外的景色，伴随着列车的轰鸣，胡文仲不由得唱起平常最喜欢的歌曲《三套车》：

冰雪覆盖着伏尔加河

冰河上跑着三套车

有人在唱着忧郁的歌

唱歌的是那赶车的人……

唱歌的自然不只是胡文仲。一路上，同车的歌唱家、京剧演员，每天都会在火车上为大家唱歌、表演。列车满载着欢声笑语、青春活力和对美好生活的向往，飞驰在被誉为“第一亚欧大陆桥”的西伯利亚大铁路上。望着通向远方闪亮的铁轨，胡文仲深知，这条铁路也见证了中华民族屈辱的历史。早在 1896 年，西伯利亚大铁路开工建设五年之后，李鸿章作为大清国的特使赴莫斯科祝贺沙皇尼古拉二世加冕。庆祝活动期间，李鸿章被迫与俄罗斯签订了《中俄密约》，决定在中国境内修建西伯利亚大铁路的支线——东清铁路（也叫中东铁路）。1897 年，东清铁路动工修建，1903 年 7 月 14 日全线通车，成为西伯利亚大铁路的一部分。为了修建这条铁路，俄国政府从山东、河南和东北各地招募劳工，前后达几十万人。中国劳工除修建东清铁路外，还到西伯利亚大草原和来自日本、土耳其、阿拉伯国家的劳工一起修筑这条举世闻名的大铁路。西伯利亚大铁路的建成为沙皇俄国带来巨大的经济效益，使得这块荒无人烟的流放之地渐渐繁荣起来。但是，由于气候恶劣，生活条件艰苦，很多中国劳工被永远埋葬在西伯利亚的萋萋荒草之下，再也没有回到家乡。极目远眺，车窗外草浪翻滚，俄罗斯民歌《草原》凄婉的旋律在胡文仲耳边回响：

茫茫大草原　路途多遥远
有个马车夫　将死在草原
车夫挣扎起　拜托同路人
请你埋葬我　不必记仇恨……

他仿佛看见半个多世纪前，为谋生计、背井离乡的同胞背着沉重的石头，在工头的皮鞭下艰难跋涉。而今，中国人民在中国共产党的领导下，经过几十年的浴血奋战，建立了崭新的国家，中华民族巍然屹立于世界民族之林，中国人被欺凌、被压迫的时代成为永远的过去。年轻的胡文仲庆幸自己生活在这个伟大的新时代。在异国他乡的土地上，在满载全国人民殷切的希望和保卫和平的崇高使命的列车上，一种民族自豪感油然而生。七天七夜的旅程，让胡文仲又一次感受到祖国的强盛和伟大。中国青年代表团每到一站，当地共青团组织都在车站举行欢迎仪式，发表热情洋溢的讲话。青年男女载歌载舞，欢迎远道而来的中国朋友。火车上的苏联服务员对中国客人也照顾有加，国际列车提供的食物都是正宗的俄式饭菜。浓浓的俄罗斯红菜汤伴随着苏联人民的美好情谊让胡文仲久久不能忘怀。七天后，他们终于到达莫斯科。因为时间安排得很紧，他们没能到向往已久的红场和克里姆林宫参观游览，在旅馆里住了一夜，到莫斯科大剧院前面匆匆合影留念后，便换车去华沙。

华沙是波兰的首都，波兰的政治、经济、文化中心和最大的城市。1939 年第二次世界大战爆发，希特勒叫嚣：“要在短期内消灭波兰。”德国法西斯对华沙狂轰滥炸，满目焦土，遍地火光，具有悠久历史的华沙几乎被夷为平地，极具特色的古典建筑荡然无存，只剩下令人心痛的残垣断壁。但是经过短短十几年的艰苦奋斗，华沙人民按照原来的格局重建城市，昔日的宫殿、教堂、城堡又巍然屹立于废墟之上。中国青年代表团成员踏上这块土地的时候，展现在他们面前的又是一座融合了中世纪古城风貌与现代化建筑风格的美丽城市。

中国青年代表团在华沙待了大约半个多月的时间，所到之处受到波兰人民的热烈欢迎。那时候，中华人民共和国刚成立不久，许多国家和地区的人们对中国还不太了解，中国青年代表团和作为随团翻译的胡文仲深感责任重大，决心在这场新中国早期的民间外交活动中展示中国人民的风采，让世界更多地了解中国。联欢会期间，中国青年代表团和八十九个国家的青年亲切会见，一起联欢，举行茶话会。联欢节的任何活动只要有中国代表、中国演员出现，场上的人们就欢呼："China！ China！"让中国代表讲话，或者表演。胡文仲虽然是随团翻译，但也是团里的活跃分子，一天到晚跟着中国代表团参加各种活动。有一次在一个会上大家拼命鼓掌，要中国代表唱歌，胡文仲按捺不住激动的心情，自告奋勇跑到台上去唱歌。但是由于兴奋唱到半截把词儿忘了，但还是在热烈的掌声中，稀里糊涂唱完那首歌，心里充满了作为一个新中国青年的骄傲之情。

世界青年联欢节还举行了各种赛事。比赛中，中国青年艺术团获得二十五个奖项，体育队获得十四个奖项，取得巨大成功。其中京剧表演艺术家江新蓉演出的京剧清唱获民族歌唱金质奖章。张玉蝉、云燕铭、徐玉川和王清乾等演出的《双射雁》《水漫金山》《闹天宫》《猎虎记》等均获金质奖章。青年舞蹈家赵青领舞的《鄂尔多斯舞》获得金质奖章，青年歌唱家郭淑珍获古典歌曲演唱铜质奖章。

世界青年联欢节结束之后，中国青年代表团回国，像上海著名京剧表演艺术家李玉茹这样的“大腕”，也因为另有重要任务，匆匆回国。联欢节期间，十九岁的年轻翻译胡文仲和这些青年精英结下深厚友谊，送别时依依不舍，回国后多有往来。当时，领导把胡文仲和张永彪留下来陪京剧团在波兰巡回演出。期间，翻译工作主要是由当地的留学生帮助做波兰文翻译。但他和张永彪依然忙得不可开交，把团里的许多行政杂务都承担起来。

京剧团除了在华沙演出外，还到了克拉科夫老城等地。克拉科夫老城位于波兰南部边境，是波兰民族的起源地，在波兰南部维斯瓦河上游左岸，距华沙约二百五十公里。第二次世界大战期间，整个波兰都陷入战火，只有克拉科夫幸免于难，完整保存下中世纪的老城风光，堪称奇迹。然而，克拉科夫老城西南六十公里便是二战期间臭名昭著的“死亡工厂”——奥斯维辛集中营。奥斯维辛集中营也叫“劳动营”和“灭绝营”。从 1940 年到 1945 年，大约有一百一十万人在这里被杀害，其中绝大部分是犹太人。1945 年 1 月 27 日，苏联红军解放了奥斯维辛集中营。1947 年 7 月 2 日，奥斯维辛集中营旧址被辟为殉难者纪念馆。胡文仲在来华沙之前，已听说过许多关于这座纪念馆的故事，看过不少关于“死亡工厂”的资料。德国法西斯对苏联红军战俘和犹太人惨绝人寰的迫害一次又一次震撼了他年轻的心。现在能来“纪念馆”，身临其境，亲眼看看纳粹德国党卫军首领希姆莱、集中营长官鲁道夫·胡斯等恶魔犯下的滔天罪行的证据，也是一件令人期待的事情。他怀着极其复杂的心情，跟着解说员走进那座被高墙和铁丝网包围着的“死亡工厂”。展览厅里，让胡文仲看了头皮发麻、汗毛倒竖的是大厅左侧，从天花板到地板高高竖立着的一个个巨大的玻璃柜。那些柜子高三四米，一个挨一个排列下去长达几十米。柜子里边装的全是各种颜色的毛发。那都是从犹太人头上剪下来的头发，有男人的短发，女人的卷发，老人惨淡的华发，小孩铿亮的秀发。有褐色的，黄色的，亚麻色的，灰白色的，也有黑色的。那至少是几十万甚至上百万犹太人被纳粹处死前剪下的头发。这些装满死人头发的巨大玻璃柜给人的感觉是心灵的震撼。胡文仲还看到一堆堆从犹太人嘴里撬下的金牙，脖子上取下的金项链、手指上取下的金戒指。牢房的墙壁上，犹太人被处死前刻下的遗言依然清晰可见。举目四顾，到处都是死神留下的痕迹。一百一十万，这样一个抽象的数字在这里化作一张由一缕缕头发编织而成的死亡之网，笼罩在人们头顶。胡文仲感觉极其压抑，连气也喘不过来，好久才让自己镇定下来。参观完纪念馆，回到大巴上，司机默默地发动了汽车。返回驻地的路上，一改往日的欢声笑语，车厢里死一般地寂静。大家都陷入对于战争和人类命运的思考。

京剧团离开华沙到北欧五国访问时，正式名称是中国古典歌舞剧团。团长由时任中国人民对外文化协会会长的楚图南[1]担任。副团长是马少波和任虹。楚图南 1919 年以优异的成绩从家乡云南考入北京高等师范学校。“五·四”运动时期，他接受进步思想，大量阅读李大钊、陈独秀、胡适的著作，直接受教于李大钊，并于 1926 年春天在李大钊、蔡和森的影响

---

1 楚图南（1899—1994）：云南文山人。曾任暨南大学、云南大学、上海法学院教授。新中国成立后历任北京师大教授、西南文教委员会主任、中央人民政府扫除文盲工作委员会主任委员、中国人民对外文化协会会长。1986 年 1 月，楚图南被推选为民盟中央代主席。4 月，被补选为第六届全国人大常委会副委员长，民盟五届三中全会上又当选为民盟中央主席。

下，加入中国共产党。他是作家，撰写小说、杂文，还是翻译家，从20世纪30年代起，就翻译介绍了大量哲学著作，在20世纪40年代翻译出版了美国诗人惠特曼的《草叶集》《希腊神话与传说》等世界名著。楚图南更是个好老师，他从教多年，培养出许多优秀人才，著名哲学家艾思奇就是他在云南教书时的得意门生。他对年轻的随团翻译胡文仲就像对自己的学生一样，格外关心。在瑞典国王接见前，楚老特别嘱咐胡文仲："记住，对国王要用Your Majesty（陛下）。"后来胡文仲回忆说："以我当年的英文水平，若不是楚老提醒，肯定会说错。"北欧五国的访问，让胡文仲和楚图南有多日相处的机会。楚老退休后，胡文仲还曾去拜望，楚老写了条幅送给当年的小翻译。马少波是山东烟台人，杰出的剧作家、戏曲理论家，创作了大量散文、小说、戏剧、诗词作品及文艺理论著述 。早在1931年，他就主编《天外》文学周刊，开始进步文学创作生涯。1937年参加抗日战争，曾任八路军山东纵队第五旅司令部秘书长、胶东文化协会会长 。1949年新中国成立后，曾任文化部党组成员、中国京剧团团长、中国京剧院党委书记和副院长。任虹是儿童剧院院长，负责中国古典歌舞剧团的思想工作。如此强大的阵容，足见中央有关部门对这次出访的重视。

离开波兰，前往芬兰之前，全团召开动员大会，团领导说："前一段时间我们一直在社会主义国家演出，所到之处都受到当地政府和人民的热烈欢迎。接下来我们很快就要进入资本主义国家了，大家一定要遵守外事纪律！"胡文仲和团里的年轻人都是第一次到资本主义国家，心里不免有点紧张。他们从华沙坐火车到列宁格勒，然后再坐火车去赫尔辛基。经过芬兰海关时看到海关办公室的玻璃橱窗里放着一张很大的半裸体美女照片。年轻人们互相提醒着：看，这就是资本主义国家！大伙儿的精神立刻紧张起来，都觉得那张照片是芬兰海关人员故意放在那里，挑衅来自社会主义国家的人。后来在芬兰和瑞典的大街上经常看到类似的广告，也就见怪不怪了。但访问期间，团里的所有成员都严格遵守上级规定的纪律，从未有人违反。

1955 年 9 月 6 日中国古典歌舞剧团到达芬兰首都赫尔辛基。赫尔辛基毗邻波罗的海，是一座古典美与现代文明融为一体的大都市，宏伟的浅色花岗岩建筑与自然风光交相辉映，浑然天成，素有“北方洁白城市”之称。名为“波罗的海的女儿”的铜像，映衬着连天碧水，是赫尔辛基的象征。

1955 年 9 月 9 日，剧团在赫尔辛基芬兰国立剧场（Suomen Kansallisteatteri）开始了访问北欧的首场演出。芬兰国立剧场位于赫尔辛基中央车站广场，始建于 1872 年，是芬兰历史上最悠久的芬兰语专业剧场。中国人将古老的东方艺术搬上舞台，还是有史以来第一次。那一天富丽堂皇的剧院座无虚席，盛况空前。芬兰总统巴锡基雅的夫人、总理吉科宁及夫人、教育部长沙拉斯蒂夫人、司法部长海立克生及夫人、国防军总司令海斯克宰及其他高级官员、文艺界名流悉数参加。大幕徐徐拉开，一对俊男靓女出现在聚光灯下，观众席骤然爆发出热烈的掌声。“俊男”便是还不到二十岁、风华正茂的胡文仲，他把中国代表团团长的讲话翻译成英文。“靓女”是一位非常漂亮、彬彬有礼的芬兰女演员，把胡文仲字正腔圆的英语翻译成芬兰语。两个人配合默契，传达得十分到位，懂好几种语言的楚图南团长十分满意。演出取得巨大成功。芬兰著名的女演员伊朗宁（Ella Eronen）说：“你们的演出，对我们来说，完全是新的，很多有名的歌舞剧团访问过这里，如西班牙的剧团等，但都没有受到如此热烈的欢迎。要知道芬兰人不是傻瓜，他们都很苛刻，批评也很尖锐，但对你们的艺术却是一致赞扬。”1955 年 9 月 11 日芬兰社会民主党报的报道说：“这些艺术家把我国和中国的距离缩短了，他们给我们介绍了中国人民的生活。不论是穿绸缎的中国人还是穿麻布衣服的芬兰人，事实上人类的情感都是相同的，不同的是中国歌剧表演方法非常特殊，非常优雅。”

中国古典歌舞剧团的北欧五国之行，在芬兰待的时间最长，共计二十六天。期间去了八个城市。除赫尔辛基之外，还到图尔库、坦佩雷、拉赫蒂、谭伯尔、奥比欧和奥卢等地访问演出。奥卢接近北极圈，以生产焦油和鲑鱼著称，常年碧水蓝天，是一座非常有特色的“小城”，人口当时也只有十几万，宁静安谧，却是芬兰北部最大的城市，也是芬兰第六大城市，有享有盛誉的大学和技术学校。这里的人民像这块土地一样淳朴，热情好客，给胡文仲和剧团的成员留下深刻印象。访问期间，各地报纸纷纷报道中国古典歌舞剧团演出的盛况，表达了当地人民对中国人民的美好情谊，对中国文化的喜爱。胡文仲的工作内容之一就是搜集各地报纸的报道，翻译出来交给领导，传送给国内。和胡文仲同住一个房间的是新华社记者帅鹏。帅鹏每天都是夜里工作，把白天看到的、听到的写成文稿，及时传回国内，工作十分辛苦。胡文仲看他几乎每天晚上都熬夜写作，就问他：“你写的稿子，新华社都会发表吗？”帅鹏说，有的会发，有的发不了。胡文仲又问：“那你为什么每天都要写呢？”帅鹏笑着说：“这是我的工作呀！”帅鹏的敬业精神让胡文仲深受感动。

剧团在芬兰共演出十七场，观众约一万七千三百多人。演出结束之后，胡文仲和剧团成员一起乘船经波罗的海去斯德哥尔摩。斯德哥尔摩是瑞典的首都和第一大城市，位于瑞典东海岸。市区分布在十四座岛屿和一个半岛上，七十余座桥梁将这些岛屿连为一体，风景秀丽，素有“北方威尼斯”之称。剧团去斯德哥尔摩那一天，风高浪急，船在海面上颠簸。不少人晕船，十分难受，但大家依然情绪高涨，胡文仲还和老生演员梅葆玥在甲板上合影留念。海风扑面，两个年轻人都为能有机会代表祖国，到遥远的北欧展示新中国青年一代的风采而兴奋。剧团在斯德哥尔摩演出期间，已经是十月份，北欧的天气很冷。离开北京时是盛夏，大家都没有多带衣服，女演员只有旗袍，一天到晚冻得哆哆嗦嗦，需要买皮大衣御寒。但是那时候，新中国成立不久，外汇十分短缺，按规定发的零用钱微乎其微，几个月加在一起都不够买一个小纪念品。买皮大衣，更是做梦也不敢想的事情。大家体谅国家的困难，谁都没有怨言，照样快快乐乐上台演出，圆满完成任务。但团领导看在眼里，心疼那些年轻演员，专门向国内打报告申请经费，以解燃眉之急。在瑞典，剧团访问了两个城市，一个是斯德哥尔摩，一个是哥德堡。瑞典《哈兰德报》10 月 11 日发表评论说：“京剧访问西方是第一次。它在斯德哥尔摩获得了惊人的成就。场场都是满座，这的确是了不起的大事。我们很幸运没有错过机会，这陌生而出色的戏剧，对于人们的眼睛和灵魂都是一场盛宴。”《工人报》10 月 18 日发表评论说：“尽管中国古典歌舞团几乎完全不使用布景，但是成熟的现实主义和各种表现方法相结合，显示出这个歌舞团没有任何不能表达的人类情感。”

离开瑞典，京剧团访问了挪威首都奥斯陆，在这里他们同样受到热烈的欢迎。市长布尔说：“中国古典歌舞剧团的访问，为奥斯陆增添了许多新的气象，并且在挪威文化生活上有着极为重要的意义。”

胡文仲和大家一起前往丹麦首都哥本哈根。踏上这块遥远的土地，胡文仲最想去的地方是欧登塞。欧登塞是丹麦第三大城市，距离哥本哈根西九十六公里，是丹麦最古老的城市之一，始建于988年。著名童话作家和诗人汉斯·克里斯蒂安·安徒生1805年4月2日出生在欧登塞。和中国大多数知识分子一样，胡文仲从小便读过安徒生的许多童话故事。《丑小鸭》《皇帝的新装》《 拇指姑娘》《卖火柴的小女孩》《海的女儿》等名篇更是让他心醉神迷。现在能有机会到安徒生故乡访问，胡文仲颇有点夜不能寐。演出间隙，主办方为京剧团安排了到欧登塞老城的安徒生博物馆参观。那是一所老旧的房子，是安徒生的出生地，里面展出了安徒生大量的作品和用品。胡文仲看了浮想联翩，安徒生童话在他幼小心灵埋下的神奇种子又一次绽放新花。

1955年11月20日，中国古典歌舞剧团在哥本哈根皇家剧院举行告别演出。那次演出和以往一样，一票难求。剧场里座无虚席，连过道里都挤满了人。丹中友协主席发表了热情洋溢的讲话。他风趣幽默地说：“歌舞剧团像‘雁荡山’中攻占堡垒一样，攫取了丹麦人的心。和这些装扮得如此美好而不可思议的老虎、仙女、英雄们在一起，是一次动人的、令人眼花缭乱的经历。中国古典歌舞剧团向丹麦人民证明了中国朋友早已知道的事实。那就是中国优秀的文化遗产仍然完好无损地存在于新中国。你们使我们看到了一个新的奇妙的世界，给我们留下了深刻的印象，我们永远不会忘记。”

11月30日，中国古典歌舞剧团在冰岛首都雷克雅未克作了在北欧的最后一次演出，圆满结束北欧之行。这次访问先后在芬兰、瑞典、丹麦、挪威、冰岛演出五十二场，观众总计五万七千四百三十八人次。演出的剧目有《盗仙草》《秋江》《三岔口》《小放牛》《猎虎记》《贵妃醉酒》《水漫金山》等。剧团的演出赢得了北欧各界人士及普通观众的热烈欢迎，在促进中国人民和北欧人民之间的相互了解和友好关系上起了重要作用，在北欧留下深远的影响。在各社交场合，北欧各国、各方面人士和剧团成员会面。各国政府高级官员或观看演出或接见剧团领导人的计有芬兰的总统夫人、总理夫妇、教育部长、国防部长（社会民主党主席）等；瑞典的国王、王后、首相、外交大臣、宫廷侍从长等；挪威的首相、文教大臣、外交大臣等；丹麦的王子、首相、教育大臣等；冰岛的总统、外交部长、文教司法部长等（冰岛总理虽然因病未能出席，但也屡次经由别人表示欢迎之意）。五国大部分主要党派负责人都会见了剧团成员。至于和当地文化艺术界的往来更为频繁。著名艺术家、戏剧家、舞蹈家、音乐家都利用一切机会和剧团成员切磋技艺、交流经验。他们说中国的京剧“对于西方观众来说，在艺术表现的方法与手段方面，打开了十分新鲜和动人心魄的天地”“是丰富的永不枯竭的源泉”。京剧“是综合性的艺术。这门艺术高度融合了歌唱、舞蹈、哑剧、道白、武功、音乐、美术各方面的要素，使之成为统一的整体而又各有重点，灵活多变，使人感到既丰富多彩，又无限完美”。他们认为中国的京剧与现实紧密结合，富有人民性和生命力。作为对新中国还不够了解的西方国家，他们承认并赞赏我国保存和发扬了自己古老的文化传统，认为新中国的文化政策“对过去也如同对将来一样负责”。他们说，中国古典歌舞剧团的访问和演出，是当地当年文化生活中的大事。

各国报纸对中国古典歌舞剧团的演出更是好评如潮，纷纷赞扬中国京剧的博大精深，赞扬演员们的精湛表演。有的文章说："《三岔口》是哑剧中无可比拟的范例。这出戏以愉快的情绪表现了一位店家和两位客人在黑夜中的一场对打。演员们的动作和姿势表现得精确、美妙。你感觉到这两个人是在漆黑的房间里摸索着对打——虽然一切都在一个明亮的舞台上进行。"有报纸评论道："《猎虎记》是一个容易理解的故事，主题是正义战胜非正义。快乐的老虎让人们大饱眼福，特别是最后揭开面具，观众看到他原来是人的时候。离开剧院，大家脑海里浮现出种种问题和猜测，翻腾着稀奇古怪的感想。一个新的、难以置信和迷醉人心的世界出现了。有机会和中国的古老文化接触，这使我们非常感激。"

所有这一切都让年轻的胡文仲时时处于激动之中。他亲眼看到北欧五国人民对我们伟大祖国和人民诚挚的友谊；亲耳听到他们对中国古典歌舞剧团的真诚赞誉、对中国京剧艺术的由衷赞赏，一种生为中国人的骄傲油然而生，更为自己成长在这样一个伟大的新时代而感到光荣。胡文仲从小就"群众关系"极好。从参加世界青年联欢节到随同中国古典歌舞剧团访问北欧五国，和大家朝夕相处，结下深厚的友谊。这些演员中很多人都出身京剧世家，像梅兰芳的女儿梅葆玥、叶春善的儿子叶盛长、盖叫天的儿子张剑铭。心地善良的胡文仲更多的时候是"眼睛向下"，从来不以"大学生""翻译"自居。京剧团演出期间，他总是积极主动到后台帮忙，和后台负责服装、灯光、布景的工作人员关系很好。负责灯光的吴长海更是他非常好的"哥们儿"，总是像大哥哥一样关心他。负责服装的大山，也是个踏实肯干的人，经常和胡文仲聊天。武打演员很多都是贫苦出身，在旧社会受教育机会较少，文化程度不高，但是武功很好，为人仗义。喜欢体育的胡文仲很佩服他们，尤其和武打演员奎福全等交往很多，感情很好，回国以后还和他们常常联系。几个月的朝夕相处，后台工作不但让胡文仲越来越喜欢京剧艺术，还从演员们身上学到许多优秀的品质。比如李金鸿虽然不是主要演员，但他的京剧根底扎实，经常给同台演出的演员“说戏”，所做的是导演的工作，但做人却始终低调，甚至有时也跑龙套。京剧团的演员都十分敬业，团队精神也很突出。一个演员在台上掉了头饰，下一个演员马上想办法把它捡起来，而且不让观众察觉。武生演员郭韵华在斯德哥尔摩演出时在台上意外地和另一个武生演员撞在一起，鼻骨断裂，流了不少血。但他不露声色，强忍着剧痛继续演出，没有在观众面前“露出破绽”。直到他到了后台，大家才发现他的伤有多重，立即送往医院，缝合伤口，固定鼻骨，最后不得不留下住院，后期的演出全都未能参加。胡文仲从这些演员的所做所为体会到“戏大于天”的真实内涵。

1955 年 10 月 26 日，胡文仲在丹麦度过他的二十岁生日。那一天丹麦朋友为京剧团精心准备了以奶酪为主的宴会，宴请京剧团所有成员。胡文仲想起曾经生活在这块美丽的土地上的安徒生的名言：“有了一点小成绩就不求上进，这完全不符合我的性格，攀登上一个阶梯，这固然很好，只要还有力气，那就意味着必须再继续前进一步。”北欧之行，让年轻的胡文仲大开眼界，学到许多有用的知识，经受了一次极好的锻炼和考验。他决心努力奋斗，脚踏实地，继续前进。

第四章

进修班与师资班

访问北欧五国让刚满二十岁的胡文仲开阔了眼界，增长了才干。将近半年的历练，让他对翻译的重要性有了更加深刻的认识，翻译的技巧和能力也有了很大的提高。他热爱这个工作，希望在外交战线，在翻译舞台，实现自己的理想，展示自己的才华。事实上，以胡文仲踏实肯干、心细如发、真诚待人、善解人意的品格，他也一定会成长为一名堪当重任的优秀翻译。而且北京外国语学院隶属外交部，到外交部做翻译，顺理成章。回到学校之后，他一步一个脚印，更加刻苦学习。

转眼之间，到了“毕业季”。胡文仲和进修班的同学们又走到人生的十字路口。胡文仲在他 1956 年 8 月 11 日的日记中写道：

> ……知道今天要宣布名单，大家都很焦急，都在等待着。时间过得很慢。等了半天才过去五分钟。最后宣布的时刻到了，大家一拥就进了会议室。陈淑清同志讲了分配的过程，然后就把名单念了。我被分配留校……

世界上的事情就是这样不以个人意志为转移。胡文仲因为学业优秀，品行端正，学校决定他留校当教师，培养国家急需的翻译人才，由此与到外交部做专业翻译的机会失之交臂。那一刻，作为一个刚满二十岁、刚在华沙国际青年联欢节和北欧五国崭露头角、对未来充满憧憬的年轻人，不可能没有失落之感。比起书声琅琅的校园，外面的世界毕竟更丰富多彩，对年轻人毕竟更有吸引力。然而，作为受党教育多年的、新中国培养的第一代大学毕业生，他有一种天然的与祖国同呼吸共命运的使命感。“人民需要我们到哪里，我们就到哪里”的歌声经常在他耳边回荡。怀着复杂的心情，他在 1956 年 8 月 13 日的日记中写道：

武刚同志说过，我们学院在1960年要帮助配备武汉一所高等学校的干部，师资是非常缺乏的，今后还要更多的同学做师资。所以留校当老师也是意料中的事。我是没意见，但是现在还没有很多感觉，心还在动。要在今后产生了感情，有了浓厚的兴趣，工作才能做好。留在学校就要全心全意做好教学工作，不断提高自己的政治业务水平，在科学研究方面取得一定成绩。这需要我有个长期的规划，在各方面提高自己。学校里的条件是很优越的，在外边工作是远远不能和这里相比。在身体锻炼方面也有着很好的条件，这是应该很好利用的。听人事科同志说，我们也可能会去“八大”参加临时工作，这是我们最高兴的事。我在这次工作中一定要把所有的劲头发挥出来，把工作搞好。

年轻的胡文仲虽然“心还在动”，但已经做好“全心全意做好教学工作”的思想准备。胡文仲最大的优点之一是，他心里总是充满阳光，特别善于从“不利因素”中找到“有利因素”，所以总是能够保持乐观的心态，在困难面前不颓唐，不怨天尤人，而是积极进取，迎难而上。他愉快地接受了组织的安排，尽管看着朝夕相处的同学们一个个走上工作岗位，怅然若失之感还是丝丝缕缕掠过心头。微风吹过，往日同学们嬉戏打闹的走廊变得十分安静。胡文仲打开日记本，记下他的心情：

1956年8月16日

下午分配到外交部的第二批同志离开学校了，很多同志走了。熟悉的人、面孔和声音都不在身边了。不过好在他们还不会远离我们，可是谁又知道将来他们会到什么地方去呢？

1956年8月17日

下午新华社一批七人也走上了工作岗位，我们最后一批同学走了，剩下的只是留校这几个人，楼里显得冷冷清清。

1956年8月19日

很多同学都进城了，楼里更显得冷清得很。本来我想了一下今后的规划，可是继而一想这是不很实际的。因为目前我们对今后一年的学习和未来教师的工作还很不清楚，即使订了严密的计划也不过是一番空想而已。当然有某些想法是应该的。例如我打算今后几年在文学方面下些功夫，准备把古典文学作品好好钻一下。我很想今后在翻译方面做些工作。

1956年9月15日至27日，中国共产党第八次全国代表大会在北京政协礼堂召开。这是一次探索中国社会主义建设的道路，制定党在新形势下的路线、方针、政策的大会，具有非常重要的历史意义和现实意义。胡文仲和他的同学潘绍中被学校选中，派到大会秘书处工作，最初是准备派他们做文件校对，后来被派去在程镇球老师任组长的团队中参与大会的英语同声传译工作。和他同在一个小组工作的还有周珏良、唐笙、林戊荪、潘绍中等。自1956年起，程镇球多次参加党代会、人代会文件的英译定稿工作。1960年起，曾参加《毛泽东选集》第一到第五卷英文版的定稿工作，1965年调外交部，任翻译室副主任、顾问。唐笙毕业于上海圣约翰大学经济系，1944年获得英国剑桥大学经济学硕士学位，20世纪40年代末期曾在联合国总部任同声传译译员，1991年被聘为国务院参事。林戊荪曾任中国外文局局长，参与《北京周报》创刊工作。由此可见，当年的同声传译组实力之强大。

胡文仲有记日记的好习惯，作为这样一次具有重要意义的大会的亲历者，他记下新中国培养的第一代翻译工作者同声传译的工作环境、心路历程，为我们留下非常宝贵的历史资料：

1956年8月24日

我们乘车去“八大”翻译处。报到之后碰到很多同学。英文部正巧开会，我们也去听了一下。后来部主任给我们讲话，告诉我们是做校对工作，在工作中最应注意保密问题。其次，要保证校对工作的完全准确性，不许出错误。外文出版社一位有经验的做校对工作的同志，给我们讲了校对的过程，以及校对中应该注意的事项。他说这是最后一道程序，因此特别重要，不能犯一点小错误，否则影响是不堪设想的。他做了校对表演，我感到这个工作很有趣。工作了一天之后，我们就开始熟悉起来。对于许多地方提了自己的建议和意见，哪一个不想把工作做好呢？大家都是极其严肃认真的，也都想在工作中有所创造，这样才能对得起党对我们这许多年的教育和培养。我也一直在想，怎么样才能找出一些窍门呢？不过无论如何，我一定要下苦功把工作搞好，要开动脑筋想办法。

1956年8月30日

关于同声传译工作的各项规定已经发下来了，看了之后我心里更慌乱了，不知道也不了解这项工作是怎样进行的。规定中很多东西都还不太明白，而且感到很难记住。

1956年9月1日

今天晚上是大演习的第一天，大家都到箱子[1]里看了看，摸了摸，从箱子的玻璃窗往下看，可以看得很清楚，主席台上的一切活动，都尽收眼底。在下面也可以清楚地看到箱子里的一切活动，今天整个都是无稿发言，所以搞得很紧张。

1956年9月2日

晚上练习轮到了我们，虽然是读稿，但我心里很慌。进了箱子心都快跳到嗓子眼了。自己一个劲地克制也不行，特别是第一次是演讲，我以为是个无稿发言，可把我急坏了。

1956年9月3日

这两天还是紧张地进行练习，各种工作都逐渐地走上了轨道，我读得也没有那么慌乱了，心里紧张的程度减少了许多，因此，效果也就好一些。

秉性的纯良使得胡文仲从年轻时代起就特别善于发现别人的长处，虚心向别人学习，所以他总能不断进步。

1956年9月5日

我觉得周围有经验的同志中有很多值得我学习的地方。例如唐笙同志组织性很强，善于帮助同志，也很虚心。林戊荪同志很谦逊，在

1　即同声传译译员工作的小房间，一般叫“同传箱”。

许多地方都是克己为人，对工作也极其认真负责。周珏良同志能对工作提出很多建议，程镇球同志组织能力很强，果断，有魄力，这些都是自己所缺乏的，应该很注意向他们学习。

最近两天我们三个人自己练习了一些口译，感到这还是很有趣，当然也是不容易的。我想我应该注意如何在工作中提高自己的问题。

1956年9月15日是胡文仲终生难忘的日子。这一天“八大”开幕。会议间隙，他见到了敬爱的周总理。

1956年9月15日

大会今天开幕了，大家都很激动很紧张，我坐在楼上，只听到楼下热烈的掌声和唱国际歌的声音。除了翻译，我还做联络工作。开始心里有些不舒服，后来又感到这有什么关系呢？反正都是为大会工作。

会议休息期间，我坐在箱子里值班，其他人都去休息室喝水了。突然门开了，一张熟悉的面孔出现在眼前，我立即站了起来，这时才认出原来是总理。周总理问我：“刚才是你翻译的吗？”我说：“不是，是另一个同志。我去给您找。”说着我就跑出工作间，直奔休息室。我把刚才念稿子的中央广播电台英文部的那位同志带回来时发现总理已经离开了。总理又去看望其他工作间的译员。事后，我一直后悔为什么没有和总理再多说几句话。我真傻！

对于一个刚满二十岁的年轻大学生，能和周总理这样近距离接触，能和周总理直接对话，这是何等的荣幸！那一夜他久久不能入睡，周总理和蔼可亲的面容一直浮现在他眼前。除了觉得“我真傻”，没能抓住这个千载难逢的机会和总理哪怕多说几句话之外，还像过电影一样，想着总理几十年为革命事业做出的巨大贡献和他在革命斗争中表现出来的高尚情操、卓越才能。“八大”会议与总理“邂逅”无形之中给了他一种力量，总理的人格魅力照耀着他，一路前行。

经过十多天的紧张工作，中国共产党第八次全国代表大会于 9 月 27 日胜利闭幕。大会结束后，毛主席亲切接见了全体工作人员，与大家一一握手。胡文仲握着毛主席温暖的大手，心潮澎湃。正是这只扭转乾坤的大手，使中华民族伟大复兴的中国梦成为可能。胡文仲为自己生活在这个伟大时代而骄傲自豪。

大会结束后，胡文仲即开始他在师资班的学习，从 1956 年 9 月开始到 1957 年 7 月结束，为期一年。师资班学员有李金达、王学铭、王鸿斐、王瑞、张永彪、张中载、张泰金、潘绍中、胡文仲等。

重视语音是北外英语系的传统，这个传统代代相传，直到今天。而师资班因为是培养教师，对学生的要求更加严格。那时候教语音的是初大告教授。初大告是当时北外仅有的两个二级教授之一，曾和许德珩等人一起创建九三学社。他思想进步，早在 1919 年，就因参加五四运动被捕，后在民众的声援下获释。1934 年秋，初大告赴英国剑桥大学学习英国文学、语音学，师从著名语音大师丹尼尔·琼斯（Daniel Jones），这位老师的专著《英语语音》（*The Pronunciation of English*）影响了国内一代代英语学人。1949 年 9 月，初大告到北京外国语学校任教授，曾任英文部主任、英语系第一任系主任。初教授在语音方面有很深的造诣，在课堂上详细讲解每个音的发音部位，对于同学们的发音部位要求特别严格。他经常对同学们讲：“严格地说，中文的发音和英文的发音没有一个音是完全相同的。”这就引起同学们对发音的极大重视。在英文系教语音的还有外籍专家 Margaret Turner，中文名字叫陈梅洁。陈梅洁 1912 年生于福州，父亲是英国传教士、医生。她在英国接受教育，成年后被英国教会派到中国，曾经担任金陵女子学院校长的私人秘书。解放后，经柯鲁克夫妇介绍，到北京外国语学院任教。陈梅洁讲一口纯正的英式英语，是一个认真负责的好老师，她在教学中，研究出一套适合中国学生的语音语调教学法。青年教师开始教课前，都要由陈梅洁老师亲自辅导纠音。她的做法是仔细听年轻教师读一段课文，她边听边记下有误差的音。听完之后，她仔细讲解某个音为什么不够准确，音位出了什么问题。就是在这样严格的训练下，胡文仲和他的同学们人人练就一身过硬的本领，为日后的教学工作打下坚实的基础。

师资班真是名师荟萃，在当时国内英语教学领域，首屈一指。开设英国文学史的是大名鼎鼎的王佐良教授。王教授是诗人、翻译家、英国文学研究专家，1916 年生于浙江上虞，1935 年考入清华大学外语系，1939 年从西南联合大学毕业后，留校任教。1947 年赴英国牛津大学攻读英国文学。1949 年回国后，数十年一直在北京外国语学院工作。王佐良学养深厚、平易近人，大家都亲切地称他“王公”。王公教的英国文学史是胡文仲最喜欢的课程。他对英国文学史烂熟于心，讲课时手里只拿几张卡片，偶尔看上一眼，绝大部分时间都是侃侃而谈，凭着惊人的记忆力讲述历史事件和作家生平，有些引文他甚至连卡片都不看就朗诵给学生听。苏格兰诗人罗伯特·彭斯[1]是王公最喜爱的诗人之一。他常常大段大段地朗诵彭斯的诗文，特别是那首在西方世界脍炙人口、家喻户晓的《红红的玫瑰》（*A Red, Red Rose*）：

O my luve is like a red, red rose,
That's newly sprung in June;
O my luve is like the melodie
That's sweetly played in tune.

As fair thou art, my bonie lass,
So deep in luve am I;
And I will luve thee still, my dear,
Till a' the seas gang dry.

Till a' the seas gang dry, my dear,
And the rocks melt wi' the sun;
And I will luve thee still , my dear,
While the sands o' life shall run.

And fare thee weel, my only luve,

1 罗伯特·彭斯（Robert Burns，1759—1796）：苏格兰诗人，在英国文学史上占有特殊重要的地位。他的诗歌富有音乐性，可以歌唱，充满了激进的民主、自由的思想。他的诗歌歌颂了故国家乡的秀美，抒写了劳动者纯朴的友谊和爱情。

And fare thee weel a while;
And I will come again, my luve,
Tho'it wre ten thousand mile!

王佐良站在讲台上朗诵，声情并茂；学生们坐在下面静听，如痴如醉。后来外国文学出版社出版了他翻译的《彭斯选集》，其中，《红红的玫瑰》在一代代年轻学人中广为流传：

呵，我的爱人像朵红红的玫瑰，
六月里迎风初开；
呵，我的爱人像支甜甜的曲子，
奏得合拍又和谐。

我的好姑娘，多么美丽的人儿！
请看我，多么深挚的爱情！
亲爱的，我永远爱你，
纵使大海干涸水流尽。

纵使大海干涸水流尽，
太阳将岩石烧作灰尘，
亲爱的，我永远爱你，
只要我一息犹存。

珍重吧，我惟一的爱人，

珍重吧，让我们暂时别离，

但我定要回来，

哪怕千里万里！

在王佐良教授的指导下，胡文仲和他的同学们还阅读了大量英文原著，包括英国著名作家查尔斯·狄更斯[1]的《雾都孤儿》（*Oliver Twist*）、《远大前程》（*Great Expectations*），威廉·萨克雷[2]的《名利场》（*Vanity Fair*），西奥多·德莱赛[3]的《美国的悲剧》（*An American Tragedy*），杰克·伦敦的《马丁·伊登》（*Martin Eden*），马克·吐温[4]的《汤姆·索亚历险记》（*The Adventures of Tom Sawyer*）等。囿于时代的局限，在选择使用哪些文学作品供同学们阅读的问题上，王佐良教授和别的老师都极为慎重。阅读什么作品首先要看书的思想内容。这些作家在 20 世纪 50、60 年代都被誉为批判现实主义作家。查尔斯·狄更斯是英国批判现实主义文学的开拓者，马克·吐温是美国批判现实主义文学的奠基人。他们的作品大都反映了普通劳动人民的生活和社会底层“小人物”的悲惨遭遇，深刻地反映了资本

1　查尔斯·狄更斯（Charles Dickens，1812—1870）：英国著名作家，1837 年他完成了第一部长篇小说《匹克威克外传》。这是他创作的第一部现实主义小说，后来创作才能日渐成熟，先后出版了《雾都孤儿》（1838）、《老古玩店》（1841）、《大卫·科波菲尔》（1850）、《艰难时世》（1854）、《双城记》（1859）、《远大前程》（1861）等。

2　威廉·萨克雷 (William Thackeray，1811—1863)：英国作家，其代表作品是世界名著《名利场》。与狄更斯齐名，维多利亚时代的代表作家。还著有《班迪尼斯》等作品。

3　西奥多·德莱塞（Theodore Dreiser，1871—1945）：美国现代小说的先驱、现实主义作家之一，他的作品贴近广大人民的生活，诚实、大胆，充满了生活的激情。他的代表作《嘉莉妹妹》真实再现了当时的美国社会，而《美国的悲剧》则是德莱塞成就最高的作品，使人们清晰地看到了美国社会的真实情况，至今依然具有巨大的现实意义。

4　马克·吐温（Mark Twain，1835—1910）：美国作家、演说家，代表作品有小说《百万英镑》《哈克贝利·费恩历险记》《汤姆·索亚历险记》等。

主义国家复杂的社会现实。

王佐良教授以他的博学和真诚，深深地影响着他的学生。胡文仲在日记中写道：

1957年1月9日

晚上开了个座谈会。王公说，学习的道路是漫长的，曲折的。必须要自己来走。生活的兴趣要广泛，把自己限制在英文或者小说里那是故步自封，不但不会使自己有所造就，反而会使自己的进步受到妨碍。他说，所谓一个人英文好应该在任何情况下都把意思表达得很清楚。他还讲到写作的重要，卡片的做法，小说的读法以及教师进修和我们的前途等问题。这些就需要我们好好地考虑吸收了。

王佐良教授不但是胡文仲严谨治学的楷模，他日常生活中的一点一滴也对胡文仲产生了很大的影响。

一个周末，师资班的同学去王公家里看望他。学生们坐定以后，师母徐序老师给每人都倒了茶，最后她把一杯茶放到王公的面前。这时王公很客气地轻声对徐老师说："谢谢。"对于王公来说，这可能是最自然不过的事了，然而却引起了这些未婚的年轻人的注意。王公对徐老师的体贴、尊重和礼貌给了这批年轻人很深的印象，为他们具体地诠释了什么是夫妻间的相敬如宾。

此后近四十年的交往中，每每走到人生的十字路口，胡文仲都会向王公请教。王公总是用心指点，而这些对于胡文仲一生的学术成就起了至关重要的作用。

在师资班上课的另外一位著名学者是许国璋教授。许国璋1915年出生于浙江省海宁市，1934 年 6 月毕业于苏州东吴中学，同年 9 月入交通大学学习。1936 年 9 月转入北平清华大学外文系。1939 年 9 月在西南联合大学外文系毕业。1947 年 12 月赴英国留学，在伦敦大学、牛津大学攻读十七、十八世纪英国文学。1949 年 10 月回国，和王佐良教授一样，在北京外国语大学任教直至 1994 年逝世。许国璋是杰出的语言学家。他学贯中西，博古通今，论著颇丰，而对国人影响最大的是他编写的四册英语课本，俗称《许国璋英语》。

许国璋给胡文仲上词汇学期间，经常带着师资班的学生到英语系资料室，向同学们介绍各种工具书的特点，包括单词词典、语音词典、用法词典、百科全书等。他特别推荐《牛津简明词典》（*The Concise Oxford Dictionary*），对词典的编纂水平赞不绝口。他打开词典，随便挑出一个词条，大声念出来，然后讲这个词条为什么写得好，定义如何如何准确，语言如何如何地道。对于亨利·华生·福勒[1]编的《现代英语用法词典》（*A Dictionary of Modern English Usage*），许老也特别推崇，讲起其中的条目如数家珍。他告诉学生，读一本书首先要记住这本书的作者是谁，书名是什么，哪个出版社出版的，哪一年出版，你看到的是哪一版，最早的一版是哪年出的，等等。他说，这是做学术研究的基本功。这个教导胡文仲记了一辈子，也身体力行了一辈子，受益无穷。许国璋和王佐良一样，作为在大学里教授英文的语言大师，特别强调学好中文。他经常对胡文仲和他的同学们说："学习外语，从事语言学研究的人不要把自己圈在只读洋文

1　亨利·华生·福勒（Henry Watson Fowler，1858—1933）：词典编纂者，英语用法专家。福勒的代表作有《现代英语用法辞典》（*A Dictionary of Modern English Usage*），他还参与了《简明牛津英语词典》（*The Concise Oxford Dictionary*）的编写，被《时代》杂志评价为"天生的词典编纂者"。

的狭小天地里，一定要具备良好的国学基础。”许国璋不但在学业上给了胡文仲和他的同学很大的帮助，这位建国之初就从海外归来，报效祖国的老一辈知识分子，追求进步，向往光明的政治热情，也给胡文仲留下深刻的印象。胡文仲曾经在他的日记里写道：

1957 年 1 月 6 日

许国璋同志入党了，这是令人振奋的消息，也令人深思。在旧社会生活这么多年的老教授今天决心清洗自己的错误缺点，做一名尖兵，我们这些年轻人难道不应该感到惭愧吗？他所讲的也使我十分感动。他的遭遇就是旧社会中一个知识分子的遭遇。经济困窘，人之间缺乏感情与尊重，在人生道路上徘徊，不知道生活的目标。这的确是对我们最大的激励。

在那个百废待兴、建设新中国的火红的年代，新老知识分子就是这样，为着共同的奋斗目标，紧密地团结在党组织周围，相互鼓励，携手同行。

在师资班讲课的还有水天同教授。水天同 1909 年生于甘肃省兰州市，也是二级教授。他出自名门，其父水梓是解放前甘肃省教育厅厅长。水天同 1923 年进清华大学读书，1929 年秋赴美留学。1931 年至 1933 年在哈佛大学研究院，专攻英国中世纪文学，兼读比较神话学等。水天同精通英、法、德、日、意大利、拉丁等语言，主攻方向为莎士比亚研究，是国内著名的莎学专家和翻译学家。水天同教学严谨，言谈话语处处显露出他的博学多才。胡文仲在日记中记录了这位知名学者对自己的影响和启迪：

1957年1月8日

水天同教授今晚给我们做了一个关于英语写作问题的报告。这个报告实际上不只是讲写作，也讲到应该怎样读、读什么的问题。在更广泛的意义上讲，可以说他的报告启发了我，使我想到应该怎样学习英文以及怎样学习知识的问题。他所提出的很多办法可以推广到其他方面去，可以使我们更自觉地、更善于学习。学习的方法还是十分重要的。实际上，我们今天很多的苦恼就在这方面或者说起源于此。我应该结合自己的情况，把学习好好整顿一下，订一个较长期的计划。

大卫・柯鲁克也是在师资班教课的老师。他1910年出生于英国伦敦一个犹太中产阶级家庭。1934年，毕业于哥伦比亚大学。1935年，加入英国共产党。1936年，前往西班牙加入国际纵队。1938年，被第三国际派往上海。他在中国工作多年，《十里店（一）——中国一个村庄的革命》是他和伊莎白的经典之作。柯鲁克从1948年起，在外国语学校任教，直到2000年去世。柯鲁克不但经历传奇，他的教学也别具一格。柯鲁克通常在家里教学生，特别强调要大量阅读小说，他认为小说里边有许多丰富的内容，对于了解西方社会的方方面面很有帮助。当时他让大家读的一本小说是《穿破裤子的慈善家》[1]，通过这本书他给学生们讲了不少英国工人的情况。他特别反对学生周末在学校读书，主张外出活动，常常带大家骑车去香山公园，从山下一直爬到香炉峰。尽管他比学生们年长二十多岁，但总是走在最前面。

---

1 《穿破裤子的慈善家》（*The Ragged Trousered Philanthropist*）：英国作家罗伯特・特雷塞尔 (Robert Tressell, 1871—1911) 创作的小说。这本书可以说是社会主义文学的先驱，影响深远。

在这样一批非常优秀的老师的指导下，胡文仲的学业取得很大的进步。他对翻译感兴趣，也知道翻译实践的重要性，就开始利用课余时间练习翻译，先译了两篇短文，寄到《科学大众》和《中国青年报》小试锋芒。接着，又译了一篇比较长的介绍莫斯科中央体育场的文章。他不但从中体会到翻译的艰辛，也感受到翻译的乐趣。

一路鲜花，一路掌声，年轻的胡文仲品学兼优，顺风顺水。

第五章

教师生涯的开端

1957 年夏，师资班结业，胡文仲正式开始他的教学生涯。这对于他来说是一个全新的开端。尽管胡文仲当时对于做教师意味着什么并不清楚，但他还是愉快地接受了领导交给他的任务。他在 1957 年 5 月 9 日的日记里写道：

> 昨天，武刚同志找大家谈话，把下学期的工作情况向我们讲了讲，并且要我们自己考虑一下，提出自己的志愿，以便于领导分配。我觉得做什么工作都好，只要做教员，我就很高兴。……因此实际教什么在目前来说并不具有决定的作用。现在的目标就是如何做一个好教员，把自己的全力贡献于教学事业。

1957 年 9 月 17 日是胡文仲一生中值得纪念的日子，这一天他第一次走上讲台。他在这一天的日记中写道：

> 今天早上听完张道真[1]的课就轮到我上课了。上课前二十分钟，心里很紧张，把开头的几句话背了又背，可是到了上课前一两分钟时，心里又慌了。进教室时，我心里想，这一生的教学生活就从现在开始。十几年来，我一直进出于教室，可那是作为一个学生，而现在作为教员夹着讲义上课，的确是很不习惯的事。一迈进屋，几十双眼睛就都盯住了我。我的心扑通了一下，可是接着几句话的工夫，就平静了下来。再后来我就完全忘记什么是紧张，想的就是如何教，如何掌握时间。

胡文仲初为人师的激动与喜悦跃然纸上。

根据工作需要，胡文仲被分配在英语系二年级教语法和泛读。他原以

1　张道真（1926—2009）：北京外国语大学教授，著名的英语语法学家。1948 年春赴美留学，1950 年响应国家号召回国参加建设，在北京外国语大学任教至 1996 年退休。

为自己已经学了六七年英语，教二年级学生不成问题，但在教学中碰到的实际问题五花八门。二年级教学小组长是刘承沛[1]老师，刘老师英语汉语水平都十分了得，书法亦自成一家，教学经验丰富，在教师中享有很高的声望，在领导眼中是承上启下实力雄厚的中年讲师。胡文仲在刘老师的引导下，从点滴做起，先听老教师的课。他去听了张道真老师的语法课，张道真的《英语语法》是国内最早出版的一部语法书，影响很广，是国内英语专业师生最为熟悉的一部英语语法书，但他上课却并不照本宣科，讲解语法条条，而是做大量的练习，通过练习使学生掌握某个语法项目。胡文仲听了张老师的课才知道原来语法是可以这样教的，他依葫芦画瓢，在自己的语法课前准备了大量的补充练习，在课上先做练习，练习做完再根据学生的错误予以总结，教学效果比较好。

在北外，给学生打基础的阶段，英语课历来都强调实践，在教师引导下让学生通过大量实践掌握语言，而不是由教师满堂灌。泛读课也是如此，在课上有大量的实践活动。反观现在的泛读，课堂上常常只是做多种选择题检查理解，勾勾画画即可完成，没有什么实践量。北外英语系十分重视泛读，把泛读作为增加学生阅读，扩大学生词汇量，提高学生阅读能力，使他们获得语感的重要途径。当年学生阅读的主要是经过改写的简易读物。简易读物是有经验的专家使用最常用的三千多基本词汇和基本句型改写的文学经典。阅读简易读物有助于学生熟悉基本词汇和句型，而故事本身又生动有趣，大大提高了学生阅读的兴趣，加快了学生阅读的速度，所以，

1　刘承沛 (1922—2013)：江西赣州人，1945 年西南联大外语系毕业。1949 年起在北京外国语大学英语系任教。是北京外国语大学英语系建系初期的主要见证人之一，在近四十年的教学生涯中，为北外乃至整个国家的英语教育事业的发展留下了宝贵的财富。

北外教师历来十分重视简易读物的教学。胡文仲从听课中发现，在泛读课上老教师同样十分重视学生的实践量，让学生用英文回答问题，总结内容要点，用英语提问，整个过程都是用英语完成。这不仅提高了学生的阅读能力和水平，而且练习了口语。刘承沛、张道真等老师的指点使胡文仲从一开始就按照北外的传统从事自己的教学，他开始体会到什么是基础阶段教学的关键。他还记得刘世沐教授常说的一句话："要真正学会教书应该从中学教起，中学教育的重要性怎么强调都不过分。"这都说明教书要从基础教起。

第二年胡文仲被分配教二年级一个班的精读，并做负责教师（相当于现在的班主任）。这个班 1957 年入学，学生水平比较高，成绩好的同学占了很大比例。班上的学生有方碧辉、李玉陈、顾子欣、彭安华、丁少良、李光斌等，还有调干学生李铁非、许明[1]。大部分学生和胡文仲年龄相差无几，李铁非比胡文仲还要大两岁。学生进校前已经有相当的英语基础，有几个学生听写时，连一个拼写、标点错误都没有。英语发音和口语也比较好。教这样的学生，胡文仲真有点诚惶诚恐。他深知教学相长的道理，更懂得作为教师，教给学生一杯水，自己就得有一桶水。为了尽快提高教学水平，他每天晚上都要花费大量时间备课，查词典，翻阅工具书。2014 年，他教过的 1957 级学生、原山东大学教授李玉陈在接受北京外国语大学校报傅梦媛的采访时，说：

"胡老师是一位才华出众、踏实严谨、勤勉敬业的英语教师，既长于

1 方碧辉毕业后在北京景山学校执教，参与中小学英语教学改革三十多年，后成为我国首位英语特级教师。顾子欣曾在中国人民对外友好协会任翻译，后任友协对外文化交流部主任，发表过多部诗集和散文集，中国作家协会会员。李铁非毕业后在国家旅游局工作。

实干又善于思考。

“胡老师一贯重视学生英语语言基本功的训练和独立钻研能力的培养。二年级主课是口笔译实践课，夯实学生语言基本功。三、四年级主课是分析性阅读课（后改称精读课），旨在培养学生刻苦研习精神和独立钻研能力。胡老师把功夫主要用在引导学生如何去精读上，而不是图方便，依靠教参，把精‘读’变为精‘讲’，精心设计课前作业，由学生根据课前作业的要求在课下独立自主完成精读。学生必须通过自己查阅工具书和参考书，解决大部分语言问题和掌握有关重要的人、地、事及典故等的背景知识。胡老师在课上只作检查性处理，作必要的订正和补充，在此基础上综合课文内容，引导学生深入思考问题并通过独立钻研回答或解决这些问题，从而带动说、写，提升说、写能力和说、写质量。我从胡老师教的这门课中获益最多，终身受益……三年中，胡老师随年级进阶和课程变动，以自己稳健而灵活的教学风格，完成了如此大跨度的教学重任，这在北外是没有先例的。”

其实李玉陈的判断并不完全准确，一般来说，北外青年教师都是在一二年级先锻炼几年，打下基础，再根据情况安排到高年级授课，但当年也确实有提前抽调青年教师到高年级任课的情况，除了胡文仲，还有吴千之、梅仁毅[1]、张中载等。估计领导可能有两个考量，一是加快提高年轻教师的水平，使他们更快地在业务上成长，另外，也可能有加强高年级政治力量的考虑，因为这批年轻教师都是党员。

1　梅仁毅（1935—）：北京外国语大学英语学院教授，博士生导师，北外美国研究中心创始人之一，任美国研究中心主任多年。北京市高等学校教学名师奖获得者。2016年获得中美教育研究基金会颁发的美国研究终身成就奖。

1958 年在中国历史上是极不平凡的一年。

在社会主义改造与第一个五年计划取得伟大胜利的情况下，1958 年 5 月党的八大二次会议正式通过了社会主义建设总路线。

英语系为了向当年国庆献礼，要出版一份普及性的刊物《英语学习》，该刊的刊名由时任外交部部长陈毅题写。它虽然出自 1958 年，但却是我国第一本英语教辅杂志，经过几十年的淬炼，历久弥新，成为国家教育部、新闻出版总署优秀外语期刊、免检期刊，并被评为“全国优秀外语教辅期刊”，在英语教育界有着深远的影响。六十多年来，一代代英语学人没有一个不曾受益于这本刊物。杂志的单期发行量一度超过百万册。复旦大学中文系教授严锋曾在《万象》杂志撰文称之为“伟大的杂志”。但初创之时，编辑出版这本“伟大的杂志”的，是年轻的胡文仲和他的几位同样年纪不大、也没有办刊经验的同事。编辑部由杨树勋[1]、刘承沛、高厚堃、吴千之、胡文仲五人组成。杨树勋任主编，主持全面工作，几位编委一起筹划、组稿、编排、校对，而下厂核红、签字则由吴千之、胡文仲负责。他们的工作完全是业余兼职，不仅编辑工作是无偿的，写稿也没有任何报酬。稿子不够时，年轻教师常常自己动手赶出一两篇文章补缺。胡文仲经常写的是语法和学习方法方面的稿子。因为自己是编辑，所以常用笔名“文朴”，偶尔也用真名。胡文仲不但自己动手写稿，还组织学生写文章发表。李玉陈回忆说：“1958 年冬，某晚自习后，胡老师把全班分为两组，指导每组各写一篇文章，准备在创刊不久的《英语学习》上发表。我组负责写《如何区别动名词和现在分词》，由我执笔。另一组负责写《英语生词突击经验点滴》，由班

1　杨树勋（1918—1992）：湖北应城人，北京外国语大学英语学院教授。

团支部书记李光斌同学执笔。为了写好文章，我特意买了一包‘前门’香烟准备开夜车（平时我抽两毛六一包的‘恒大’，这天晚上奢侈了一把，抽三毛五一包的‘前门’）。午夜时分，完成初稿，交给胡老师修改，后来分别以‘北京外国语学院英文系二年级三班’和‘众智’的名义同时发表在《英语学习》1959 年第一期上。这是我第一次撰写和发表关于英语的文章，具有里程碑意义。”

《英语学习》虽然园地不大，但为英语系的老师和学生提供了练笔的机会，对许多人都具有“里程碑意义”。胡文仲历来注重学习，他在编辑这本刊物的过程中，不断提高自己的写作水平和科研能力。在王佐良和许国璋教授的推动和鼓励下，胡文仲开始为《西方语文》（《外语教学与研究》的前身）写稿。起初，只是写些有关教改的文章，翻译了伊莎白论述教学的文章《两条腿走路》，发表在 1959 年的《西方语文》杂志。之后陆续写了两篇语法方面的长篇论文，一篇是关于复合宾语，一篇是关于定语从句，于 1961 和 1962 年分别刊登于《外语教学与研究》。为了写这两篇稿子，他翻阅了许多语法著作，收集了大量例句进行研究，从中发现一些新鲜有趣的现象。这是他科研工作的开端，也第一次从科研中得到乐趣。

1958 年外语教学政治化的倾向日益严重。秋季，英语系在二年级的教学中安排阅读《北京周报》。当时学生的词汇量不够大，无法阅读，老师便组织词汇突击，让学生在短时间内掌握成百上千的英语政治词汇。对于学习基础好的学生来说，影响还不太大，但对于学习基础本来就差的学生，这种违反教学规律的做法的害处就极为明显。

年轻的胡文仲为了搞好教改，跟上“大跃进”的步伐，不但常常加班熬夜，还总是陷入深深的思索。他辗转反侧，难以成眠。既不愿意在革命的洪流中落伍，又觉得自己很难像宋朝诗人潘阆在《酒泉子》中说的那样“弄潮儿向涛头立，手把红旗旗不湿”。月光下，白杨婆娑的树影在窗前摇曳，却给不了他一个明确的答案。他在1958年10月13日的日记中写道：

这三周经过的事情不少。前一半有放松的现象，苦战的味道一点也没有了。时间浪费不少，做的事情不多，这是很不好的，稍不抓紧就松了下来。而身体和思想是一致的，思想支持不住，身体也似乎支撑不了。晚上睡觉就纠缠不休，弄得工作效率很低。必须时时抓紧。要把生活过得像战斗一样。只有这样，生活才会有意义，才是充实的。

1959年1月18日

昨天上午在会上做了关于教学整改的发言，会后有老师指出我的发言片面，否定了这一阶段的实践，完全回到老路上去了。这真是对我大喝一声。我想了一下，觉得事实确实如此。这一阶段我的思想方法上存在着问题。

时代的洪流滚滚向前。1959年，北京外国语学院与北京俄语学院合并，成为新的北京外国语学院。中央提出“调整、巩固、充实、提高”的八字方针，教学科研渐渐步入正轨。1961年9月20日，陈毅副总理兼外长亲临北外给全院师生作报告。陈老总开门见山就讲：

“我年轻的时候，也曾经学过几年英文、法文，可惜没有过关，加之后来没有使用它，以前学到的一些也就交给老师了。如果有机会，我还想当个外语学院的学生，把外文补习补习，但时间不许可。因此，我建议同学们五年的学习时间切不可浪费。五年过后就再没有这么好的学习机会了。

“根据党和国家的要求，认真学好外文，正是政治挂帅的表现。外语学院的学生，如果脱离外语来搞政治，就不是真正的政治，这种政治是错误的。你们不要误解我这个人不讲政治，不，我今天跟你们谈这番话，就是要作政治宣传。外国语文是最容易联系政治的。我们可以读毛主席著作的外文译本，读马克思、恩格斯、列宁著作的外文版，这都是很好地联系政治。熟读马克思、恩格斯的《共产党宣言》，既可学习外文，也是政治学习。我们党中央的重要文件，也都有外国译文，都可以读。但是，不是要我们学外语的人都成为政治专家。我们要求我们的学生，在政治上能辨别大是大非，不能让我们的大学生毕业出来后，连个大是大非都分不清楚。

“不要把外语工作看得太简单，不要把外语看作技术工作。外语本身是政治斗争的工具。掌握了外语，可以把外国人的长处介绍到中国来，提高我们中国的经济和文化水平。掌握了外语，也可以把我们中国的革命斗争经验介绍出去，扩大我们的革命影响。……外语工作，是一项既带政治性又带理论性的工作。从事外语工作，要有很高的文化程度。文化程度不高，外语也是学不好的，做不了一个很好的翻译人员。外语专家要懂得政治，也要有丰富的文化、历史知识。我们外语学生要学得深，还要学得博。

“五年时间一定把外语学好，如果学不好是件非常不好的事情，辜负党和国家的培养。人民拿出这么多的钱来供我们学习，我们学习不好，很惭愧。我今天跟你们讲这段话，就是要你们刻苦用功，在五年内解决外语过关的问题。五年内解决外文问题，适当提高中文，同时政治上要够得上做一个干部的条件。因此，要刻苦，要用功。

"有一种错的说法，认为用功的学生是个人主义，这种提法要取消。我最喜欢用功的学生。国家以后几十年要你们负担责任，你们不学习，干什么？不搞本行，搞什么？

"什么是个人主义呢？有些人马列主义、毛主席思想都没有搞通，还洋洋得意，随便就给人扣个人主义帽子。个人主义是要反对的。个人作用不仅不能反对，而且还要提倡。个人主义是只管个人，不要集体，拔一毛而利天下不为。极端个人主义会变成资本主义、帝国主义，压迫人、剥削人，制造战争。个人积极性要提倡，而且要保护。没有个人用功，你怎能掌握得了外语？你不苦读，不精读、不博览，五年时间很快就过去了。马列主义不反对个人作用，任何时候都要估计个人作用。我们很感激毛主席。因为有了毛主席，我们中国大革命才取得了胜利。……积极学习的人，不能认为他只为个人前途打算，并进行批评。只要他的个人前途不违背国家的利益就应该鼓励。功课好，我们尊敬他；功课不好，我们要批评他。

"搞专业非常重要。三个月来，我到处讲搞专业的问题。我讲专业，是又红又专。不许随便批评人家是白专道路。如果让我们五年毕业出来的大学生都搞成中等水平，这是个超大的失败。总而言之，如这样的话，我们中国就永远落后，永远翻不了身。我们培养出来的人才，要绝大多数是优秀的，绝大多数是高才。我们中国如果有几百万个第一流人才，中国的问题完全可以解决。……"[1]

陈毅外长的讲话拨乱反正，为北外师生指明了前进的方向，大大鼓舞了师生努力学好外语报效祖国的斗志。

---

1 "陈毅副总理在北外向全体师生作报告"，见中国日报网专题《北外七十年光辉历程》，http://www.chinadaily.com.cn/dfpd/bw70/2011-09/21/content_13753524.htm。

1961年4月，中共中央宣传部召开了高等学校文科教材会议。北外副院长李棣华[1]作为外语组组长参加了这次重要的会议。周扬在会上作了重要讲话，他把教材分为有益、有害、有益无害三类。会后周扬亲自领导了文科教材编写工作。当时集中全国数百名专家编写的一百二十六种文科教材，对高等学校的教学改革产生了深远的影响。根据会议制定的教材编写计划，北外许国璋教授负责编写外语专业英语教材一到四册，北京大学俞大絪教授负责五到六册，复旦大学徐燕谋教授负责七到八册。许国璋负责主编的四册英语就是改革开放后《许国璋英语》的雏形。参与此书编写工作的有刘承沛、周谟智、张道真、夏祖煃、王晋熙、张冠林[2]、祝珏、马元曦等英语系教师。

三、四年级教学组，杨树勋教授任组长，胡文仲任副组长，同组的还有伊莎白、张汉熙、罗廷亮、梅仁毅等教师。梅仁毅负责联系学生，了解学生对教学的反映，同时向学生解释教学的意图，每周定期与课代表或班长开碰头会。杨、胡、梅三位教师配合十分默契，合作得很愉快。杨树勋老师从美国留学归来后一直在北外英语系执教，教学负责，为公忘私，在各方面都是师生的楷模，多年被选为海淀区人民代表，被评为模范党员。对年轻教师，杨树勋总是谆谆教导，耐心帮助。在教学组内，杨老师主动担任困难班的负责教师，承担起最困难最吃力的教学任务，因此，他在群众中有极好的口碑和很高的声望。

---

1 李棣华（1905—1995）：山西左权县人，燕京大学研究生，1937年10月参加革命工作，1943年4月加入中国共产党。1953年4月，由周恩来总理亲自提名，担任北京外国语学校副校长。1954年任北京外国语学院副院长、党委常委。后担任北京外国语学院顾问。

2 张冠林，生于1927年，上海人，北京外国语大学教授，主要研究方向为英语语音和语音教学研究。20世纪70、80年代多次参加北京英语广播讲座的教学工作并兼任组长。1985年应中央电视台的邀请主持了《跟我学语音》节目。

北京外国语学院英语系根据文科教材会议精神加强了文学课程，英国文学史、英美文学选读在高年级正式开设，在教学中的比重也不断提高。就在同一时期，系领导决定让陈琳[1]、张中载、胡文仲在刘世沐教授的指导下开设语言理论课程，陈琳教语音学，张中载教词汇学，刘教授和胡文仲教语法学。为了钻研语法理论，胡文仲把著名英语语法学家柯姆（Curme）的《句法》（*Syntax*），赞德弗尔特（Zandvoort）的《英语语法》（*English Grammar*），叶斯帕森[2]和坡兹玛（Pouzma）的多卷本英语语法书统统买来，作为主要的参考书，刻苦研读。教学过程中，胡文仲严谨认真，为了上一堂课往往要花几个星期的时间备课。原来的计划是在课程教完之后将讲稿修改后交出版社出版，但治学严谨的刘世沐教授知道一套学术著作必须达到相当的水平才可以出版，所以，他顶住压力始终不同意出版。这也看出一个真正的学者是如何坚持学术上的高标准。

1964年，北京外国语学院按照外交部和教育部的要求，决定缩短学制，加快培养翻译人才，试办三年制。英语系把邓炎昌[3]、周谟智、夏祖煃、胡文仲调出来，筹划如何改革教学。在邓炎昌的提议下，他们开始阅读哈罗

1　陈琳（1922—2023）：北京外国语大学教授，我国著名外语教育专家。兼任国家语委咨询委员会会员、国家语委外语中文译写规范专家委员会主任委员等职。曾获全国科教兴国贡献奖、全国老有所为贡献奖、教育部授予的全国优秀教师荣誉称号等。

2　奥托·叶斯柏森（Otto Jespersen，1860—1943）：享誉世界的丹麦语言学家，著述颇丰，多达四百八十七种，研究涵盖普通语言学、语法学、语音学、语言史、符号系统、语言哲学、外语教学、国际辅助语等多个领域，对普通语言学和语法学的贡献尤为显著。他还是英语界公认的英语语法的最高权威，对英语语法学贡献巨大，影响着一代代的英语研究者和学习者。

3　邓炎昌 (1923—2020)：广东开平人，北京外国语大学英语学院教授。

德·帕尔默[1]，C.C. 弗里斯[2]，罗伯特·拉多[3]等著名学者撰写的有关教学法的书籍，特别着重研究了弗里斯和拉多有关听说教学法的书籍和文章。这是他们初次接触国外的外语教学理论和教学法，颇有大开眼界之感。帕尔默是英国语言学家、语音学家，也是英语学习和教学领域的先驱，尤其致力于口语教学法。1892 到 1893 年，他在法国学习。1902 年，去了比利时，开始在伯利茨教英语。1903 年，建立了自己的学校。1915 年，在伦敦大学学院任教。1922 年，帕尔默应泽宛纳西正太郎、松田小次郎之邀前往日本，成为日本教育部的"语言顾问"。他在那里待了整整十四年，改革了日本的英语教育，对 20 世纪应用语言学的发展做出巨大贡献。罗伯特·拉多是美国现代语言学专家，父母是西班牙移民，在他有机会学习英语之前就搬到了西班牙。二十一岁时，拉多回到美国，成年后才开始学习英语，这使他对移民和以其他语言为第二语言的人在学习英语时所面临的挑战有了深刻的理解。后来拉多获得福特 – 富布赖特基金会的资助，在西班牙的五所大学建立了英语系，并与拉丁美洲的大学进行了合作。拉多在世界各地进行语言学讲座，获得了世界范围内的认可和荣誉，创办了拉多国际学院，并担任院长。这两位语言学家相似的经历使得他们创造出独特的英语教学法。研读了他们的著作，胡文仲和他的同事们都觉得仿佛推开一扇窗户，骤然看到窗外的景色。几个人都十分激动，对于帕尔默、弗里斯和拉多的一些基本理论深信不疑，一致认为如果采用听说领先法，可以大大加快学习进度，提高学习效率，对中国英语教育具有重要的指导意义。周谟

1 哈罗德·帕尔默（Harold Palmer, 1877—1949）：英国语言学家、语音学家。

2 C.C. 弗里斯（C.C.Fries,1887—1867）：美国功能语言学家。

3 罗伯特·拉多（Robert Lado，1915—1995）：美国现代语言学专家。

智老师回忆当年对听说法的考虑时说：“我们看到这些文章觉得很新鲜，觉得可以试一试，不从课文或文字开始，而从听开始，即所谓 withhold the written word（书面文字先不学），不让他看书，让他听，凭听来学。当时觉得这个方法很有道理，很兴奋，觉得世界上居然有这么好的道理啊？这是第一。第二就是觉得我们历来讲理论太多，而这一方法主张先实践后理论，让学生先在大海里游泳，游泳学会之后给你讲游泳的道理。第三个原因是我们觉得过去的精读泛读对内容不够重视。……不重内容，没有系统，所以不好。第四个就是要通过内容。例如学‘cat’这个单词，先让学生通过声音和实物或图片学这个单词。学会之后再学这个词的拼写形式，以及 cat 和 cats 等的语法道理。到后来学长篇课文也是如此，先听报告，看电影，然后再学书面材料。”[1]

在研读了国外语言学家和教学家的理论著作后，小组确定了新教学法的基本原则：第一，在一个月内严格控制文字的出现，让学生完全依靠听吸收语言；第二，通过实物、图片和英语解释，教词汇和句型，不用汉语翻译；第三，通过句型教授语法，练习口语，不讲语法条条；第四，在掌握句型、课文的基础上大量发展泛读。

这一教法与北外英语系传统的教法大相径庭，是教学法的一次大胆尝试，是对常规教学的一个突破。按照这些基本原则，他们开始编写教材，在教材尚未编完的情况下就开始了教学实验。

系领导对于这次教学实验十分重视，给教学组配备了很强的教师力量，

1　周燕主编，《用精神行走的人：记老一代北外外语教师的教育人生》，外语教学与研究出版社，2011 年版。

都是有了几年基础教学经验、口语能力强的年轻教师，包括杨立民[1]、戴显光、陈妞培、孙静渊、奚宝芬等。在设备方面，也给予三年制特殊的照顾，专门建立了听力室，每班配备了钟声牌的录音机，为每个教室安装了扩音器。在开始教学之前，教材组对于教师做了培训，由邓炎昌、周谟智给教师讲解这次教学实验的理论根据、具体做法和教材特点。教师听了以后热情很高，个个摩拳擦掌，跃跃欲试，深信听说法的原则和教法，对于它的成功毫不怀疑。学生则选了完全没有学过英语的高中生，以免受原来所学英语的干扰。

“听说法教学”试验搞得热火朝天。所有参加试验的教师都全力以赴。教师上课与过去带着课本、教案去上课完全不同，个个手拿大包小包，包里是各种教具，包括各种颜色的铅笔、钢笔、塑料小狗小猫、玩具、杯子等等不一而足。教师用教具代替了汉语的解释，在课堂上教师左手举着一支钢笔，右手举着一支铅笔，然后演示给学生看：“This is a pen. This is a pencil.”演示多遍之后，带领学生大声重复朗读。熟练以后，教师再介绍问句。教师举着铅笔问：“Is this a pen? No，it isn't. It's a pencil.”生词和句型都是在不使用汉语的情况下教给学生，学生也都是通过听学会生词和句型，关键是保证大量的听和大量的练习。这与传统的教法完全不同，学生自始至终看不到文字，也不明白什么语法规则，只知道重复教师所说的，不断地听，不断地说。教师和学生都处于高度紧张的口语活动之中，学生学得很努力，教师教得很辛苦，但效果十分明显，学生很快掌握了一些简单的句型，很快就能够开口说英语，而且说得流畅自然。

1 杨立民（1936—）：浙江诸暨人，教授，1959 年毕业于北京外国语学院英语系，留校任教至退休。北京市高等学校教学名师奖获得者。

有的教师教课办法多，教学灵活多样，口语练习的频率高，学生讲话的速度快，其中最突出的是杨立民所教的班。没有几周，杨立民的课就上得风生水起，引起全组教师的注意，大家纷纷去他的班上听课。听课教师多的时候几乎占据了教室后面一整排。他的课堂热气腾腾，师生互动频繁，学生反应快，口语流利，讲话速度快，有人统计学生一分钟可以说一百二十到一百三十个词，这使所有教师大为吃惊。教师们从杨立民的课上学到了调动学生积极性的各种办法，各班都争先恐后地积极贯彻，但是，学生课后常常会对教师说，下了课我们手上什么都没有，课堂上学的都忘了，一旦忘了就一句话都想不起来，忘得干干净净。于是，教学组在课后加强了听力练习，在教室里不断播放各种听力材料，以巩固课上所学。陈妞培在听力练习的间歇偶尔还通过播音系统给学生唱歌，陈老师嗓音甜美，歌唱得好，使得学生对老师们更加崇拜。

教学过程中也出现过一些始料未及的现象。胡文仲在课上介绍 over there（在那边）这个词组时，常常把手向外面一指，说：There’s a building over there. 或者 There’s a car over there. 有一天，胡文仲检查学生的理解，问：“over there 是什么意思？”学生回答：“北京工业学院。”胡文仲大笑，丈二和尚摸不着头脑，怎么也弄不明白学生会这么理解，原来教师每次说 over there 的时候，随手虚指的方向恰巧是街对面的北京工业学院，学生由此判断 over there 就是工业学院。经过一段教学，胡文仲发现班上的学生中安徽来的李士俊的口语总是比其他同学准确。这到底是什么原因呢？胡文仲和李士俊谈心，问他有什么秘诀。李士俊不好意思地笑着说：“胡老师，我看语法书了。”要知道，在“三年制”，看语法书可是“违法”的。

不过从李士俊的例子，胡文仲悟出一个道理，语法知识看样子能帮助学生准确地掌握英语。一个月后，开始发前几课的教材。教师把书面材料发给学生时，本以为学生会举双手欢迎，没想到大部分学生对发下去的教材不感兴趣，将材料扔在抽屉里根本不看。这令教学组的老师大惑不解。“原来你们整天要教材，现在把教材发给你们，却又都搁在一边，这到底是怎么回事？”后来教师们发现学生已经养成了只听不读的习惯，喜欢听，不喜欢阅读。参加试验的教师于是迅速采取措施指导学生的阅读。学生们也积极配合，经过一段曲折，最终达到“全面发展”的目的。

这是一段激动人心的教学试验，胡文仲和他的同事们开拓了一片英语教学的新田地。陈妞培回忆说：“在全国，我们英语系一直是走在前头的，总有新的方法进行试验。当时很多人来听课，我们一试验以后，第二年马上就有别的学校来听，对我们羡慕极了。首先对我们这支队伍羡慕。当时有个美国人，他来听了我们的课，说很羡慕我们中国居然有这么一支好的教学力量。……他说你们的教学尽心尽力，老师们的语言掌握得都不错。”杨立民回忆这一段经历，说：“当时这个试验搞起来后是一边倒的形式，就是上面非常明显倾向于这个试验，而且当时在全国影响很大，因为当时我们学校是全国第一家，实际上也是唯一的一家。全国各个学校都跑到我这里听课。我不开玩笑说，那个时候我二十九岁，每天高朋满座。我们班十三个人，但是每次我们班都坐的是二十几个、三十几个、四十几个，听课的人比学生要多得多。……学生很活跃，敢说，也能够说出来东西，反应很快，这个事情当时得到了全面的肯定。”[1]

1 周燕主编，《用精神行走的人：记老一代北外外语教师的教育人生》，外语教学与研究出版社，2011 年版。

从两届学生的学习效果来看，“听说法”有着明显的优点，对于提高学生的听说能力特别有效。当然万事开头难，和任何试验一样，由于缺乏经验，走点弯路在所难免。在有些教学问题的处理上，有点绝对化，缺乏辩证法。加之当时国内压根儿就没有听说法的资料，无法借鉴国外的经验，困难重重。但尽管如此，这一段教学试验的意义却不能低估。有些教学原则亦有着长远的作用。北外阿拉伯语专业的教师也跟随英语系做了听说法试验，学生积极性很高。负责第二外语英语的陈祖芳在教学时大力推行听说法，很快就提高了学生们说英语的能力，引起校内师生的广泛关注。由北京外国语学院开创的这一教学法影响了全国的英语教学。上海高校纷纷效仿，开始了听说法的教学。1965 年 9 月，就连远在内蒙古的内蒙古师范学院外语系英语专业也积极引进“听说领先”教学法，有力地推动了少数民族地区的英语教学。直到 21 世纪初，在国家行政学院开办部长英语学习班时，教师还借用了当年三年制听说法的一些基本原则，从听力入手，着力培养部长们的英语口语能力，效果十分显著。

多年之后，胡文仲回顾自己最初几年的教学生涯，满怀深情地说：“我在教学中之所以能有所提高，除了自己的努力，还有赖于一个良好的学术群体。北外英语系就是一个优秀的学术群体。这个群体拥有一批人文素养深厚、学术上有造诣又十分敬业的教师。他们对于年轻教师具有潜移默化的影响。这就像是在一所好的音乐学院里，学生整天听到的是水平很高的演奏，心目中的标准自然不同。王佐良、许国璋、伊莎白、周珏良、刘世沐等教授都是既学识渊博又精于专业的学术带头人。王佐良先生不仅自己勤于动笔，一生出版专著十余部，还经常鼓励青年教师著书立说。晚年，他组织了校内外的专家、教师撰写多卷本《英国文学史》，为我国的外国文学研究事业做出了突出的贡献。周珏良先生专攻美国文学，但他对于中国文学和红学也有自己独到的看法，发表了不少文章。许国璋先生不仅精于语言学研究，是我国公认的语言学家，对于文字也极为讲究，在主编一到四册英语课本时，对于课文选择极为苛刻，选定以后，他一改再改，一直改到自己满意为止。这大约就是为什么他的四册英语精读课本历数十年而不衰的原因。学术群体的影响是多方面的，他们在教师中间确立了一个标准，一个样板，做学问应该怎样做，写文章应该怎样写，教书应该如何教，年轻教师也似乎都在效仿他们，看他们如何做，自己就尽量照着他们的样子做。久而久之，在教师队伍中间就形成了好的风气。

“我自认十分幸运，在北外英语系这个学术群体中多年以来受到熏陶，在教学和科研方面少走了许多弯路。在教学中我得到这个群体中许多教师的帮助。首先，他们的敬业精神深深感动着我。杨树勋老师在这方面堪称典范，他工作极为认真，对于学习吃力的同学给予特别的关照，主动担任困难班的负责教师。他任教学小组长多年，对于我们这些青年教师，总是十分耐心地帮助。在教四年级时，我与加拿大专家伊莎白同在一个教学组。集体备课之后，她经常主动承担做教案的任务，常常在周末利用休息时间做教案，并在打字机上用复写纸打出五六份，分给大家使用。在做科研写文章方面，王佐良、许国璋二位既身体力行做出表率，又在教师中反复提倡不断鼓励。王佐良先生常常对教师说，要经常写些文章发表，写多了以后可以结集出版。”他们的教育理念，对一代代“北外人”产生了深远的影响。

第六章

组建家庭

1958年，是二十三岁的胡文仲人生旅程中最重要的一年。11月1日，胡文仲成为中国共产党预备党员，入党介绍人是原来同班同学时任总支委员的夏葵孙。1958年11月1日，胡文仲在安庄记下自己入党后的心情。

这是我一生中永远不能忘记的一天。经过许多年党的教育，我摸索到今天的道路，这是唯一正确的道路。从此以后，我所做的一切就都是党的事业的一部分。我的生活似乎更明亮了，假如说以前一直是在摸索寻找自己的道路，那么今天就已经找到了这样一条路。党吸收了我，这就加重了自己的责任，绝不能使党因为有了我这样一个党员受损失，相反的，我要全身心地忘我地为党工作，让同志们看到一个党员是怎样工作的，要让红旗永远飘扬。

胡文仲牢记自己的初心使命，一辈子严于律己，实现了“绝不能使党因为有了我这样一个党员受损失”的最朴素也最真诚的誓言。

安庄位于北京房山区西北部，明代成村，因姓得名。这个与石花洞风景名胜区和七渡花果山毗邻的村落风景秀丽，是胡文仲的福地。他不仅在这里光荣加入中国共产党，还收获了甜蜜的爱情，找到生命中的另外一半——相濡以沫、相伴一生的爱人吴祯福。

吴祯福是南京人，生于1937年。父亲吴中士先生1905年出生在江苏省六合县一个世代书香之家，1929年上海同济大学医学院毕业，曾在十多个医院任职。1945年日本投降后，任上海第二传染病医院院长、牙病防治所第一任所长。吴中士先生与京剧大师梅兰芳交情甚笃，曾任梅先生私人医生十多年。1942年11月，汪伪政府褚民谊为讨好日军，策划组团去南京、长春、东京等地演出，指定梅先生任团长，梅先生当即拒绝。但日本人并不善罢甘休，想方设法逼迫梅兰芳赴日。危难之际，梅兰芳的表弟秦叔忍想出一条不无危险的“妙计”： 给梅兰芳注射伤寒疫苗，引发高烧，以此为由拒绝。吴中士熟悉他的健康状况，深知这样做会严重损害梅先生的身体，甚至有生命危险，但梅兰芳对吴中士说：“我绝对不为他们演戏，即使死了也无怨言。”梅兰芳的大义凛然深深感动了吴中士。他深知，倘若日军识破他们的计谋，自己必定首当其冲，惨遭迫害。但为了民族大义，为了成全梅兰芳的金石之志，他不顾个人安危，计算好剂量，给梅兰芳注射了三针疫苗。注射之后，梅兰芳果然高烧不退，卧床不起。日本驻沪海军部派医生来到梅兰芳病榻前，量了梅先生的体温，证实他确实在发高烧。但他们还是不甘心，亲自为梅兰芳检查身体之后，向吴中士索要血液化验单。吴中士十分镇定地回答道：“化验单在医院，过几天送去。”并说：“伤寒是传染病，退烧后还需要休养一两个月。”日本军官只得悻悻离去。之后，梅兰芳在吴中士的悉心看护下，渐渐恢复健康，躲过一劫。难能可贵的是，这一段佳话吴中士先生几十年都守口如瓶，从未炫耀。连吴祯福和胡文仲也是 1994 年看了天津电视台拍摄的电视连续剧《梅兰芳》才知道父亲这一壮举。吴中士先生一生从医，救治病人无数，有时甚至免费义诊。[1]1946 年，他治愈了著名画家张大千严重的胃病。张大千为表示感谢，书赠楹联：

长农仁兄法家正之

书非药物能医俗

家近云山亦养年

1 以上内容参考《梅兰芳传》（刘彦君著，河北教育出版社，1996 年），《梅兰芳全传》（李伶伶著，中国青年出版社，2001 年），《梅兰芳艺术年谱》（谢思进、孙利华编著，文化艺术出版社，2009 年），《梅兰芳传》（王在梅著，北京时代华文书局，2016 年），电视剧《梅兰芳》（天津电视台，1994 年）。

丙戌年嘉平月张爰[1]

吴祯福的母亲孙毓凤女士1911年出生，就读于南京中华女中，曾任中华女中学生会主席。南京刚解放，就积极参加各种社会活动，后任南京玄武区人民法庭陪审员、人民代表。她善良正直，热心公务，办事精明，持家有方，即使经济拮据，也能把一家九口人的日子打理得井井有条。抗日战争期间，为了减轻丈夫养活九口之家的负担，她经常在南京、上海之间走动，做些小生意补贴家用。吴中士先生作为名医，交游甚广，孙毓凤女士就得经常接待丈夫的朋友。几个穷画家朋友是他们家的常客。每次来看望吴医生，走到门口就大声喊："嫂子，今晚有发芽豆吗？""有呀！"孙毓凤总是笑脸相迎。世事艰难，吴家依然苦中作乐，全靠孙毓凤这样一个持家过日子的好手。吴祯福在姐妹中排行第五，她深受父母的影响，从小就严于律己，勤奋好学，母亲坚毅的性格更深深地影响了她。1953年，吴祯福考入南京四女中读高中。南京四女中的前身是著名的汇文女子中学，始建于1887年，历经晚清、民国、新中国三个重要历史时期，是南京市办学历史最悠久的完全中学。历经一百多年的办学历程，学校积淀了浓厚的文化底蕴，形成了鲜明的办学特色。吴祯福在这所名校奋发读书，要求进步。她积极向上，1956年6月，年仅十八就加入了中国共产党，同年通过考试保送到北外英语系。和胡文仲一样，也是英语系副主任武刚同志把她接到学校。到校后任英语系团总支委员。由于表现突出，曾受到表扬，被选为红旗手。吴祯福深受她的三姐吴祯庆和三姐夫刘平的思想影响，他们两人都是刚解放就参加革命南下的部队干部。吴祯福在北外读书期间曾

1 长农系吴中士先生之字，张爰乃张大千之名，张作画写字常用此名。丙戌年为1946年，嘉平月为十二月。

得到他们在经济方面的支援，他们每月都邮寄二十元给吴祯福，作为她的生活费。更重要的是吴祯福受到这两位革命军人的熏陶，得到他们的指点。

1958 年 10 月，北京外国语学院组织师生员工去安庄植树造林。大家扛着铁锹到山上挖鱼鳞坑，在坑里埋下树苗，然后填土浇水。山上乱石丛生，刨坑填土很费力气，宣传鼓动成了当务之急。英语系组织了一个宣传队，总支书记石春来派胡文仲参加英语系宣传队，担任队长。在三年级就读的吴祯福担任副队长。这是他们第一次近距离接触。队里还有一些擅长文艺的同学，比如陈祖芳、张志龙、安永玉、张耘[1]、俞士莲、解其刚，等等。他们白天上山种树，晚上编写快板，组织演出，活跃气氛。他们还组稿、写稿、刻蜡版，油印出版《红林报》，表扬好人好事。胡文仲和吴祯福经常在一起谈工作，谈如何编文艺节目，如何给大家加油鼓劲。吴祯福清秀大方，小时候上海邻居说她是“黑里俏”。她性格开朗，特别喜欢笑，常常说着说着就放声大笑起来。胡文仲喜欢看她笑，听她笑，觉得她的笑声特别有感染力。两个年轻人虽然是师生关系，但年龄相仿，相互之间渐渐产生好感，在一起的时候总有说不完的话，有时聊到熄灯时间，言犹未尽。有一天，胡文仲站在一个高坡上，看见吴祯福给老乡挑水。她身材修长，但不够强壮，挑着满满两桶水，走在高低不平的小路上，一步三晃，有点不堪重负的样子。胡文仲看了连忙跑下山坡，接过扁担，挑起水桶，替她把水送到老乡家里去。胡文仲多年之后回忆说：“如果说一见钟情，可能就是那一瞬间。如果说缘分，我们在安庄相遇可能就是缘分。”

从安庄回来之后，胡文仲和吴祯福确立了朋友关系。但是这一对志同

1 张耘：北京外国语大学英语教授，曾任北京比较文学研究会副会长，曾在中央人民广播电台和中央电视台主持过多个电视教学节目。

道合、追求进步的年轻人谈恋爱，没有花前月下，没有卿卿我我。两个人只有周末见见面。即使见面，胡文仲手里也总是有一大堆工作要做，吴祯福也要抓紧时间学习，等工作做完，聊完学业，道别的时间也到了。

和胡文仲一样，吴祯福也是一个学习非常刻苦认真的人。入学时，她被分配到英语系，心里很着急。因为和那个时代不少学生一样，她在中学学的是俄语。但从上海来的同班同学却有九年的英语基础，当时就可以读英文小说了。回忆起往事，吴祯福说："第一次见到负责教师范瑛，就给我留下深刻印象。她人很漂亮，但也很严肃，我心里有点怕，主动告诉范老师，说我连二十六个字母都弄不清，不知道怎么办。范瑛老师跟我说：'从头开始也有从头开始的优势。一张白纸可以画出最美的图画。'范老师的话让我豁然开朗。她还说：'只要你跟我配合，努力上进，不会有问题。'在以后的日子里。我经常手里拿着一面小镜子，让坐在旁边的男同学帮我听，纠正我的发音。除此而外，每天都早早起床，轻轻出门，拿着小镜子对着自己的口型，想着范老师课堂的示范，一点一点地练习。早上跑完步就到大教室听录音机放录音，当时学校只有一台录音机，听完录音，就围着花坛一圈一圈走，一面走一面背单词。那时候，北京的风沙很大，有时候天气很不好，东北来的同学有经验，用纱巾把头包上，遮挡风沙。我从南京来。没见过这阵势，来了大风硬顶，常常吃一嘴的沙土。"经过一个阶段苦学苦练，吴祯福以优异的成绩过了"发音关"。吴祯福说："我很幸运，第二年又是范瑛老师教。大家都说，我是个 lucky bird（幸运的人）。因为很少有一个老师连续两年教一个班。泛读是一门很有意思的课，范瑛老师教泛读又特有办法。我兴趣盎然，在她的指导下，从《小汤姆》（*Little*

Tom）到《远大前程》（*Great Expectations*）读了一本又一本英语简易读物、注释读物。我规定自己每周六要写读书总结。所谓读书总结就是把一周读过的书翻看一遍，然后用自己的话写故事。遇有问题就主动找老师帮助解决。这样扎扎实实学了两年，打下良好的基础，范瑛老师对我的学业较为满意。”

1959 年，吴祯福读大学三年级的时候，学习成绩比较优秀。国庆十周年庆祝活动期间，中国政府邀请了许多国际友人来华参加庆典活动，学校抽调吴祯福去做翻译工作。她被分配为著名作家冰心做翻译，冰心是她的同学吴青的母亲，是吴祯福喜欢和仰慕的作家，能为她服务，吴祯福非常高兴。但吴祯福缺乏经验，心里没底，就特别真诚地对冰心说自己进校的时候从 ABC 开始学习英语，翻译水平不高……冰心一眼看出她的心思，鼓励她不要害怕，在实践中锻炼就是了。实际上，冰心陪的客人是从巴西来的一位作家，两个人英语都特别好，完全可以交流，并不需要吴祯福翻译。冰心明白吴祯福一个女孩子初次上阵怕露怯，对她特别关照，每次有中国人讲话，她就会主动把它翻成英文。吴祯福则竖起耳朵，用心听，用心看，用心琢磨。跟冰心的几周，就像上了一堂堂极好的口译实践课。冰心的谦和、善解人意给吴祯福留下深刻的印象。她牢记学校的重托，尽自己所能做好活动期间的服务工作。回忆往事，她说：“有一次，谢阿姨[1]写了一封信，对我说：‘孩子你快跑，把这封信赶在邮递员取信之前帮我发出。’我把这件小事当作谢阿姨交给我的光荣任务，高兴极了，拿着那封信就往外跑，回来后报告谢阿姨，信发了，不会有错。谢阿姨笑了，我也格外开心。”

1 谢阿姨：即冰心先生。因为她本名谢婉莹，吴祯福和她的女儿是同学，故有此说。

1960 年 9 月，吴祯福提前毕业。那时一批原来预备留苏的学生转学英语，需要大批英语教师。英语系先后抽调了七八位学业优秀的学生当教师，有的读了四年，有的只读了三年。吴祯福是其中之一。吴祯福说："领导通知我留校当教师，分配我到张道真老师班上听他的课。接到这个任务以后，我二话没说，愉快接受，但是心里直打鼓，觉得自己英语底子薄，生怕教不好。但我相信，世上无难事，只要肯攀登，便对领导说，教书是我向往崇拜的职业。我非常崇敬苏联电影《乡村女教师》里的女主角，一辈子都羡慕她。"吴祯福自此开始了她长达四十年的教书生涯。

这年 10 月，胡文仲和吴祯福决定年底结婚。11 月 1 日，是胡文仲入党两周年的纪念日，在这个美好的日子里，两个年轻人拿着单位介绍信走进蓝靛厂村一间矮小的屋子。坐下之后，工作人员问眼前这两个年轻的大学教师是不是自由恋爱、自愿结婚。也许从解放初期一直到他们结婚的 1960 年，这个问题都是前来登记结婚的人的"必答题"，发证人必须确认对方是不是包办婚姻。胡文仲和吴祯福听了虽然觉得好笑，但也觉得神圣，不无仪式之感，很认真地回答道："我们是自愿的。"工作人员在结婚证书上盖了公章递给他们。胡文仲和吴祯福双手接过，朝窗外瞥了一眼，看见几个孩子正趴在窗台上咧着嘴吃吃地笑。

胡文仲和吴祯福结婚既无彩礼，又无嫁妆。1960 年正是"三年自然灾害"困难时期最困难的一年。胡文仲的母亲倾其所有也只能给儿子寄来一些硬糖，祝愿儿子儿媳日子过得甜甜蜜蜜。吴祯福家里寄来一个绸子被面，一件紫红色丝绵上衣，当年已经是相当丰厚的嫁妆。而他们俩之所以提前登记还有一个重要原因就是为了领布票。因为只有领到布票才能买布准备结婚用的被子。学校把二号楼盥洗室旁边朝北的一间大约十平米的房间分配给他们作为婚房。两张单人床一并就成了他们的婚床。屋子里没有别的家具。12月30号，工会为他们举行了简单的婚礼，工会委员周献桃、金学文几位老大姐帮着张罗。英语系每位教师出五毛钱作为份子钱，买了几件脸盆、暖壶之类的日常用品，送给两位新人，剩下的钱由工会委员吴青交给了吴祯福。每个老师都在一张红纸上面签了名，那张红纸胡文仲和吴祯福保存了很多年。胡文仲班上的同学集体送了一套玻璃茶具，一面圆镜子。这面镜子他们保存了六十多年，虽然已经模糊不清，无法使用，但在他们心中是最珍贵的纪念品。它记录了那个美好的时刻，也记录了同志朋友真挚、美好的情谊。柯鲁克和伊莎白带来一瓶葡萄酒，以示祝贺。那时候，葡萄酒是稀罕之物，没有人打开，谁都舍不得喝。胡文仲母亲从徐州寄来的硬糖放在玻璃盘子里也没人动。那几年，商店里货架上空空如也，没有任何食品。粮食定量供应，男教师每月二十八斤，女教师二十六斤，新鲜蔬菜和其他副食品难得一见，食油一个月凭票只供应几两，人们整天饿着肚子工作学习，有的人腿部开始浮肿。领导动员学生在学校附近打柳树叶补充伙食。党员教师晚上分头到教室动员学生提早回宿舍休息，以保存体力。柯鲁克、伊莎白目睹了这一切，主动要求将工资减去一半，柯鲁克中午还主动到食堂和大家一起用餐，吃中国教师吃的窝头和黑叶子菜汤。但是物资的匮乏并不影响人们对美好生活的向往，参加胡文仲、吴祯福婚礼的人很多，屋里站不下，走廊里都挤满了人，欢声笑语，十分热闹。

1961年春风拂面的美好时节，吴祯福孕育了他们爱情的结晶。那是一个既充满希望也不无艰辛的时刻。“三年困难”还在继续，物资供应依然紧缺，很难找到有营养的东西，给吴祯福补补身子。更为不幸的是吴祯福妊娠反应很大，几乎吃什么吐什么，身体变得更加虚弱。偶然在“黑市”能买到鸡蛋，但五角钱一个，吴祯福一个月的工资只够买一百一十二个。两个年轻人每月还要从微薄的工资中拿出相当一部分补贴徐州和上海的老人家用，总是囊中羞涩，手头拮据。热心肠的吴青对吴祯福十分关心，有时到厨房替她要西红柿。那天，恰好总支委员郑刚帮厨，听说吴祯福怀孕，想吃个西红柿，连忙给她拿了四五个半生不熟的西红柿。留学生食堂偶尔会把没有卖出去的菜卖给他们，已经是特殊照顾。刘世沐教授的夫人翟老师在此期间还专门送来几次面条，这在当年也是极为稀罕的珍品。之后不久政府试行一项新的政策，在大城市开始出现高价餐厅和高价食品，以促进货币回笼。胡文仲总觉得自己亏欠了吴祯福和她腹中的孩子，偶尔会带身怀六甲的妻子，用平常省下的一点点钱去西苑饭店旁边的新疆餐厅“奢侈”一顿。而所谓“奢侈”其实就是要一个熘肝尖儿两碗白米饭。吴祯福多年以后回忆说：“我一个人低着头吃那盘菜，文仲坐在旁边，嘴角挂着一丝微笑，只看不吃，最多吃几口白米饭。我心里的难受劲儿就别提了！”徐州家里寄来一点儿红糖，小夫妻俩有时坐在床上，打开纸包，用手捏点红糖吃，有时冲水喝，已经是难得的享受。

有一天胡文仲在海淀镇上碰到一个农民蹲在路边卖野兔，那只兔子是那人用猎枪打的。这可是当时很难买到的美味。胡文仲一心想给妻子滋补身体，没怎么讨价还价就买下那只野兔。回家以后不知道该怎么做，先把兔皮剥下来，发现兔子身上还有不少弹丸，便把弹丸一颗一颗清理出来，然后剁成小块放在锅里煮。他不会做饭，更不会炖兔子，误以为花椒是做菜的好作料，煮熟以后才发现花椒搁多了，十分难吃，但吴祯福还是吃得很香，还从肉里吃出来一个小弹丸。看着妻子一口气吃了半个兔子，胡文仲特别开心。

日子一天天过去，1962 年元旦深夜，吴祯福经历了难产的痛苦和子痫的危险生下一个二千九百五十克重的健康的女婴。看着那个眼睛明亮的小宝宝，胡文仲百感交集，他无法想象妻子身体那么柔弱，怀孕期间又没吃过什么有营养的东西，怎么会孕育出这样一个健康的小宝宝。他相信一定是年轻母亲把身上的精华全都给予了自己的孩子。母爱的伟大又一次深深地撼动了胡文仲的心。吴祯福出院回家后，小夫妻俩查字典，翻《辞海》，几经考虑，最后给孩子取名为“元莺”，当时的想法是可能还会有第二个孩子。女儿上小学的时候还用过“胡元莺”这个名字，过了一些年把“莺”改成了“缨”[1]，“元”字也去掉了。

“在八届十中全会精神指导下，1963 年 2 月 21 日至 28 日，中央工作会议在北京召开，在对国内外阶级斗争形势估计越来越严重的情况下，为了防止出现修正主义，决定以抓阶级斗争为中心，在全国城乡开展一次普遍的社会主义教育运动（简称‘社教运动’）。‘社教运动’在农村以‘四清’（即清理账目、清理仓库、清理财务、清理工分）为主要内容，

1 胡缨：胡文仲和吴祯福的女儿。1962 年 1 月生于北京，1980 年考入北京大学英语系，1984 年本科毕业，留学期间依靠全额奖学金和打工完成学业，1991 年获得美国普林斯顿大学博士学位。二十多年来任教于美国加州大学尔湾分校，为终身教授，主教现代中国文学和文化，专攻晚清文学、女性主义理论和翻译研究。主要著作包括 *Tales of Translation: Composing the New Woman in China, 1898—1918*（《翻译的传说：中国新女性的形成，1898—1918》，英文版：斯坦福大学出版社，2000 出版；中文版：江苏人民出版社，2009 出版），《重读中国女性生命故事》（合编，江苏人民出版社，2012），*Burying Autumn: Poetry, Friendship and Loss*（《吴徐葬秋与女性友谊》，哈佛大学出版社，2016 出版），还翻译过陈村、林白、王安忆、叶弥、刘索拉、薛忆沩等中国作家的小说。

在城市开展反对贪污盗窃、反对投机倒把、反对铺张浪费、反对分散主义、反对官僚主义的‘五反’运动。这次会议后，城市‘五反’首先在中央机关以及部分基层单位展开，农村社教‘四清’运动开始试点。”[1]

1965年下半年，根据上级指示，北外派了一支队伍去山西参加“四清”，主要成员是一部分教师和高年级学生，还有少数行政干部，由党委领导同志带队。这支队伍先在太原集中，住在郊区老乡家里。刚到乡下，胡文仲咳嗽得很厉害，晚上只能坐着睡觉。老乡炕上跳蚤很多，那些蹦来蹦去的小东西每天夜里都把他咬得遍体红包，奇痒难忍，更难入睡。胡文仲早上起床后问老乡他们怎么对付跳蚤，老乡说他家里没有跳蚤。他听了没有吭声，就硬挺着，直到两个星期之后才渐渐适应，也许是获得了“免疫力”，跳蚤咬了不再留下红包，也不感到很痒，只是一个红点。胡文仲这才体会到老乡说的话确实不错，跳蚤不咬硬汉子。人的存活能力原本就是在与环境斗争中获得的。

北外参加“四清”的这支队伍在太原学习了一段时间之后被派到闻喜县。闻喜县位于山西省南部，运城市北端。闻喜县历史悠久，据说汉元鼎六年（公元前111年），汉武帝刘彻巡幸缑氏，途经左邑桐乡，闻南越破而大喜，遂改桐乡为闻喜。那里有不少名胜古迹、革命遗址，但前去“四清”的北外师生没心思也没机会一饱眼福。在闻喜集中生活的一段时间，最让胡文仲和北京来的这些大学师生发怵的是洗碗。由于缺水，吃完饭以后流水冲洗饭碗已然是白日做梦。所有人都在一个大盆里洗碗。先洗的人盆里的水还算干净，洗到后来水已经变成浑浊的泔水，可还得硬着头皮洗。山

1 《中国共产党历史系列辞典》，中共党史出版社、党建读物出版社，2019年版。

西农民有句话“洗下不洗上”，意思是，洗东西的时候，反正能把污渍洗下去，不会把水里脏东西“洗”上来。貌似有理，对大伙儿也是个心理安慰，但对于当年没有体验过艰苦生活的北外师生来说确实是个不小的考验。在闻喜县集中学习一段时间之后，胡文仲和北外两个高年级学生被分配到南张村。南张村的张姓祖先叫张曜庆，在当地也算名人。村里大部分人都姓张，大多住在村子主要街道两边，外乡人一般都住在村子外边的窑洞里，不少人靠烧瓦盆、瓦罐为生。和许多村庄一样，外乡人不敢惹姓张的本村人，都特别老实。窑洞冬暖夏凉，其实不比砖瓦房差，有的大窑洞高四五米，面积有三四十平方米，可以容下二三十人，是村民开会的地方。南张村土地贫瘠，缺水少雨，主要庄稼是高粱和玉米。劳力多的人家勉强度日，缺劳力或者有病人的人家就非常困难。村里有一个小卖部，大约只有十几平方米，卖香烟、火柴、肥皂等日用品，是村民常常聚集的“活动中心”。但农民手里没有钱，真正来小卖部买东西的人很少，柜台内外只是人们飞短流长、传播小道消息的地方。邮递员送信也从不送到收信人家，都是把信往柜台上一扔，转身就走。小小的村庄，没有隐私，没有秘密，连谁家有信来，全村人都知道。

胡文仲所在的“四清”工作队孙队长是晋北一个县的县委干部，块头大，话不多，对农村情况十分了解，工作能力很强。副队长也是个熟悉农村的干部，工作队队员大部分是农村干部，一小部分是大学师生，包括北外的师生和太原医学院的学生。胡文仲担任政治指导员，在村子里农民都称呼他“胡指导”，叫的时候满怀敬意，完全没有开玩笑，说他“胡乱指导”的意思。胡文仲有生以来第一次在北方农村连续待了七八个月的时间，而且是参加一场在中国农村开展的史无前例的“社会主义教育运动”，真真正正经历了一场脱胎换骨的“再教育”。

“四清”工作队纪律严明，工作队员在工作中都特别谨慎，不敢越雷池半步。工作队员按要求都和贫下中农同吃同住同劳动，胡文仲住在一户贫农家，房东老实巴交，不善言谈，但对党和政府充满感激之情，常说：“咱就是不干活儿，政府也给咱们吃的，你说你还要啥？”胡文仲听了深受感动。南张村坐落在黄土高坡上，雨水少，没河流，村子里最大的问题是缺水。村前有一个池塘，夏天积攒下的雨水，便是村子里一年四季公用的水源。村民在池塘里洗衣服，洗东西。时间长了，水里生了很多小虫子，漂浮着一层绿色水藻，但还得继续用。饮用水是从村里唯一一口很深的井里打上来的。那口井足有几十丈深。绞水是村里最重的活儿，村里最壮的劳动力被派去摇辘轳，夜里两三点钟就开始绞水。村民排着长队等待，一家一天只给一担水。须臾不可或缺的水，在南张村成了稀罕之物。村里为了挖井曾经付出过不小的代价，有几次井挖到一半出现塌方，挖井的农民就埋在了井下，和张艺谋的电影《老井》中描述的情况一模一样。胡文仲和北外来的学生都住在老乡家里，每天只能分到一大碗水。别说洗澡，洗脸刷牙都不可能。只是偶尔去闻喜城里开会住在招待所时才有机会刷一次牙，趁机洗洗。

工作队员吃饭都在农民家里。那里的农民，糠菜半年粮，只有晚上那顿饭勉强能够吃饱。胡文仲第一次看到中国农村如此穷困。许多村民家徒四壁，一贫如洗，炕上能有几床被子已经是“好人家”。只有一床被子的人家并不少见。村子里见不到什么废纸，更没有卫生纸，村民大便后都是用土坷垃擦屁股，胡文仲住的这家厕所蹲坑旁边照例放着一堆土坷垃。头几天胡文仲上厕所用自己带来的报纸，后来报纸用完了就只能用土坷垃，刚开始很不习惯，后来也就顺其自然了。这类事看起来很小，但在当时对于胡文仲来说都是一道一道的坎儿。“四清”工作队就是在这样一个小村庄开展工作。除了参加社教运动，胡文仲白天还和当地村民一起干活，主要是挑着瓦罐到山下取水，挑到地里浇灌秧苗，上下坡十几里，挑着几十斤重的水罐，对于胡文仲是个不小的考验。可是当地的年轻人不当回事，健步如飞。有时一不小心，胡文仲的水罐撞到一块土坷垃上，水流了一地，瓦罐也报销了，这一趟就算是白跑。但是，农民对工作队员十分照顾，总是劝他们少装点水，走慢一点。有一次，胡文仲了解到有一家农民不到一岁的孩子发烧，急得没办法。胡文仲立即到队里去找了一盒退烧药，给这家农民送去。孩子吃药之后，果然退烧，慢慢复原。几天之后，这家人为了感谢胡文仲特意包了饺子请他去吃。胡文仲拗不过主人的执着，只得去家里看看，他知道这可能就是他们一家倾其所有做出的一顿饺子。他进屋看到炕桌上放着一盘饺子，一双筷子，胡文仲感动得几乎落泪，哪里还能吃下去。可是一个都不吃，又怕伤了他们的心。胡文仲这时真真体会到了中国农民的善良淳朴。他自认做了一件他本就该做的事，而在农民心中分量却如此之重。

胡文仲在山西闻喜县参加“四清”运动的时候，没能像汉武帝刘彻当年巡幸缑氏，途经左邑桐乡时天天“闻喜”，倒是日日忧心，因为他惦记着留在北京家中的妻女。吴祯福身体欠佳，性格刚强，教学任务繁重，工作不肯落后，一个人带着三岁多的胡缨，其艰难可想而知。那时候电信落后，只能鸿雁传书，而盼来的信，吴祯福总是报喜不报忧，胡文仲也只能尽量让自己“闻喜”忘忧了。其实，那些日子，二十多岁的吴祯福独自支撑着这个家，经历了许许多多常人难以想象的困难。有一天，胡缨突然发起高烧，吴祯福用小棉被包起孩子从北外西院北楼一直走到魏公村车站。挤上公交车，车上的乘客七手八脚，连拖带拽，好不容易帮她在靠车门的座位上坐下。她坐公交车把孩子送到月坛的儿童医院，大夫检查不出是什么毛病导致高烧，只是开了一些退烧药，然后就坐车回来。孩子抱回家后再次发烧，又再去医院，折腾四五次，病情还是没有好转。家中无人，冷锅冷灶，北京又没有可以帮忙的亲戚，病在孩子身上，疼在吴祯福心上，她独自一人承受着精神和身体的巨大痛苦。大夫后来开了红霉素，那时候红霉素药片一片五角。对于月工资五十六元的吴祯福，无异于天价。但为了给孩子治病，减轻痛苦，再贵她也舍得。药片服下以后，吴祯福抱着孩子在冰冷的长凳上坐了好几个小时，直到体温下去后大夫才让离开。又过了一段时间，疼痛复发，小胡缨不断地说：“疼！疼！妈妈，疼！”吴祯福不知如何是好，就对刚刚懂事的缨缨说：“下定决心，不怕牺牲，排除万难，去争取胜利。”那一刻，班上的女同学柴玉阁和徐雪岚来看吴老师，看到这个情景，难过得在旁边不断落泪。后来，胡缨腿上出现肿块，再去儿童医院，大夫找到了病灶，确诊为骨髓炎，感染的是葡萄球菌。骨髓炎最大的风险是白血病，还有截肢的可能。诊断结果对吴祯福简直是晴天霹雳。她知道丈夫带着一帮学生在山西，责任重大，不能再给他增加负担，一切风险只能自己独自承担。她咬紧牙关，同意孩子住院开刀。小胡缨被护士抱进手术室时，大哭大闹，大叫妈妈。吴祯福站在手术室门口，两腿发软，扶着墙，勉强支撑着。护士站在旁边，看着这位年轻的母亲，也为她心痛，板起脸对她说：“你要哭就跟孩子一块儿哭，不哭就走得远远的。”这位护士虽然板着脸，但她发自内心的关切却深深地烙在吴祯福的心上，一生难以忘怀。以后吴祯福到儿童医院找这位老护士想表示感谢，但几次都没有找到。

手术后，吴祯福给小缨缨买了一包有巧克力颜色的饼干送到病房，放在小桌子的抽屉里。缨缨醒来之后，发现这难得的美食，就把饼干全吃掉了。

在病房里，大夫和护士都特别喜欢这个大眼睛小姑娘，想出各种办法逗她玩，减轻她的痛苦。护士用纱布扎成一朵花，戴在缨缨头上。年轻大夫把玩具递给缨缨，让她一遍又一遍地往地上扔，他再一遍又一遍地捡回来递给她，把患儿当作自己的孩子一样。吴祯福和胡缨受苦受难时，胡文仲一直蒙在鼓里，直到他从山西回来时，缨缨还在病房。他觉得自己亏欠了娇妻爱女，特别是用孱弱的身体独自支撑着这个家、走过种种坎坷的吴祯福。

胡缨在儿童医院两次开刀，虽然做过引流，但伤口还是不能愈合，为此又去了广安门中医院。广安门中医院的医生告诉胡文仲夫妇有一种药捻[1]应该有助于伤口愈合，方子可能有，但没有药。医生说方子也需要查查看。最后，他把药方抄下来，送给他们。上面有十几种中药，其中最难找的是一味极为特殊的药：狗宝。狗宝是狗胃里长的一种石头样的东西，与黄连、马宝并称中药三宝。可是当时在中国，狗已经十分少见，因为抗美援朝初期，美国搞细菌战，大批的狗都被及时处理了，此后多年，人们生活也不宽裕，极少有人养狗，因此要想弄到狗宝实在是异想天开。他们走遍京城，问了

1 带药的纸捻或纱布条，外科治疗时用来放入伤口或疮口内。

许多家药店，都说没有那种稀有药材。就在山穷水尽之时，胡文仲突然想到多年以前京剧院一位姓徐的朋友，寻思她是演员，可能门路广，认识人多，会有办法，就给她打了电话。徐女士很热心，不但替他们找到了狗宝，还在同仁堂把其他药都配好，捻成粉末，送给他们。胡文仲和吴祯福按照大夫的嘱咐，把药粉和少许面粉调和在一起，做了几十根药棍放在桌上阴干。校医院护士把药棍放在孩子的伤口里，一两天换一次，过了一两个星期，伤口果然愈合。他们把得来不易的药棍送给广安门医院，希望能帮助其他病孩子愈合伤口。胡缨的骨髓炎从那以后基本上稳定，但有时还会出现一些情况，他们又找了一些偏方，但有的偏方副作用相当大，孩子难以承受。女儿的病一直是胡文仲吴祯福的一个心结，时刻都担心病会再犯，想尽办法为她增加营养。在胡缨上中学时，吴祯福把家中的粮票和农民换成鸡蛋。居委会负责人特别照顾有病孩子的家庭，在分配牛奶定量时给了胡家两瓶牛奶。胡缨去学校前，吃的是馒头加两个鸡蛋加牛奶，这在当年可是十分高级的早餐。由于是长身体的时期，加上比较好的营养，胡缨的身体逐渐好了起来，有一年还居然背着父母参加了京工附中的运动会。胡文仲、吴祯福从胡缨的同学处偶然听说吓了他们一跳。

艰难和坎坷让胡文仲和吴祯福的心贴得更近，他们相互扶持着，怀抱爱女胡缨，怀抱理想和希望，迎着风雨大步前进！

第七章

动荡的十年

1970年，北京外国语学院开始酝酿下放教职员工。那时候，人心惶惶，小道消息满天飞。最初大伙儿听说是去安徽巢湖。有的教师把家里的沙发卖给收旧货的人，一个沙发五块钱。也有的教师把打字机拿出去卖，觉得这些东西再也用不着了，不会再回北京，也不会再搞业务了。胡文仲却反其道而行之，离京前在西单一家二手店买了一架老式打字机，价格之低出乎意料。这是他的第一台打字机。或许内心深处他还是认为总有一天会用得上这玩意儿。不出所料，这台打字机在"文革"后期终于派上了用场。

1970年4月，上级最后确定将北外师生下放到湖北沙洋。沙洋是荆门市辖县，位于湖北省中部，汉江下游两岸。县境东滨汉江，南抱长湖，地处江汉平原西北部的湖区和荆山余脉东南的山岗丘陵地带。沙洋是楚文化的发祥地之一，早在春秋战国时期即有勤劳的农民在这里劳作，留下一座座古墓见证了历史的沧桑。

胡文仲和吴祯福两人都要去沙洋，八岁的孩子没有人管，只好送到上海外婆家。临走之前，他们特意去照相馆拍了一张全家福。这张照片成了胡文仲一家三口"文革"时期唯一的纪念照。胡文仲和吴祯福把孩子托付给一位去南方的同事。这位同事在苏州下车，只好把胡缨交给一个解放军军官，求他带到上海。她并不认识这位军官，但那个年代人们相互信任，和解放军更是亲如一家，并不觉得有什么不妥。那位解放军军官按地址把孩子送到外婆家。八岁的胡缨已经很懂事，临别前把五块钱悄悄放在解放军叔叔住的招待所的枕头底下，对解放军叔叔表示感谢，谁也不知道这钱他后来发现没有。

沙洋"五七干校"是当时全国规模和影响最大的干校之一。在沙洋创办“五七干校”的中央国家机关及部委有：全国人大、政协、八大民主党派、工商联、社会主义学院、统战部、外交部、中央民族学院、北京外国语学院等四十多个单位，共下放干部及家属两万余人。许多政坛要人、文学巨匠、社会名流，都在这里留下足迹。北京外国语学院所在的“五七干校”原来是一个劳改农场，其条件之艰苦可想而知。

沙洋干校的劳动虽然繁重，但是还能够对付。最让人难以适应的是那里的天气。沙洋距离素有四大火炉之称的武汉并不太远，夏天非常炎热，特别是当地季节性的热风让来自北方的人们苦不堪言。胡文仲和别的老师一样，每天都是大汗淋漓，连背心儿都穿不住，只穿一条短裤。大家都赤身露体，谁也不笑话谁。

像以往一样，胡文仲在干校期间，特别注意“自我革命”，总是寻找自己身上的不足，在劳动中锤炼自己。他在1970年8月23日的日记中写道：

昨晚班长通知我去帮厨。今天就上班了，一天劳动下来，确实感到炊事工作比较辛苦。就拿吃炸糕来说，几乎没有人不爱吃，但是为了吃这一顿炸糕，从凌晨三点半起就开始工作，面很烫，连手都插不进去。油的热度自不必说，十几个人无不汗流浃背。直到快六点才算搞完。

1970年9月10日

帮厨共十八天，期间从工人师傅身上学到不少东西。这里边经历了一个认识再认识的过程。刚开始看到了炊事班的一些问题，也在不同场合提了出来，当时对问题看得较多，对好的方面看得不够。这些日子和炊事员相处时间长了，就发现他们有很多突出的优点。他们埋头苦干，十几年如一日，从来没有不安心炊事工作的问题。有的师傅烧火十几年，还是那样兢兢业业，认真负责。

毫无疑问，胡文仲是一个严于律己、希望紧跟时代步伐的青年知识分子的典型。

1971年下半年，有一批教师、干部奉调回京。胡文仲也是其中之一，但吴祯福不能同行。她要留在沙洋教当地师范学校的学生和不久将要入学的学员学习英语。两个人只得请了几天假，从武汉到南京去接女儿胡缨，因为这时外婆已经从上海搬到南京。夫妻俩短暂见面以后，吴祯福要坐船到武汉，然后去沙洋。胡文仲则准备坐火车带孩子回北京。他们约定每周写一封信，报告各自的情况。在岸边告别时他们既没有热情的拥抱，也没有抚慰的话语，有的是心中的焦虑和担心，因为对于他们来说，前途未卜，何日再相见，何地再相见，都难以预测。胡文仲担心体弱的妻子还要一个人在沙洋继续面对艰苦的生活和严酷的环境，吴祯福则担心丈夫回京后可能遇到的和无法预料的各种困难。目送着吴祯福走上旋梯瘦弱的背影，胡文仲站在岸边，久久不肯离去。胡文仲望着江面上的轮船，一直看了一个多钟头，直到轮船缓缓开走，才恋恋不舍地转身离开。那一次痛彻心扉的离别，让胡文仲终身难忘。五十年后，他还说："我们之前分开过，之后也分离过多次，但这是我经历过的最煎熬的一次分别。没有眼泪，但心痛到了极点，仿佛今生今世都不会再见了。至今想起来都还勾起那难以名状的感情。"

回到北京以后，胡文仲因为还没有恢复组织关系，领导没有让他教书，而是把他安排在英语系资料室工作。负责资料室的杨树勋教授和胡洪德老师对胡文仲并没有另眼看待，相反处处予以照顾。胡文仲对于资料室的工作并不反感，除了日常整理杂志书籍的工作，他还能有不少时间浏览国外的报纸。另外，他还阅读了一些传记，包括本杰明·富兰克林[1]，马尔科姆·艾克斯[2]的自传。胡文仲没有想到自己因祸得福，有机会再次接触阔别已久的英文。

1972 年 7 月，北外师生奉命从湖北沙洋迁回北京。按照中央统一部署，北外开始恢复招生，吴祯福和别的老师一起回到学校，胡文仲一家三口方得团圆。

1973 年 1 月 17 日，根据中央指示，外交部派小组进校主持日常工作。2 月，中央派廖承志兼任北京外国语学院院长。虽然风雨依旧，未见彩虹，但北京外国语学院的教职员工在艰难中开始了新的征程。

1972 年，根据周总理的指示，北京人民广播电台开始筹备广播英语教学讲座。这与美国总统尼克松访华、中美关系开始走向正常化有着密不可分的关系。编写广播教材的任务交给了北京教育学院，教学和播音的任务交给了北外。北外英语系从教师中抽调了四名中青年教师组成教学小组。张冠林、孙静渊是一个播音小组，胡文仲和张耘是另一个播音小组，张冠林任组长。两个小组轮流教学。这是一个从零起点开始的英语教学节目，

1 本杰明·富兰克林（Benjamin Franklin，1705—1790)：18 世纪美国的实业家、科学家、社会活动家、思想家和外交家。他是美国历史上第一位享有国际声誉的科学家、发明家和音乐家。

2 马尔科姆·艾克斯 (Malcolm X，1925—1965)：非裔美国穆斯林牧师和人权活动家，美国黑人民权运动领导人之一。在他的仰慕者看来，他是一位勇敢的黑人权利倡导者，一个以最严厉的措辞起诉美国白人对美国黑人犯下的罪行的人；批评者指责他宣扬种族主义和暴力。他被称为美国黑人民权运动的领导人之一。

教学路子与北外历年来的教学实践基本一致，只是简单一些。在广播电台教英语，这在国内还是开天辟地第一次。而这件事又发生在“文革”期间，其特殊性和深远意义可想而知。校领导一再强调这是一项严肃的政治任务，只能成功，不能失败。胡文仲和另外三位老师接受这个任务之后，既高兴又忐忑不安。电台的保卫工作十分严格，层层设岗，进入播音室更是严格。上课的内容都是事先录在录音带上，经过审听，认为没有问题之后才送去播放。

在电台教英语和在课堂上教英语是完全不同的经历。首先，你面前没有学生，而你要设想学生就在你面前，语气要和面前有学生完全一样，要同样亲切自然。另外，在发音上也有不同，例如，如果在词尾出现鼻辅音，就要稍微用力一些，夸张一些，否则在收音机里就听不到这个鼻辅音。北京电台开办英语讲座以后，反响十分热烈，听众纷纷来信，提出各种问题，胡文仲和几位同事从中挑出一些解答。播讲一段时间以后，电台还组织教师与听众座谈。听众特别喜欢他们播放的配音小故事，例如《草原英雄小姐妹》。在电台教书的两年对于胡文仲是一段难得的经历，是又一次严格的基本训练。

从 1971 年到 1976 年的六年中，北京外国语学院招收五届工农兵学员共二千一百九十人。鉴于工农兵学员基础普遍比较差，文化水平参差不齐，学校注意保证一定的教学时间。在编写教材、教学方法等方面根据学员的实际水平，采取了一些措施，使他们学到必要的外语和文化知识。在当时“开门办学”“教育革命”等要求下，学院也按照规定组织师生走出校门“学军”“学农”“学工”， 但在选点时尽可能注意有利于外语教学的活动，并在“三学”中保证了一定的外语学习时间，从而在一定程度上减少了“开门办学”对教学的影响。在当时十分困难的条件下为国家培养了一批具有一定水平的外语人才。

胡文仲又一次登上熟悉的讲台。他教的1974级的学生来自祖国四面八方，有上海来的陈启迪，有北京来的李芸，有内蒙古来的吴海龙，有新疆来的维吾尔族学生买来西汗。他们都是从基层选拔出来的优秀青年，有幸走进大学校门，特别珍惜难得的学习机会，同学之间、师生之间有一种特别的情谊。买来西汗是胡文仲教过的第一位少数民族学生。她从新疆北部阿勒泰地区可可托海小镇到北京学习，交通不便，路途遥远。那年代，从阿勒泰坐长途汽车到乌鲁木齐就需要三四天，从乌鲁木齐到北京坐火车需要四天三夜，一路的艰辛可想而知。她出生在一个普通工人家庭，上学前，在当地做过两年赤脚医生[1]，是地地道道的“工农兵学员”。她和班上同学关系融洽，同学们也都十分尊重她的民族习惯。她回忆起当年的经历说：“同学们对我特别尊重，从来不用我的杯子喝水，也不用他们的杯子给我倒水。”有一年春节，她没有回家。家在北京的李芸特意把她接到家里，专门为她买了锅和碗筷，又设法买到羊肉，给她包羊肉饺子。当年的师生关系十分密切，有时胡文仲夫妇会请班上的同学来家里吃饭。每逢买来西汗来家时，他们总是把锅碗瓢盆洗了又洗。买来西汗至今都记得这些往事。她回新疆后先在阿勒泰地区教英文，五十多岁才调到乌鲁木齐。

来自内蒙古乌兰察布盟察右前旗的吴海龙是班长，党小组长。在胡文仲的印象中，吴海龙是个成熟、稳重、好学的学生，在同学中有一定的威

1 “文革”时期出现的名词，指亦农亦医的农村基层兼职医护人员。

望。吴海龙从小目睹了贫穷给父母造成的巨大压力，特别懂事。他牢记母亲的话“家里砸锅卖铁也要供你读书”，所以读书特别用功。在前旗一中读书的时候，正是文苑百花凋零的特殊年代，但他想方设法，读了能够找到的一切文学作品。为了减轻父母的负担，利用课余时间打土坯，刨药材，打石子，烧锅炉，帮牧民放羊。艰苦的生活磨炼了这个从小就胸怀大志的年轻人。进入北京外国语学院后，他更是珍惜党和国家给自己的这个难得的机会，学习特别努力。他喜欢翻字典，同学们遇到生词常常会问他。吴海龙 1978 年毕业后进入外交部，从事外交工作四十多年，始终站在中国多边外交的第一线，曾任国际司司长、部长助理、驻欧盟大使、中国人民外交学会会长，现任中国人民公共外交学会会长。吴海龙有一句“名言”：A good diplomat must be a good man.（一个好的外交官必须是一个好人。）这一朴素的理念，是勤劳善良的母亲教给他的，也是母校北京外国语学院教给他的。

吴祯福在这个时期教过的学生中，也有几个给她留下深刻的印象。一个是在沙洋教的黄友义，他少言寡语，但政治上比较成熟，学习十分努力，英语掌握扎实，毕业后曾留学英国和美国，日后成为外文出版社总编辑、中国外文出版发行事业局副局长，中国翻译协会常务副会长。另一个学生是解晓岩，出身农村，为人忠厚，学习刻苦。在他生病时，吴祯福给他煮了一碗面条送去，这件事他记了一辈子。解晓岩毕业后在驻加拿大、澳大利亚使馆及外交部美大司工作多年，曾任我国驻伊朗大使、叙利亚问题特使。有一次回国后还专门把自己使用的录音机赠给吴老师，当年这类电子产品在国内还十分稀缺。解晓岩多年后给吴祯福老师写了一封热情洋溢的信，信中说："您这些年来都好吧？也许会变化很大，但我想象不出是什么样的变化，不过您留给我的印象只有一个：一位非常可亲可敬的好老师，一个对我有教育甚至可以说养育之恩的人。这是一个我永生永世不会忘记的印象。"吴祯福读了解晓岩的来信十分感动，多年来她一直记挂着她非常喜欢的这位学生。让她感到欣慰的是在叙利亚战乱期间她多次看到解晓岩作为我国叙利亚问题特使在电视新闻上出现并代表政府表达我国的立场和态度。

1976 年 4 月 25 日至 5 月 7 日，第三届亚洲乒乓球锦标赛在朝鲜平壤举行。胡文仲和阿拉伯语系的王玉栋老师一起受命赴朝参加这次重要赛事，做同声传译。出国前，他们就接受了严格的外事纪律教育，所以工作期间他们都十分谨慎。那次出国，胡文仲和时任中国乒乓球协会秘书长的何振梁同住一个房间。他吃惊地发现老何（当时大家都这么称呼他）随身带了一本法文小说，晚上一有空闲时间就读这本小说，当时是"文革"期间，敢于这么做的人实在是凤毛麟角。这件事给了胡文仲很深的印象。同住的时间长了，他才知道，何振梁 1939 年至 1946 年在上海中法学堂（解放后改名上海市光明中学）学习。他的法文、英文都很好。何振梁还问他是否认识北外党办主任杨淦春。原来早在解放前，何振梁就和杨淦春一起工作，都是上海"地下党"外围组织的成员。后来，何振梁任中华人民共和国体育运动委员会副主任，中国奥委会秘书长、主席。2001 年，他是北京申办 2008 年夏季奥运会陈述人之一，为申办成功做出重大贡献。

胡文仲积极参与社会活动的同时，还在英语系教材组工作，任组长，杨立民任副组长，组内还有徐克容、马元曦、陈美华等十多位教师。他们负责编写一、二年级的精读教材，英国专家帕特·爱德乐（Pat Adler）负责修饰文字定稿。在两三年当中，他们一共编了四本课本，从句型练习开始，逐步过渡到课文，参考了三年制的路子。另外还编了四本教师用书，以往编教材从来没有编过教师用书，这是首次。这套教材最后以英语系教材组的名义，由商务印书馆出版，发行到全国。这套课本和教师用书是当年使用范围最广的英语专业教材，但参与编写的教师既没有署名，也没有收取稿费。今天看来似乎不可思议，然而在当年却是十分自然的事。但是，即使分文不取，大家也都乐此不疲。

在编写教材期间，胡文仲、马元曦、奚宝芬三位教师和傅莹[1]等几个三年级学生还曾抽出时间深入基层，体验生活。他们在北京选了第二汽车制造厂作为体验生活的一个点，另一个点选了全国闻名的大寨。大寨每年要接待数以几十万计的来访者，因此，要大寨同意接待需要各级审批。学校开了介绍信给山西省委，由省委又介绍到昔阳县委，再到大寨。最后大寨终于同意接纳北外师生为那里的小学生教一个月的英语。此时已是1976年底了，到处都是一片喜气洋洋的新气象。大寨村，是山西省晋中昔阳县的一个小山村，地处太行山土石山区。大寨村自然环境恶劣，群众生活十分艰苦。后来，大寨人在七沟八梁一面坡上开辟层层梯田，通过引水浇地改变了靠天吃饭的状况。毛泽东主席对大寨精神非常重视，在党和政府“农业学大寨”的号召下，大寨精神名扬天下，和大庆精神、雷锋精神、红旗渠精神、焦裕禄精神等伟大精神一起，成为激励全国人民建设社会主义的

1　傅莹：1973年入北外英语系学习，二年级时吴祯福是她的负责老师。在吴的班上她是最优秀的学生之一，性格坚强独立，善于思考，学习勤奋，与班上同学和老师关系和谐，与吴祯福老师关系较为密切。傅莹长期从事外交工作，曾任我驻英大使、外交部副部长、全国人民代表大会外事委员会主任委员等职。

强大精神力量。胡文仲发现和他去过的山西闻喜县南张村相比，大寨完全是另外一番景象。地里有不少机器，农民们正在整理海绵田[1]。全国各地来的人很多。有记者采访，有画家作画，有作家体验生活写书，有体育学院的老师教孩子们武术，音乐学院的老师教音乐。胡文仲他们是来教英文的。虎头山下，狼窝掌旁，胡文仲写下的日记详细记述了他们在大寨的经历。半个多世纪过去，我们惊讶地发现，这部分日记从一个方面生动地勾勒出大寨经历的历史性剧变，也记录了中国英语教学在那个特殊的年代，奏响的一个特殊的音符，是一份难得的、珍贵的史料，特在此摘录几篇：

1976年11月19日

早上出去运动，看到大寨学校体育老师带着孩子们从下坡往上坡，高抬腿跑。高抬腿已是不易，上坡就更增加了困难，真是从严从难要求。而孩子们十分认真。上午小马来了，与她谈了谈昨晚编的教材，又做了些修改。共编了十二课，估计用三到四周。之后与耿校长谈，建议八年级、九年级暂时先不开。三年级五班增加些上课时间。耿校长同意。三年级五班增加两节，二年级四班增加一到两节。具体还要和班主任商议。

1976年11月23日

清晨6点起来，边跑边走用了四十分钟。爬到了虎头山，已经有人在山上干活。拖拉机手正在架火烧水箱。山上确实比较冷，尽管没有风，边跑边走也不觉得有一丝暖和的感觉，下山时才发现金石坡就

---

1 大寨村为提高耕地质量，采取了深挖深翻、秸秆还田等措施，增强土壤蓄水保墒能力。此类农田被称为海绵田。

在这条路上，六年级有十五个学生是金石坡来的。上午上六年级的课，课堂秩序不错，学生的政治水平也不错。下午第一节是三年级五班的课，焦德林老师先去讲了一下要求。我接着上课，孩子模仿能力强，语音困难不大。讲话声音比六年级大。我有时说 sit down，class!（同学们请坐！）他们也跟着学，还有一个学生要我给他们唱 ABC 歌，学生学习热情很高。有的学生喜欢笑。

1976 年 12 月 16 日

上午交接工作，先把小结谈了一遍，一致通过。接着谈了教学如何后续的问题，主要强调：一，语音要继续抓；二，要抓认读，必须订出具体的步骤；三，进度要放慢。…… 晚上我们和耿校长又谈了一次，征求他对这段工作的意见。

1976 年 12 月 17 日

早上去礼堂观看乒乓球队训练。和省体工队李教练聊了聊。他说在大寨建队已经三年，但人员不固定，断断续续。他在这里已经七个月。小学时间还有些保证，每天早上一小时，下午时有时无。中学每天一小时。还不能够保证。据他说，培养一个运动员需要至少一千五百到两千小时的训练。

1976 年 12 月 18 日

早上把东西整理好，又去了一趟学校。和石老师告别，顺便去找了赵老师，问他托我买什么。耿校长、岳校长都见到了，都说一定要再来。八点刚过我就搭送巴基斯坦客人的面包车离开了大寨，心里有一种说不出的滋味。学校课堂，特别是一张张孩子的脸不断地在眼前浮现。一个月以前，从这条路来的时候，心情与现在是多么的不同，不知什么时候能再来大寨看看我的朋友和孩子们。

对大寨，胡文仲怀着深深的感情。1976 年 12 月 18 日，他和大寨的山山水水，和大寨的父老乡亲，和他教过的大寨的孩子们——彩霞、爱莲、录娥、喜娥、宝莲、松涛、瑞明、美芳……依依惜别，但大寨精神在他的心底扎下了根。什么是大寨精神？ 1964 年 12 月第三届全国人民代表大会第一次会议上，周恩来总理在《政府工作报告》中指出，大寨精神是“政治挂帅、思想领先的原则；自力更生、艰苦奋斗的精神；爱国家、爱集体的共产主义风格”。大寨精神是中华民族勤劳勇敢、自强不息的民族精神。在建设中国特色社会主义的伟大历史进程中，大寨精神仍然是一笔宝贵的精神财富，具有重要的现实意义。

第八章

赴澳进修

改革开放初期，百废待兴。1978 年 6 月 23 日下午，邓小平在听取时任清华大学校长兼党委书记刘达的工作汇报后，同方毅、蒋南翔、刘西尧等人谈话时，对留学工作作出重要指示。他说："我赞成留学生的数量增大，主要搞自然科学。要成千成万地派，不是只派十个八个……这是五年内快见成效、提高我国科教水平的重要方法之一。现在我们迈的步子太小，要千方百计加快步伐，路子要越走越宽。"[1]

为了贯彻邓小平的指示，教育部迅速开始选拔第一批赴美留学人员。紧接着 1978 年下半年，又通过考试选拔了一批中年教师出国进修。胡文仲在众多参加考试的中青年英语教师中，以优秀的成绩被录取。出国前需要集中培训，被选中的教师在北京语言学院集中，时间长达半个月之久，内容包括学习出国注意事项、了解澳大利亚的基本情况等。集中之后，每人首先填写一个简历性质的表格，随后开始正式的培训。王府井百货大楼设有出国人员服务部，专门为公派出国人员制作出国服装，提供行李箱等。主管出国服装的工作人员对澳大利亚的气候条件不了解，特意为每个人定作了一件御寒的厚呢子大衣，实际上，这件大衣他们在澳洲的两年期间始终没有派上用场。派往澳大利亚的共九人，按年龄排序为：胡壮麟、杨潮光、胡文仲、黄源深、钱佼汝、王国富、侯维瑞、龙日金、杜瑞清。分别来自北京、上海、南京、苏州、西安和重庆的九所大学。临出国前教育部官员指定胡文仲为赴澳领队，胡壮麟为党小组长，因为九位教师中有七位是共产党员。这批教师的赴澳留学属于中澳教育交流项目的一部分，留学期间由澳方提供奖学金，新南威尔士州教育厅负责接待。

1 引自中国共产党新闻网，网址：http://cpc.people.com.cn/n1/2016/0603/c69113-28410397.html

20世纪70年代末期，还没有从中国直飞悉尼的航班，需要先从北京飞到广州，然后从广州飞香港，再从香港飞悉尼。1979年1月20日，胡文仲一行九人从广州白云机场登上飞机，开始了前往澳大利亚的航程。距离他上一次前往北欧五国已经过去二十四个年头。二十四年，在人类历史的长河是短暂的一瞬，但在这“一瞬”间，胡文仲已经从一个单纯天真、好学上进的二十岁的小伙子成长为一个经历了风雨磨砺、有了妻室女儿的中年人。俯身在飞机窗口，万千思绪像机翼下的朵朵白云，在他心头翻滚。首都机场妻子吴祯福和女儿胡缨送别时祝福与期盼的目光挥之不去。他决心远赴重洋，利用出国学习这一难得的机会把“文革”失去的时间夺回来，却把无尽的思念留在北京，留在妻女身边。他在香港写给吴祯福的信中详细介绍了远行第一天，那个难忘的日子：

祯福：

昨日发出一信。今日上午八点三十分，从白云机场起飞，一切都十分顺利，只是我们包裹太大，太重，在去港旅客中首屈一指。由于是国际航线，机上服务水平比国内航班高些，糖的质量好一些，还送个小本子。三叉戟腾空之后几分钟就看到了海湾。湾内渔船甚多，从机上望下去似乎都是固定在水上的模型。四十分钟过去就看到了港九的隐约形象，成排的十几层二十几层的高楼，一看就不是内地城市的样子。入关检查，然后自己去取一辆小推车，将提包放在上面，海关的人很有兴趣地问我们去哪个国家，学什么专业。都是中国人，态度很友好。一进入public greeting room （接待室），亚贸公司的叶同志、罗同志就迎上来和我们打招呼，并立即介绍说电视台正在门口

interview（采访） 旅客，录像。我们决定回避，就在他们忙着录像的时候，我们从他们身后绕了过去。一出机场，映入眼帘的是服饰颇为不同的香港市民。女青年一般穿 jeans（牛仔裤）或裙子，男青年穿西装或花衬衣。我们当中有两三位穿 Mao suit （中山装），很显眼。街上外国人并不多，当然比起内地要多。商店一家接着一家，广告比比皆是，与解放前的上海一样，只是房子好些。我们在新华分社招待所休息，一个公寓内只有一位老大姐看管，十一点去吃中饭。由于这里没有厨师，所以到附近的茶楼去吃，完全是广东吃法。先上茶，最后还是茶。菜味道还不错，量也较大。无非是香酥鸡、溜鱼片、咕咾肉等五六个菜，共计一百五十元港币，合五十元人民币，与新疆餐厅差不多。在等饭时看了看香港的报纸，《商报》，《文汇报》等。我中午睡了一觉，下午整理行装，准备把一个箱子存在 Sydney（悉尼），否则往来太不方便。人已经完全休息过来，昨晚在广州睡了七个小时，夜里居然没有起床，连同屋的老钱都说我睡得好，气管炎到了香港一点踪迹都没有了，这是绝对的老实话。我给你讲的全都是 absolute truth（绝对的实话）。

今晚离港去澳。已去电报给使馆。你们的一切 worries（忧虑）都可以 put aside（放到一边），只希望你们能安排好生活，相信你会学会这一切的。祝安好。我给祯祥写了一封感谢信，从广州发的。再过半小时去机场。

文仲

1979 年 1 月 20 日

改革开放刚刚开始，走进一个陌生的世界——虽然那是香港，是中国的土地——胡文仲感觉到的新奇和他对家人的眷恋跃然纸上。

飞机到达澳大利亚，悉尼湾美丽的风光让胡文仲和他的八位同伴兴奋不已。迎接他们的是新南威尔士州教育厅工作人员杨·德伍（Jan de Voogd）和瓦尔·霍尼曼（Val Horniman）。他们直接把九位中国教师送到了悉尼大学对面的留学生大楼安顿下来。虽然都是学英语出身，但他们九人都是第一次踏上南半球这个英语国家，对这里的风土人情、文化历史并不熟悉。经历了十年动乱，胡文仲不惑之年出国留学，虽然百倍珍惜这个机会，但当时觉得要进修还是去英国更好，那里的学术水平更高，心里难免有几分惆怅。刚到悉尼大学，校方为他们单独安排了一些课程，主要目的是提高英语水平。显然校方对于他们的水平并不了解。九位同学坚持要求在悉尼大学正式读硕士学位，经过反复交涉，校方最后终于同意。六个人进入英语系，三个人进入语言学系。英语系主任是著名澳大利亚文学教授雷欧妮·克拉玛[1]，语言学系主任是著名语言学家韩礼德[2]教授。胡文仲进入英语系，但心中依然忐忑不安，对于自己究竟应该学什么还是犹豫不决。就给王佐良教授写了一封信，讲了他的处境和心情。王教授当时在北外担任着学校的领导职务，工作极为繁忙，但是，接到胡文仲的信之后很快就回信给他。他在信中说，悉尼大学是澳大利亚最著名的大学，澳大利亚文学既然是悉尼大学英语系的强项，就应该选读澳大利亚文学。王

1　雷欧妮·克拉玛（Leonie Kramer，1924—2016）：澳大利亚学者、教育家、社会活动家。首位澳大利亚文学教授，历任悉尼大学英文系主任、澳大利亚广播公司主席、悉尼大学校长等职，于 2001 年退休。

2　韩礼德（M.A.K.Halliday，1925—2018）：英国当代语言学家。韩礼德教授是世界两大主要语言学派之一的系统功能语言学的创始人，世界语言学界的杰出代表和语言大师。他的语言学框架在当代世界语言学和应用语言学界具有广泛和深远影响。

佐良教授特别强调，目前澳大利亚文学在国内还是一片空白，回来以后可以开课。听到王教授这么明确的意见，他心里踏实了许多。根据王教授的意见，胡文仲在悉尼大学以选修澳大利亚文学课程为主，同时还选了英美文学、文学批评、文体学、戏剧等课程。另外，还在语言学系选了韩礼德教授的社会语言学课程。胡壮麟主要是在语言学系选课，但同时也在英语系选了澳大利亚文学课程。那时候，大家的想法很单纯，就是多选课，多学些东西，回国后多开课。他们九个人选的课比澳大利亚学生平均多二分之一甚至多一倍，学习负担非常重，但是，大家的学习热情很高，废寝忘食，都希望多学点东西，带回祖国。

悉尼大学历史悠久，始建于 1850 年，校园古香古色，十分美丽。胡文仲等九人来澳大利亚的前半年，住在留学生大楼。在那里，他们是最有人缘的外国留学生。每到周末，许多澳大利亚朋友，包括侨青社、澳中友协和中国教育学会各友好团体的朋友们都会开车到他们的住处接他们去度周末。其他国家的留学生十分羡慕。后来，他们陆续迁出留学生大楼，住到普通老百姓家里，以便更多地了解澳大利亚人和他们的文化。他们除了在大学学习，还参加各种社会活动，包括出席各种会议、座谈、到各地参观等，与澳大利亚各阶层有了广泛的接触。九个人在澳大利亚的影响逐渐扩大，引起媒体的注意。他们发现这九个中国留学生经常集体活动，关系十分紧密，可以说是很“抱团”，当时又是“文革”结束不久，所以，戏称他们这一批人为 the Gang of Nine（“九人帮”）。这个充满历史感的称谓一直延续到今天。

胡文仲在悉尼大学学习期间，学习十分刻苦，经常读书写论文到午夜时分，有时甚至通宵达旦。1980 年 4 月 14 日的日记记录下他这一天的工作情况：

在寂静的深夜，我只能听到打字机滴滴答答的声音，所幸邻居和其他房客都睡得很香，不那么容易被打扰。我给自己泡了两杯浓咖啡，很解决问题。我一点都不觉得困或者头脑发昏。大约午夜三点半我听到了街上载重卡车轰隆轰隆开过去的声音，黎明将至，灰暗的微光在窗上出现的时候我终于完成了论文的最后一页。接下来的修改和打字又花了我五个钟头。我想无论如何也得睡两个钟头，不然下午上课时精神不济或者打瞌睡就不太好了。

由于工作时间过长，经常熬夜，胡文仲有一天突然双眼充血，看东西模糊，他立即赶到校医院请医生诊治。医生检查以后说："长时间用眼睛，过于劳累，需要休息。"胡文仲有些担心，问医生应该用什么药。医生说没有什么药可以治，最重要的是休息，只要休息一段时间少用眼睛就可以逐步恢复。

来澳学习刚刚半年多，他就取得了优秀的成绩。但是在同学中，他还是一如既往地谦虚谨慎，一如既往地检查自己与别人的差距，只有夜深人静的时候，才在给妻子的信中暗诉衷肠：

1979 年 8 月 31 日，他在写给妻子的信中说：

我一切都很好。身体 first rate（一级棒）。现在主要是肚子里还要多装些东西。戏剧一门论文已批下来，得了 A，评语也不错。……要合教授们的心意，并不容易。别的论文我就不敢说到底能拿到什么分数。以戏剧一科来说，同班的都是三十几岁以上的中学老师，有的五十到六十岁,英文是他们的母语,以这样的人为对手,困难可想而知,这里也有你的功劳。你替我去了解易卜生在中国演出的情况。以我自己来说，只能说是运气好，路子走对了，我的英文绝不会比同班那些人好。

悉尼大学的教学模式与国内的模式完全不同，刚开始中国教师对此并不适应。克拉玛教授一次专门为九人讲了西方文科教学的特点。她说：批判性的探索是西方大学文科的灵魂，讲课和阅读文献只是提供一个基础，必须在这个基础上自己探索，提出自己的看法。因此，在研究生的课上，教师通常是做引导，很少长篇大论，主要时间用于学生的讨论和争论，最后由教师做出结论。中国教师开始总觉得提出自己的看法比较困难，似乎大学者在书中所述已经是经典，很难再提出新的看法。经过相当一段的摸索和实践，他们才逐步习惯讨论式的学习，也逐步适应了悉尼大学这一套教学方法。随着时间的推移，他们不但适应了这套方法，而且越来越喜欢这种课堂讨论、各抒己见的方法。

身处异国他乡，繁忙的学习之余，胡文仲只能通过书信的形式，向妻子倾诉对祖国和亲人的思念。他在 1979 年 9 月 20 日，给吴祯福的信中说:

一个人在国外感情比在国内更炽烈，我不能容忍任何伤害我国人民形象的话，听了心里极不舒服。International House（国际公寓）的人说，我们这些人是 deeply patriotic（深深地爱国），一点也不假。读报是一种享受，仿佛回到了祖国各地……

九位进修教师与我驻澳使领馆一直保持着十分密切的关系，经常从总领馆借来国内的报纸在九人当中传阅。一摞摞的报纸传送着国内改革和经济建设的激动人心的消息，每个人都觉得报纸传得太慢，所以报纸一到手马上就抓紧时间阅读。读报以后大家聚在一起谈起来眉飞色舞，情绪激昂。其他国家的留学生说他们深深地爱国一点都不错，他们个个都是人在国外心系祖国。在澳的头一年，他们给国内亲友的信件都是由外交部的信使传送，他们每个月定时到悉尼总领馆送信和领取来信。使领馆有活动，他们常常会去帮忙，有时使馆还会派他们出席专业会议。1979 年 8 月使馆安排胡文仲和黄源深出席在墨尔本召开的澳大利亚社区教育国际研讨会，他们在会上作了简短发言，受到与会者的热烈欢迎。

胡文仲心系祖国，心系北外，为回国后的工作积极准备着。他和妻子的通信很少卿卿我我、儿女情长，谈的几乎都是工作、学业：

1980 年 1 月 5 日

两封信都收到了，文章让信使带回去。你的信十分重要，解答了我的一些亟待解决的问题。因时间所迫，只能先谈一点重要的，其他再按正常日期发的信中谈。关于学位，只能读 MA（文学硕士）。这里有严格规定，要读完硕士才可以读博士。我修的课程虽然已经够了，但人家也不答应，要在拿到硕士学位以后，再学习三年，提交博士论文才行。另外就我个人来说，如只写论文，其他一切全部丢开，不值得。我的宗旨是既要有学位，又要有真才实学。……今年主要选文体学、文学评论理论，都与澳文学无关，但对今后开课十分重要。我战线已缩短，其他时间收集材料，准备回国再作研究。

1980年1月26日

王佐良教授给我一信，大意是在澳大利亚当然应把澳大利亚文学搞搞清楚，他未再专门提英美文学。他再次强调要写论文，另外要我写一篇澳文坛动态的文章。我已着手，下月可完成。关于今年方向问题，我主要还是搞澳文学，包括写有关怀特的论文和文体论。澳大利亚文学已有一定基础，在澳是有利条件，能较快地钻研进去。而英美文学基础浅，我怕搞不出名堂，都是蜻蜓点水。而澳文学研究目前在欧洲势头很旺，在一个十亿人口的大国，有个把人研究恐怕也是必要的。

除了在大学的学习，胡文仲这一批进修教师对于利用在国外的机会了解澳大利亚人民和澳大利亚的文化也都十分重视。在这方面澳洲的朋友给予了他们很大的帮助。中国教育学会安排“九人帮”访问在澳大利亚历史上具有特殊意义的冈达盖（Gundagai）。

冈达盖是澳大利亚新南威尔士州的一个小镇。这个镇子不大，但却一直是澳大利亚乡村小镇的代表，为作家、艺术家津津乐道。冈达盖在悉尼西南三百九十公里处，位于马伦比奇河岸。清流之上，两座上个世纪初修建的古老木桥至今依然保存完好，记录了它悠远的历史，成为一道独特而亮丽的风景。冈达盖属于大雪山（Snowy Mountains）和干燥贫瘠的滨海沿岸（Riverina）平原之间的过渡区域，既有地势较低、气候温暖的区域，也有地势较高、气候凉爽的地区，为酿制各种类型的葡萄酒创造了得天独厚的条件。早在1877年，约翰 · 詹姆斯 · 麦克威廉（John James McWilliam）就开始在这里栽培葡萄。一百多年之后，葡萄酒成了冈达盖的支柱产业。最具独特风格的是红葡萄酒赛美蓉和芳香四溢的白葡萄酒维欧尼。

1980年8月23到26日，中国教育学会组织胡文仲等九人去冈达盖。在去冈达盖的路上还安排他们参观了一所监狱。监狱是一栋古老的建筑，建于1883年，关押着三百二十名囚犯，平均年龄三十岁，年纪最轻的十八岁，最老的超过六十岁。他们参观了监狱的各项设施，但没有安排会见囚犯，监狱长怕囚犯出言不逊冒犯来访者。他们在中国都没有参观过监狱，而在澳大利亚居然看到了社会的这一个侧面，真是让他们大开眼界。

在冈达盖小镇他们受到当地人的热情接待，比较深入地了解了澳大利亚人的生活，参观了农场、畜牧场、养鱼场、报馆和政府机构等。他们看到剪羊毛工人如何把将近一百公斤的绵羊扳倒，用剪羊毛的剪刀快速剪下绵羊全身上下的羊毛，速度之快难以想象。他们参观了一个约有六千五百英亩大的农场，规模如此大的农场居然只有农场主杰克和他的四个儿子经营。当地有一份地方小报，报馆的老板苏立汶(Patrick Sullivan)既是主编，又是记者和编辑，还管印刷和发行。这家报馆他们家族已经经营了四代，苏立汶是第四代传人，在当地享有很好的声誉。他们还访问了一位警官，警官告诉他们各种各样的腐败和受贿在警察中都存在。他做过三十七年刑警，他的体会是：层次最高的侦探应该是世上最玩世不恭的人，对任何人任何事都不轻易相信。“九人帮”在这里看到的是另一个澳大利亚，一个在悉尼大学看不到的澳大利亚。对他们来说这实际上是一次深入的社会调查。

澳大利亚外交部也曾经组织中国进修教师假期中到农村去参观。胡文仲被安排来到位于悉尼西北四百多公里的小镇——尤戈拉（Eugoura）。

尤戈拉是原住民给这个地方起的名字，意思是“山上冲下来的沙子”。因为那里是冲积平原，土质肥沃，农牧业比较发达。全镇六百七十口人，其中近三分之二是学龄儿童或幼儿。胡文仲被泰德·哈伊邀请住在他的家里。泰德的父亲在镇上开木材厂，加工制作房架、地板等建筑材料。泰德三兄弟都在厂里干活。泰德本人除了帮他父亲管账以外，大部分时间驾驶重型卡车把木料从伐木场运到工厂，农忙时还为各农场运送粮食——从地里运到粮仓。泰德的妻子朱莉原来在小学教音乐，结婚后有了孩子，家务重，只能花一部分时间在学校工作。胡文仲住在泰德家里将近一周，与他们一家朝夕相处，无话不谈。他在这个小镇接触到了各种各样的人，包括农场工人、工厂工人、教师、警察、酒店老板等，对于澳大利亚农场的运作有了直观的了解，对于农村人们之间的交往也加深了认识。他发现农村人相互之间的关系比城里人的关系密切得多，从一些小事上都可以看出人们的善良。不管什么人开车，看到前方来车时总是翘起一个指头向对方致意。碰到抛锚的车，过路人总是立刻把车停下来，走上前去询问是否需要帮忙。有一次，一辆车出了故障停在路边，过不多久这辆车旁边就已经集聚了十几辆车。人们纷纷下车伸出援手，有的人拿出自己车上的工具，立即帮助车主修起车来。实际上，这些司机互相并不认识。泰德家里有三个孩子，小的只有五岁，大的不过十岁出头。泰德夫妇对孩子的教育也给了胡文仲很深的印象。每天晚上，孩子们都要向客人道过晚安才去睡觉。早上总是等客人盥洗以后才进卫生间。吃饭时客人不动刀叉，他们绝不先吃。泰德一家与父母的关系也很亲密，他们的房子和父母亲的住宅紧靠在一起。父母家有事，他们会立即去帮忙。泰德夫妇外出做客时，经常把三个孩子送到母亲那里，请她帮助照料。从泰德一家胡文仲看到了澳大利亚普通人的勤劳、善良、有教养和对中国的友好。胡文仲与泰德夫妇此后多年一直保持着联系，他先后曾拜访过他们家三次。

无论是在留学生大楼或是搬出大楼以后，“九人帮”一直保持着十分密切的联系，大家相互关心。对于祖国的思念将九人紧紧连在一起。另一方面，九人相互间也保持着比较宽松的距离，对于个人私事从不过问，所以，两年间他们之间从来没有过任何矛盾或冲突，一直是一个团结奋进的小组。回国以后，九个人一直保持联系，有些同志经常在学术会议上见面。2019年，在赴澳四十周年时，尚健在的七位再次在北京相聚，当年的导师克拉玛教授和悉尼大学中国教育学会的克莱沃雷（John Cleverley）教授等也来北京与他们会面，大家相见感慨万分。

胡文仲在悉尼遇到了过去曾经相识的新西兰朋友多萝西·布朗（Dorothy Brown）以及曾经在北外教书的雷勒·切尼（Rehle Cheney）。多萝西曾热情邀请他在暑期到她家中居住。多萝西是一位女权主义者，发现从中国来的“九人帮”中没有一位女教师，对此很有看法。经过一番认真考虑，她给中国外交部和教育部写信，表示愿意资助一位中国女教师来悉尼大学进修，但那时还是改革开放初期，很少有自费出国留学的学者，绝大多数都是像胡文仲那样经过严格选拔的公派留学生。吴祯福接到多萝西的邀请信后立即找了学校有关部门申请出国留学。尽管国家当时已经允许自费出国留学，但“左”的影响依然存在，夫妻俩同时在国外留学，往往不被批准，所以办理自费出国十分艰难，即使有上级的批件，仍然需要经过各种程序。但北京外国语大学对胡文仲、吴祯福这一对党一手培养教育起来的业务骨干的拳拳报国之心十分了解。吴祯福找到时任院长的刘柯[1]请求学院为其办理相关手续时，刘院长态度十分和蔼，对她说："你可以出去。你出去，学完了就回来，国家需要你们。"党组织的信任，让吴祯福的心备感温暖。安顿好家里的事情，办理完相关手续，吴祯福启程飞往澳大利亚，1980年8月31日抵达悉尼，那天是星期日。四十多年过去了，想起往事，吴祯福仿佛又看到当年的情景：

"我到了澳大利亚，在机场接我的是多萝西和文仲。看见我又瘦又黑，他们大吃一惊，连忙问我发生了什么事儿。我说没有发生什么事儿，我身体很不错，只是这几个月来，天天骑着自行车，到处找人帮忙。忙了几个月终于获批，我就来了。我还说，这会儿北京正是盛夏。他们都挺心疼我，我从此就在澳洲留下了。在悉尼大学，最初听的是多萝西的课。她的学生是刚开始教书的老师，而那时的我已经是有几年教学经验的本科教师。过了一段时间，总算熟悉了澳洲英语的口音。有一天多萝西对大家说，明天我们请吴祯福讲课，让她给我们上一堂英语课。晚上，我在家里准备了一下，写下讲稿。第二天，直奔教室。心里有点儿打鼓，怕到了班上出洋相，但同时也有一种莫名其妙的自信。心里想，我在国内已经教了几年书，我是北外培养出来的英国音，我要体现出这几年在课堂上积累的经验。一节课上下来，全班老师同学都给我鼓掌。我十分高兴，不是因为人们给我鼓掌，而是因为中国教师第一次在外国人面前用他们的母语讲课，而我成功了。大家的掌声和笑容给了我莫大的鼓舞。我觉得我没有给中国丢人！我没有

1　刘柯，奉天（今辽宁）昌图人。1936年毕业于燕京大学。同年加入中国共产党。曾任中共中央北方分局党校教员、八路军晋冀军区司令部秘书处副处长、中共中央东北局宣传部国际宣传科科长。建国后，历任云南省外事处处长，北京外国语学院党委书记兼副院长、院长。

辜负范瑛老师当年对我的培养。”

胡文仲和吴祯福就是这样两个十分自立、自爱、自强、自尊的典型的中国知识分子。而这种精神又是以民族自豪感为基础的。他们热爱祖国，热爱中华民族，表现在生活的每一个细节。他们把自己的一言一行都和祖国联系在一起。那是一种渗透在骨血之中的情结，没有任何力量可以改变。在胡文仲努力学习澳大利亚文学的同时，吴祯福开始学习澳大利亚历史。文学离不开历史，要想把一个国家的文化比较全面地介绍到中国，二者缺一不可。共同的事业把这一对恩爱夫妻紧紧地联系一起。吴祯福说："我要搞历史是有原因的。在国内的时候，杨树勋、熊德輗老师跟我的私人关系不错，他们是我的长辈，对我业务的进展一直很关心，时不时地要对我指点一番。我提出要求旁听澳大利亚历史课，克拉玛教授（Professor Kramer）一口答应。我深信，如果花上一段时间，收集一些资料回国，我一定能够开课。克拉玛教授带我去历史系见了布莱恩·弗莱彻（Brian Fletcher）教授。弗莱彻教授听说我要学习澳大利亚历史很高兴。他说，'你可以坐在我的讲桌旁边，这样你听得更清楚。'听了教授的话，我心里的负担放下了。”

为了学好澳大利亚历史，回国后在教学中派上用场，吴祯福还利用业余时间跑图书馆查找各种资料，这些资料为她回国后开课、撰写论文、出书，都起到很重要的作用。学习过程中，她也得到不少善良正直的澳大利亚朋友的帮助和支持。想起往事，她十分动情地说："我在澳大利亚期间受到有东欧血统的雷勒·切尼的热情接待。她是我多年来在国外遇到的少有的热爱中国的友人。雷勒·切尼是一位中学教师，收入有限，但对来访的朋友总是慷慨解囊。我曾经在她的一间屋子里住过几个月，她为我新买了一张大书桌，一个衣柜、一张床和其他用品。她从学校图书馆借来大批历史书，并指导我逐级研究澳大利亚历史的发展。她对种族歧视深恶痛绝，她请到家里来的十来岁的小男孩几乎个个都是亚裔贫困家庭的孩子，她像母亲一样对待他们。我们也曾以同等慷慨的态度在北京接待过她。我们的友谊一直延续到她重病去世。她的善良正直永远留在我们心中，她永远是我和文仲忠实的友人。”

像那个年代绝大多数留学生一样，胡文仲和吴祯福的生活十分清苦，胡文仲虽然拿的是澳大利亚的奖学金，但由于当年的特殊规定留学生自己可以支配的只是很少的一部分生活费。他们和其他几位进修教师一样，外出很少乘坐公共汽车，更舍不得花钱买饮料，食品基本上都是在帕迪菜场（Paddy’s Market）购买，因为那里的鸡肉、鸡蛋、蔬菜、土豆都比街上的小店便宜许多。

吴祯福说：“在澳大利亚的岁月，永生难忘，我几乎是在拼命。我的体质本来不好，当时澳洲天气比较热，我睡在地板上。我开始感到要赚一点儿钱，否则维持不下去。有一批澳洲学生学中文，需要在语言方面得到训练，我就接受了这个任务。我从早上九点开始教他们上课，拿出我在国内上课的那点本事。果然效果不错，教语言是我的本行并不难，真正难的是从早上九点一直说话说到下午六点。学生兴致很高，不仅要教语言，还要教唱歌，不仅要教唱歌，还要教书法，所以我从早上九点一直在说话。一天下来，很是疲劳。收到的工资却很微薄，但也乐在其中。心想全当传播中华文化，宣传我的祖国和北外。我还想，穷要穷得有骨气，绝不和他们谈钱的问题！”

吴祯福在澳期间除了打工挣钱，还得到澳中理事会的支持和资助，使她得以在澳进修将近一年。在临离开悉尼时，她将辛苦攒下来的一千澳元归还给多萝西（当年的机票约为九百五十澳元），并对她一再表示感谢。此后，她们一直保持着密切的朋友关系。

两年后，“九人帮”学成回国，都回到各自的大学。多年之后，每个人都在自己的领域取得了比较突出的成绩：在语言学研究方面，胡壮麟成就最大，成为系统功能语言学在我国的创始人之一，任学会会长，后为名誉会长，曾任中国英语教学研究会副会长和高校外语专业教学指导委员会委员，北京大学资深教授。他致力于将语言学理论本土化，做了许多开创性的探讨，出版了《系统功能学语法概论》《语篇的衔接与连贯》《当代语言理论与应用》等多部语言学专著，发表了一百四十多篇学术论文。2020 年 12 月由他主编的《新世纪汉英大词典》（缩印本）获“第八届高等学校科学研究优秀成果奖（人文社会科学）二等奖”，2021 年 10 月《语言学教程》（第五版）获教育部“全国优秀教材（高等教育类）一等奖”。2013 年他获得“中国英语教育特殊贡献奖”，2015 年获得北京外国语大学颁发的“许国璋外国语言研究奖——中国外语教育终身成就奖”。在澳大利亚研究领域，胡壮麟也是中国最重要的澳大利亚研究专家之一。他的研究对象，涵盖了澳大利亚的语言、语言学发展史、高等教育、文化多样性、外交政策、中澳双边关系，陆续发表了数十篇论文，2016 年《跨越太平洋——胡壮麟澳大利亚研究论文集》出版，集中反映了他在这个领域所取得的成果。1998 年，胡壮麟在北大发起成立了澳大利亚研究中心，任中心主任多年。为了回馈悉尼大学当年对他的培养，他在悉尼大学设立了“胡壮麟基金”，资助该校语言学系和汉语中心的学生，鼓励悉尼大学的学生学习汉语、了解中国。北京师范大学建立“韩礼德—韩茹凯基金会”时，他也慷慨捐赠。

王国富教授在苏州大学创立了澳大利亚研究中心，他主持编译和翻译了几部澳大利亚词典，包括《英汉澳大利亚语词典》、《麦夸里英汉双解词典》等，1998 年获得澳中理事会翻译奖，2008 年获澳中理事会杰出贡献奖章。侯维瑞教授 1984 年出任上海外国语学院副院长。他在英国文学研究方面成就斐然，发表学术论文五十余篇，出版多部专著、译著，共计二百多万字，其中《现代英国小说史》深受学界好评。杜瑞清教授担任西安外国语学院副院长、院长长达十三年，20 世纪 80 年代末在西外创办了澳研中心，在词典编纂和跨文化交际研究方面取得了卓越成就，主编出版了《新时代汉英大辞典》。1990 年，他在美国杨百翰大学获得哲学博士学位，1992 年在美国出版了《中国高等教育：十年改革与发展 1978—1988》。钱佼汝教授在南京大学外文系任教，在本科和研究生层次开设了文学、文体学、文论等课程。1992 年入选国务院学位委员会第三届学科评议组成员。曾获第七届和第八届台湾梁实秋文学翻译奖，是江苏省第六、七、八届政协委员，南京市第九、十届人大代表。1993—2003 年，他被派到联合国教科文组织中文科，担任高级译审。杨潮光教授在对外经贸大学任教，出版了两部专著《语用学教程》和《语言学导论》，曾任校党委委员和北京市人大代表，退休后先后在北京科技大学、北京大学文理学院和国际关系学院授课。龙日金教授曾任西南师范大学外语系主任、高等学校英语专业教材编审委员会委员、重庆市外文学会副会长、重庆市政协委员。他主编教材四部，发表学术论文十余篇，并出版专著《现代汉语及物性研究》（与彭宣维合著）。黄源深教授在澳大利亚文学、文学翻译和外语教育理论和师范英语教材建设等方面都做出了突出的贡献，他撰写了多部有关澳大利亚文学和文化的专著，包括《澳大利亚文学史》《澳大利亚文学论》《澳大利亚文化简论》《当代澳大利亚社会》等，翻译了《简·爱》等多部文学名著，培养了一大批澳大利亚文学硕士和博士。他的代表作《澳大利亚文学史》不仅篇幅长、涵盖面广，而且紧紧跟踪澳大利亚文学近年的发展。2002 年 11 月中澳建交三十周年，黄源深教授与其间中国驻澳大利亚的七位大使一起，获澳大利亚外交部长授予的澳大利亚政府勋章。此外，他还获得澳中理事会翻译奖和其他多个奖项。2022 年获得"全国教材建设先进个人"称号。胡文仲先后翻译出版了怀特的长篇小说《人树》（与李尧合作）、《探险家沃斯》（与刘寿康合作），还翻译了怀特的中篇小说、戏剧和当代澳大利亚作家的中短篇小说。其间，澳大利亚驻华使馆文化参赞甘德瑞（Carrillo Gantner）邀请他将希伯德（Jack Hibberd）的《想入非非》（*A Stretch of the Imagination*）译为中文。在《想入非非》译成后，上海人民艺术剧院在上海和北京将此剧上演，导演是甘德瑞，主演是著名演员魏宗万，演出受到观众的热烈欢迎，多家报纸作了报道。胡文仲 1984 年被任命为北京外国语学院副院长，兼任国务院学位委员会外文学科评议组成员、高等学校外语专业教材编审委员会主任、高等学校外语专业教学指导委员会主任、中国跨文化交际研究会会长、中国澳大利亚研究学会会长等职。出版专著和论文集十部，包括《澳大利亚文学论集》《跨文化交际学概论》

《跨文化交际教学与研究》《胡文仲学术研究文集》等以及在美国出版的《与中国人交往：古老的文化，现代的国度》（*Encountering the Chinese: An Ancient Culture, A Modern Country*）（合著），发表学术论文七十余篇，在澳大利亚文学研究、外语教育和跨文化交际研究方面做出了突出的贡献。2015年与桂诗春、胡壮麟一起被授予“许国璋外国语言研究奖——外语教育终身成就奖”。2022年被中国翻译协会授予“资深翻译家”称号。

吴祯福虽然“编制”上不属于“九人帮”，但她曾与他们同甘共苦，一起奋战在悉尼大学，回国后，经过长达九年的艰苦努力，于1991年推出专著《澳大利亚历史1788—1942》，填补了我国澳大利亚研究的一个空白，成为国内从事澳大利亚研究的师生一本必读书。她花了三个月的时间在澳大利亚国立图书馆查找和阅读了大量原始资料撰写了一篇论文，题目是《华裔商人在澳大利亚历史上的贡献》（*The Contribution of Chinese Merchants in Australian History*），这是以往澳洲历史研究未曾触及的一个方面。在广州召开的澳大利亚学术研讨会上吴祯福发表了这篇论文后，马克林教授评论说：“这是一篇研究得极好的论文。”在会上论文得到广泛的好评，并引起《澳大利亚人》等媒体的关注。吴祯福为此获得澳外交部邀请再次赴澳。

这一批最早出国到澳大利亚留学的中年学者学成回国后最大的贡献，还不是他们个人在外语教育和澳大利亚研究领域取得的成绩，而是由于他们的努力，澳大利亚研究在中国从无到有，从小到大，直到遍地开花。胡文仲和吴祯福在澳大利亚学习期间，刻苦读书，积累资料，就是为在北外开设澳大利亚文学、文化、历史等课程做准备。但是因为澳大利亚研究在当年还是terra incognita（未知领域），对于如何开设这一领域的课程，不少人心里都没底，不知道学生会不会选修这些谁也没教过、谁也没学过的课程。胡文仲和吴祯福则认为，在澳大利亚研究这块尚未开垦的土地上，一定会大有作为。余志远在澳大利亚格里菲斯大学进修一年后，对于澳大利亚政治和电影艺术从事研究，有所成就。最终在系领导以及许国璋、王佐良等前辈的支持下，胡文仲、吴祯福、余志远三人在英语系开设了澳大利亚历史、政治、外交、文学等课程。吴祯福开设的“澳大利亚历史上有争议的问题”（Controversial issues in Australian history）更是一门全新的课程，对于了解澳大利亚历史的学生更具现实意义。事实证明，他们走对了路。各门课程的选课人数虽然多少不一，但总的来说学生对澳大利亚研究兴趣很大，选课人数逐年增加，大大超过系领导和他们的预期。学生听课以后，对于课程的反映很好。澳大利亚研究课程在北京外国语学院英语系的课程体系中从此得到确认。以后几年，他们除了在本科设课外，在研究生层次也陆续开了课。澳大利亚也派来一些教师协助，澳大利亚研究从此成为一个专业方向，陆续培养了一批又一批澳大利亚研究方面的硕士研究生。吴祯福和余志远1983年在硕士层次开设澳研课程在北外属于首创，因此在以后的评比中获奖。

1986年，胡文仲招收了第一个澳大利亚文学博士——韩静。几十年过去了，韩静已经成长为澳大利亚文学翻译、研究领域一位颇有造诣与影响的学者。目前她是澳大利亚西悉尼大学翻译学教授，博士生导师和澳华艺术文化研究院院长。但她始终不忘胡文仲老师当年对她的教诲，曾撰文表达自己的心情：

一个人在成长过程中得到引导、遇到指路明灯是一生的幸运。如果我不曾有幸成为胡老师的博士生，得到他始终如一的教诲、支持和鼓励，就不可能取得今天的成就。

1985年我在北外硕士毕业，正好第二年胡老师招收第一位澳大利亚文学博士，我格外欣喜。那时候北外有很多全国有名的英语教授，最为学人熟知的是许国璋、王佐良和周珏良，大家尊重又亲切地称他们为许老、王公和周公。跟这三位北外台柱子教授一样人人皆知的年轻一代教授则是胡老师。被录取为胡老师的博士生，主攻澳大利亚文学，我既兴奋又激动，决心在胡老师的教导下尽快成长起来。胡老师很赞赏我对文学批评理论，尤其是T.S.艾略特（Thomas Stearns Eliot）的过去、现在与未来关系的理论的掌握，说我很快会在澳大利亚文学研究领域里上路。在此之前我对澳大利亚文学没有太多的了解，胡老师的引领非常关键。胡老师说，澳大利亚殖民文学只有二百年的历史，但其发展与澳大利亚历史、社会和特殊的地理条件有着密不可分的联系，因此研究澳大利亚文学必须对澳大利亚历史、地理、政治与社会体制有充分的了解。这对我之后的研究和对澳大利亚文学的兴趣产生了至关重要的影响。英美文学的研究常常只能针对一位作家，有时甚至是一部作品，而澳大利亚文学能够也必须有一个全景的宏观框架，这使得研究者对整个国家的文化和体制都有所了解，这样的学术研究既不枯燥，又非常实用，让我在澳大利亚的三十多年里一直受益匪浅。

上博士的第二年1988年三月，北外举行了全国第一届澳大利亚研究国际研讨会，组委会主席就是导师胡老师。那次会议让我亲眼目睹、亲临国际会议的组织与进行，更重要的是学习到胡老师跨文化交流的样板。在大会准备和与会期间，胡老师事无巨细，每项事务都安排得井井有条，对每位受邀的国际嘉宾都安排得周到细致，发言的主题也都经过组委会的深思熟虑。胡老师还给了我们这些当学生的非常宝贵的学习机会。我有幸被分派去给甘德瑞导演在北京排演话剧《想入非非》时做口译。《想入非非》是第一部翻译成中文，并首次在中国上演的澳大利亚话剧，剧本的翻译正是胡老师，每句台词翻译都非常到位、朗朗上口。《想入非非》在上海成功首演之后，受大会之邀在北京举行了首演。演出结束时，全场起立，掌声不绝。大会期间，无论是国际嘉宾，还是国内学者，都对胡老师由衷地赞赏。那次国际会议，对我来说，开阔了眼界，学习到很多知识，获得了非常大的启发。

后来胡老师为我争取到去悉尼大学学习的机会，并将我推荐给胡老师当年在悉尼大学学习时的导师、澳大利亚文学的第一任教授克拉玛教授。我的生命轨迹由此而改变。我在悉尼大学学习的六年当中，胡老师给予了我很多的鼓励和支持，胡老师每次来悉尼都介绍我认识他在悉尼的澳大利亚文学界的朋友们。胡老师是我在学习和事业上最关键的领航人和导师。我自2006年以来做了老师之后，常常会想到胡老师对我一生的影响，深知作为老师的重要性，所以对教学和学生格外有责任心，也希望我对学生们能起到引导的作用，能对他们今后生活事业的发展有积极的影响。感恩此生有幸遇到胡老师为我师。

从20世纪80年代初期“九人帮”刚刚回国到1988年，国内陆续成立了一些澳大利亚研究中心，如北京外国语学院、华东师大、苏州大学、安徽大学、厦门大学、西安外国语学院等。有了这些澳研中心为基础，胡文仲和诸位同仁认为成立全国学会的时机已经成熟。经过交换意见，达成共识，大家决定1988年春天在北京外国语学院召开“第一届澳大利亚研究国际研讨会”。在筹办会议过程中，得到时任澳大利亚驻华使馆文化参赞的周思（Nicholas Jose）的大力支持。他帮助邀请澳方代表来中国参会。会议除了邀请国内澳研中心的代表外，还邀请了文化界的一些知名人物，包括杨宪益、戴乃迭、吴祖光、宗璞（冯钟璞）等。澳方的代表有诗人、作家、评论家、教授等，包括杰夫·佩奇（Geoff Page），雪莉·沃克（Shirley Walker），布雷恩·基尔南（Brian Kiernan），甘德瑞等。教育部原副部长黄辛白出席了成立大会，北外的王福祥[1]院长、王佐良教授也都出席并致祝词。中外学者济济一堂，会议大部分论文都是文学和文化方面的，涉及政治、经济、贸易、外交的比较少，但此后的澳研会议的内容越来越丰富，研讨的范围逐步深入到经贸、历史、政治、文化、中澳关系等领域。在第一届澳研国际研讨会期间，胡文仲被选为全国澳大利亚研究学会会长，任会长十二年之久，第二届会长是黄源深教授。从1988年起每两年召开一次全国的研讨会，推动国内的澳大利亚研究。澳大利亚研究中心从最初的十几个发展到现在的四十余个，遍布大江南北、长城内外，结出累累硕果。华东师大澳研中心主任陈弘教授现任全国澳大利亚研究学会会长，北外澳

1　王福祥（1934—2017）：教授，博士生导师。1984—1997年任北京外国语学院院长、北京外国语大学校长，曾任中国俄语教学研究会理事会会长、国际俄罗斯语言与文学教师协会主席团成员。曾获普希金奖章。在俄语语法学、俄语口语学和话语语言学研究方面成就卓著。

研中心主任李建军任秘书长。为了表彰胡文仲在澳研和中澳文化交流方面所做的贡献，1990 年悉尼大学授予胡文仲名誉文学博士学位。澳中理事会于 1996 年授予他文学翻译奖。1999 年澳中理事会授予胡文仲澳中交流杰出贡献奖。

王佐良先生多年后看到九位赴澳教师在学术方面取得的成绩，感到非常欣慰，他曾语重心长地说："能够培养出这样一批人才的大学肯定是一所好大学。"对于悉尼大学的学术水平王佐良教授给予积极评价。悉尼大学对于在 20 世纪 80 年代这一批中国学者回国后取得的学术成就也引以为傲，在校友刊物上屡次报道，并曾出专辑纪念他们赴澳三十周年，授予他们悉尼大学卓越校友的荣誉称号。中国和澳大利亚的媒体也曾对这一群体多次报道。

第九章

与诺奖得主作家怀特的交往

胡文仲在赴澳之前从来没有接触过澳大利亚文学，对它完全不了解，在下定决心以澳洲文学为主攻方向后，他花了大量的时间阅读澳大利亚各个历史时期的文学作品，从殖民时期的以流放犯人为主题的《无期徒刑》[1]到描述绿林好汉的《武装抢劫》[2]，从澳大利亚人民喜爱的作家亨利·劳森[3]到具有欧洲传统的亨利·汉德尔·理查森[4]，从左派作家约翰·莫里森[5]、朱达·沃顿[6]到当代澳大利亚最有成就的作家之一彼得·凯里[7]、弗兰

1 《无期徒刑》（*For the Term of his Natural Life*）是澳洲作家马库斯·克拉克（Marcus Clarke）(1846—1881) 于1874年出版的小说。作者通过反衬的手法，生动地刻画了人物形象，深刻地揭示了流放制度的惨无人道和资本主义国家法律的虚伪，展现了一个善恶奖惩倒置的世界。

2 《武装抢劫》(*Robbery Under Arms*)：澳大利亚作家托马斯·亚历山大·布朗(Thomas Alexander Brown) (1826—1915) 于1888年出版的小说。

3 亨利·劳森（Henry Lawson，1867—1922）：澳大利亚殖民地时期的著名诗人和短篇小说家，著有《亨利·劳森诗集》《通俗诗和幽默诗》《在路上》《乔·威尔逊和他的伙伴们》《丛林儿童》《把帽子传一传》等诗和散文集十四部。

4 亨利·汉德尔·理查森 (Henry Handel Richardson，1870—1946)：澳大利亚著名作家，代表作《麦昂尼的命运》（*The Fortunes of Richard Mahony*）三部曲以其父亲为原型，成功塑造了一个远离故土、寻求在新的环境中安身，但最终走向失败的移民形象。

5 约翰·莫里森 (John Morrison，1904—1998)：当代澳大利亚著名短篇小说家，一般被视为现实主义作家和澳大利亚文学中劳森传统的继承人。但是，由于时代的发展，莫里森的作品在主题和写作手法方面也表现出一些新的特征。这些特征被认为是对劳森传统的超越。

6 朱达·沃顿 (Judah Waten，1911—1985)：澳大利亚小说家，曾被视为澳大利亚移民喉舌，1931年至1933年，访问欧洲，在英国从事左翼政治活动，并在沃姆伍德·斯克鲁布斯监狱服刑三个月。他写长篇小说、短篇小说，最著名的作品是自传体短篇小说集《没有祖国的儿子》（Alien Son），首次出版于1952年。20世纪50年代，他是澳大利亚共产党员，曾多次前往苏联，参加过澳大利亚现实主义作家协会、国际笔会、澳大利亚作家联谊会，并在澳大利亚文学委员会任职。1979年，他被授予澳大利亚勋章。1985年去世后，被追授帕特里克·怀特奖。

7 彼得·凯里（Peter Carey，1943—）：澳大利亚小说家，1974年，他结集出版了短篇小说集《历史上的胖子》，一举成名。1990年应纽约大学之邀，任驻校作家至今。主要作品有短篇小说集《历史上的胖子》《战争的罪恶》，长篇小说《幸福》《魔术师》《凯里帮真史》《亡命天涯》等，曾多次获得布克奖、迈尔斯·富兰克林奖和英联邦作家奖。

克・穆尔豪斯[1]等，他都浏览一番。对于诗歌和戏剧，他也花了不少时间研读。胡文仲在阅读了大量澳大利亚文学作品之后，才知道原来澳洲也有一个色彩瑰丽的文学宝库，澳大利亚文学与英美文学确实不同，它具有自己独特的风采。

在通读澳大利亚文学作品的基础上，胡文仲迅速把目光投到帕特里克・怀特（Patrick White）身上。怀特是澳大利亚一位非常有影响力的现代派作家。他的写作风格与传统的澳大利亚现实主义作家很不相同。他在作品中不断探索和创新，一生中创作了十二部长篇小说和三部短篇小说集、七个剧本、一个电影剧本以及一部自传和一部演说集，为澳大利亚文学打开一片新天地。1973 年，怀特获得诺贝尔文学奖，是澳洲第一个获此殊荣的作家。他的获奖提高了澳洲文学在世界文坛的地位，使得澳洲文学与世界文学进一步接轨。怀特是一位有高度社会责任感的作家，支持澳大利亚的年轻作家和画家，关心世界和平和人类命运这些重大问题。晚年，他反对在澳大利亚开采铀矿，参与成立核裁军党，甚至上街游行，表达澳大利亚人民的意愿。人们说，怀特是澳大利亚人的良心。但怀特当年在中国还鲜有人知。他的作品更没有翻译介绍到中国。胡文仲觉得有责任把这位文学大师和他的作品介绍给国内读者。他在短时间内几乎读完了怀特创作的全部小说和戏剧。知道胡文仲在研读怀特的作品后，悉尼大学东亚语系主任阿尔贝特・戴维斯（A.R.Davies）教授问他是否有兴趣与怀特见面。

---

1 弗兰克・穆尔豪斯（Frank Moorhouse，1938—）：澳大利亚小说家、记者、电影剧本作家，曾任澳大利亚作协主席，在澳洲文坛上被誉为“新派小说的代言人”，1969 年第一个短篇小说集《徒劳无益与其他动物》（*Futility and Other Animals*）问世，20 世纪 70 年代成为专业作家。2001 年，他的长篇小说《黑暗的宫殿》（*Dark Palace*）获得澳大利亚最高文学奖迈尔斯・富兰克林奖。

胡文仲喜出望外，表示同意。后来，由戴维斯教授安排，胡文仲和妻子吴祯福一起拜访了怀特。胡文仲于 1982 年发表的《怀特印象记》记录了他们当年对怀特的访问：

九月下旬是澳大利亚的早春。在一个晴朗的上午，我和妻子吴祯福来到澳大利亚作家帕特里克·怀特的住宅。这是一幢老式的两层建筑，建于 1912 年，正巧与主人同龄。住宅对面是市区附近最大的百年纪念公园，这里绿草如茵、古树参天、环境幽静、空气清新，确实是作家创作的理想处所。

关于怀特，我们已经听说了不少有关他性情的议论。有人说他过着隐士生活，深居简出，不参加任何协会，也很少会见外人。就在我们去拜访他之前，还听到介绍我们同他认识的戴维斯教授说，韩国一个专门研究澳大利亚文学的教授通过文化部求见他，却遭到了拒绝，据说理由是年事已高、工作繁忙。联想到报上历年来发表的怀特的照片，确实没有一张是面带笑容的，那双眼睛尤其令人望而生畏。等待着我们的是什么呢？是拒之门外，还是中途被轰出来？

院子里静悄悄的，透过玻璃门可以看到屋里一排排琳琅满目的书架。我们绕到房子的左侧，转动了一下相当古老的门铃。过了一会儿，门轻轻地打开了，一个看起来要比照片和蔼的怀特站在了我们面前，我们内心的紧张马上就消除了一半。我们作了自我介绍，一番寒暄之后，被带到了客厅。虽然今年由于奇旱，外面的阳光已经有些灼人，但室内却很阴凉。

客厅的四面墙上挂着的大幅油画几乎全是抽象派作品，色彩绚丽、结构奇特。怀特早年受画家罗伊·戴麦斯特(Roy De Maistre)影响很深。他本人不止一次说过，他是通过绘画和音乐学会写作的。他曾经幻想过当画家，小说《活体解剖者》记述了他的这些想法。后来他通过买画方式来支持年轻画家的创作，而且不定期地把自己的收藏赠送给州美术馆。

我们刚坐下没过一会儿主人就端来了茶。怀特特别说明这是中国的茉莉花茶，随后又上了一盘杏仁饼。看来主人做了细心的准备，因为杏仁饼只在悉尼唐人街的几个店铺里才能买到。二十五年前他的一位亲戚曾经到过中国，并把带回来的艺术品送给了他几件，他把那些东西一一拿出来给我们看。他说，要想游历像中国这样一个历史悠久、幅员辽阔的国家，两三个星期的时间是绝对不够的。“我要是去中国就要多待一些时间，”他不无伤感地说，“我曾经有过这种想法，但是现在再开始已经太晚了。”

在开始谈到正题之前，我问他可以不可以录音，他马上挥了挥手说：“不要录音，我痛恨录音机。”幸好他对于记笔记没有反感，于是我们就边谈，我边记下一些要点。

怀特是在英国读的中学和大学，第二次世界大战期间在英国皇家空军中做情报官，直到1948年才回到澳大利亚。他的11部小说中有10部是以澳大利亚为背景的。他认为战后回澳大利亚而不是在欧洲定居对他来说是一个有重要意义的决定。因为艺术家“绝对不能离开哺育他们生长的故土，哪怕是墨尔本人行道上的灰尘或是悉尼阴沟里的垃圾”。尽管如此，怀特的作品中明显地可以看出欧洲文化的影响。

他自己坦率地承认，在刚开始写作的时候，曾经受到英国作家乔伊斯和劳伦斯的影响，同时他也很喜爱法国文学。有趣的是，他对德国文学虽然兴趣不大，可是德国人似乎很推崇他的作品；而法国人虽然翻译了他的不少作品，却对他不很理解。他说，美国人对他的早期作品还能理解，近年来越来越不能理解了。1948年他出版《姨母的故事》以后，澳国内反应冷淡，但在美国获得比较好的评价。他曾经说过："若不是美国人，我当时真想把脑袋伸进煤气灶里自杀。" 在谈到近年来对他的作品的评论时，怀特说，从他读的报刊杂志来看，苏格兰人很能理解他，而且觉得越是往北人们越是能理解他，很可能北方人的时间更多，更爱看书。这真是一个很有趣的论点。

怀特的作品已经译成德、法、西、日、瑞典、挪威、捷克、波兰等国的文字。怀特告诉我们，他听说苏联也在翻译他的作品，并且已经有三位女士神经出了问题，垮了下来。

"是因为翻译你的作品吗？"

"很可能。"

他的话把我们全都逗笑了。

怀特自幼酷爱文学，九岁时就曾写过一个类似美国西部题材的剧本《墨西哥大盗》，成名之后，更是抱负不凡。他为诺贝尔文学奖金委员会写的自传是这样结尾的："我希望在这里（指澳大利亚——笔者注）生活下去，在我有生之年，以我唯一可能的方式，填补澳大利亚这个真空。"他在一篇文章中还说过："最重要的是，我决心证明，澳大利亚小说并不一定非是平淡无奇的新闻体现实主义的产物不可。"

他这样说，也是这样做的。他的作品从来都不是现实主义的，而大多包含着象征主义、神秘主义的成分，他从不以情节取胜，而着意于人物心理的描写和分析。他喜欢写得含蓄，只把话讲到六七分，余下的部分留给读者去想象和揣摩。

在谈话中，怀特进一步阐述他多年来的文学主张。他说，有人认为《沃斯》和《树叶裙》是历史小说，“其实不是的，如果我只把莱克哈特和伊丽莎白·弗雷泽的故事记录下来，就很没有意思。”这两本书都有一定的历史事实为依据，但是怀特没有拘泥于细节，而是进行了艺术的再创造。

怀特的一个剧本被拍成了电视片。我们问他效果如何，他说还不错，不过接下去他又说道：“电视是20世纪最危险的一件发明。我自己没有电视机。租过一次，由于节目实在糟糕，就又立刻还了回去。电视本来应该是给那些老得走不动的人和残疾人看的，可是现在，孩子们全是在电视机前长大的。读书的人越来越少，影响了教育水平的提高。”就在和我们见面的前几天，怀特曾在州图书馆工作人员会议上大声疾呼，希望他们与作家合作，改变目前这种局面。他说：“如果不养成在图书馆看书的习惯，如果不去思索和过滤——锻炼思维能力，我觉得我们就不会有希望。”

怀特是一位严肃认真的作家。每写一本书都经过反复修改。通常第一稿——用他自己的话说——全靠本能，充满了痛苦和混乱。第二稿仍然是手写的，着重于整体结构的安排。第三稿才用打字机，边打边修改细节，直到完全满意才交给出版商，他至今仍然坚持着这一程序。他当时正在写的自传《镜中疵斑》已经完成了第二稿，他想找一位打字员把稿子誊清后再进行修改，他说自己视力已经不行，经常打错。

“我希望临死之前能把这本书写完，”他说。

“你太悲观了。”我插了一句。

“我是一个悲观主义者。年纪大了，不能不想到这一点。很可能书未写完就死去。” 过了一会儿之后，他又说道：

“改稿子是一件很累人的工作。很少有人能够理解写作会把一个活人变成一具躯壳。”

怀特的悲观情绪在作品中多有流露，尤其是近十几年来，对老年人的描写往往带有浓厚的伤感情调，他平时也常把风烛残年作为自己的话题。虽然如此，他还表示准备再写一部长篇、一部中篇和一个电影脚本。

那一次，怀特还请我们参观了他的后花园。园里种了不少果树和花草，葡萄架下放着几把椅子。三条狗一看见主人，立即活蹦乱跳地扑了过来，不仅和怀特亲热一番，还对祯福表示了欢迎，又跑过来嗅了嗅我的裤管。看来，这是怀特在写作之暇休息的地方。

最后，怀特把我们从后院一直送到前门，倚靠着栅栏又和我们闲聊了一会儿。他建议我们去看看塔斯美尼亚州的优美风光，然后详详细细地向我们指点了回城的路怎么走、搭什么车。

澳大利亚文艺评论家马克斯·哈里斯十几年前曾写过一篇怀特访问记，题目是《怀特在公众场合的严峻和在私下里的真诚》，精辟地概括了怀特的为人。一个半小时确实不能算长，但他的坦率、真挚和热诚却给我们留下了很深的印象。

此后，我又两次见到过怀特，最后一次是在我离开澳大利亚前四天。这一次是他请我们去做客。他在电话里告诉我还请了澳著名史学家曼宁·科拉克的儿子爱克塞尔及夫人、短篇小说家穆瑞·贝尔及妻子玛加丽特。他还特别关照我们在谈话中最好不要提癌症之类的事情，因为爱克塞尔刚刚摘除了一个肿瘤，尽管是良性的，还是避开这个话题为好。

悉尼的一月正是盛夏，傍晚突然下起了滂沱大雨。我们刚过七点半就赶到了怀特的家，他的希腊朋友曼诺力接待了我们，请我们在会客室里坐下。怀特从楼上走下来笑着说："我们一直在叨念着你们的名字，可不能在这上面出错。"不知怀特怎么样了解到中国人的姓在名之前这个规矩，并认为直呼我们的姓是不礼貌的，坚持要把我们的名字读准确。果然，爱克塞尔·科拉克夫妇和贝尔夫妇来到时，怀特准确无误地介绍了我们，而且整个晚上坚持按照习惯以名相称。这事虽小，但却可以看出，他虽是名作家，但对别人十分尊重。联想到他提醒我们在阿克塞尔面前不要提癌症一事，更使人感到他在待人方面的细心。

在谈话过程中，怀特对某些评论家在分析他的作品时表现出来的武断感到无奈。他说，尽管他极力反对，还是有人坚持以心理学家卡尔·荣格[1]的观点来解释他的作品。有些东西本来是信手拈来，只取

1 卡尔·荣格：(Carl G. Jung , 1875—1961)：全称卡尔·古斯塔夫·荣格，瑞士心理学家和精神分析医师，分析心理学的创立者。代表作《红书》是荣格的私密之作，又称《新书》。

其象征意义，并没有过多考虑就写到书里，然而到了评论家的笔下却变得玄而又玄。

怀特一面同我们谈话，一面不断地跑到厨房里去照看烤炉中的肉。他的菜做得不错，西红柿茄子味道尤其好。整个晚餐安排得井井有条，纹丝不乱，显示出他做家务的本领。

饭后又回到会客室时，我们才注意到墙上有一个十分别致的具有现代派风格的拼合装饰，既不是画，也不是雕塑，而是在一排火柴盒上面挂着一只肉色手套。曼诺力见我们大惑不解地站在那个艺术品前面出神，就解释说："有些写博士论文的学生来访，一开口就问某本书某页上的某一段话是什么意思，于是我们就把这个指给他们看看。"听到这里，大家全都笑了，原来手套上的手指清楚地指着房门。由此看来，怀特对学究们是丝毫不讲客气的。

我们告别时已经十一点多了。怀特把我们送到门外，并一再说，如果再到澳大利亚来，一定要去看他。阿克塞尔坚持要绕道把我们送回住地，在路上，他说："怀特是个严厉的人，不易相处。他对你们这样好是破例的。"阿克塞尔的话是意味深长的。我一直认为怀特对我们的热情款待并非是对我们个人，而是饱含着对中国人民的友好感情。（本文原载《外国文学》1982 年第 4 期）

那次初访以后，胡文仲夫妇在多萝西家中宴请过怀特和他的伴侣曼诺力。此后每次访问澳大利亚胡文仲都会抽出时间拜访怀特，他们之间的书信往来延续十年之久。吴祯福在澳大利亚勤工俭学一年，既要听课，又要教书，过于劳累，回国后集中表现为视力下降，怀特在得知此事后，一直记挂在心，在给胡文仲的信里多次询问祯福视力恢复得如何。这件事深深感动了胡文仲夫妇，需知在他们的朋友中记挂祯福视力衰退一事的也只有最亲近的几位。胡文仲和澳大利亚文学大师怀特的交往堪称中澳文学交流史的佳话，具有独特的意义。怀特于1990年9月30日于家中去世，胡文仲在《外国文学》1992年第四期发表回忆帕特里克·怀特的文章。这篇文章翔实地介绍了他们夫妇与怀特之间深厚的友谊，是一份特别难得的史料。特原文转发于此。

忆澳大利亚作家怀特

1990年10月3日，我抵达悉尼。出租车把我拉到克莱尔的家时，她恰巧外出开会，在门上留了条子告诉我到哪里取钥匙。我开门进屋，把箱子放好，烧了水，沏上茶，坐在客厅里慢慢品茶的时候，才发现老太太在桌子上还留了另一个条子，上面只写了两句话："这是我给你留下的报纸。我想你可能还不知道。"不知道什么？我十分诧异，赶快拿起报纸。映入眼帘的是大字标题：Patrick White, author and stirrer, dies at 78.（作家、搅局者帕特里克·怀特去世，享年78岁。）报道说："澳大利亚最著名的作家帕特里克·怀特昨晨在百年纪念公园旁他的家中去世，享年七十八岁……"难道我们的朋友怀特已经不在人间了吗？这令人难以置信。我每次访澳都和怀特见面，免不了聊聊澳文学界的家常，而这次迎接我的却是一纸讣闻。我不禁想起1989年3月5日拜访结束，临告别时他对我说的一句话："你下次再来的时候，我可能已经不在了。"我当时吃了一惊，赶紧安慰他："不要这么悲观，不会那样的。"想不到这话不幸竟被他说中了。我没有预料到那会是最后一次见面，告别竟成了诀别。但细想起来，那次会面与以往几次已经显得两样。

三月在澳大利亚是初秋，气候相当暖和。帕特里克和我见面寒暄后引我到屋后花园藤架下面去坐。他拄着一根拐杖，走起来很吃力，而曼诺力和他虽同年，患有风湿病，行动却还轻快。藤椅已经放好，不一会儿又来了一位中年女客人，帕特里克介绍我们认识。我问他最近在写些什么，他幽默地说："只开些支票。"他问我祯福的眼睛怎么样，我告诉他情况稳定，没有什么不好的感觉。自从八九年前他得知我妻子回国后视力一度下降后，每次见面总要问候她，有时还问得十分具体。

帕特里克告诉我，他请了一位护士住在家里照顾他，免得经常跑医院。他很喜欢这位叫吉妮的护士，说她帮了大忙，还说她喜爱文学和戏剧。帕特里克和曼诺力因为行动不便，已经不再去剧院，吉妮告诉他们最近看了什么剧，有什么印象等，使他们间接地知道个梗概。接着，话题转到了澳大利亚的现状，帕特里克显出忧虑的样子，不无感慨地说："看来澳大利亚出了麻烦了。"他对于工党的领导人颇有不满，评论时用了很强烈的字眼儿。他对于前总理惠特拉姆一直怀有极大的敬意。对于惠氏 1975 年被迫下台始终耿耿于怀，为了表示抗议他退回了授予他的澳大利亚勋章。但他对惠特拉姆最近在广告节目中出现感到不可理解："他既不需要钱也不需要名，那究竟是为了什么呢？"他告诉我他的新剧《岩上的牧羊人》在外地公演了。我问他一个新出版的集子为什么叫《不安的三篇》，他答道："因为它们就是三个不安的篇子。”他还告诉我他的政治言论集即将问世，还特别提到戴维·马（David Marr）在写他的自传，他说：“我很喜欢他，但不知道他是否喜欢我，我和他无所不谈。等我读到这本书时可能会不喜欢。”他问我愿意不愿意见戴维，我说：“当然愿意。”他随即把戴维·马的电话号码给了我，并且答应给戴维打个电话。事后，由于怀特的介绍，我访问了戴维·马，和他谈了半个上午。帕特里克告诉我，小说家彼得·凯里的一部新作最近拍了电影，效果很好。我问他，他的小说中有没有准备拍片的？他说：“可能会不合适，不过考虑过《探险家沃斯》、《人树》和《树叶裙》。《树叶裙》里他们最感兴趣的就是裸体那一点。”

不知不觉地已经谈了两个小时。我起身告辞，帕特里克和曼诺力送我到后门，帕特里克对我讲的最后一句话就是上面我引的那句令人心酸的话，这句话使我以后两天一直心情沉重。回想以往四五次见面，他从未说过类似的话。难道他真的已经有了预感的先知？往事一幕幕地浮现在眼前。

……

在我即将结束进修准备回国时，曾经邀请怀特和曼诺力吃过一次中国饭，席间谈到他新近出版的小说《特莱庞的爱情》。过了两天，怀特寄来了一张卡片，上面是一幅触目惊心的图画，两只巨大无比的袋鼠已经把悉尼的摩天大楼全部推倒，海湾大桥断为两截，悉尼歌剧院已成为一片瓦砾。画虽非怀特所作，但却生动地表现出他对于世界前途的忧虑。另一面上写着：

“再次感谢你们两人做的精彩的饭菜。你谈到《特莱庞的爱情》的平装本,我后来想到,你是否没有这本书的精装本。如果你愿意的话,我可以送给你一本美国版的精装本。

帕特里克”

回国以后,我翻译了怀特的中篇小说《一杯茶》,译后曾给他写过一封信,在信中谈了我对于他的中、短篇的看法,还问了他几个问题。1982年3月13日他写了一封相当长的信作为回复:

“收到了你2月26日问我写作动机的信。天哪,我真不知道是什么‘驱使’我写短篇或长篇小说。它就那么蹦出来了,因为它非得蹦出来不可。(另一方面,我写我的自画像《镜中疵斑》是为了告诉人们我是怎样的一个人。)我的大部分短篇小说大约都是在我旅行时写的,因为我这时无法安顿下来写些更长的作品。……在两部短篇小说集出版以后,我之所以没有再写短篇,我想原因在于我失去了这种欲望,也可以说是因为我没有再旅行。

我不知道我的短篇是不是如你所说具有我的长篇的结构和涵盖面。许多澳大利亚‘专家’已经断言我没有写短篇的本事,这就取决于怎么来看短篇小说了。欧·亨利是短篇小说家,契诃夫也是短篇小说家。对于我来说,契诃夫的两个最了不起的短篇《农民》和《在峡谷里》可以视为短的长篇小说。假设我写了像契诃夫《亲爱的》那样的短篇小说,澳大利亚的评论家们就会斥之为格式化。

英国作家V.S.普里切特被许多人视为最有权威的短篇小说家,最近他出版了一部短篇小说选集,他收了我写的《五点二十分》,有些澳大利亚‘专家’对他的选择感到惊讶，更不用说恼怒了，因为我不属于澳大利亚短篇小说家精英之流。

我刚从阿得雷德归来，那里正在排演我的新剧《请向司机示意》。这是激动人心却又令人疲惫不堪的几周。

谨向你们夫妇致以最良好的祝愿。

帕特里克”

《外国文学》1982 年第 4 期发表了我写的《怀特印象记》和我翻译的《镜中瑕疵》的片段，还附有初访怀特时我妻子给他拍的一张照片。我给他寄去后，收到了他 1982 年 5 月 25 日的一封回信：

“谢谢你寄来了杂志。看到我自己脸上那副深奥莫测的表情，我很高兴。我不知道你译了《镜中疵斑》中的哪些部分。不管哪一部分中国人都会感到费解。

《请向司机示意》在阿得雷德大获成功，但我还没有一个能寄给你的本子。在演出中作了部分改动，与其说是台词的改动，倒不如说是布景的变化。原来的布景确实太花哨，后来在演出过程中他们回过头来接受了我对结尾部分比较朴素的视觉形象的主意。导演下次来悉尼时，我一定要和他见面，我们要把剧本的最后一稿写出来，最终我想会由土生出版社出版。随着世界上核威胁的情况的变化，我必须承认，我每周对剧的结尾都有不同的看法。对于我来说，与核战争相比，今天其他的一切都无关紧要……

多年以来我一直使用滴眼剂控制住青光眼的发展，但几周以前，两位专家决定，假如我不想让右眼失明的话，必须做手术。所以我定于6月28日进医院。手术我倒不在乎，但是手术后几个星期不能行动确使我十分担忧。这意味着我们得请一位管家务的，我不知道这个办法会怎么样。不管怎么说，假如我们还活些年头的话，势必要请人照顾，如果经济能力许可请人在家里照料，否则就得进养老院。无论哪个办法都令人沮丧。我希望我不要拖得太久，我敢肯定这种希望中国人听起来会觉得骇人听闻。长寿对我毫无吸引力，特别是世界处于目前这种境况之中。

我时常愉快地回想起祯福和你，希望你们的孩子能给你们带来欢乐。

帕特里克”

1982年、1983年的几封信谈的主要是他和曼诺力的身体状况以及他的戏剧的演出，还流露出他对于世界前途的忧虑。1983年12月27日信的结尾有这样一段话很能说明他当时的心境。

“我感到我的生命正在接近终点。我现在只对防止核战争有兴趣，其他一切都无关紧要。骗人有术的维瑞特和贝尔[1]也好，甚至像托尔斯泰、契诃夫、陀思妥耶夫斯基那样的最伟大的艺术家也好，都是如此。让我们大家在这一事业中团结起来。十分遗憾，我永远也看不到你们美好的国家了。我真想去看一看，而不愿意看到我们这里的那些骗子。

帕特里克”

1984年7月至9月，我应邀再次访问澳大利亚。在这期间，我和怀特见过两次面。他的心思几乎全部集中于防止核战争，无论见面

1 指澳大利亚导演理查德·维瑞特（Richard Wherrett）和约翰·贝尔（John Bell）。

谈话或是电话里聊天，总也离不开这个题目。他正在积极组织解除核武装党，主张关闭在澳大利亚的全部外国军事基地，在澳大利亚天空、陆地、海洋全部禁止核武器，停止铀矿开采。为组织这个新的政党，怀特还做了捐献。怀特是个有明确信念的人，这从最早他给《澳大利亚文学》杂志写的《浪子》（1958 年 4 月）一文即可清楚看出。20 世纪 70 年代以来，他的政治性言论明显增加，在集会上发表演说也愈加频繁，抨击政治腐败，揭露道德堕落，反对战争，主张和平，但是，他从未参与过政党活动，因此，发起组织解除核武装党对怀特来说是又一个转折点。

我和他谈到了不少澳洲作家，他很推崇道布森（Rosemary Dobson）的诗作，尤其喜欢她的诗集《三种命运》。他不止一次向我推荐格雷（Robert Gray）的诗，特别提到他的《苍穹之光》。在小说家中，他喜爱马鲁夫（David Malouf）和斯托（Randolph Stow），对新派作家穆尔豪斯 （Frank Moorhouse）和威尔丁（Michael Wilding）持批评态度。在评论家中他特别欣赏格林（Dorothy Green）。

我告诉他历史学家曼宁·克拉克（Manning Clark）准备不久去中国访问，他听了以后带着微笑说：“他总是出毛病。不久前他做了手术，后来又在石头上摔倒了，血流不止。恐怕你们得准备好在中国埋葬他。”怀特讲话常常有点“语不惊人死不休”的味道，他讲的时候平平常常，但用词生动形象，不乏幽默，因此和他谈话总是趣味盎然。

在 1985 年 12 月 12 日的来信中，帕特里克告诉我，他即将出版一本新小说：

“谢谢你的圣诞卡。这一年来，我们的健康情况时起时伏。我又进了医院，这次时间很短；曼诺力的脚跛得很厉害，十分痛苦。他的视力也恶化了，白内障在发展。要下很大的努力才能坐着看完一场戏和电影，出去吃饭坐的椅子不合适也很痛苦。

复活节前后我有一本小说要出版，采取了一个过早地老迂的女人写回忆录的形式，假设是在她死后，由她的家属委托我把回忆录编辑成书。我还在缓慢地写一个剧本，有时间的时候就写几行。人上了年纪，做家务活儿极为费力。我不能像过去那样在书桌和厨房之间跑来跑去。我们试过雇一位厨师，结果一塌糊涂。无法找到一个毋需事事作交代的人。

我很高兴在翻译《人树》的过程中，你没有要我帮忙。

我被邀请到各个地方出席会议，讨论世界和平的种种可能。真看不出来我出席会有什么效果。有些人误以为任何人只需获得了诺贝尔奖就会具有一种魔力。

向你和你家人致以最良好的祝愿。

帕特里克”

1986年我访问埃及的旅途中曾给他去过一封信，我知道北非和中东对于怀特和曼诺力具有特别的意义。他在11月19日的回信中写道：

“未能及早复你旅途中的来信，十分抱歉。我还是那些借口：年事已高，疾病缠身，做事缓慢，种种压力，等等。访问中东那些国家一定令人大开眼界。我们对这些国家十分熟悉，我们想象不出来是什么原因促使你访问曼苏拉。我们两个都想再访埃及，但我敢肯定我们会发现它破旧不堪、令人沮丧。亚历山大在过去曾是个富有活力，同时——这似乎有些自相矛盾——又是个很没有意思的城市。我不知道你是否有我最近的一本小说《格雷夫人回忆录》，如果没有的话，我会寄给你一本。这部小说假设是由在亚历山大的一位嫁给澳大利亚人的希腊女人所写，由我编辑而成。

内蒙古一定是个有趣的地方，我不能想象那地方是个什么样子。我希望我能看到《人树》的中译本。我听谣传中国参加了伯尔尼协定，也许是真的。前些日子我收到《镜中瑕疵》俄译本三册。几年前我听说《探险家沃斯》和《人树》也有俄译本，但一直未看到书。

几周前，一位在西方待过很久的中国人来访，有一段时间他还在剑桥大学国王学院度过。他写过不少东西，是中国笔会主席，还主编刊载外国文学译文的杂志。也许有些事实我搞错了，我记不清楚他的名字。我发现记中国名字很困难，除非把它们敲到我脑袋里头去。他的姓是不是有点像Pee？最近几周，气管哮喘病折磨着我，我像只半死不活的绿头苍蝇拖来拖去。上周我不得不飞去堪培拉，在铀时代作家研讨会上发表演说。在讲演过程中我设法控制了哮喘，但花了很大的力气。我尽可能不再旅行，不过我四月份还要去阿得雷德看我的一个剧的排演。

曼诺力和我向你们夫妇致意。

帕特里克”

怀特给我的最后一封信写于1987年12月10日。这时我的妻子已去英国访问。他虽然写得还像以前那样洋洋洒洒，但有些字显然写得很费力，与一年前的书法已相差很多。他在信中说：

“我将在另一包中给你寄去一些磁带，此外还有理查德·密尔的歌剧《探险家沃斯》以及一个篇幅不长的短篇小说集《不安的三篇》，卷首曼诺力和我的照片是威廉·杨所拍。

你会思念祯福的。曼诺力若是不在，我不知道我会怎么办。澳大利亚变成了一个极坏的国家，到处都是恶人，而1988年眼看着向我们袭来。

二百周年的活动我决不参加。（注：指澳大利亚1988年举行的建国二百周年庆祝活动。1788年英国第一批载着囚犯的船只驶抵澳大利亚，使澳正式成为英国的殖民地，但对于土著人来说却是一场灾难。怀特出于对土著人的同情，拒绝参加二百周年庆祝活动。）今年早些时候，一个新剧——《岩上的牧羊人》——在阿得雷德上演成功，但还未印出。悉尼、佩思和布里斯班都要求演出这个剧，作为二百周年庆祝活动的一部分，但是，我已经拒绝他们在1989年以前上演此剧。

冬天我进医院做了疝气手术，并且做肺部治疗。曼诺力仍旧接受娄大夫的针灸治疗，他的脚和一个肩膀使他很痛苦。

我希望我寄去的这些东西能让你高兴。

曼诺力和我向你致以最良好的祝愿。

帕特里克”

这些年间，总计收到过怀特十四封信，另外还有一封曼诺力的信。随着时间的推移，了解的加深，信件的内容发生了变化，口气也愈来愈亲切。尽管他自己的身体日益羸弱，受着多种疾病的折磨，他却总忘记不了询问我们的健康状况。有时澳大利亚朋友问我们，怀特到底是个什么样的人，我们总是说："帕特里克待人真挚，爱憎分明。"尽管我们知道有些人对怀特持批评态度。

怀特逝世一周年时，举行了《人树》和《探险家沃斯》中译本首发式，我在发言中提到怀特对于中国怀有友好的感情。事后，澳大利亚广播公司的记者追问我为什么这样说。我举了一些例子，我说，怀特通常不愿接待来访者，可是他见过许多中国作家、学者、新闻记者，包括叶君健、宗璞、李尧、张常海、朱炯强以及我们夫妇。他十分珍视亲友送给他的中国礼物，他表妹贝基·加蓝德在20世纪50年代赠给他一块从中国带回来的织锦茶垫，他一直作为珍品保存着。他不止一次表示过希望来中国，只是年事已高，未能成行。记者采访之后，我又想到一些事例，他曾经给各国领袖写信呼吁和平，包括里根、撒切尔、密特朗等，信里充满批评指责，有时几近粗鲁，例如，在给英国首相的信中有这样的句子："撒切尔夫人，我敦促你搜索一下你的良心，假如在珍珠项链后面确实有颗心的话。"中国是个大国，对于世界和平也担负着不容推卸的责任，怀特却从未把中国领导人和西方首脑同等看待。具体的事例还能列出若干条，但最重要的还是我们的亲身感受。在他在世时，我每次访问澳洲，他不管身体好坏，忙碌与否，总要抽出时间款待我。每次见面都热情饱满，侃侃而谈，谈不完时在电话上继续聊。身体条件允许时，他亲自下厨。最后一次见面时，他脊柱已经变形，步履维艰，从屋里到藤架短短一二十米路，他走起来都极为费力，但是，他还是和我谈了两个小时。没有对朋友的真挚感情，他怎可能忍受着病痛做出这样的牺牲呢？而我从来也没有认为，怀特对我的友情只是对于我个人或者对于我和祯福两人，这友情包含着他对中国人的友好情感，包含着对这个“美好的国家”的向往。

后来，胡文仲把怀特写给他的信件全都捐赠给澳大利亚国家图书馆。作为历史文物，这些书信记录了中澳两国学者的美好情谊，将永远流传于世。

2023 年 3 月 1 日，胡文仲将他收藏的怀特著作以及相关图书捐赠给了国家图书馆。他捐赠的是怀特的全部著作，包括十二部长篇小说、三部短篇小说集、六部剧本、演说集等，以及从未公开发表过的怀特的诗作——由评论家艾伦·劳森（Alan Lawson）收集的打字稿，这些书有的是作者签字赠送版本。此外还捐赠了怀特书信集、怀特传以及评论怀特的专著、怀特纪念文集等共 30 种，是目前国内最完整的一套研究怀特的资料。国图工作人员称国图馆藏怀特藏书只有捐赠的一半。国图表示将尽快把全部捐书编目上架，供研究者借阅。怀特对中国十分向往，他对中国作家、翻译家都十分友好，与胡文仲夫妇长达十年的交往和真挚的友情令他们终身难忘。他们把收藏的怀特的全部书籍捐给国图是想让更多的中国读者能够阅读怀特，他们认为这是他们对怀特的最好的纪念。

第十章

央视英语电视节目《跟我学》

20 世纪 80 年代是一个充满希望的火红的年代。改革开放，春风扑面。人们，特别是年轻一代，渴望知识，追求进步，希望了解世界，与国际接轨，英语成了重要工具，一时间，学习英语的热潮席卷全国。1981 年，胡文仲刚从澳大利亚留学归来不久，中央电视台电教部负责人徐雄雄和他联系，邀请他与英国教师凯特·费劳尔（Kate Flower） 一起主持 BBC 的英语教学节目 Follow Me——《跟我学》。

《跟我学》是英国广播公司英语教学部(BBC English by Radio and Television) 协同西德电视组织(巴伐利亚广播公司和北德意志电台等）及欧洲文化委员会（Council of Europe）制作的一套现代英语教学节目。在我国播出之前，已经在十多个国家和地区播放过，获得很大的成功。教材是著名英语教学法家路易斯·乔治·亚历山大（Louis George Alexander）主持编写的。他编写过多种英语教材，也是《新概念英语》的作者，编写英语教材很有经验。

中央电视台按照我国的具体情况和教学要求，将原版电视片改编并补充成《跟我学》中国版。同时与英国广播公司英语教学部联合编辑《跟我学》中国版课本。《跟我学》共有六十课，每课配有三十分钟的电视节目。每十五课编为一册书，配有一个盒式录音带。全套《跟我学》教材为四册书、六十个电视节目、四盒录音带。书本、电视、录音三者不是简单的重复，而是相辅相成，供读者配合使用。这套书 1982 年 7 月第一次印刷，印了 123 万册，这在当年是一个天文数字，其影响之大可见一斑。

《跟我学》采用功能教学法（Functional Approach）或交际教学法（Communicative Approach)，从实用出发，从日常生活出发，而不是从句型出发，与传统教学法有很大的不同。比如，《跟我学》第一课就教听众怎样问候与介绍，从学Good morning, My name's……开始。学了就能用，学用结合，在用中巩固。第七课结合的场景是机场旅客过海关时，海关人员检查旅客的箱子，接近日常生活，学生接受起来比较容易。

（海关官员检查神父的行李。）

Customs officer: Is this your suitcase?

Priest: Yes, it is,

Customs officer: And is this your suitcase?

Priest: Yes, it is.

Customs officer: Would you open this one, please?

Priest: Yes.

Customs officer: Excuse me. What's this?

Priest: It's a bottle. A bottle of wine.

Customs officer: And this? What's this?

Priest: It's soap.

Customs officer: And these? What are these?

Priest: They're cigarettes.

海关官员：这是你的手提箱吗？

神父：是的。

海关官员：这只手提箱也是你的吗？

神父：是的。

海关官员：请你打开这只好吗？

神父：好的。

海关官员：请问，这是什么？

神父：这是一个瓶子，一瓶葡萄酒。

海关官员：这个呢？这是什么？

神父：这是肥皂。

海关官员：这些呢？这些是什么？

神父：这些是香烟。

这一课教的重点是 What's this? What's that? 以往的句型教学中，也教这个句型，课文的基本格式是：

What's this?

It's a pen.

What's that?

It's a pencil.

这样的练习虽然也可以帮助学生掌握句型，但场景却不自然，只是课堂上的练习，而不是实际生活中的场景。什么情况下才会真正使用 What's this? What's that？这些句型呢？过海关就是一个非常合适的场景。因为过海关接受检查时，海关官员通常会问 What's this? What's that？这些话。于是，《跟我学》的编者非常巧妙地把这个句型融合到第七课的课文之中。学生学会课文，就可以在实际生活中使用这些句子。《跟我学》的课文大致都是按照这个路子编写的，都是结合生活场景的实际需要，因此，语言的实用性大大提高，学生的学习兴趣也因此得以提高。

其次，所用的语言自然生动，符合使用英语的习惯。例如，海关官员的第二个问题：And is this your suitcase? 在问题开头用了一个 and。这个小小的 and 使谈话更加自然，更加符合英国人讲话的习惯。如果不用这个 and，把课文写成：

Customs officer: Is this your suitcase?

Priest: Yes, it is.

Customs officer: Is this your suitcase?

Priest: Yes, it is,

语言立刻就显得死板、不自然，因为这不符合英国人讲话的习惯。像这种小地方都可以看出编者的良苦用心。又例如，海关官员的第四个问题是以 Excuse me 开头，这说明海关官员既是照章办事，同时也很有礼貌。在学习这样一段简单的对话时，学到的是地道的英语，而不是勉强的句型操练。《跟我学》的课文选择的典型场景和使用的地道语言是教材成功的两个重要因素。

又如，教时间，用的是一个商店被撬，警察前来调查的场景。警察问店员何时上班，商店何时开门等，以此引出时间的说法。

Policeman: Now, sir. When do your staff arrive?

Manager: At half past eight every morning.

Policeman: (Writing) Half past eight. When do your doors open?

Manager: At nine o'clock.

Policeman: (Writing) Nine o'clock. Every day, sir?

Manager: Every day except Sunday.

警察：先生，你的店员什么时候上班？

经理：每天早晨八点半。

警察：（记录）八点半。你们几点开门？

经理：九点。

警察：（记录）九点。每天都一样，先生？

经理：每天，除了星期日。

《跟我学》十分注意趣味性。对话写得活，演员通过表演生动地再现了说话时的场景。有些地方加些小噱头或稍加夸张以取得戏剧性的效果。例如，第八课的重点是如何表达“喜欢”“不喜欢”。所选场合是老两口去女婿家做客，岳母对一切都满意，而岳父却十分难伺候，于是就突出了like和don’t like，一个反复地说like，另一个反复地说don’t like。演岳父的人在表演中又故意加以渲染夸大，给学生留下很深的印象，使学生在说说笑笑之中学到了英文，颇有点寓教于乐的味道。

Wife: Mother. Father. Come in.

Husband: Yes, come in. Welcome to our new house. What do you think of it?

Mother: It’s very nice. I think it’s very nice.

Husband: Sit down, please. Coffee or tea? Which do you prefer?

Father: I don’t like tea.

Mother: We prefer coffee.

Wife: This is the living room. Do you like it?

Mother: Yes. It’s very nice.

Wife: What do you think of that table?

Mother: I like it. It’s a nice table.

Father: I’m sorry, I don’t like it. I don’t like small tables.

Mother: I like the chairs.

Father: I don’t. I don’t like small chairs. This is a small chair, and I don’t like it.

Mother: Yes. You prefer big chairs.

Wife: Here’s a big chair.

妻子：爸爸，妈妈，请进。

丈夫：请进。欢迎到我们的新居来。

你们觉得这房子怎么样？

母亲：挺好的。我看挺好的。

丈夫：请坐，咖啡还是茶？你们喜欢哪一样？

父亲：我不喜欢喝茶。

母亲：我们比较喜欢咖啡。

妻子：这是起居室。你们喜欢吗？

母亲：喜欢。挺不错。

妻子：你们看那张桌子怎么样？

母亲：我喜欢它。这是张挺好的桌子。

父亲：对不起。我不喜欢，我不喜欢小桌子。

母亲：我喜欢这些椅子。

父亲：我不喜欢。我不喜欢小椅子。这是一把小椅子，我不喜欢。

母亲：是的，你比较喜欢大椅子。

妻子：这里有把大椅子。

《跟我学》有着丰富的文化背景知识，有心人俯拾皆是。比如，商店什么时间开门；咖啡有 black coffee（黑咖啡）和 white coffee（白咖啡）之分；周末球迷去看足球赛往往佩戴 rosette（特殊的队花），围上特殊的围巾。一般来说，年纪大的人喜欢听 classical music（古典音乐），而年轻人喜欢 pop music（流行音乐），等等。此外还介绍了伦敦的 Big Ben（大钟），Tower of London（伦敦塔），Buckingham Palace（白金汉宫），等等。这些零碎知识应该是我们学习英语的一部分，而其中有些（例如什么是 rosette 花饰，如何戴等）不看到图像是不易弄清楚的。

教学片中还穿插了智力测验、唱歌舞蹈、名胜古迹、文化背景等的介绍。所有这一切的目的只有一个：吸引学生的注意力，让学生有兴趣看下去、学下去，而不要使他们感到厌倦，半途而废。

BBC 在拍摄《跟我学》时用的全都是专业演员，主演弗朗西斯·马修斯[1] 在英国是一位深受观众喜欢的演员，曾经主演过《是的，部长先生》（*Yes*，*Mr Minister*），《是的，首相先生》（*Yes*，*Mr Prime Minister*）等电视连续剧。他善于表演，演什么像什么，其他出演的人物也都是职业演员，语音语调标准，对话自然，演技生动，这对于教学片的成功也起了至关重要的作用。

胡文仲知道，这个节目已经在很多国家播出，效果很好，能有机会为改革开放后的中国英语教学贡献一份力量义不容辞。他虽然百事缠身，还是毫不犹豫地接受了中央电视台的邀请，开始了一段紧张而又难忘的工作。

1　弗朗西斯·马修斯（Francis Matthews，1927—2014)：英国演员，曾出演过《七海游侠破谍网》《吸血鬼：黑暗王子》等多部影视作品。

回忆四十年前的往事，他感慨万千：“当时我一方面要在学校教课，另一方面还担任英语系副主任的行政工作，十分忙碌。电视台安排在星期三录像，但星期三下午按规定是政治学习和开会的时间，耽误不得。因此，我去录节目总是一散会，马上就去电视台。通常节目正式录制前，要和另一位主持人凯特·费劳尔预先排演一遍，边看稿子边修改。有时时间紧迫，只能在去电视台的路上在车里与凯特对词。到了电视台以后，一边等待工作人员准备灯光布景，一边与导演交换意见。我们通常不吃晚饭就来录像，每一讲虽然只有十五分钟，但是往往需要两三个钟头才能录完。有时灯光不合适，有时录音质量不够好，有时导演不满意。总之，这是一项费时耗力的工作。从七点多一直工作到晚上十点多，饿了就吃几颗花生米。”

《跟我学》录制最紧张的时候，吴祯福恰巧在澳大利亚进修，女儿胡缨在北京大学读书。家里只有胡文仲一个人，没有人照顾他的饮食起居。录完节目回家已近午夜，稀里糊涂吃上一点东西，或者只冲一杯当年流行的麦乳精，三口两口喝掉，倒头便睡，第二天还得照常早起，到系里工作。在《跟我学》播出过半后，因为校内教学和行政工作繁忙，负担过重，胡文仲辞去了主持人的工作，余下的部分由外交学院袁士槟老师主持。

《跟我学》虽然风靡全国，但主播胡文仲和凯特的报酬却很低——每录制一讲人民币八元。根据冰心老人的日记，当年义利面包一元一个，花生油八角五分一斤，苹果七角一斤，所以 1982 年的八元大约相当于今天的几十块钱。参加录制的其他工作人员也都没有额外收入，但是大家对于报酬从不计较，更没有人请客送礼，甚至没有在一起吃过一顿饭。风清气正，蔚然成风，大家只是为了一个共同的目标：向观众奉献一部优秀的电视英语教学节目——《跟我学》。

1982年春节，《跟我学》开始在中央电视台播放。当时央视只有两套节目，节目内容少，播放时间充裕，每周一、三、五播新课，二、四、六重播一次。在晚上黄金时间段六点半至七点播放，周末将节目重新播放一遍。《跟我学》播出后其反响之热烈出乎所有人的意料。不管是不是学习英语的，男女老少都喜欢看。人们从节目中看到一些以前从未看到的国外场景，觉得大开眼界。当年有电视机的家庭还属少数，北外熊德輗教授家里有一台九英寸的黑白电视机，每天下午6点多钟，邻居家里的孩子们端着饭碗拿着小凳子就到熊老师家里来了，一排排坐得整整齐齐，熊老师走过来微笑着拍拍孩子们的脑袋。大家静等《跟我学》的开场音乐响起。一股学习英语的热潮在《跟我学》的带动下，在全国各地骤然兴起，胡文仲的名字几乎一夜之间家喻户晓，祖孙三代围坐在电视机旁边看《跟我学》节目成了一道亮丽的风景。“follow me”一度成为大学里的流行语。观众来信像雪片一样从全国各地飞往中央电视台。胡文仲自己也收到过一些观众来信。武汉的一位观众在信中说：“我们全家每天都认真收看，像小学生在课堂上那样模仿练习。”贵州钢铁厂的一位观众说：“《跟我学》给我们创造了很好的学习条件和环境。目前已经上了三课，我们都印象很深，收获很大。”北京农业大学的一位教师来信反映：“家家户户到了六点二十分几乎都不串门不会客，或提前做饭吃饭。学过以后印象极深，脱口而出，应当说教学效果相当不错。”北京有的单位还将学员组织起来，聘请教师给予辅导，开展小组口语活动，效果很好。上海有的中学用录像机把节目录下来，然后在学校里反复播放。内蒙古一些偏远地方由于电视机不普及，教育部门专门组织中学英语教师收看《跟我学》，然后把从电视里学来的东西教给学生。

《跟我学》在当年确实是一个轰动全国的“新鲜事物”。节目开播不久，《北京晚报》就在1982年3月12日刊登了记者王维俭访问胡文仲的文章：《胡文仲谈英语〈跟我学〉》。王维俭在文章中说：

一辆轿车行驶在英国伦敦的某条大街上，车上坐着爸爸、妈妈和儿子。顽皮的儿子突然拿出一只玩具蜘蛛放在妈妈的脖子上。“这是什么？”毫无防备的母亲被这突如其来的举动吓了一跳，孩子却得意地笑了起来。

红绿彩灯闪烁、旋转。英国电视台正在举办智力测验。节目主持人指着屏幕上出现的一幅风景秀丽的画面问：“这是什么地方？”一位女士答道：“是泰晤士河。”节目主持人兴奋地用小锤一击锣面，大声喊道：“对！”

这是中央电视台的英语教学片《跟我学》第七课中的两个片段。这套教材在全国二十多个省市自治区播放以来，受到了广大自学观众的欢迎。前几天，记者走访了节目主持人之一、北京外国语学院英语系副教授胡文仲同志，请他结合《跟我学》，谈谈自学英语的一些问题。

“《跟我学》是目前较新、较好的一套形象化电视教材。拿第七课来说，它的主要内容是问‘这是什么？’‘那是什么？’以及如何回答。在不少教材中，教授这一内容时，常常是用周围十分熟悉的东西进行练习，例如：‘这是什么？’‘这是桌子。’‘那是什么？’‘那是椅子。’等等。但实际讲话却不会是这样的。”胡文仲笑着说：“《跟我学》选择了智力测验、海关检查、看地图等例子，应该说场合比较自然，也比较接近讲话的实际情况。”

听着胡文仲的介绍，我想起我认识的一位工程师。他自学英语多年，可以熟练地阅读英文版书籍，并翻译过许多资料。但是在接待英国客人时，他说的英语竟使英国人莫名其妙。这是为什么呢？“掌握一门外语，应做到听、说、读、写四会，发生上述情况，是由于口语方面没有过关的缘故。”胡文仲同志解释说：“由于各方面的原因，并不是所有学习英语的同志都能做到四会，常常是重视语法分析，忽略了听说，或者没有条件练习听说。随着国际交往的日益增多，仅仅局限于语法知识和阅读是远远不够的，还应加强口语和听力练习。《跟我学》是训练听说的较好教材，它采用近十年来世界上流行的功能法教学，讲究语言的实际应用。重点放在了口语方面。”

胡文仲认为：“《跟我学》的主要优点在于：一，它从实用观点编写教材，着重实际表达，学以致用；二，语言项目选择较好，从生活出发，有的放矢；三，充分调动和利用电视手段，情景交融、形象生动；四，编排上采用了循序渐进，以旧带新，反复循环的方式利于巩固；五，在教授语言的同时，还介绍了英国的历史文化，风土人情，民间节日、风俗习惯等内容。但是，对广大从未接触过英语的同志来说，《跟我学》进度较快，可采取集体辅导或个人预习的办法，加深印象。”

《跟我学》是英国广播公司协同西德电视组织和欧洲文化委员会制作的一套现代英语教学节目，世界上已有三十多个国家和地区陆续采用，为了更适合我国的情况，中央电视台专门组织了一个小组，对原版本进行了改编和补充。英国专家凯特·费劳尔给了很大的帮助。人大的康宏锦、郭晓蕙和外院的于德社老师，中央电视台的编导徐雄雄、冯存礼等为搞好这次教学也做了大量的工作。

胡文仲说："我国目前自学英语的人很多，《跟我学》不失为一种较理想的自学教材。初学者只要掌握正确的学习方法，坚持不懈地学下去，用两年左右时间可以打下一个较好的英语基础。就是对学习过英语的人来说，《跟我学》所提供的大量生活知识和社会知识也是有所裨益的。"

之后，王维俭先生又连续发表了《胡文仲印象记》等文章，为《跟我学》擂鼓助威。中央电视台也在节目播放一段时间以后，及时组织演播人员专门去二机部的一个单位了解观众是如何学《跟我学》的。胡文仲和凯特与学员见面，大家都非常高兴，七嘴八舌纷纷发言。组织学习的教师说，每次看电视的时候，他们都把节目录下来，反复看，然后分小组表演。兴之所至，大伙儿就表演起来。胡文仲看了，发现他们模仿得活灵活现，语音语调也不错，十分开心。所有这一切都有力地推动了《跟我学》的热播，其意义远远超过一部教学片本身。《跟我学》前后播出四五年，在英语教学领域产生了深远的影响。后来中央电视台陆续播放了《走遍美国》（*Family Album U.S.A.*），《澳大利亚广播英语讲座》（*English from Australia*）以及德国和法国的教学节目，但是，没有一个节目获得《跟我学》那样的成功。"跟我学"也因此成为一个热词，衍生出大量的派生词：跟我学京剧、跟我学缝纫、跟我学跳舞、跟我学摄影、跟我学上网、跟我学写汉字等。

《跟我学》对胡文仲个人的生活也产生很大的影响。许多有趣的往事让他至今难以忘怀。他说："1982年初《跟我学》播出时，我正与几位同事住在友谊宾馆赶着编写教材。住宾馆是许国璋先生和商务印书馆的安排，为的是集中精力和时间编写高校等着要用的《大学英语教程》。有一天，我到友谊宾馆对面的早餐店去喝豆浆。这个店我之前去过多次，但是这次进去后感到有些异样。我注意到人们的目光跟着我，纳闷发生了什么事情。继而一想，原来是头一天晚上《跟我学》开播，人们认出了我。我第一次体会到电视的魔力。我教英语多年，在广播电台也教过英语，但是，从来没有人注意过我，如今电视上刚一露面，目光就投向了我，刚开始很不适应，觉得不太好意思。

当年豆制品供应还比较紧张。有些品种，比如豆腐干、豆腐丝、素鸡之类只能在比较大的菜市场买到。有一天，我想买点素鸡，就骑车到西单菜市场。到达时，菜市场门前已经排着长长的队伍。一个陌生人走到我面前，把他买好的豆制品送到我面前，说：'胡老师，您不用排队了，把我的拿去吧。'态度十分诚恳。我听了很不好意思，连忙说谢谢，告诉他队伍不长，我自己排队没问题。事情虽小，但观众的这种举动很暖人心。

上课的时候也出现一些奇怪的现象。上课前，总有一些其他班的同学跑过来要求签名，直到上课铃响了，还不肯散去。在上海外语学院开会期间，我到附近一个餐馆吃饭。吃饭时，有一个年轻人走过来请我签字，他把工作证拿出来要我在上面签。我感到奇怪，就说，这不太好吧？他说，没事，就在上面签。我还是没有同意，最后大约是在他的衣服上签了名。

我还收到过广州一个中学生的来信。她在信中说，自己的英语成绩原来不错，但是这次考试考得很糟，说她不想活了。接到这封信，我大吃一惊，连忙给她回信，告诉她一次考试说明不了什么问题，应该把眼光放长远一些，还举了我自己教过的学生的例子。过了一段时间，又接到她的来信，字里行间显出她情绪很高。她说，这次考得很好，不再悲观了。我这才放下心。

1982年暑期，我和妻子吴祯福老师应江西教育学院邀请在庐山讲学，同期讲学的还有复旦大学陆谷孙、北外的潘绍中等老师。有一天，我和祯福正在散步。听到有人大声叫我的名字，我刚一回头，一帮学生就笑着跑上前来说：‘很抱歉，胡老师，我们是在打赌，有的人说您就是胡老师，有人说不是，我们就喊了一声。’对此我并不介意，只是觉得这些年轻人调皮可爱。

《跟我学》播出几个月后，我收到香港寄来一个包裹，寄包裹的人是祯福的学生。这位同学姓徐，在校时与吴老师关系很好。包裹中有一封信，她在信中说，在香港看了《跟我学》的节目，十分喜欢，几乎每天晚上都看。但是，连续看了几次以后发现我常常穿同样的服装出镜。就和她爱人一起选购了几件衬衣寄来备用。其实他们分配到香港工作没有多久，收入也不高，却对我电视上的着装这一细节如此关心。这远远超出了一般的师生之情，我和祯福深受感动，记了一辈子。”

胡文仲回忆说：“《跟我学》也曾经给我带来一些小麻烦。有一次，我接到山东的一封来信，信中说他们家里人看了《跟我学》的节目，认定我就是他们家失散多年的小弟，写信的人说希望能够来北京认亲。我母亲听到这事觉得莫名其妙。我连忙写信解释，说我从来没有离开过家，没有在战乱中和亲人失散的经历，这肯定是一个误会。当然，《跟我学》也曾经给过我一些方便。1998 年，我去美国开会，忙乱中在首都机场丢了机票。现在的做法是凭身份证或护照领取登机牌，所以不会产生丢失机票的问题，但当年机票就是一切。没有机票无法进入托运行李的区域，拿不到登机牌，不能进入安检区，更无法登机。我十分焦急，只得去东航在机场的办公室询问如何补救。东航一位副总裁正好在办公室，虽然距离《跟我学》热播已经过去十五六年，但他一眼认出了我，说他看过《跟我学》这个节目。我向他说明了丢失机票的事。副总裁安慰我说：‘胡老师，不要着急，我们一定会让您准时登机。’他告诉办公室的人先查电脑上的资料。查到我的名字之后，他说先安排登机，其他手续后补。东航的工作人员带着我从贵宾通道进入机场，直接送我到飞机旁，把我介绍给机上的乘务员。就这样，我在没有机票、没有登机牌的情况下直接上了飞机，顺利抵达洛杉矶，我妻子在北京费了很多时间，经过不少折腾才完成了后续的工作，保证我准时出席了一次重要的国际学术会议。”

作为一个电视教学片，《跟我学》产生的深远影响，在今天看令人难以置信。节目播出几十年后，人们依然记着《跟我学》，记着胡文仲。进入新世纪之后，距离 1982 年春节《跟我学》在中央电视台首播已经过去二三十年。有一次，胡文仲得了胃病，去北京大学第三医院看病。消化科主任，医学博士丁士刚教授一眼认出胡文仲，问他：“您是八十年代教《跟我学》的胡老师吧？”胡文仲很是惊讶，心想丁主任的记性可真好！他教《跟我学》的时候才四十六岁，现在已经七十多岁，早已青春不再，容颜大变，难为他还记得。丁士刚教授非常热情，说他当年一直通过电视，跟素未谋面而又天天见面的胡老师学英语，《跟我学》对他有很大的帮助。

胡文仲听了深受感动。丁士刚教授对这位曾经“教”过他的老师心存感激，为他仔细诊治，做胃镜检查时格外认真，怕他难受特意和他聊天，转移注意力。从那以后，他们交往十几年，师生之谊温暖着彼此的心。丁士刚教授接受笔者采访，回忆起他四十年前跟胡老师的《跟我学》学习英语时的情景感慨万千。他说：“我大学毕业于1985年，正是我国改革开放的初期。那时，国家百废待兴，急需与先进国家交流，引进国际先进技术、先进理念。但是用于交流的语言成了一大障碍。为了尽快和世界接轨，全国范围内掀起了学习外语尤其是英语的热潮，许多培训课程应运而生。胡文仲老师的《跟我学》及续集，成了当时国人学习英语最重要的电视培训课程，风靡全国。1980年，我参加高考时，外语成绩第一年正式纳入总成绩，占三十分。那时候，中学外语教学基础普遍薄弱，我高中学的是俄语，在大学学习期间，英语基础较差，尤其是听力和口语。胡老师的这个电视教学节目对我来说真是及时雨。我跟着《跟我学》认真学习，英语有了很大的提高，对我个人的成长起到重要作用。几十年过去了，想起这段往事，我依然心绪难平，非常感谢胡老师所做的努力和贡献。”

《跟我学》也让胡文仲和他的“搭档”凯特·费劳尔结下深厚的友谊。

1978年，直属教育部的中央电视大学在改革开放的大潮中应运而生。1979年2月6日正式开学，英语是主要课程之一。1981年，为了让英语教学跨上一个新台阶，电视大学和英国文化协会合作，共同设计适合中国学生学习的课程，编写教材。凯特·费劳尔是英方派来的第一位专家。那一年，凯特刚满三十岁，年轻开朗，活力四射，对生活充满希望，非常珍惜来中国工作的机会。凯特在电视大学教学兢兢业业，给中国同事留下深刻印象。中央电视台引进《跟我学》之后，经多方研究，决定聘请这位相貌姣好，声音悦耳，颇具表演天赋的英国女教师和儒雅沉稳、学识渊博、教学经验丰富的胡文仲搭档，共同主持这档节目。凯特得知这个消息之后，非常激动，为自己能够通过电视屏幕和数以亿计的中国观众“近距离接触”，兴奋不已。当时中央电视台还在北京复兴门的旧址，条件比较差，开始录制时已是寒冬腊月，室内没有暖气，冷得要命，大伙儿只能让凯特坐在控制室的机器上取暖。没有专门的化妆室，更没有化妆师，凯特就自己动手在大幕旁边照着镜子自己化妆。她的头发是天生的小卷儿，常常为那一头怎么也梳不好的卷发犯愁。换衣服则在大幕后面，胡文仲站在幕前为她“站岗”。对于这些不便和困难，凯特不抱怨。至于报酬凯特更不计较，她虽然是“外国专家”，但和胡文仲一样，辛苦一晚上拍摄一集，只得人民币八元。然而，和胡文仲一样，她也乐在其中。录制时，精益求精，两个人配合默契。为能给中国观众奉献一部高水平的电视教学片尽心竭力。

《跟我学》的成功播出，也给凯特带来很高的荣誉。和胡文仲一样，她在中国成了家喻户晓的名人。虽然身处异国他乡，但走在北京街头，看到的都是温暖的笑脸。人们常常十分友好地喊她一声：“Follow Me!”凯特听了心里充满骄傲之情，幸福之感。她对她的同事、好朋友刘黛琳说：“中国成就了我和我的事业，中国让我永远难忘！”然而，生活的道路并非一帆风顺。就在凯特因为《跟我学》大获成功，沉浸在喜悦之中时，一件于她而言十分重要的事情，宛如从天而降的巨石，在她的心海掀起波澜——凯特来中国工作之前，有一位法国男朋友，两个人正在热恋之中。男朋友对凯特漂洋过海去中国工作，极力反对。但凯特“一意孤行”，不顾男友反对，还是踏上这片她向往已久的神奇的土地。20 世纪 80 年代初，打国际长途十分困难。为了安抚恋爱中的男友，也表达自己的思念之情，在北京工作期间，凯特每周都要步行走很远的路，到民族宫往法国打国际长途。有一次她打完电话，两眼通红回到中央电视大学办公室。刘黛琳见状，追问半天，凯特才告诉她，她深爱的男朋友和她分手了。原来，她来中国工作之后，为去留之事，两个人依然争执不断。凯特坚持她的事业在中国，她喜欢中国，放不下这份工作，尤其是热播中的《跟我学》。男友不理解她这份痴情，下了最后通牒：要么回英国或者去法国，要么分手。经过痛苦的抉择，凯特毅然决定，留在中国，继续录制《跟我学》。但那份恋情毕竟不会轻易忘却，泪水还是一次又一次模糊了她的眼睛。刘黛琳和朋友们都非常同情凯特，但不知道该如何安慰这个为了中国英语教学，为了录制《跟我学》，牺牲自己的爱情与幸福的英国女子。有位同事跑出去买回一个西瓜，切开之后，放在凯特面前，一声不响地转身离开。凯特深受感动。后来，她对刘黛琳说："你们中国人真好，真奇妙！连安慰人的方式也让人温暖得久久不能忘怀。"言语间溢满感激之情。从那以后，凯特越发努力工作，用辛勤劳动的汗水冲淡这杯失恋的苦酒。1983 年，凯特怀着依依惜别的心情离开工作了两年多的中国，离开和她一起主持《跟我学》的胡文仲，离开与她朝夕相处的好朋友刘黛琳和其他中国同事。

《跟我学》的成功，不但为凯特在中国赢得荣誉，受到难以计数的观众的喜爱和追捧，而且使她在她的祖国——英国也引起广泛的关注。因为，有史以来，即使在英美西方国家，也没有一部电视教学片产生过如此巨大的影响。凯特回国后许多家新闻媒体都采访、报道了她在中国和胡文仲一起主持的《跟我学》所取得的成功，产生的影响。在英国，她也成了名人，从一个普通英语教师一跃成为BBC的节目主持人。凯特始终认为《跟我学》成就了她，对中国怀有深深的感激之情。她在英国结婚成家后，工作顺风顺水，家庭幸福美满，但她依然惦记着中国，希望能为中英文化教育交流做出自己的贡献。1988年，中央电视台又邀请她来北京录制节目。接到邀请，凯特非常高兴，虽然身怀六甲，还是立刻启程。这一次，她不是“独来独往”，而是带着丈夫和两岁的儿子。她多么希望他们能分享她重回中国的喜悦。一切都按计划顺利进行着，凯特和家人下榻友谊宾馆，沉浸在老友相聚的温暖与欢乐之中。然而，天有不测风云，人有旦夕祸福。凯特在北京工作期间，她的丈夫竟然因为哮喘突发，医治无效，撒手人寰。兴冲冲来到中国的凯特竟然是捧着丈夫的骨灰，领着两岁的儿子，怀着已经七个月的女儿离开这块她热爱的土地，让人唏嘘不已。北京是凯特事业成功的发祥之地，却也是她失去丈夫的伤心之地。但不管命运之舟如何载着她在波峰浪谷间颠簸，她依然深深地热爱中国，热爱中国文化。离开BBC之后，她在大学里工作，专门教去英国留学的中国学生学习英语，《跟我学》在她的生命中继续着……

1990年，胡文仲去英国访问，专程去看望凯特。多年不见，凯特非常高兴。和胡文仲一起录制《跟我学》的情景历历在目。她开车带着儿子汤姆和女儿薇薇安，陪胡文仲去马克思墓地瞻仰伟人的陵墓。在墓地正好碰到一个中国代表团。代表团成员一下子就认出他们俩。这些人当年都看过《跟我学》，异国他乡，“老友”重逢，大家都十分高兴，在马克思墓地合影留念。

回想四十年前的往事，胡文仲认为，《跟我学》的影响如此之大，固然是因为节目本身编制精良，语言实用，生动活泼，但是主要的原因还是20世纪80年代初期正值我国改革开放早期，观众对于国外的一切都抱有极大的好奇心，希望通过看电视节目学习英语。《跟我学》为观众打开了一扇观察外部世界的窗口。BBC记者采访凯特时，问她《跟我学》何以在中国如此成功。凯特说："We happen to be at the right place at the right time.（我们碰巧具备了天时地利。）"我认为这句话一语中的，这是一个机遇，可遇而不可求。《跟我学》的播放恰逢其时，脱离了当时的时代背景就无法理解它为何在中国产生如此大的影响。

《跟我学》是一个标志性的事件，它标志着我国对外开放的一个重要方面。英国广播公司将这个节目转让给央视时，索要费用很少，仅两千多英镑。今天来看，《跟我学》开电视英语教学之先河，在一定意义上起了示范作用，为我国外语教学开拓了一个新的领域。

第十一章

管理和业务“双肩挑”

1982年年初，北京外国语学院刘柯院长到英语系宣布了一项决定：任命胡文仲为英语系副主任。原来的班子没有变动：许国璋还是系主任，刘承沛、邓炎昌、袁鹤年为副主任，只增加了胡文仲一人。从此胡文仲开始了“双肩挑”的生活——一方面做行政工作，另一方面继续做教学、科研工作。对于这项任命，胡文仲百感交集。从十五岁到四十七岁，他在北外度过人生最美好的三十二个年头。他的成长、他的生活、他的事业都和北外密不可分。他了解北外，北外也最了解他。他和北外的感情是一种深入骨髓、融入血液的深情。现在，北外把一副重担压在他的肩上，他非常感谢学校的信任，又有几分惶恐，生怕辜负领导的信任。特别是刘柯院长亲自到系里宣布任命决定，更出乎他的意料。因为，一般来说一个系副主任的任命无须院长亲自到场宣布。刘院长的到来，充分显示了学校对提拔胡文仲的重视，也显示了院长对他寄予的厚望。而“文革”中，胡文仲曾经参加过一个群众组织专案组的工作，涉及刘院长，刘院长不可能不知道这件事。但是，作为一个老共产党员，他胸怀坦荡，不但没有把这件事放在心上，耿耿于怀，反而力主把胡文仲放在系领导班子里，这件事情让胡文仲深受感动。以后的工作中，他一直以老院长为榜样，正确对待和处理一些历史遗留问题。刘院长退休后，时任副院长的胡文仲在春节时数次代表学校领导去看望他。他们都住在北外西院，有时还一起在校园里散步，胡文仲告诉他一些学校工作的情况。刘柯同志虽然很少发表看法，但还是很关心学校的发展。有一次，老院长还特意给胡文仲一份有关阿司匹林的材料，嘱咐他一定要经常服用阿司匹林片以保护心脏。老院长九十岁时身体已不太好，胡文仲去看望，发现他精力大不如前，说几句话就要休息一会儿。但他依然惦记着学校的发展与建设，对胡文仲等新一代学校负责人寄予厚望。

系领导班子的成员无论教学还是科研都非常出色，系主任许国璋自不待言，别的几位也各有所长。袁鹤年1957年毕业于北京外国语学院英语系，1987年被评为教授。袁鹤年才华出众，口语水平在系里是出名的，曾和吴千之、章含之在系里演出英语剧《造谣学校》（*The School for Scandal*），《奥赛罗》（*Othello*），《等待老左》（*Waiting for Lefty*）等。胡文仲在《等待老左》剧中演过一个跑龙套的角色。说是跑龙套一点也不过分，因为这个角色还真需要跑，导演要求他从台下的最后一排一直跑到台上，然后气急败坏地大声说：We found him. He's got a bullet in his head.（我们发现他了，他头部中弹了！）跑得要快才能说明情况之紧急。排演时导演一举手，胡文仲就从礼堂最后面开始跑，跑到台上说那一句台词。导演不满意就一遍又一遍地跑。胡文仲原来是长跑运动员，跑这么几趟是小菜一碟。在他的“戏剧生涯”中终于从中学时代幕后提词转到了台上演戏，虽然只有三分钟的戏份儿，但自认还是十分有趣。现在胡文仲、袁鹤年都成了英语系副主任，两个人上午在办公室办公，处理系里的各种事情，胡袁二人在工作中一直配合默契。袁鹤年耿直爽朗，遗憾的是他于1990年英年早逝，年仅五十六岁，没有充分发挥出他的才华。他去世后胡文仲代表学校去他家看望安慰他的夫人万嘉瑜。之后胡文仲找到出版社领导，请社里安排出版他的遗作。袁鹤年的女儿袁瑀在华南理工大学找工作时，胡文仲做了推荐，之后胡文仲和吴祯福在华南理工大学讲学住在华工时她还来看望他们，对他们照顾有加，直到现在他们还通过微信保持联系。

胡文仲在系里担任副主任这一段时间，工作十分努力，节奏很快。比如1983年4月份一个月就交出亟待出版的三本书的书稿和校样；

4月13日《澳大利亚短篇小说选》初稿交商务印书馆。

4月16日《基础英语教学论文集》交外研社总编林学洪。

4月18日《大学英语教程》（第二册）校样退给商务印书馆。

也就是说几乎每天都在看书稿或校对书稿。

那时候，繁忙的教学之余，胡文仲对科研也非常投入。有一个阶段，美国教学法家斯蒂芬·克拉申[1]关于外语教学特别是语言吸收的理论在国际上引起广泛兴趣，TESOL（Teaching English to Speakers of Other Languages的缩写，意思是向说其他语言的人教授英语）大会上克拉申被邀请做主旨发言。胡文仲对克拉申的理论很有兴趣。他从英国文化委员会借了三本克拉申的书，在规定的还书期内快速读完，接着去北京图书馆查阅克拉申理论的其他材料。在阅读文献后分析和思考了几天，写成论文《语言习得与外语教学》，发表在1984年《外语界》第一期。这是他写得最快的一篇论文，从7月5日到7月27日前后只用了三个多星期就完成了国内第一篇论述克拉申理论的论文。当时确实是夜以继日地工作，每天都在思考克拉申的观点和理论假设，分析他的理论的合理性和缺陷，直到论文发给上海《外语界》编辑部之后才睡了一个好觉。

1984年年初，王福祥院长告诉胡文仲，国家教委准备提拔他为北京外国语学院副院长，让他先参加院领导的学习会。胡文仲听了之后十分忐忑，他本来打算做好系里工作的同时，陆续开课，把在澳洲学到的专业知

1　斯蒂芬·克拉申(Stephen D. Krashen，1941—)：著名美国语言教育家，现为美国南加州大学荣休教授，他毕生致力于第二语言习得的研究，为他赢得了世界性声誉。

识传授下去，倘若担任学院一级的领导职务，把精力投入行政工作，肯定会影响教学、科研。因此，王院长要他参加的院领导学习会，他一个多月都坚持没有去。

4月14日，教育部副部长彭佩云到北外在中层干部会上宣布新一届学院领导班子的任命，任命王福祥为北京外国语学院院长，胡文仲和刘政权为副院长。上午宣布之后，下午开会研究分工，王福祥负责全面，胡文仲主管教学和科研，刘政权负责后勤。但从之后的实际工作来看，胡文仲的工作大大超出教学科研的范畴。

担任副院长期间，胡文仲日常工作内容包括：

一、出席各种会议，包括党委常委会、党政联席会、院长办公会、系主任会、中层干部会，等等。

二、与教务长、教务处长、科研处长、系主任研究工作。

三、看文件、批文件、起草文件。

四、到各系听课了解教学情况。

五、接待来访的国内外客人，与国外的大学洽谈合作等。北外因为本身的性质和特点，接待的客人来自国内国外、四面八方，包括联合国考察团，国家领导人如总督、总理，国内外大学校长，知名专家，甚至包括一些作家等。宴请往往是不可缺少的环节，而这又要占去胡文仲更多的时间。

胡文仲有记日记的习惯。他在1985年3月11—16日的“工作日程”中做了这样的记载：

周一上午：院办公会议，下午：常委会研究工作。

周二上午：毕业生工作会议，下午：北医看病。

周三上午：修订学校介绍，到系里了解情况。下午：研究北外附校体制问题。

周四上午：财务会议，教改工作会议。下午：业务工作，阅读文化与语言有关材料。

周五上午：处理信件，主要是国外来信；与王院长谈工作。下午：继续处理国外信件，晚上：宴请澳大利亚必和必拓公司高管里德曼先生。

周六上午：与教务长、教务处长谈教改重点。下午：组织生活。

本周小结：会议十七小时三十分；批文件三小时；处理信件三小时；谈工作四小时；下系二小时；组织生活三小时；宴请二小时；业务工作三小时三十分；看病四小时。共计四十二小时。

由此可见，胡文仲的备课和科研时间通常都在这四十小时之外。这个阶段，他白天的时间都在办公室办公，只有晚上别人休息的时候才能挤出时间读书、备课、写文章。院长王福祥也是如此，科研全靠晚上的时间。“双肩挑”的干部在精力、体力方面的付出比其他干部要更多。为了节省时间，胡文仲从一个办公室到另一个办公室都是快步走，从楼下到楼上都恨不得一步跨两个台阶。有一天，大楼里的一位工作人员对他的妻子吴祯福老师说：“你要管管胡院长了，他在楼里都是一路小跑，这样不行，坚持不了多久。”为此事吴祯福十分感动，也十分担心，回家就提醒胡文仲不能太累，但工作节奏快是无法改变的。

胡文仲经常抽时间到各系去听课。听课的过程中，他发现一个有趣的现象：学不同语种的学生在课堂上的表现和做派很不相同。英语系、法语系的学生在课堂上比较自由，坐姿也比较轻松；日语系的学生相比之下就显得比较拘谨，站立时身体笔直；阿拉伯语系的学生说话声音比较大。学生在学习语言的同时不自觉地受到该国文化的影响，这是不争的事实，也是一个值得研究的现象。深入实际，认真听课，对于胡文仲总结外语教学的规律也起到很重要的作用。因为语种不同，具体内容除了英语很熟悉，法语能连蒙带猜听出一个大概，别的语种他听不懂，只能从教师的教学方法、教学环节、学生的反应做一些基本判断。但他注意到不管是教英语、法语还是阿拉伯语，北外的老师都有一套办法。那就是狠抓基本功，狠抓语音和口语，课堂上保证大量的实践，而且课堂气氛活跃，师生互动极好。听了一段时间课以后，胡文仲决定召集不同语种的基础阶段教师一起探讨北外的基本教学经验。参加酝酿讨论以及论文起草工作的有胡文仲（英语）、蒋宗烨（俄语）、史希同（阿拉伯语）、沈树红（英语）、白春仁（俄语）、岑楚兰（西班牙语）、解小棉（法语）、何雷（捷克语）、张良民（老挝语）和郝唯民（僧伽罗语）等教师，最后由胡文仲整理成文，修改定稿，标题为《对北京外国语学院外语教学基本经验的探讨》。这篇论文在 1988 年 1 月 22 日召开的北京外国语学院外语教学研讨会上宣读。参加总结工作的都是具有丰富外语教学经验的教师，他们虽然分属不同语种，但在北外教学基本经验方面有很多共识。大家都认识到，北外各专业的毕业生之所以普遍具有比较强的外语实践能力，受到用人单位的欢迎是因为广大北外教师在几十年的教学过程中积累了丰富的经验。

胡文仲领衔的小组将北外外语教学方面的基本经验概括为以下六条：

一、贯彻实践性原则，始终把培养学生运用语言的能力放在首位。论文指出，北外校系各级领导和教师对于这一点都十分明确，贯彻于教学的各环节，几十年来不曾动摇。

二、狠抓基本功，不失时机地打好基本功。对于什么是语言基本功，论文作了详细的解释，并且特别提出“在抓基本功中，教师需要下精雕细刻的功夫，对学生严格要求，一丝不苟。”

三、按照社会需要安排高年级教学。论文的这部分把改革开放以来在高年级课程方面所做的改革作了阐述，肯定了为培养复合型外语人才所做的各种试验。

四、狠抓教材建设。论文这部分总结了北外编写教材的基本经验，指出要集中精锐力量编写教材，并提出通用语种和非通用语种的教材编写规划。

五、改革教学方法。论文提出，总的原则是：从实际出发，根据在我国学习外语的实际情况，根据中国学生的特点博采众长，消化吸收以后变成我们自己的教学法。

六、抓好师资队伍的建设是搞好外语教学的关键。论文指出，北外之所以能培养出高质量的毕业生关键在于北外在通用语种和非通用语种方面培养起了一支热爱教育事业、勤奋工作、具有较高业务水平和科研能力、并且形成梯队的教师队伍。

从 20 世纪 80 年代中期起，外语界开始议论如何改革教学。当时有一种提法：打好基本功，扩大知识面，有一定的专业倾向。这个观点不知道是谁首先提出来的，但大家都感到原来的培养模式需要改变，不然很难适应用人单位的需要。胡文仲随同国家教委的代表团访问英国时也注意到英国大学的外语系也在试图改变原来的单一培养模式，试验不同的培养路子。

例如，阿斯顿大学（Aston University）的外语系学生除了学习外语还选学另一个专业的课程，当时还没有复合型外语人才的提法，但是胡文仲和他的同事们的思路却已经是如何培养复合型外语人才。他们开始试验在教好外语的同时开设一些专业性的课程。在英语系设立了六个专业倾向：文学、语言学、翻译、国际文化交流、国别研究和新闻。在全院范围内，做了双语教学的实验，开设了英法双语班，在亚非语系的泰语专业加大英语教学分量，培养出泰语加英语的毕业生，另外，开设了对外汉语教学专业。在开设英法双语班时，英语系和法语系领导都十分重视，配备了最强的师资。入学的学生也都是有一定英语基础的，头两年集中学习法语，英语居于次要地位。三、四年级英语法语齐头并进，达到英语法语都能口译的地步。英法双语的方案执行了两年后，在部分学生中出现了信心不足的现象，有的学生担心毕业时英语不如英语系毕业生，法语不如法语系毕业生，成为“半吊子”。系领导注意到这种情况，召开座谈会与学生面谈，特别请了胡文仲副院长出席，给学生做工作。胡文仲给学生讲了当前外语院校教改的方向以及办英法语双语班的意图，鼓励学生坚定信心，努力学好两种外语。毕业时，这批学生是最早被用人单位录用的一批，受到他们的欢迎。1988 年入学的张芳就是一个非常典型的例子。张芳的父亲张良民、母亲邓淑碧都是北外的老教师。张芳在北外大院里长大，从小学二年级起就在北外附小学习英语，此后在北外附中读书，因学习成绩优异，保送到北外英语系。她的英语很好，入学后非常希望在学好英文的同时，能多学一门外语。她的父亲张老师教老挝语，母亲邓老师教柬埔寨语，一辈子的教学经验也让他们深知“艺不压人”，一个人多掌握一门外语有多么重要。所以在胡文仲开始双语教学实验的时候，举双手赞成，支持女儿学习好法语。张芳1992 年毕业时，英语和法语都已经相当不错。新华社来北外招人时，考试的内容是英法互译，而不是平常的中英文互译。张芳一举夺魁，顺利进入新华社国际部。她在新华社工作八年，凭着在北外双语班打下的坚实基础，英法互译，英汉互译，如鱼得水。1995 年派驻新华社香港分社，因业务水平突出，受到领导和专家的青睐。张芳在工作中，深深体会到“复合型人才”的重要性。而立之年，华丽转身，考入英国伦敦政治经济学院，攻读风险投资专业，开辟了人生全新的领域。获得硕士学位后，先后在德意志银行、荷兰银行、法国巴黎银行工作。经过二十年不懈努力，晋升为巴黎银行中国区企业主管，回到上海。回首往事，张良民和邓淑碧两位老师激动地说，女儿的成功当然与她自己的努力分不开，但确确实实得益于北外当年的教学改革。

北外当年在培养复合型外语人才的过程中面临的最大困难是师资，缺乏通晓其他专业的教师任课。例如，英语系有一位美国专家拉里・平卡姆（Larry Pinkham），专业是新闻学，他在英语系开设了一些新闻学的课程，指导学生从事新闻写作。这些学新闻的学生毕业后大部分进入了《中国日报》社，受到报社的重用。但是，美国老师离开后，师资再次遭遇困难。1985 年 3 月 14 日，胡文仲和时任学院顾问的英国专家柯鲁克在《中国日报》上联名发表了一篇题为《与时俱进的大学教育》(University Studies Move with the Times) 的文章，介绍了北外当年的外语教学改革成果和所遇到的问题。

当年，在实验培养复合型外语人才方面，上外、北外等外语院校采取的是一种模式，理工科外语系实行的则是另一种模式。上海外国语学院从1983年起陆续开设了新闻学、国际经济与贸易、工商管理、对外汉语、教育技术、会计学等专业。而理工科院校因为专业范围更宽，教学模式也就更丰富多样。华南理工大学的秦秀白教授和清华大学的吴古华[1]教授在合写的《发挥理工院校的办学优势，努力培养复合型的英语专业人才》一文中介绍了理工科大学的各种实验，特点是依靠校内的资源解决专业复合的问题，包括主辅修制、作为第二专业的英语专业、双学位制等。

李岚清副总理在北外和广外视察工作时曾明确提出外语院系应该培养复合型外语人才，肯定了这一改革方向。在改革开放的四十多年中，外语院系教改的重心一直围绕这一主题。2000年《高等学校英语专业英语教学大纲》经教育部批准公布，将复合型英语人才作为培养目标予以正式确定。2021年习近平主席在回复北外老教授的来信时更指出了外语教育事业的时代方位和发展方向，明确了新时代外语教育目标是“努力培养更多有家国情怀，有全球视野，有专业本领的复合型人才”。

担任副院长期间，胡文仲的外事活动除了出国访问签订合作协议，在国内还需要出席使馆的一些活动，美国、英国和澳大利亚使馆的邀请比较多，在使馆的宴请活动中常常会遇到一些文化界人士，例如，在澳大利亚使馆就曾见到著名画家黄永玉、书法家刘炳森等。在澳大利亚作家代表团访问北京期间，胡文仲曾陪同代表团团长穆尔豪斯（Frank Moorhouse）访问杨宪益夫妇。联合国开发署（UNDP）曾出资安排两位著名学者来华访问，一位是著名语言学家韩礼德，这是“九人帮”在悉尼大学的老师，

1 吴古华：清华大学外语学院教授，曾任外语系主任，担任过教育部高等学校大学外语教学指导委员会委员。

另一位是欧美著名学者乔治·斯坦纳（George Steiner）。韩礼德访问了北外，与王佐良、许国璋先生及社科院语言研究所所长李荣等会面，之后在北外电教礼堂用中文作了一个学术演讲。听众对于韩礼德教授的学术水平和中文的熟练运用佩服得五体投地。斯坦纳是美国著名文艺批评大师与翻译理论家，当代杰出的人文主义知识分子，熟谙英、法、德等数国语言与文化，执教于牛津、哈佛等著名高校。主要研究语言、文学与社会之间的关系及二战中大屠杀的影响。代表作有《语言与沉默》《悲剧之死》《巴别塔之后》等。师生听说斯坦纳来访，热情高涨，纷纷赶来听讲，礼堂里不仅座无虚席，而且走廊都站满了学生。事后，学校特意安排了在北海公园的仿膳饭馆宴请斯坦纳教授，除了北外的王佐良、许国璋教授，还特意邀请了王、许的老师钱锺书先生出席。胡文仲作为北外副院长陪同出席。席间，钱先生与斯坦纳教授一会儿用英文交谈，一会儿用法文交谈，一会儿又引用德文，气氛十分活跃友好。

胡文仲当副院长期间，同时负责教师职称评定工作。这实在是一件关乎每位教师切身利益的、无比艰难的工作！有的教师把自己的出版物全都抱到他家里，然后一本一本地送到他面前让他看，反复地问：“我这是不是学术著作？”胡文仲说：“是。”他就说：“既然是，为什么评职称没有评上我？”这样的问题实在难以回答。胡文仲为人处事历来谦和，从来不愿意伤害别人。当了领导，更是十分谨慎，既要对来访教师表示理解，又要坚持原则；既要好言相劝，安抚对方，又不能轻易表态，特别是不能做任何承诺，否则就会使自己和同事陷入被动。家里来人，都是抬头不见低头见的同事，吴祯福不愿意冷落上门求助的人，嘘寒问暖，端茶倒水，礼数周全。有时谈话时间长，很影响他们的正常生活。吴祯福自己的教学任务也很重，备课、讲课、批改作业，出席各种会议，已经忙得四脚朝天。加上家务事，负担很重，体质逐年下降。夫妻俩从长计议，决定每天抽时间散散步，让超负荷运转的身体稍事休息，以便精力更充沛地投入工作。然而就连在校园里散散步也成了奢望。胡文仲和吴祯福往往一出家门，没走几步就会有人拦住谈工作，一谈就是十几分钟，吴祯福只好坐在花坛边上等。后来实在没办法，他们只好到理工大学校园去散步。胡文仲一个读书人，谦谦君子，教书育人，著书立说是把好手，可是让他搞行政工作，管评职称之类的事情，实在有点“强人所难”。他拉不下脸，狠不下心，说不出半句有可能伤人的“硬话”，结果只能苦了自己和家人。后来，为了求得一点安宁，犹豫再三，胡文仲不得已在门上贴了一个条子：“有事请到办公室谈，办公时间：上午8:00—12:00，下午2:00—5:30。”上班到办公室工作，下班回家休息，这本来是天经地义、再正常不过的事情，但条子贴出去以后，校办的人说底下反映不太好，建议他是否取下。为了维护自己正常的、起码的生活秩序，胡文仲有生以来第一次，或许也是唯一一次，为了“个人利益”，替自己做了一回主，始终没有把那个条子取下来。开会时间长、效率却不高，也常常让胡文仲十分苦恼。王福祥院长出差让他主持工作时，他像主持学术研讨会一样，定下一条规矩：每人发言不得超过五分钟，确实没有讲完，可以再次发言。会议一般掌握在一个小时内结束。这件事坚持了一段时间，似乎也有些效果，但行政会议毕竟不是学术研讨会，此后会议还是拖得比较长，“发言不得超过五分钟”的规矩渐渐被人抛到脑后。

北外在职和退休职工总数五六千人，几乎每隔一段时间就有人去世。当副院长以后，胡文仲才知道，学校专门配备了一名干部负责联系八宝山火葬场，安排逝世职工的丧事。胡文仲很惊讶，和这位负责料理职工丧事的干部聊天，才知道，北外这一片住着一两万人，死人是经常发生的事情，这种情况已经持续多年。胡文仲经常代表学校去八宝山参加职工的葬礼，或者去医院慰问生病的教师职工。法语系一位同事肝癌晚期，出差回国时，已经无法行动。胡文仲去机场接他时，得到特许，把车直接开到飞机旁边，用担架把病人抬下飞机，直接送到医院救治。在医院病房，那位同事不断大口吐血，他爱人看了心如刀绞，难以自持。胡文仲非常难过，告诉她："你先出去休息一下，我在这里照看。"虽经抢救，未能奏效，不久这位同事就撒手人寰，留下无尽的遗憾。英语系一位老师患癌症，住在北大医院。过世以后需要给他换上寿衣送到太平间，而他爱人此时已经痛不欲生，魂不守舍。胡文仲让她回家休息，还安慰她，他会料理好那位老师的后事。然后和医院工作人员一起把老师的遗体送到太平间，之后又组织安排在北大医院小礼堂举行了遗体告别仪式。胡文仲真诚、善良，把这些都当作分内的事。那位老师的家人一直铭记于心，二十年后，他的爱人见到胡文仲还提起这段往事，发自内心感谢这位当年的副院长。

除了学校繁忙的工作，胡文仲还有不少社会兼职。20 世纪 80 年代初，教育部决定成立高等学校外语专业教材编审委员会，负责外语教材的规划和建设，并成立了南方办公室和北方办公室，分别设在上海外国语大学和北京外国语大学。第一届编审委员会主任是王佐良教授，胡文仲任英语组组长。1986 年，胡文仲被任命为教材编审委员会副主任，后又继任主任。

当时的主要任务是制定教学大纲和教材规划，组织编写和审定教材。制定教学大纲花的时间最多。上海外国语大学戴炜栋[1]教授负责低年级教学大纲，北京大学胡壮麟教授负责高年级教学大纲。这些知名学者聚集在一起研究了过去的教学大纲，参考了国外的做法，同时，在一些学校组织测试，取得数据，对于现行的教材也进行了调查。为此，他们去了许多学校。高低年级两份大纲完稿后，经国家教委批准在全国试行。在教材方面，他们制定了规划，首先抓主干教材的编写，之后安排辅助教材和研究生教材的编写。教材出版之后，又组织了优秀教材评选。几年下来，英语组总计评审了六十余部英语教材。

为了制定教学大纲，编审教材，高等学校外语专业教材编审委员会每年都要召开多次会议，研究各种问题，做出决议。忧国忧民的情怀和对于外语教育事业的热爱把一些原本素不相识的外语教师聚集在一起，为外语教育的重大问题献计献策。这些会议使胡文仲对国内的外语教育有了进一步的了解，也因此结识了外语界的许多同行。他们对外语教育事业的执着和对外语教育的深入思考给了胡文仲许多启发。这一段往事也成了他十分珍视的经历和美好的回忆。

在20世纪80年代中期，当年大学英语（作为公共课程的英语）教学大纲刚刚制定，胡文仲和桂诗春同被邀请赴哈尔滨出席大纲研讨会，他们两人的任务是宣讲大纲的意义和特点。两人住在宾馆的同一房间。作为广州外语学院院长的桂诗春很少被称为院长，同辈人都称呼他为“老桂”，

1 戴炜栋（1940—）：上海人，1962年毕业于上海外国语学院英语系，新西兰惠灵顿维多利亚大学英语语言学硕士，美国温斯洛大学教育学名誉博士，教授，博士生导师。曾任上海外国语大学校长、党委书记。

年轻的称他“桂老师”。桂老师为人低调，善于思考，勇于创新，对于外语教育改革中的重大问题的研究一直都走在国内的前列，在心理语言学、应用语言学、语言测试理论与实践、计算机辅助教学、语料库语言学、科研方法论等重要领域，他都是奠基者和带头人。他是 1985 年第一届英语教学国际研讨会的发起者和组织者之一。他积极主张我国英语教学研究会参加国际应用语言学学会，但当年由于条件不成熟未能实现。桂老师是我国外语界首批使用电脑的学者。他对于电脑的兴趣是发烧友级的。起初，他自己没有电脑，只能一天到晚泡在电脑室里工作，后来才有了自己的电脑。20 世纪 80 年代中期，胡文仲去香港前与他通电话向他请教，问他买什么样的个人电脑合适。他建议买 Apple II，这在当时是最先进的电脑。从此胡文仲开始用上了电脑。桂老师针对我国外语界学术论文缺乏实证研究的现象多次撰文在刊物上发表，提出做研究工作必须注意收集数据，必须重视定量研究。他还现身说法，讲述自己从学文学教文学到开始研究语言学的经历，以此说明文科教师能够学会统计学，能够学会科学的研究方法。他的呼声得到外语界的重视和教师们的响应。桂老师与李筱菊在测试理论与实践方面长期处于我国领先地位。桂老师对于标准化测试的每个环节都抓得很紧，他当时对于标准化测试中需要使用的阅卷机反复思考，与李葳商讨，对于使用什么厚度的纸张、使用什么型号的铅笔也都做研究。思考之周密、工作之细致超乎常人的想象。我国高考改革采用标准化测试是从广州开始的，而广州的改革则出自桂老师的设计和推动。桂老师待人真诚，有一次，胡文仲去广外出席一个会议，不知是哪位同事告诉他胡老师的老伴患有腰疾，桂老师从家里急匆匆地抱来一个治疗仪，送到会场。

2015 年桂诗春教授与胡壮麟、胡文仲同被授予“许国璋外国语言研究奖——外语教育终身成就奖”，他因健康原因未能出席授奖仪式，只发来一个视频获奖感言。这是他以视频的方式，最后一次与外语界同行见面。

广州外语学院的李筱菊教授与胡文仲同样有过多年的交往，给他留下深刻印象。

李筱菊家世显赫，她的父亲李济深早年毕业于北京陆军大学，留学日本，曾经是黄埔军校副校长，民革的主要创始人，是民革第一、二、三、四届中央主席。1949 年李济深出席全国政协第一届全体会议，后历任中央人民政府副主席、全国人大常委会副委员长、全国政协副主席。李筱菊的弟弟李沛瑶曾担任第八届全国人大常委会副委员长、民革第八届中央主席。李筱菊 1929 年出生，1949 年进入燕京大学（现北京大学）西方语言文学系学习。1953 年开始从教，任中山大学外国语言文学系助教、讲师，1970 年调入广州外国语学院，历任英语系讲师、副教授、系副主任、教授、外国语言学与应用语言学专业博士生导师。李筱菊在外语教学界被尊称为“女强人”。她是最早研究并引进交际语言体系的学者之一，也是我国建立科学的外语测试的最早参与者之一。

李筱菊和胡文仲经常在会议上见面，会下也不时交换意见。她一直对交际法和语言测试做深入的研究和思考，一旦形成看法，从不轻易改变。20 世纪 80 年代初，李筱菊教授的《中国学习者的交际英语》（*Communicative English for Chinese Learners*）教材改革了传统的英语教学方法，让学生成为课堂的主人，增加了很多交际内容。这对于按照传统的教学方法进行英语教学的人来说，还是一个新鲜事物，所以不乏反对的声音。但胡文仲给予热情的支持。1990 年她的相关论文《为交际教学道路辩护》在论文集《英语教学的变革趋势》（*Currents of Change in English Language Teaching*）发表后，胡文仲的评语是："她对其理论本身有所补充和创新，同时把它创造性地应用于中国教学大纲设计及教材建设。"1992 年，李筱菊主编的高校英语教材《交际英语教程》[1]，作为全国高校教材编审委员会推荐的教材，获国家教委全国优秀教材奖，受到国内外专家高度评价，胡文仲撰文指出：它的出版，"标志着外语教学思想的一大转变，它的意义远远超出一套教材的出版。这是中国学者、教师成功地运用国外的外语教学路子并根据中国学生的需要和教师的条件，编出的一套立意新、内容新、方法新的教材。它绝不是简单的移植，更不是抄袭"。所有这些，对李筱菊都是极大的鼓舞。李筱菊作为学术带头人在广外享有很高的声望，她为人谦虚，做事低调，对于自己显赫的家世从不提起。她待人真诚热情，因编教材、做学问和胡文仲夫妇结下深厚的友谊。有一次，胡文仲在广外开完会，准备去机场，只见她拎着一条活鱼来送行。她把鱼放在一个盛满水的塑料袋里，一定要胡文仲带回北京。她知道那时在北京还买不到这样的活鱼。事情虽小，但情深谊长，胡文仲一直不能忘怀。还有一年，胡文仲和吴祯福被邀请去广外出席校庆活动，突然遇到广州降温。他们是第一次经受到广州降温的严酷，筱菊老师过来拉住吴祯福的手，把她带回家，取出几件暖和的外衣请吴祯福挑选。吴祯福拿了一件穿上后，与李筱菊一起奔回会场，路上遇见一群学生，嘻嘻哈哈跑过来，跟李老师拉东扯西，十分亲热，看见吴祯福穿着李老师的外套，调皮地说："怎么又多了一个李筱菊老师？"可见，

1 《交际英语教程》：李筱菊主编，上海外语教育出版社，1987 年出版。

李筱菊虽然资历很深，但和同学们亲密无间。

2018 年 3 月 23 日，李筱菊教授因病在广州逝世。她的同事和学生十分怀念，纷纷撰文表达对她的哀思。李筱菊老师的学生，现中山大学教授常新萍说：

“李老师的语言观、教育观、学习观还体现在教材编写、测试命题、教学过程多个方面，而以上所述仅是我就写作而言的理解，这些理解对我日后的研究和教学也产生了重大影响。感恩老师给了我自上学以来最严格的训练，让我从此自信地走上讲台。尊敬的老师就是这样一位彻底的交际教学思想的实践者，她带着博大的爱心，把自己的思想彻底运用到了培育人的过程中，而我很幸运地成了老师倾注心血的众学子之一。

“毕业后，我与老师的交往像朋友、像母女，我们聊过很多，而我也在这样的过程中渐渐长大。老师曾在我毕业后夸我进步很大。我在想，我的成长过程应该也算是李老师的人文主义教学思想的一个实践过程。在老师赠送给广外英文学院的小牌子上有这样的文字：To teach is to touch a life forever（教育是对一个人的终身影响）！李老师对我的指导正是这句话的真实写照。”

2020 年，南方日报出版社出版了《菊香远溢：李筱菊先生纪念文集》。那“远溢的菊香”将永远缭绕在胡文仲的心头。

在外语专业教材编审委员会英语组工作期间，胡文仲和钱瑗也有过不少接触。钱瑗是著名学者钱锺书和杨绛先生的独生女。钱瑗 1937 年生于英国牛津， 1959 年毕业于北京师范大学英语系，并留校任教。1966 年从事英语教学，1978 年公派至英国兰卡斯特大学进修英语及语言学，1980

年回国。1986 年晋升教授，是北师大外语系英语语言文学博士生导师。

钱瑗是名门之女，本人又才华横溢，但为人谦和，不事张扬，很少在别人面前谈起她的父母亲。有一次，谈起《跟我学》，钱瑗告诉胡文仲，钱锺书和杨绛先生也经常看这个节目。兴之所至，常常哈哈大笑。可能是因为那一幅幅有趣的画面让他们想起当年在英国学习、生活的情景。胡文仲问钱瑗："你父亲管过你的英文吗？"钱瑗说："他从来不管我。他坐在那里，腰板挺得直直的，做自己的工作。我坐在旁边读自己的书。"钱瑗的英文很地道，但她总是说："我是学俄语出身，英文是半路出家。"胡文仲回忆道："在英语组，钱瑗是有名的孝顺女儿。我们在外地开完会议后，主办单位通常安排一天或半天去附近景点旅游。钱瑗一般都不参加，总是会后立即赶回北京去看望父母。香港回归前，在北京举行过多次英语演讲比赛，我作为评委主任委员经常需要与各位评委，包括钱瑗联系。她告诉我，如果周末上午找她，可以直接打电话到她自己家里。下午找她，就打三里河钱先生家里的电话。她给了我两边的电话号码。她说周末要回父母亲的家，给他们做晚饭，因为保姆做的饭不太对钱先生的胃口。钱瑗患癌症后，我去西山附近的疗养院看望过她两次，第一次看她时，她的病情已经十分严重。她对我说，住院前腰疼得坐不住，阅读博士生的论文时只能跪在地板上。当时还不知道是患了癌症，只以为是脊椎出了问题。再次去看望她时，她的头发已经掉光了。我看了心里很难受，这么一个爱美的人居然病魔会对她这么残酷。尽管如此，钱瑗还是有说有笑。她说，母亲来看她时，她就把帽子戴上，怕母亲看了心里难过。钱瑗的病一直瞒着钱先生，不过以钱先生的睿智不可能猜不出当时已经发生的情况。钱瑗的告别仪式前一天，我给杨绛先生打电话，本想说几句劝慰杨先生的话，不料她却说：‘明天的告别仪式我就不去了。你们这一代人负担都很重，要懂得爱护自己。’听了杨先生这样贴心的话，我真不知道如何应答，心里一阵酸楚，几乎落下泪来。后来，读了杨绛先生的《我们仨》才体会到杨先生的苦痛深深地埋在她的心中，非常人所能感受，她的豁达只是想减轻我们作为她女儿的朋友的痛苦而已。”

钱媛1997年3月4日去世，年仅六十岁。她去世后，生前的同事、朋友、学生都深深地怀念她。和她一起工作过的胡壮麟教授在《认识钱瑗》一文中特别提到钱瑗的为学和为人：“我参加过钱瑗教授主编的《实用英语文体学》(1991年出版）书稿的审稿会……她的专著既不侈谈理论，也不一味文学，而是强调英语的实用语体，这更能适应英语学习者的需要。文如其人，钱瑗人和她的专著最能说明这个道理。……我和钱瑗多次参加科研成果的评奖和一些学校申报博士生导师的校外评审工作，两者都要求不徇私情，在学术上严格把关。这恰恰是我的最大弱点，……在讨论中总有这样那样的顾虑。钱瑗则敢于发表意见，坚持原则，不管是某某领导、某某名牌学校、某某名教授，她都能表里如一，说出自己的评审意见。我往往从她的为人得到启示，得到力量，解剖自己，鞭策自己。”

胡文仲担任国务院学位委员会外文学科评议组成员有六年之久，第三届是接替王佐良先生，做了半届，第四届做满了四年。有一年，在郑州召开各学科组会议。他和北大的老师同在一个航班，学科组里北大的教授为数众多，许多都是院士，有人开玩笑说：“要是咱们这个航班出事，国家的损失就太大了。”学科组负责评审各大学博士点、硕士点，因此受到各方的重视，在学科组开会前经常有单位派人前来说情。有一次，一位学院的副院长来校被堵在北外传达室门口。传达室的师傅打电话给胡文仲家里，正巧胡文仲外出开会，只有吴祯福在家。师傅说："有人在校门口说要见胡院长，我拦不住。"吴祯福接过电话，与来访的副院长说话。这位副院长坚持要到家里来。吴祯福知道他们的来意，说："胡文仲不在家，很抱歉，不能请你们到家里来。"但对方仍旧要求来家里，说只待一会儿，没带别的，只有一支笔送给胡院长，吴祯福说："我无权代表他接待你，更无权接受礼物。"吴祯福一再解释，对方还是纠缠不休，双方争执了十几分钟，最后还是挡住了客人。工人师傅知道胡文仲夫妇是一对两袖清风的好老师，总是费心费力地保护他们。这件事深深地感动了他们二位，此后进出大门时常常与那位师傅打个招呼或聊上几句。师傅的判断力和智慧也给他们留下很深的印象。胡文仲自己也遇到过类似的事情。有一天，文学所一位老师打电话给他，说"有兄弟院校的老师想来拜访您，带来一盒月饼，现在就在我家里。"当时已经临近中秋节，送月饼是中国的老传统，也不是大事。但是，胡文仲知道，这绝对不是一盒月饼的问题。吃人家的嘴短，拿人家的手软。他一辈子不贪不占，绝不能破这个规矩。便对这位老师说："你千万要拦住客人，就说我不在家。我们家不吃月饼。"像这样的情况发生过多次，可能也得罪了一些人。在有的人眼里或许觉得他不识时务，不会顺应潮流。

胡文仲有自己做人的原则，他洁身自好，与人为善。作为一级领导，他总是秉公办事，尽心竭力地帮助应该帮助的每一个人。有一天，胡文仲正在办公室工作，突然译训部的一位老师来访。按照计划，他应该出国去联合国总部做同声传译工作，但那一段时间，有关部门出台一项临时规定，出国人员必须由院长或副院长在出国人员政审表上签字才能放行。通常情况下，政审不需要自己跑，只要按照流程办就解决了。他直接来找胡文仲，显然是遇到了困难。在这个涉及前途命运的重要关口，他来找胡文仲，顾虑重重，忐忑不安。胡文仲了解情况后，非常诚恳地对他说："我了解你，签字没有问题。"然后，十分爽快地在政审表上面签注了意见交给他。那位老师拿到政审表顺利地出了国，承担起重要会议的口译工作。还有一位老师已经通过初选，准备派往纽约联合国总部，但当时政审比较严格也很费时间，外交部干部司一直催着要人。后来时间紧迫，外交部准备换人。胡文仲出面做干部司的工作，一再与他们商谈，劝他们再耐心等待几日。因为这位老师有较高的业务水平，组织能力较强，平时办事也很稳重，如果就此放弃，实在可惜。经过胡文仲坚持不懈的努力，最后这位老师终于顺利地赴美工作。从行政岗位卸任以后，他和这些老师都一直保持良好的关系。他们在国外工作期间，偶尔会打电话问候胡文仲。回国休假，也会特意到家中看望胡文仲和吴祯福。

胡文仲从 1984 年到 1991 年任北京外国语学院副院长，总共做了两届。在此期间，还担任着多项社会兼职，包括高校外语专业教材编审委员会副主任、主任，国务院学位委员会外语学科评议组组员等职务。与此同时，还在教课，带博士生，做自己领域的科研。做完第一届副院长时，他曾经给党委各位常委写信，希望能解脱行政工作，但未能如愿，接着又做了四年。由于长期超负荷工作，身体严重透支，体质不断下降。到最后两年，经常去北医三院看病，成了医院的常客。晚上备课、写文章时，常常打盹，醒来后再继续干，其实精神已经不济。下班以后，回家爬楼十分吃力，经常感到胸闷气短，似乎有个铅块压在胸口，十分沉重，有时爬到二层就得休息一下。他原来是长跑运动员，跑万米都是小事一桩，现在却已风光不再。那一年，正好又碰上人代会换届选举，学校推荐他作为候选人参加选举。胡文仲表示实在无力承担，希望不要考虑他，但是后来还是在候选人名单上看到自己的名字。胡文仲出差回来，疲惫异常。妻子吴祯福看了十分担心，与阜外医院联系床位，很快住进了病房。在阜外医院做了各种检查，最后确定是冠心病。阜外之后又转到小汤山疗养院疗养了三个月。

新学期开始后，胡文仲再次给教委领导和党委写信请辞。九月九日，他在家中突然接到国家教委主任朱开轩的电话。朱开轩对胡文仲说："你的辞呈就在我的面前。我想知道，这是你的真实想法吗？""主动请辞"，自己摘掉乌纱帽，这样的事一定少而又少，胡文仲对朱开轩主任十分诚恳地说："开轩同志，我身体不好，确实难以继续做学校的行政工作，希望领导予以照顾。"朱主任听了之后，沉思良久，说："好的，那我就签字表示同意了。"这件事让胡文仲一直不能忘怀。教委主任主管全国的教育，有千头万绪的工作需要处理。全国有上千所大学，而对于一个大学的副院长是否卸任却给予这样的重视，亲自处理，亲自打电话核实，这种工作作风实在是太难得了。

党委书记李宜今起草公告时在文字上也颇费了一番心思。事后他告诉胡文仲，他没有写"免去胡某某职务"而是写成"胡文仲同志不再担任学院副院长职务"，主要是考虑他的感受。胡文仲听了，深受感动。学院领导不但没有因为他拒绝再继续任职不满，而且在如何草拟任免文件这样的小事上，斟词酌句。用心良苦，可见一斑。“种瓜得瓜，种豆得豆。”胡文仲在北外领导岗位上任职两届，恪尽职守，兢兢业业，把自己最精壮的八年奉献给北外的发展与建设，这一纸看似无情而又浸透了感情的公文，也算对他无私奉献的报偿。

胡文仲卸任以后发生的一件小事也长久地温暖着他的心。有一天，吴祯福去饭厅买主食，轮到她时才发现身上没有带食堂饭票。她正在为难，厨房老师傅认出了她，故意对旁边的小师傅大声说：“这就是那位不想当院长的老师的家属。”说着，把两个馒头递给吴祯福，说：“没饭票没事，拿去吧。”一个普普通通的工人师傅听到胡文仲辞职的消息竟公开表示理解和支持，让吴祯福眼眶湿润。而他们表达感情特有的方式尤为动人。吴祯福后来补交了饭票，并把这件事情告诉胡文仲。胡文仲听了也心潮难平。他知道这是工人师傅对一个不愿意做院长宁愿做普通教师的人的一份尊重和同情。

吴祯福回忆当年胡文仲做行政工作的情况时说：“这对他来说是一个很有考验的事情。他从来不喜欢做行政工作，这个我太了解他了。但是凡是他要做的事情他一定努力去做，尽可能完美。他做行政工作这一段时间，我们各忙各的事，很少互相干扰。我从澳洲回来以后，把带回来的澳洲历史书认认真真仔仔细细地又学了一遍，还找到学校史地组的洪老师。我不认识他，可是他对我很热情，让我在书架上找和澳大利亚历史有关的英国历史书。当时英国的历史书可以找到，而澳洲的历史书很少，几乎没有。他告诉我读这个读那个，我把他的书抱回去。当时英语系的熊德輗老师叫我首先要阅读十八世纪的英国历史，读了英国历史才能慢慢弄懂澳大利亚历史，尤其是早期的一些特点。如果没有洪老师的帮助，没有熊老师指点，我的澳大利亚历史是很难学好的。胡文仲读的是澳大利亚文学，对历史只是知道一个大概。当时我的思想很明确，我学什么最好和他的专业不一样。我这一辈子不论我干什么，总有朋友会拍着我的肩膀，或者搂着我的脖子问我：‘是胡老师帮你的吧。’这种话我听得很多。胡文仲是帮我做了很多事儿，但是在一个问题上我是很明确的：能不能上好课，能不能搞好自己领域的研究，不能靠别人，尤其不能靠胡文仲。他的负担已经很重，所以我在研究澳大利亚历史、写澳大利亚历史书的这一段日子里，我们两个人各干各的。等我的历史书基本上完成的时候，他大为吃惊。他说，从你出国回来到现在，也就是几年的工夫，你干了这么多事儿。”

吴祯福自己对于教学有一种天然的热爱，对于学生也是由衷的喜欢，不管身体好坏，只要一进课堂一见到学生就精神焕发，干劲十足。她的学生常常到家里和她聊天，师生之间总有说不完的话，有时会到家里来吃饭，关系密切，亲如家人。小胡缨看在眼里，难免心生“醋意”，经常噘着小嘴说：“我喜欢做妈妈的学生，不喜欢做妈妈的女儿。”吴祯福在教学中找到了快乐。她教过各种各样的课，从精读、泛读到写作、口语、语音。由于胡文仲工作很忙，所以很长时间以来，吴祯福已经习惯了独自一人在家里看书学习，操持家务。但是她仍然感到生活充满快乐，因为她的乐趣主要来自于学生，来自于课堂，她在工作中得到了满足。由于工作认真负责，善于钻研，教学效果突出，吴祯福几乎年年都获得“陈梅洁基础教学奖”。

“双肩挑”期间，胡文仲大部分时间都在忙学校里的工作，忙和兄弟院校联系，忙外出开会。很长一段时间，如果一个礼拜两个人能一起吃三四顿饭，吴祯福就很满意了。胡文仲早出晚归，常常晚饭以后才回家。回来以后还要做自己的业务工作，不是看书就是写文章。他的精力看上去很充沛，实际上他的睡眠严重不足。吴祯福坐在一边看着他工作，经常发现他看书的时候头会越来越低，开始打瞌睡。她给他倒一杯茶，喝完之后他坚持一段，但是不能坚持很久，过一会儿就又打瞌睡了。吴祯福说：“对于他的工作我只能支持，不能拖后腿。但是我感到担忧，怕日子长了会拖垮他的身体。他干了两届副院长，他对工作的强烈责任感，对于教学的热爱，我看在眼里。他对于副院长的工作很放在心上，付出了最大的努力，从来不马虎。从他的身上我能感觉到一股力量，有一股力量支撑着他。我只能尽量想办法在生活上关照他。”

到了 20 世纪 90 年代初期，两个人的身体陆续出了问题。但吴祯福并未停止手上的工作，一直在收集和筛选口语教材的篇子。从小汤山疗养院出来以后，吴祯福全力以赴投入工作。她把积累多年的澳大利亚历史的材料和笔记整理出来，在笔记的基础上开始撰写《澳大利亚历史 1788—1942》。当时，电脑还没有普遍使用，她用打字机写了书的大部分，在读博士研究生倪卫红和年轻教师沈江帆协助完成了其中的一章和附录部分。书稿全部完成后交给北京出版社出版。这是我国出版的第一部澳大利亚历史著作。国内澳研中心开历史课的院校大都使用这本历史书作为教材。

大约同一时期，外研社社长李朋义[1]约吴祯福编写一套英语口语教材，本来只准备编写一册，但李朋义了解市场需求，坚持要出版一套三册口语

1 李朋义（1954—）：河北黄骅人，编审，曾任外语教学与研究出版社社长兼总编辑，北京外国语大学副校长，中国出版集团副总裁、党组书记、中国教育出版传媒集团党委书记、总经理等职务。

教材。吴祯福选定了所有课文，将课文按照程度分为上、中、下三册，又确定了教材练习的基本编写原则，并且编写了每册的样课。她约了夏玉和、金利民、李又文和王一虹四位年轻教师为教材编写练习，由她自己修订完稿。工作量之大超出预期。年轻教师做的练习需要一一修改订正，整部书从设计到完稿用了大约六年时间，但最后修订完稿时间却很短。因为根据市场需求和教材的特点，出版社希望整部书上、中、下三册一次推出，造成一定的声势和影响。出版社的考虑自然很有道理，但工作的紧张程度却大大提高。春节期间，教材校对的任务全都落在吴祯福的身上。在第三册教材即将完成时，吴祯福突发不自主震颤，头部震颤很严重。医院对于这种疑难病症毫无办法。不自主震颤又称原发性震颤，是国际医学界的难题，至今没有解决。胡文仲在英国查了资料，找过医生，医生说这个病基本上是无药可治。吴祯福带病坚持完成了全部三册英语口语教材，定名为《英语初级口语教程》、《英语中级口语教程》和《英语高级口语教程》。英文书名还征求了熊德輗教授的意见，最后确定为 *Oral Workshop:Reproduction, Oral Workshop:Discussion,* 和 *Oral Workshop:Argument*。这套教材满足了高校外语专业对英语口语教材的需要，出版后在全国范围内广泛使用，对于提高学生英语口语能力起了十分重要的作用，师生反映都很好，为此获得"第八届中国图书奖"。书的销量节节攀升，最初几年每年都加印几十万册，累计已经出版二十年，出版总量达到几百万册。

1992 年，在学校评聘职称前夕，时任英语系副系主任的钟美荪在路上遇到吴祯福。钟美荪对吴祯福说："现在是职称申报阶段，你有学术成果，应该申报。”当时，吴祯福并没有申报教授的思想准备，觉得论辈分还没有轮到自己，对于是否申报有些犹豫，经过钟美荪的提醒和鼓励，她决定申报。上报的学术成果包括专著《澳大利亚历史 1788—1942》、《英语的听与说》和数篇有关澳大利亚、加拿大历史以及外语教学的论文，此外还有刚刚出版的教材《英语口语教程》三册。这些成果申报后得到了英语学科组的认可，顺利报到院学术委员会，最后被评为教授。1993 年被授予政府特殊津贴。评审阶段，胡文仲已经不再担任学校行政职务，根据回避原则也没有参加评审过程。

但是事业上的辉煌并没有减少不自主震颤给吴祯福和胡文仲带来的困惑和苦恼。他们夫妇国内国外看过很多医生，北大医院的一位医生给吴祯福的印象特别深。她和胡文仲在候诊室外从一大早等到了中午一点，老大夫一动不动看了一上午的病人，最后才给吴祯福看。他给吴祯福做了一些检查，搬了搬头，动了动手，让她在屋子里走走，做了几个简单的动作，随后说：“你这是良性震颤，得病的原因是过度劳累。”他说话一直十分和蔼。他说，“我从你的两只眼睛看得出来你年纪不大，顶多五十岁上下。你这个情况不能完全休息，或者是整天吃了药睡觉，这样会把你的脑子毁掉。最好的办法是面对现实，淡然处之，没有药可以治疗震颤，你要受一阵子的罪。你的眼睛很有神，年纪也不大，正是业务上升时期，完全停止工作，没有了精神寄托，你可能会更痛苦。”老大夫的一席话说到了吴祯福的心坎里，抓住了她好学上进的特点。他接着说：“我对你有信心，从你的眼睛我就能看出一种精神，但还是要爱惜自己的身体，保证足够的睡眠。我看得出来你很喜欢你的工作。”吴祯福回答说：“是的，我非常喜欢教书，我跟学生在一起，有一种说不出的快乐，如果从此不再工作，一定会失去精神支柱。”老大夫说：“你可以工作，可以继续教书，要正确对待这个疾病，要坚强，这个病不是一两天就会好的。震颤会给你的形象造成一定的影响，但是不要在乎这些，你热爱工作，喜欢学生，就做你爱做的事儿吧。我深信你这双神采奕奕的眼睛不会辜负你。”尽管这位老大夫知道原发性震颤无法治愈，但他同时也知道对于病人的关怀和指导同样重要，他实践了一个好医生的“偶尔治愈，常常帮助，总是安慰”这一信条，这让吴祯福受用了一辈子。

这位充满爱的老大夫的劝告深深地打动了吴祯福。在外面参加活动时，吴祯福的头还是不断地震颤，有的人很有礼貌，不忍直视。极个别的人会投过来好奇的目光，甚至会跑过来问得的是什么病。这时，吴祯福经常会想到老大夫对她说的话：不要怕，坚持做你爱做的事。令吴祯福感动的是学生中从来没有一个人跑来问，老师，你得了什么病？吴祯福的病比较重的时候，有的女孩子在课堂上看到老师头震颤着还在讲课，心里非常难过，忍不住流泪。

“震颤”锤炼了吴祯福的意志。她在痛苦中看到了人性的美好，那美好在医生温暖的话语中、在学生盈盈的泪光中闪烁。吴祯福还像以前一样，跟学生们一起欢笑，一起练英文，一起学习。学生照样到家里来和她聊天，给她送来温暖和关心。就这样，吴祯福一直坚持教课教到退休，心情一如既往地平静愉悦。胡文仲看着吴祯福震颤的样子，心里非常难过，但从不怨天忧人。为了给妻子治病，他向国内外名医咨询过无数次，对这个病的性质、起因十分清楚，深知整天谈论病毫无意义，只能影响情绪。平时两个人到公园散步，周末一起出去吃顿饭，一直过着正常人的生活。渐渐地，吴祯福头部的震颤病似乎比初期好了一些，但是不久右手开始震颤，继而是左手震颤，严重地影响了她的生活质量。在银行需要签字时却不能签自己的名字，进医院需要扫码登记时扫不了二维码，吃饭时手突然一颤，菜就撒在桌子上，喝水时手一动，水洒了一地。这些生活上的不便时刻考验着她的意志。面对困难，她从不退缩，而是想方设法，战而胜之。她无法使用键盘输入文字，就学会了通过讯飞语音识别软件将语音变成文字，与三十多位朋友始终保持微信联系。事实证明对于原发性震颤这种不治之症，坚强的意志和良好的心态是治病的根本。这是吴祯福近三十年来的养病秘诀。北大医院那位老大夫慈祥的笑容和科学的诊断一直记在吴祯福的心中，一直是支撑她战胜疾病的精神力量。

第十二章

与跨文化交际的不解之缘

作为毕生从事英语教学与研究的学者，早在20世纪80年代初期，胡文仲对跨文化交际学就产生了浓厚的兴趣。而那时候，跨文化交际学和澳大利亚研究一样，在我国尚属空白。胡文仲对跨文化交际学的研究经历了三个阶段：一，观察和了解中西方文化的差异，将其与外语教学相联系，提出外语教学如何与文化相结合的观点；二，介绍西方有关跨文化交际的著述，编写了几部跨文化交际学的论文集和选读本，开设跨文化交际课程，参与和组织培训；三，对于我国跨文化交际研究的方法和途径提出自己的看法，做出以实证为基础的研究成果。学术界公认胡文仲是开中国跨文化交际学研究之先河的领军人物。

一、观察和研究中西文化差异，与外语教学相联系

胡文仲在澳大利亚的两年里，除了学习澳大利亚文学和其他文学课程以外，还有另外一个重要的收获，那就是对于不同文化之间的差异有了切身的体会。去澳大利亚之前，他虽然也出过国，去过欧洲几个国家，去过朝鲜，但是无论在哪个国家待的时间都不长，对当地的文化、风俗、习惯并不十分了解。澳大利亚是他待的时间比较长的第一个西方国家。胡文仲是有心人。对于大多数人来说，身处异乡，即使待上二十年，也不会从不同文化背景下产生的困惑、疑虑，甚至尴尬中探究出一门学问，最多感叹一番，让自己慢慢适应周围的环境。但是在胡文仲的脑海中，这种“困惑”却引起深深的思索。他想到从公元前二世纪起，“丝绸之路”就使我国古代人民通过商业往来与中亚、西亚、非洲、欧洲的人民进行交流。之后，唐三藏西天取经，鉴真高僧东渡日本，明朝郑和下西洋，以及历经数百年的西学东渐，所有“当事者”一定也像今天远渡重洋，来国外学习交流的

人一样，在不同文化的冲撞中艰难生存。而这种生存的过程实际上就是一种跨文化交际。于是，他在澳大利亚学习过程中碰到的寻常小事变得明晰，并且被他赋予新的含义，渐渐在脑海中勾勒出这门学问的轮廓——什么是跨文化交际？具有不同文化背景的人从事交际的过程就是跨文化交际。但是，他深知，“跨文化交际学是一门看起来容易，实则困难的学问，要真正做得深入，必须投入全部精力，花费大量时间。因为跨文化交际学是一门多学科的学问，涉及人类学、语言学、心理学、社会学、文化学、民俗学等。要熟悉所有这些学科对于任何人都不是容易的事。”[1] 胡文仲认为，“人类学，特别是文化人类学对于跨文化交际学的贡献极为突出。在跨文化交际学正式建立之前，文化人类学对于文化的定义、文化与语言的关系、非语言交际等都已经做了很多研究，搜集了大量的材料，为跨文化交际学的创立准备了必要的条件。在跨文化交际学建立的过程中，文化人类学也一直起着举足轻重的作用。……在心理学领域主要是社会心理学与跨文化心理学对于跨文化交际学做出了重要的贡献。心理学家对于人们在从事跨文化交际的活动中的不同心理反应做了深入细致的研究和分析。他们一般采取心理学的实验方法，通过精心设计的调查，收集确切的材料和数据，然后加以分析，提出自己的看法。……传播学是跨文化交际学的基地。跨文化交际学的建立主要通过传播学者的努力。他们是举办会议出版刊物的主力。他们运用传播学的理论对于跨文化交际从事研究，提出一些研究跨文化交际的理论和方法。”[2] 这便从宏观上，为这一学科的形成奠定了思想基础。

---

1 引自《跨文化交际学概论》（胡文仲著，外语教学与研究出版社，1999 年版）。

2 同上

然而，这一学说的形成，必定是长期积累和思索的过程。刚到澳大利亚，除了居住、服饰、饮食等这些表面的差异，胡文仲很快就发现在文化习俗方面，中国人和澳大利亚人有很多地方大相径庭。

胡文仲等九人赴澳是中澳两国签订教育交流协定的结果，所以新南威尔士州教育部门对他们格外重视，联系也比较多。州教育厅的一位官员有一次请他们九人去他家里吃饭，确定的时间是晚上七点。“九人帮”到他的住处比较早——七点差一刻。敲开门之后，发现主人的表情有些异样，一方面是惊奇，另一方面还有些不悦。他问他们为什么提前到达？九个人莫名其妙，面面相觑，不太理解为什么早到一刻钟会成为问题。主人招呼他们进屋在客厅坐下，然后又回到厨房去操办晚饭。吃饭的气氛显然受到他们早到的影响。这件事给胡文仲留下很深的印象。他由此想到，这实际上是一个文化差异问题。在国内，请客吃饭早到十几分钟不会成为问题，甚至主人会认为客人很有礼貌。在澳大利亚待的时间长了，通过观察和询问，他才了解到在澳大利亚如果主人邀请你七点去家里吃饭，合适的到访时间应该是七点过十分或者七点一刻。而提前到达，或许因为主人还没有准备停当，造成被动。

胡文仲由此想到，西方人认为准时是有教养的表现。我们和西方人打交道的时候，也特别注意这一点。生怕因为不准时，而被人家小看。于是出现宁愿提前一刻钟，也怕迟到一分钟的事。可是实际生活中，准时并不是说七点就是七点到，说九点就是九点到。这要看是什么场合，和什么人见面。年轻人组织的派对（party）如果说七点开始，你八点到也可以，甚至于九点到也没有问题，因为派对的时间比较灵活，年轻人也比较随便，但是如果和系主任或教授约会，约定上午十点在办公室见面，那么在十点之前四五分钟你就应该到他的办公室告诉秘书："我已经到了。"教授通常也都是准时和你见面。所以，"准时"实际上是一个有着丰富文化内涵的词，并不是像一般人想的那么简单。

胡文仲曾经在澳大利亚的农村待过，在泰德·哈伊家里住了一段时间。胡文仲发现主人的妻子朱莉（Julie）随时随地都在教孩子们澳大利亚社会所需要的礼貌。例如，胡文仲和女主人站在走廊里讲话，孩子要从他们中间走过去的时候，就要站在旁边，等妈妈和客人说话告一段落，才非常有礼貌地说 excuse me（打扰了），然后再走过去。显然这是家里教育的结果。有一天胡文仲和泰德一家吃晚饭，他们家最小的孩子大约三四岁，说"Mom, I'm hungry."（"妈妈，我饿了。"）母亲对他说："Don't be rude."（"别没有礼貌。"）这就是在教孩子澳大利亚的行为准则，也就是澳大利亚的文化：有客人在场不能自己先吃，应该等到主人客人都坐好，主人示意之后才吃饭。另外，胡文仲发现在当地农村的小酒店男女顾客在不同的区域喝酒。男顾客在酒店前面的房间喝酒，女顾客在酒店后面一个专门的房间聚会，这种现象在农村才有。在悉尼等大城市，顾客都在一起喝酒，不分男女。这也是澳大利亚城乡不同的文化习俗。

胡文仲善于观察，他发现澳大利亚朋友之间的关系即使比较密切，也还总是相互之间保持一定的距离，对于个人的隐私从来不过问。比如有一位朋友和他们很熟。她一直单身，但对于她的婚姻状况从未提及。因为这涉及西方社会很重要的一个方面：保护自己的隐私。朋友间不过问对方的隐私。随着社会进步，国内现在对于此类问题也十分重视，对于是否结婚、工资多少等，人们都避而不谈，但在20世纪80年代，所谓“隐私”，正是大家喜欢的话题。不管是否熟悉，见了面总要问：多大年纪了？结婚没有？找对象了没有？一个月赚多少钱？问的人自然，被问的人也不觉得尴尬。这是典型的中西方文化差异。

为了更多地了解澳大利亚人的生活，胡文仲从留学生宿舍搬出来以后，租了附近居民的房子。房东是拜伦太太（Mrs. Byron）。她每天早上都要外出，出家门时对胡文仲打招呼说，“I'm going to do an errand（我出去办点事儿）”。胡文仲刚开始不明白她出去办什么事儿，后来才知道她是每天都要出去买彩票。外出买彩票而不说出来，这就说明在一定的阶层当中买彩票是一个应该回避的话题。这无疑也是一种文化。

胡文仲还发现，在澳大利亚到朋友家做客，带什么礼物也很有讲究。中国留学生喜欢送从中国带去的有民族特色的小礼物，主人都很欢迎。后来从中国带去的礼物用完了，他们就按照当地的习俗买一束鲜花或者带一瓶葡萄酒。这是人们做客时常带的礼物。澳大利亚人互相之间不送贵重的礼物，如果送贵重的礼物，人们会对你的动机产生怀疑。有一次，朋友介绍胡文仲去看病。这位医生在当地很有名气，是一位心脏病专家。去之前，朋友就特别告诉他，如果带礼物只能带一个小礼物，不能带贵重礼物。如果带贵重礼物，医生会很不舒服。可是倘若在我们国家，情况就会完全不同。由此可见，送礼在不同文化中是一个十分微妙的问题。

文化差异造成的困扰比比皆是。胡文仲遇到的难题之一是如何称呼他们的老师。刚开始和这些教授交往时，他们都是称呼对方的学术头衔：Professor（教授），Doctor（博士）。比如称呼系主任、导师：Professor

Kramer（克拉玛教授），称另一位老师：Dr. Runcie（郎西博士）。相处时间长了以后，时任系主任的克拉玛教授就对他们说："Call me Leonie.（叫我雷欧妮。）"但是九位同学中没有一个人敢这么称呼她。中国学者接受的教育是师道尊严，对老师都十分尊敬，直呼其名在心理上有个过不去的坎儿。这就是东方文化在中国学生心中构成的一道障碍。

在教学层面，胡文仲也发现中国和澳大利亚有着不少的文化差异，比如在研究生的课上，老师通常在开始的时候很简短地说一下讨论的题目和要求，然后让学生发表意见展开讨论。刚开始，胡文仲和他的同学们对这种教学方法很不适应，因为在国内一般都是老师在课堂上讲，学生在下面做笔记，偶尔也会提出问题，但一般都是教师主导。在澳大利亚，尤其在研究生层次，情况却全然不同。虽然也是教师主导，但主要时间都用在学生之间的讨论上。学生在上课之前可以拿到其他同学的论文或者论文提纲，提前阅读这些材料，形成自己的意见，上课的时候发表各自的看法。刚开始时，胡文仲不习惯这种教学方法，提不出什么问题。而且他认为，对于书上已有的结论提出质疑不妥，因为那些变成铅字印在书上的文字都是很著名的文学评论家发表的意见，学生怎么会超越他们的看法呢？经过一段时间的磨炼，大家逐步习惯了这种教学方法，在讨论中也能提出自己独到的看法。

在澳大利亚，演讲人讲话之后听众都比较踊跃地提问题，而且通常把这个过程看得十分重要，因为这是思想交流的重要环节。在这个环节，既可以看出演讲者的水平，也可以看出听众的水平。如果听众能提出很有见地的问题，就说明他们对于演讲十分欣赏。如果提不出问题，就说明演讲人没能在听众心中引起共鸣。刚开始在悉尼大学学习的时候，胡文仲和绝大多数中国学生一样，听演讲也只是听，很少提问，也不好意思提问，生怕提得不妥当，贻笑大方。后来，慢慢适应了这种氛围，他也喜欢提出自己的看法和问题。再后来，对于听众提问这个环节胡文仲特别感兴趣。有些听众的问题是他没有想到的，有些是自己也有类似看法，只是没有说出来。但不论是哪种情况都给他提供了思考的空间。

对胡文仲来说，在澳大利亚悉尼大学学习的过程实际上也是培养自己思辨能力的过程，是跨文化交际的过程。除了这些与生活、学习息息相关的中西方文化差异的例子之外，其他例证也比比皆是，胡文仲都做了记录。爱因斯坦说："机遇只偏爱有准备的头脑。"胡文仲回国以后就利用自己在澳大利亚学习期间积累的资料，开始写一些有关文化差异的文章在学术期刊上发表，如《文化差异与外语教学》《文化差异种种》等，这是国内讨论文化差异与外语教学方面最早发表的一批论文。

二、介绍西方国家有关跨文化交际的论述，开设课程，编写教材

为了深入研究跨文化交际学，胡文仲回国以后，开始阅读一些国外学者有关文化差异的文章和论述，以及跨文化交际方面的书籍。他最初接触的一个读本是美国出版的理查德·波特（Richard Porter）和拉里·萨摩瓦（Larry Samovar）合编的《跨文化交际读本》（*Intercultural Communication: A Reader*），这是美国使用最广的一本跨文化交际教材，每隔几年就出一个新版本。编者提出研究跨文化交际的几个重要方面：语言交际、非语言交际、社会习俗、信仰与价值观等。胡文仲觉得编者的思路比较符合外语教学的需要。另外，他还阅读了其他跨文化交际方面的著述，包括国外学者爱德华·霍尔（Edward Hall），约翰·康登（John Condon），许烺光（Francis Hsu），基尔特·霍夫斯泰德 (Geert Hofstede) 的论述以及国内人类学者费孝通等的论述，以及这个时期黑龙江大学的贾玉新、北京大学的关士杰等的论述。当时跨文化交际这个名称还未确定下来，有人把 Intercultural Communication 译作跨文化传通、跨文化交流、跨文化沟通。胡文仲用过“不同文化之间的交际”，何道宽用过“跨文化的交际”。后来，胡文仲与通晓多种外语的外研社总编林学洪商讨使用哪个词比较合适，林学洪的意见是用“交际”。最后，他们确定将这一门学问定名为“跨文化交际学”，从 20 世纪 80 年代中期开始在文章中使用这个术语。此后，学者陆续开始使用这个术语，最后成为学界普遍接受的对于这个学科的定名。

在深入研究的基础上，1986 年胡文仲开始在北京外国语大学国际文化交流班上教授跨文化交际课程。这批学生准备输送到文化部，属于研究生层次。大约在同一时期，一位名叫尼尔·格鲁夫（Neal Grove）的美国教师在本科也开设了这一课程。胡文仲和他谈起这一学科的方方面面，两个人谈得很投机。后来，他们决定在北京任教的外国教师中进行一项调查，以了解西方人在中国生活最感到难以适应的是哪些方面。他们设计了调查表，发给二十多位英国美国来华的教师。调查的结果很有意思，也出乎他们的意料。这些教师最不适应的方面包括：一，在应该排队的地方有人插队；二，在公共场所抽烟；三，在公交车上拥挤造成身体距离过小；四，中国人的送礼习俗；五，学生的学习模式——课堂上只记笔记，不参与讨论；六，应该做决定的时候拖拖拉拉，不能当机立断。一位英国教师说，他对于乱插队的情况非常气愤，有一次，几乎动武。一位英国女教师反映，有的学生不称呼她的名字，不称她为 Jane，而是称呼她的姓，直接叫她 Bundey，她对此十分反感。一个学生在去看电影的路上遇到一位在中国工作多年的英国老师，他对英国老师说：Are you going to the film?（去看电影呀？）英国老师听了莫名其妙，很奇怪他为什么明知故问，认为这是一个愚蠢的问题（a stupid question）。其实，对中国人而言，这样的问题平平常常，一句搭讪话而已，但把“去看电影呀”直接搬到了英文里，就产生了误解。柯鲁克在接受调查时说，他最感困惑的是，谈话已经结束，学生迟迟不肯告别，而他不知道应该再说什么才能使学生明白，情况比较尴尬。这些外国人在中国遇到的问题和中国人在外国遇到的问题有异曲同工之妙，都是跨文化交际领域有趣的现象。胡文仲邀请几位中外教师写了一批文章收集到由他主编的《跨文化交际与英语学习》（上海译文出版社，1988 年出版）一书中。这是国内出版最早的一部有关跨文化交际的论文集。书中收有许国璋的《词汇的文化内涵与英语教学》、欧阳筏苏的《中国学生典型文化错误分析》、何道宽的《非语言交际》、秦秀白的《英语学习与吸收文化知识》、海伦·欧迪（Helen Oatey）的《中国与西方人际关系对比》、梅雅量（Alan Maley）的《好心不得好报》、贝蒂·罗宾内特（Betty Robinett）和刘君若（Chun-jo Liu）合写的《中英文谚语分析对比》等。这些作者都是当年国内外闻名遐迩的学者。他们对于跨文化交际和英语学习的关系做了十分透彻的分析和论述。他们撰写的文章着重分析了跨文化交际的内容，论述了英语教学和跨文化交际的联系，从课堂教学的角度阐述了英语学习中跨文化意识的培养。胡文仲把这些著名学者聚拢在一起，研究探讨，著书立说，功德无量。同时期由胡文仲编选、湖南教育出版社出版的《跨文化交际选读》介绍了国外一些跨文化交际学者的论点和研究成果。这本书成为许多学校跨文化交际课程的教科书。这两部书在我国跨文化交际研究的初期都起了启蒙的作用。

1988 年，胡文仲应邀赴美访问。在官方安排的访问结束之后，他在宾州州立大学研究生层次开设了跨文化交际课程，侧重讨论中美文化之间的差异和研究方法。在此期间，他与尼尔·格鲁夫开始合作写书，胡文仲写一半，尼尔·格鲁夫写一半，每写完一章互相交换，然后一起讨论，提出修改意见，各自负责自己部分的修改。这样密切合作了将近半年之后，尼尔通读全稿交由美国跨文化出版社出版。1991 年，此书以 *Encountering the Chinese: A Guide for Americans*（《与中国人交往：给美国人的指南》）的书名正式出版。这是该出版社 Interact Series （《互动系列》）——一套跨文化交际从书中的一本。出版后受到读者的欢迎，好评如潮，在出版社的畅销书单上长达十年之久。2010 年此书经过修订补充以 *Encountering the Chinese: A Modern Country, An Ancient Culture*（《与中国人交往：古老的文化，现代的国度》）为书名再版，除美国外还行销到欧洲。

20 世纪 90 年代初期，胡文仲在北外举办了一个跨文化交际培训班，学员来自全国各高校，讲课的老师包括胡文仲、顾曰国、朱永涛、毕继万、刘光准、杜学增等。这批学员回到各大学后先后开设了跨文化交际课程，其中福建师范大学林大津先生的研究和贡献比较突出。多年以后，他在福建师大不仅开设了跨文化交际课程，而且发表专著和论文多篇，并培养了这一领域的博士研究生，成为一位很有成就的学者。

20世纪80年代末至90年代初期，国内学界对于跨文化交际的关注度逐年提高。这一时期，出版了不少学术著作。如耿二岭的《体态语概说》（北京语言学院出版社，1988年出版），胡文仲的《跨文化交际与英语学习》（上海译文出版社，1988年出版），沙莲香的《中国民族性（一）》（中国人民大学出版社，1989年出版），邓炎昌、刘润清的《语言与文化：英汉语言文化对比》（外语教学与研究出版社，1989年出版），陈建民的《语言文化社会新探》（上海教育出版社，1989年出版），美国学者罗杰·布罗斯纳安（Brosnahan）的《中国和英语国家非语言交际对比》（北京语言学院出版社，1991年出版），顾亦瑾、吴国华的《语言与文化：俄语语言国情学概论》（河南人民出版社，1991年出版），庄恩平的《走出误区：中美交际文化差异实例分析》（世界图书出版公司，1993年出版），郑立信、顾嘉祖的《美国英语与美国文化》（湖南教育出版社，1993年出版），戴昭铭的《建设中国文化语言学》（《北方论丛》丛书，1994年出版），关世杰的《跨文化交流学》（北京大学出版社，1995年出版）等。盘点下来，成就卓然，蔚为壮观。从已经发表的著作和论文来看，我国研究跨文化交际当时侧重这样几个方面：一，语言与交际的关系；二，非语言交际；三，中西习俗对比；四，中西经营管理模式比较；五，国民性研究。对于跨文化交际学的理论与研究方法也有一些探讨，但是，总的来说，作为一门学科，这方面的研究还不够深入。从参与者的学术背景来看，大致上有这样几类：外语教师、对外汉语教师、语言学家、心理学家、管理学家等。

在跨文化交际学领域，胡文仲审时度势，纵观全局，仿佛在下一盘大棋。20世纪90年代中期，他邀请一批教授参与编写了一套跨文化交际丛书，经过一段时间的准备，由他主编的这套丛书最后完成六本，1999 年，由外语教学与研究出版社出版。这六本书分别为：《跨文化交际学概论》（胡文仲）、《中英（英语国家）文化习俗比较》（杜学增）、《俄汉语言文化习俗探讨》（刘光准、黄苏华）、《英语习语与英美文化》（平洪、张国扬）和《美国价值观》（朱永涛）。这套丛书充分显示了北外教师在跨文化交际研究方面的实力和贡献。

在国内跨文化交际教学与研究有了相当基础之后，1995 年在哈尔滨工业大学召开了我国第一届跨文化交际研讨会。会议由哈工大贾玉新教授发起并组织，国内学者教师二百三十位出席，国外学者四十多位出席。这是我国首次以跨文化交际为主题的学术会议。在会议期间，成立了中国跨文化交际研究会，选举产生了学会的领导机构，全国各地学者一致推举胡文仲为首届会长。这次会议还确定每两年召开一次全国性的会议。1997 年，在北京外国语大学召开了第二届会议。此外北京大学与美国肯特州立大学（Kent State University）共同发起举办了 1996 年 8 月的研讨会。会议议题是“交际与文化——进入 21 世纪的中国与世界”。1999 年在深圳大学召开第三届中国跨文化交际研讨会。这一切对于推动我国二十世纪八九十年代跨文化交际教学与研究起了很大的作用。

关于我国跨文化交际研究，胡文仲有自己独特的看法和观点。翻阅国内有关跨文化交际的论文，他发现不少文章只是一般性的论述，缺乏具体材料，缺乏数据，而国外的研究一般必须有数据为基础。胡文仲认为，实证研究是科学研究的基础。针对我国跨文化交际研究的现状，他于 2005 年在《外语教学与研究》杂志上发表了一篇涉及实证研究的文章：《论跨文化交际的实证研究》。在文中，胡文仲指出：在我国跨文化交际研究领域“发表的论文质量不断提高，研究人员的队伍持续扩大，开课的学校逐年增加。但是，从学科建设的角度来看，理论建构的工作还有待加强，研究范围还需进一步拓宽，特别是研究的模式需要大力改进。演绎性、思辨性的文章居多数，而系统收集数据做出分析研究的文章为数很少，许多文章都沿袭这样的路子：某个观点或理论 + 一些例证 + 结论。例证虽然真实可信，但通常都不是系统收集的，因此存在一定的随意性。”他的这种看法无疑对研究者具有指导意义。

胡文仲在跨文化交际的实证研究方面颇下了一番辛苦。为了研究中国人表达方式的特点，他收集了几十封信件，对其内容做了分析，最后以数据说明什么情况下中国人写信用委婉的间接的表达方式，什么情况下用比较直接的表达方式。这些书信为他后来发表的《再论委婉：有关两类中文信件交际风格的研究》（*Indirectness Revisited: on the communication style in two types of Chinese letters*）提供了有力的佐证。其他以实证研究为基础的论文包括《一项跨文化调查的启示》（*The revelation of a cross-cultural survey*），《对中国电视广告不断变化的特点与成熟度的分析》（*Analyzing the changing character and sophistication of TV advertisements in the People's Republic of China*），《从变异到契合：对中国大陆与香港语言使用及交际的分析》（*From divergence to convergence: on language use and communication in Chinese mainland and Hong Kong*），《不稳定中的稳定：论中国大陆价值观的变化》（*Stability in the midst of instability: on the changing values of Chinese mainland*）等。

对于如何将跨文化交际融合于外语教学，胡文仲也做了一些尝试。1994 年，他在《外语教学与研究》（第一期）上发表了《文化与文学：通过文学教文化之探讨》一文。在此之前，曾在《英语学习》杂志上发表过多篇短文，每篇文章都是以文学篇章为例，说明在学习文学的同时可以汲取相关的文化知识。胡文仲指出“不了解英美文化，要学好英语是不可能的。反过来说，越深刻细致地了解所学语言国家的历史、文化、传统、风俗习惯、生活方式以至生活细节，就越能正确地理解和准确地使用这一语言。”他响亮地提出“以社会语言学的观点指导教学”的建议：一，条件许可的情况下，外语院系除了设置语言学、社会语言学、教育学、心理学、文学等课程外，还应该增设社会学、人类学这类课程；二，教师在教学中应该使用一定比例的国外出版的外语教材，在自编的教材中多用一些“真实材料”(authentic material)；三，教师引导学生阅读文学作品、报刊时多积累文化背景、社会习俗、社会关系等方面的材料；四，在课堂上，教师不仅应注意语言形式的正确与否，还应该重视语言运用是否得当；五，充分利用图片、幻灯片、电影、电视等直观媒介；六，充分利用外教资源，对外语学习者来说，和以这种语言为母语的人接触十分重要，在一定意义上，这种接触是其他方式所无法取代的；七，开展汉英语言、文化比较研究，将研究成果运用于教学。这些建议在 20 世纪 80、90 年代颇具前瞻性，对现在的英语教学依然具有重要的指导意义。

由于交际教学的路子在外语教学中的推广，人们越来越认识到学习外语必须结合文化，认识到“学习外语不仅是掌握语言的过程，也是接触和认识另一种社会文化的过程”，跨文化交际已经形成一门显学，不仅在大学开设这门课程的甚多，在中学甚至在小学教学中都提出跨文化交际能力的培养问题，这方面的书籍也纷至沓来。

胡文仲和他的同事深深认识到，和国外跨文化交际研究相比，我们还有很长的路要走。而培养一批合格的教师，是不断前进的关键之一。为此，北京外国语大学曾经利用暑假和外研社合作举办暑期跨文化外语教学教师研修班。通过研修，大家达成共识：必须首先培训一批合格的跨文化交际学教师，他们将最终在课堂上落实跨文化教育理念。这项工作对于外语专业尤为迫切。正如孙有中教授所说："千里之行始于足下，这个'足下'不是别的，正是教师的跨文化教学能力提升……跨文化能力培养的目标、理念和举措还必须贯穿整个人才培养模式的全过程，如国际暑期课程、出国夏令营、联合培养、短期留学、教学实习和社会实践等。如此一以贯之，跨文化能力培养定能水到渠成。"

近年来，国内对胡文仲在跨文化交际学的思想以及他在这一领域做出的贡献颇多研究。河南大学孙仲娜老师撰写了《胡文仲文化与跨文化交际研究综述》（《文教资料》，2017 年第八期）一文，梳理了 1982—2013 年胡文仲在这一领域的学术论文，列表如下：

序号	文章名称	期刊名称	期刊号
1	跨文化交际能力在外语教学中如何定位	外语界	2013(6)
2	从学科建设角度看我国跨文化交际学的现状和未来	外国语	2010(3)
3	评介英国出版的一部跨文化交际著作	外语教学与研究	2007(1)
4	跨文化交际课教学内容与方法之探讨	中国外语	2006(4)
5	趋势与特点：跨文化交际研究评述	中国外语	2006(3)
6	论跨文化交际的实证研究	外国教学与研究	2005(4)
7	IJIR（《国际跨文化关系杂志》），SIETAR（跨文化教育训练与研究学会） 与 IAIR（《国际跨文化研究学会》）——美国跨文化交际研究最新动态	外语与外语教学	1998(8)
8	迎接跨文化交际研究的新局面——评介最近出版的三本跨文化交际学著作	外国语	1998(4)
9	跨文化交际研究如何起步	外语与外语教学	1995(1)
10	关于编写文化辞典的探讨	外语界	1995(4)
11	文化与文学——通过文学教文化之探讨	外语教学与研究	1994(1)
12	跨文化交际学在美国	外语研究	1994(1)
13	The Revelation of a Cross-cultural Survey （跨文化调查的启示）	外国语	1994(2)
14	一本不可多得的教科书——评《欧洲文化入门》	外语界	1993(1)
15	试论外语教学中的跨文化交际研究	外语与外语教学	1993(1)
16	文化教学与文化研究	外语教学与研究	1992(2)
17	试论跨文化交际研究	语言文字应用	1992(3)
18	介绍一套具有中国特点的交际英语教材	外语界	1991(3)
19	Why Bother about Culture in ELT?（英语教学中为什么要纠结文化问题？）	外国语	1986(4)
20	文化差异种种	教学研究	1985(3)
21	不同文化之间的交际与外语教学	外语教学与研究	1985(4)
22	Language and Communication （语言与交际）	外语教学与研究	1984(2)
23	文化差异与外语教学	外语教学与研究	1982(4)

2015年由外研社出版的《跨文化交际教学与研究》囊括了胡文仲在跨文化交际领域发表的主要论文，共二十七篇。

北京外国语大学副校长、现任中国跨文化交际学会会长的孙有中教授对胡文仲在跨文化交际领域做出的贡献也给予高度评价。他说："胡文仲教授是我国外语界跨文化交际研究的奠基者，是中国跨文化交际学会的创始会长。他的原创研究和卓越领导培养了一代代学人，促进了外语教育改革创新，为外语学科发展做出卓越贡献。"

历史的潮流滚滚向前。随着全球化进程的推进和中国的快速崛起，中国和世界各国的竞争与合作日趋频繁，其深度与广度史无前例。由胡文仲开创的跨文化交际研究近年来在国内快速发展，新一代跨文化交际研究者茁壮成长。2019年3月，孙有中教授在其主编的学术辑刊《跨文化研究论丛》"创刊词"中指出："我们倡导中国的跨文化研究走出象牙塔，关注我们身边丰富多彩、日新月异的跨文化实践。中国正以前所未有的广度和深度融入波澜壮阔的全球化进程。'一带一路'倡议吹响了中国跨文化国际行动的号角。可以预见，随着'共建丝绸之路经济带和21世纪海上丝绸之路的愿景与行动'的逐步实施，人类将目睹有史以来最大规模的跨文化交流景象——政策沟通，道路联通，贸易畅通，货币流通，民心相通。这一伟大的跨文化实践为中国的跨文化研究者创造了千载难逢的机遇。

"与此同时，世界潮流，浩浩荡荡，中国政府与时俱进提出了'构建人类命运共同体'的宏伟理想。世界不同文化之间从来没有像今天这样如此紧密地联系在一起，也从来没有像今天这样如此强烈地互动、冲突和交融。不难想象，人类未来的福祉将取决于人类命运共同体的构建。而如何构建人类命运共同体，将是一项任重道远的事业。在这一充满挑战和机遇的进程中，跨文化研究者肩负着义不容辞的光荣使命。”

2014 年 3 月 27 日，习近平主席在联合国教科文组织总部的演讲中指出：“文明因交流而多彩，文明因互鉴而丰富。文明交流互鉴，是推动人类文明进步和世界和平发展的重要动力。……对待不同文明，我们需要比天空更宽阔的胸怀。文明如水，润物无声。我们应该推动不同文明相互尊重、和谐共处，让文明交流互鉴成为增进各国人民友谊的桥梁、推动人类社会进步的动力、维护世界和平的纽带。我们应该从不同文明中寻求智慧，汲取营养，为人们提供精神支撑和心灵慰藉，携手解决人类共同面临的各种挑战。”习近平主席的精辟论述无疑为我国跨文化交际研究指明了方向，为我国跨文化交际研究的发展注入巨大的驱动力。

第十三章

对外语事业的杰出贡献

胡文仲从1984到1991年担任北京外国语学院副院长，1988到1991年担任国家教委外语专业教材编审委员会主任，1992年至1996年担任国家教委高等学校外语专业教学指导委员会主任。2001年当选为中国英语教学研究会会长。在如此重要的岗位上工作，胡文仲深感责任重大。他倾尽全力，研究国内外外语教育的历史与现状，通盘考虑国家外语教育宏观方面的问题，做了比较多的深入研究。二十多年间，他研究的外语教育问题主要涉及四个方面：一，培养复合型外语人才，改革目前的外语教学；二，制定国家语言政策和外语教育规划；三，培养高端外语人才，为国家的战略服务；四，与国际学术界接轨，申办在北京召开的世界应用语言学大会。

1991年，胡文仲辞去北京外国语学院副院长的职务之后，回到教学研究岗位，到北外外国文学研究所工作。当时王佐良教授任所长。胡文仲对澳大利亚文学依然情有独钟，在王教授的支持下，《外国文学》编发了几期澳大利亚文学专号，介绍澳大利亚小说、戏剧和诗歌。胡文仲在澳大利亚文学和跨文化交际两个领域培养博士研究生。与此同时，还担任高等学校外语专业教材编审委员会主任的职务，负责全国的外语教材编审和教学大纲等工作。

1992年，国家教委决定将高校外语专业教材编审委员会改为高校外语专业教学指导委员会，工作内容从教材和大纲扩大到为国家教委提供专业外语方面的咨询，包括外语专业毕业生的培养要求、培养途径、专业点教学质量的评估以及其他一些宏观方面的问题。教委任命胡文仲为高校外语专业教学指导委员会第一届主任委员，王佐良先生任顾问。胡文仲的任期是1992年到1996年，第二届主任委员为上海外国语大学的戴炜栋教授。

戴炜栋教授与胡文仲合作二三十年，多有交集，相知甚深。他在为《胡文仲英语教育自选集》所做的“序言”中说：

……胡教授殚精竭虑，一直致力于我国的外语教育改革事业。他在繁忙的教学研究、行政工作之余，曾先后主持了听说法试点、英语专业大纲制定、英语专业教材编审、复合型人才培养等工作，取得很大成效。作为中国英语教学研究会会长，他辛勤工作，不懈努力，通过国际学术会议、学术论坛等形式，使我国的英语教学研究得以蓬勃发展，尤其是在2005年7月23日，正是他代表中国参加了国际应用语言学会执委会和国际委员会联席会议，成功地争得了2011年第十六届世界应用语言学大会的主办权，为我国外语教育史增添了绚烂的一笔。

胡教授为人谦和，富有亲和力，我们曾在教育部高等院校外语专业教学指导委员会共事多年，当时他任指导委员会主任，我是副主任，兼英语组组长，我们经常一起讨论学术问题，拟定发展规划。他那平易近人、谦谦君子的风范，给我和其他同事留下了很深的印象。

我与胡教授虽然一南一北，相隔千里，却相交多年，友情甚笃。岁月流转，不觉我们都已两鬓风霜了，但老骥伏枥，志在千里。我们对我国外语教育事业的热爱和对外语改革发展的期盼却是常青的。[1]

两位学者的友情以及他们对我国外语改革发展的殷殷期盼，跃然纸上。

我国的外语教育从建国初期到20世纪80年代中期，培养的外语人才

1 引自《胡文仲英语教育自选集》（外语教学与研究出版社，2006年版）。

基本上都只掌握一门外语，教学侧重培养语言技能，专业课程主要是文学和语言学，毕业生在分配到工作岗位后通过工作获得一些专业知识，逐步适应工作需要，一般需要两三年的时间。无论是分配到外交外贸部门，还是新闻文化部门，或者中联部等部门，毕业生都需要一段学习和适应的过程。但是，这种模式在改革开放时期越来越不适应用人单位的需要，他们需要既掌握外语又懂一些专业的人才，能在短时间内适应工作。20 世纪 80 年代中期，胡文仲任北外副院长的时候，十分敏感地认识到培养复合型外语人才是大势所趋，就顺应时代潮流，率领一批有志于教学改革的老师在北外开始试点，取得很大成功，为后来在全国外语教育界推广培养复合型人才积累了经验。

1994 年国家教委制定了高等学校面向 21 世纪的教学内容和课程体系改革计划，目的也是为了解决毕业生适应用人单位需要的问题。1996 年外语专业教学指导委员会根据教委的改革计划决定首先在全国进行一次调查，成立了北方和南方两个课题组，胡文仲担任北方课题组组长，钟美荪任副组长，小组成员包括胡壮麟（北大）、黄震华[1]（对外经贸大学）、潘绍中[2]（外交学院）、王蔷[3]（北师大）、岑容林（北外亚非语系）和郑明秋[4]（北外教务处）。课题组负责规划，具体执行由王蔷和郑明秋负责。王蔷和郑

1 黄震华 (1941—)：广东梅县人 ，对外经济贸易大学教授。曾任对外经济贸易大学副校长，中华人民共和国驻芝加哥经济商务领事。并曾兼任国家教委高校外语专业教学指导委员会委员。

2 潘绍中：外交学院英语教授，《新时代汉英大词典》（21 世纪版）主编，商务印书馆辞书研究中心特约研究员，《英语世界》杂志顾问。

3 王蔷：北京师范大学外国语言文学学院教授，北京师范大学外文学院外语教育与教师教育研究所所长，教育部基础教育教学外语教学指导专委会主任委员。

4 郑明秋 （1952—）：吉林长春人，北京外国语大学俄语教授。1971 年入北京外国语学院俄语系学习，1975 年 2 月毕业留校任教。1984 年考取研究生，攻读词汇学专业。1988 年赴俄罗斯进修一年。曾任北京外国语大学教务处长，全国俄语教学研究会副秘书长。

明秋老师在胡文仲的具体指导下，分别设计制作了“用人单位问卷”和“毕业生问卷”两套。其中“用人单位问卷”主要包含四部分内容：对毕业生的基本评价，毕业生的外语知识与技能水平，相关知识评价，对毕业生能力评估和要求。“毕业生问卷”包含三个部分的内容：对自己的基本评价，课程评价，学校工作评价。这两套调查问卷，他们各印五千份，发往对外经济贸易大学、外交学院、南京大学、北京师范大学、北京外国语大学等五所院校近三至五年的毕业生及有关用人单位（国家机关、各部委、部分公司、企事业单位及教育单位），1993 级毕业班学生（英语及其他语种），共三千九百一十份进行了调查。为保证回收率，每份问卷还配有两张邮票，两个信封，以便调查对象回复。这次调查得到绝大多数用人单位和毕业生的大力支持，他们填写认真，比较全面地反映了那个年代教学状况和用人单位对毕业生的要求，问卷数据有较高的可信度。调查发现用人单位最看重的是毕业生的思想品德、敬业精神和团队合作精神。另外，他们对学生目前的知识结构不满意，认为应该培养既懂外语又具备一定专业知识的干部，而目前的毕业生在这方面有比较大的缺陷。毕业生和在校生对于知识结构的反映也与用人单位的意见基本一致。因此，培养复合型外语人才势在必行，成了大家共同的呼声。在这次比较全面的调查研究以及 20 世纪 80 年代初胡文仲在北外开展的培养复合型外语人才试点的基础上，北方课题组在 1998 年第三期《外语教学与研究》发表了两篇论文：《关于外语专业毕业生的调查报告》和《关于外语专业教育改革的思考》。胡文仲十分重视课题组基于调查了解基础上撰写的论文。从郑明秋老师仍然珍藏的论文初稿看，胡文仲做了大量的修改工作。字里行间留下他用红笔写的密密麻麻的字迹。南北两个课题组的研究，为国家决策提供了可靠的依据。李岚清副总理在北外和广外视察工作时都明确提出外语院系应该培养复合型外语人才以适应国家的需要。2000 年《高等学校英语专业英语教学大纲》经教育部批准公布，将复合型英语人才作为培养目标予以正式确定。

在培养复合型外语人才的执行过程中，也曾出现一些偏差。有的学校只考虑毕业生的就业，而对于大学的人文素质教育以及外语本身能力的培养有所忽视。胡文仲就此撰写了几篇论文说明外语专业不能只着眼于职业培训，而应该把大学的长远培养目标和培养复合型外语人才结合起来。

1998 年，胡文仲在香港举行的一次国际研讨会上发表了《英语再加什么专业知识：我们面对的两难局面》（*English plus What: A Dilemma We Now Face*）一文，指出培养复合型外语人才必须符合实际情况，不能操之过急；复合可以在不同层次实现，不能期望外语系本身解决整个知识复合的问题，因为师资问题只靠外语系难以解决。在澳门举行的“英语教学、翻译与 21 世纪国际研讨会”上，胡文仲发表了《职业培训还是人文教育：我国专业外语教学大纲的新方向》（*Vocationalization versus Liberal Arts Education: New Directions in Foreign Language Syllabus Design in China*）一文，指出人文素质教育在外语教育改革中不应忽视，不应把培养复合型外语人才理解为职业培训。

2006 年，胡文仲与孙有中教授合写了一篇论述人文素质教育的文章：《突出学科特点，加强人文教育》。在这篇文章中，他们指出：“在相当一个阶段，我国外语教育由于学生入学水平低下，一直将技能训练放在首要地位，人文素质教育在整个教育中的比重很小，导致外语专业毕业生人文基础差，批判性思维能力弱，对西方文化了解肤浅，对中国文化了解更少。提出培养复合型外语人才之后，外语院校的注意力转向开设体现‘复合’的经贸、法律、新闻等课程，人文教育更进一步被削弱，对于大学教育的总目标的认识更加模糊。”

2008年胡文仲又连续发表了《英语专业“专”在哪里？》《人文通识教育与英语教育》《关于我国英语专业教学改革的回顾和再思考》等论文，进一步论述外语教育需要全面筹划，将复合型外语人才的培养与大学教育的总目标联系起来。

长期以来，胡文仲关注的另一个重要课题是国家的语言规划和语言政策问题，特别是外语教育的规划问题，因为他认为这是涉及全国语言教育的大问题。所谓语言规划指的是一个国家对于语言使用的全盘考虑和所执行的政策，例如，确定汉语为我国的通用语，推广普通话，简化汉字，这些就是我国对于国内语言使用的基本政策，对于外语也同样需要有相应的规划和政策。例如，确定哪一种外语为第一外语，在中学开设哪些外语，在全国范围内需要开设哪些外语语种等。胡文仲在1997年发表了《语言规划刻不容缓》一文，指出1953年教育部决定只保留华东师大的英语系，取消所有其他师范大学的英语系，1954年初中不再开设外国语课程等决定是我们在外语教育规划方面的重大失误。尽管1956年以后，国家在外语教育政策层面纠正了前几年的失误，但中学英语师资缺乏而俄语师资过剩的局面一直延续到“文革”前夕。因为教育是长周期的事业，一个失误的影响往往会延续很多年。在中学原来设立的外语课包括英语、俄语、日语等语种，分布比较合理，但改革开放时期，英语教学的地盘越来越大，以致形成英语独大的局面。很多学校停开俄语、日语，只开设英语。结果学习俄语和日语的中学生的数目逐年减少。截止到2001年，在为数将近两亿的中小学生中，只有三十五万学生学习俄语，十二万学生学习日语。而在法国、澳大利亚等国家，中学设立的外语多达十几种。在《语言规划刻不容缓》一文中，胡文仲指出“迫切需要成立一个全国性的机构，调查语言使用的现实情况，研究语言规划中的许多政策问题，制定出中期和长期规划。”胡文仲在发表这篇文章之前，将初稿发给北京大学的胡壮麟教授和广州外国语大学的李筱菊教授，请他们提意见。李筱菊教授出于对胡文仲的关心，劝他不要批评得太过尖锐，希望语气再缓和一些。胡壮麟则提了一些具体意见。2001年，胡文仲又发表了一篇论述语言规划的文章：《我国外语教育规划的得与失》，列举了20世纪50年代我们在这方面的错误以及60年代在外语规划方面做出的正确决定。他在这篇文章中指出：

> 1964年在国务院领导下成立了外语规划小组，由高教部、教育部及外交部外贸部等外事部门参加，提出了外语教育七年规划纲要。这是在中央领导下首次就外语教育提出规划。规划纲要对于20世纪50年代在外语教育方面所犯的错误作了检讨。纲要提出了许多重要的方针，包括：专业外语教育与公共外语教育并重；学校外语教育与业余外语教育并举等。纲要同时对于发展外语教育提出了许多具体措施，包括新建和扩建一批高等外语院校，发展外事翻译培养基地，聘请外籍教师，派遣留学生出国进修和学习外语等。纲要特别提出：“学校教育中确定英语为第一外语，大力调整高等学校和中等学校开设外语课的语种比例。学习英语的人数要大量增加，学习法语、西班牙语、

阿拉伯语、日语和德语的人数也要适当增加；学习其他非通用语种的人数也要占一定比例。学习俄语的人数要适当收缩，适应实际需要即可。”这是首次在我国的正式文件中提出英语为我国学校教育的第一外语。七年规划是一个好的规划，但是由于“文革”的开始而未能真正贯彻执行。

1960年12月中共中央宣传部向教育部提出在全国几个大中城市办十所左右的外国语学校。1961年4月，教育部党组根据中宣部的指示，提出了《关于设立外国语学校的初步意见》。1962年8月，教育部向广东、四川、吉林、陕西省教育厅，北京、上海市教育局，北京外国语学院、上海外国语学院、四川外国语学院、西安外国语学院、中山大学、吉林大学发出《关于在若干大城市设立外国语学校的建议》。1963年5月召开了有关省市和高等院校筹办外国语学校的座谈会。同年7月发出《关于开办外国语学校的通知》。从1963年秋季起，全国共计有八所外国语学校开始授课。招生有两个起点：小学三年级和初中一年级（中国教育年鉴）。截至“文革”之前，全国共计建立外国语学校十四所。

从小学开始教授外语在许多国家都已经实行很久。在我国香港也是当地教育的一部分。即使在我国内地，在中华人民共和国成立之前，也有极少数小学阶段开始教授外语的学校。因此，从小学开始教外语本身并没有什么独特之处。但是，从20世纪60年代开始建立的外国语学校与一般小学的教外语有着重大区别。其一，一般小学教授外语是义务教育的一部分，而外国语学校的目的一开始就确定为“培养高级外国语人才”。1963年4月中宣部在对教育部的一指示中说：“有计划、有重点地开办一些外国语学校，对于培养具有一定基础的高级外国语人才是十分必要的。”（《中国教育年鉴1949—1981》）从所设语种也可以看出外国语学校的特殊性。一般中小学只教授俄语或英语，而外国语学校开设的语种包括英、俄、日、法、德、西等外国语。外国语学校办学的目标是为外语院系提供外语基础大大优于一般中学的生源，从而更有条件培养出高级外国语人才。其二，尽管外国语学校与一般中小学在课程设置上大致相同，但是，外语课时不仅比一般中小学增加，而且，由于外国语学校是住宿学校，学生学习外语的时间实际上大大超过一般中小学。再次，外国语学校的外语师资条件明显优于一般中小学，教学条件也优于一般学校，同时又是小班上课。正是由于这些特殊条件，外国语学校从开办起就显示出它的优越性，毕业生受到外语院系的欢迎。外国语学校输送给外语院系的学生经过进一步的培养，确实造就了一批高水平的外事人才。只是由于缺乏跟踪研究，目前还无法提供确切的数字。无论是外语教育七年规划的制订或是外国语学校的建立，都是出于当时国际形势和外交工作的需要，但同时也考虑到了教育本身的需要。换言之，当时的政治需要与长远的教育需要是一致的，因此，这两项措施不仅在扭转当年外语教育的偏向上起了重要的作用，而且，今天看来这些措施仍然是正确的，其中的许多精神和做法一直延续至今。例如，在“文革”之后，外国语学校陆续恢复，并且不断扩大。目前，经教育部批准可以为外语院系提供保送生的外语学校共有十三所，外国语学校的总数达到八十所。从广东外语外贸大学附属外国语学校所提供的统计数字来看，少的有 35%，多的有 70% 的毕业生进入外语院系继续深造。他们进入外语院系的起点比一般中学生高出很多。北京外国语大学英语系的教师根据多年来对于来自外国语学校的学生的观察，一般认为外国语学校的毕业生在大学入学时的英语水平相当于大学二年级上学期的水平。这些学生的英语基础较好，听说能力大大优于一般中学毕业生，因此，在大学阶段有条件学习更多的专业知识，或者学习第二种外语。1986 年北京外国语学院曾经办过一个英、法双语班，学生全部来自外国语学校，教学目标是学生在毕业时能够做英、法语的口译和笔译。学生入学后头两年主要学习法语，打下一个好的基础，同时用部分时间继续学习英语，在三、四年级英语、法语齐头并进，同时在专业知识方面有所长进。这个班的学生毕业时成为各用人单位最欢迎的一批毕业生，最早分配完毕。[1]

胡文仲深感只在学术期刊上发表文章还不足以引起有关政府部门的关注，无法尽快推动外语教学的改革。在一种强烈的责任感和使命感的驱使下，他与北外的全国人大代表钱青教授商议，请她在人代会上作为提案提出外语教育规划问题。钱青是英语教授、博士生导师、北外英语系英美文学教研室主任，曾多次被邀请到美国、英国、欧洲参加国际学术会议并宣读论文，在国际刊物上发表过多篇文章，任全国美国文学研究会副会长。作为英美文学专家，钱青是中国英语教学界最负盛名的英语教授之一。她

1 引自胡文仲：《我国外语教育规划的得与失》（《外语教学与研究》2001 年第 4 期）

对胡文仲的观点深表赞同，就让胡文仲起草一个提案，她答应带到会上去。胡文仲的具体建议是，在国务院下面成立一个相当于国家语委的机构，研究和制定国家的外语教育政策和规划。他本来以为只要把提案写清楚了，人大代表就可以在会上提出，后来才知道作为一个提案需要由钱青在会上征集其他人大代表的签名，签名够数才能作为提案提出。钱青做事历来极其认真，她把提案带到会上之后，在全国人大代表中逐个解释什么是语言规划，语言规划对于国家的意义以及胡文仲建议的要点等，征集签名。经过钱青的工作，胡文仲的建议终于作为正式提案提交给了全国人民代表大会，由大会秘书处转给国务院有关部门。几个月后，胡文仲收到全国人大秘书处的复信，告诉他提案处理结果。复信大意是教育部高教司下面已经设有外语处管理此事。而胡文仲知道外语处根本没有这个职能，它不可能负责制定国家的外语教育规划，但是，事情也只能到此为止。

关于培养高端外语人才的问题，一段时间呼声很高。尽管我国外语院系几十年来培养了大批外语人才，但是，真正高端的外语人才还是不能满足国家需要。改革开放以后，随着我国的国力增强，国际地位随之提高，与我国签约的“一带一路”相关国家与国际组织已经上升到一百三十多个，我国的国际影响力逐年增强。我国在国际组织中的工作人员的数量理应有大幅度的提高，但是，实际情况是中国职员的比例与我国的国际地位严重不符。在世界银行总部和各国办公室总共大约一万名员工中，只有将近二百名是中国人。中国驻联合国粮农组织代表牛盾表示，该组织在全球聘用了大约三千二百人，只有约五十名是中国国籍。

联合国系统的工作人员分为两类：地域分配和非地域分配。地域分配名额的限额是根据各国缴纳会费的数额确定的。以教科文组织为例，2011年地域分配名额的上限为二十四，下限为十五，中国实际占有名额为九，严重低于下限。也就是说，我们应该得到的最低名额都没有使用。非地域分配工作人员是根据工作需要的特殊性招聘的人员，没有国别限制，人员数额有限。现在，中国在联合国教科文组织中已经是缴纳会费最多的国家，按地理配额的工作人员额度已经上升到三十八到六十三名，但实际上只有十二位工作人员是中国人。

胡文仲与他多年前的博士生廖体忠[1]联系，向他了解国际组织用人的情况和要求。廖体忠时任国家税务总局国际税务司司长。他认为：在国际组织工作的人员应该具备三个条件；第一，工作岗位所需的专业知识，工作人员需要具备履行职责所必须的专业知识，比如：国际红十字会人员需要具备公共健康专业知识；国际气象组织工作人员需要具备气象学专业知识；国际税收组织工作人员需要具备税收专业知识。第二，过硬的外语能力，特别是高水平的写作能力和口头表达能力。第三，综合素质，包括智商、情商、美商、效率等，以上各项要求缺一不可。另外，国际组织的工作强度很高，工作人员要有健康的体魄和承受压力的心理准备。廖体忠说："从我个人参与国际组织工作的经验来看，外语是能力要求，专业是知识要求，综合能力是素质要求。纯粹外语专业毕业的公务员，其外语能力和非外语专业的公务员相比，口头表达和写作能力总体还好，但多数存在知识不足的问题，需要引起重视。"经过多方面的调查研究，胡文仲建议：为了培养双语和多语人才，在招生和教学方面大胆改革。目前国内较好的外国语

1 廖体忠：毕业于北京外国语大学，一直从事国际税务管理工作。2014年1月，任国家税务总局国际税务司台港澳办公室主任、司长。

学校和侧重外语的中学已经培养出少数掌握双语（英法、英德、英俄、英日）的高中毕业生，在招生中应挖掘这部分优秀生源。另外，在招生点上注意选择一些有双语基础的城市和地区，例如，延边地区有的学生入大学时已经有两种语言（朝鲜语和日语）的基础，在边境地区有的学生也有一些语言优势。在教学方面也应有相应的措施，在本科和研究生层次提供门类比较齐全的、国际组织需要的各类专业知识课程，由学生选修。

中国英语教学研究会首任会长是王佐良先生，第二届会长是许国璋先生。许先生 1994 年逝世后，研究会的工作一度停顿。2000 年国家教委高教司要求恢复研究会的工作，并将这个任务交给北外，指定胡文仲筹备研究会重新启动的工作。2001 年，秘书处李朋义与研究会的常务理事联系，在北京召开了研究会的常务理事会，在会上选举胡文仲为第三届会长，同时讨论了研究会下一步的工作。

中国英语教学研究会恢复正常活动之后，立即开始筹备第三届中国英语教学国际研讨会，会议筹备组向全国各外语院校发出通知，号召教师积极参加。第三届大会于 2001 年 5 月 19 日到 22 日在北京华润饭店举行，大会主题为："21 世纪中国英语教学——理论与实践"。与会者国内达千人，国外学者几十人，提交论文五百多篇。秘书处设在外研社，因此，会务工作都是外研社的工作人员和社领导承担，社长李朋义、副社长徐建中亲力亲为，全力以赴。李朋义掌握全局，而徐建中则驻守会场，最早到达会场，最后一个离开，对于会议细节一一落实。会议得以顺利举行，对于大会的会务工作与会者都赞不绝口。第四届中国英语教学国际研讨会于 2004 年 5 月 21 日至 25 日在新建成的外研社国际会议中心举行，大会主题为："中国英语教学的新方向"。来自二十多个国家共一千五百余名代表参会，宣读论文八百篇。这次会议的征稿工作从前一年的9月份即已开始，征稿时设定每篇论文提要的字数500至800英文词。全部提要汇总起来合计有上百万字。会期临近，而会议手册的编制和校对进展缓慢，刘相东决定进驻排校厂，住在厂里，吃在厂里，开启了校对、录入修改、核红、再校，连轴转的模式。经过五天五夜的苦干，终于完成会议手册的全部核校工作。手册得以顺利完成，下发各位会议代表。第五届中国英语教学国际研讨会暨第一届中国应用语言学大会于2007年5月16日至21日在外研社国际会议中心举行。大会主题为："信息时代的语言、教育与社会"，来自三十多个国家和地区的一千五百余名代表参会，宣读论文六百篇。

除了在国内举行大型的教学研讨会以外，新恢复工作的中国英语教学研究会还决定申请参加国际应用语言学学会（International Association of Applied Linguistics，缩写为AILA）成为学会会员，并且向学会提出在北京举办下一届世界应用语言学大会的申请。

国际应用语言学学会于1964年在法国南锡（Nancy）宣布成立，是应用语言学领域具有权威性的国际组织，有位于欧洲、非洲、亚洲、拉丁美洲和北美洲的32个单位会员，共有个人会员8000多人。国际应用语言学学会成立之初，主要议题是自动翻译、外语教学和欧洲国家之间的学术合作。第二届大会在英国剑桥大学召开，会议主题围绕心理语言学、社会语言学和对比语言学。随着时代的发展，应用语言学的涵盖面不断扩大，目前已经公认不仅包括语言教学，而且包括词典学、翻译学、言语病理学、社会语言学、心理语言学、计算语言学、生理语言学、文体学等。从在美国召开的第十四届大会的论文来看，应用语言学研究至少包括如下的内容[1]：

1. 成人语言学习
2. 学生自主学习语言
3. 语言与商业
4. 儿童语言
5. 对比语言学与错误分析
6. 语篇分析
7. 语言与环境
8. 教育技术与语言学习
9. 外语教学方法与教师培训
10. 法律语言
11. 浸入式教育
12. 口译与笔译
13. 语言接触与语言变化
14. 多语环境下的语言与教育
15. 辞典编纂学与词汇学
16. 语言与性别
17. 认字与读写
18. 语言规划
19. 专门用途语言

1 所列二十六项摘自第十四届世界应用语言学大会的议程。胡壮麟教授认为至少还应该包括对于语言能力有障碍者的研究、机器翻译、古文字释读等。

20.语言与媒体

21.母语教育

22.心理语言学

23.修辞与文体学

24.哑语

25.第二语言习得

26.评估与考试

由此可见，外语教学只是应用语言学的一部分。许多内容都是我国英语教学会议从来没有涉及或很少涉及的。有些属于社会语言学的范畴，例如，语言与性别、语言与媒体、语言与环境、语言与商业、语言接触与语言变化等。有些属于母语教育的范畴，例如，母语教育、认字与读写、儿童语言等。有些属于民族语言学的范畴，例如，多语环境下的语言和教育。有些是特殊研究领域，例如哑语。我国学者王佐良、胡壮麟、方琰、张德禄、周光亚等曾经出席过以往的大会。通过这些会议，他们也开阔了眼界，对应用语言学研究有了一定的认识。多年以前，桂诗春等知名语言学家就曾提出我国应正式参加国际应用语言学学会，成为会员的建议，但由于各种原因这一建议始终未能实现。进入新世纪，参加这一国际学术团体的条件业已成熟，我国在 2001 年正式申请参加，2002 年被批准成为会员国。对外代表我国的是中国英语教学研究会。

在 2001 年召开的第三届中国英语教学研讨会期间，中国英语教学研究会常务理事会决定在加入国际应用语言学学会后立即申办第十五届世界应用语言学大会。之后又召开了协调小组会议，征求各方面的意见。出席协调小组会议的有广东外语外贸大学桂诗春教授和王初明教授、上海外国语大学戴炜栋教授、北京大学胡壮麟教授、上海交通大学杨慧中教授、浙江大学邵永真教授、社科院语言研究所顾曰国教授、北京外国语大学胡文仲教授、吴一安教授和研究会秘书长李朋义等共十人。出席会议的各方人士一致同意常务理事会的建议，认为如果能在我国召开世界应用语言学大会，一定会极大地推动我国应用语言学方面的研究，促进我国语言学研究与国际接轨，提升我国的语言学研究水平，并且可以借此机会将我国的研究成果展示给国外的同行。与会者还认为，我们不仅要把传统的应用语言学的内容包括在我们组织的大会议程中，而且应该反映我国应用语言学研究的特色，使他们了解中国在应用语言学研究方面取得的成就。世界应用语言学大会在国外召开时，我国能够参加大会的只是少数从事外语教学研究的学者和教师，很多有成就的其他领域的学者或因为语言困难、或因为资金短缺无法出席会议。如果大会在国内举行，情形就会大不一样。倘若会议允许使用汉语发表论文，由会议提供翻译，出席会议的代表的构成就会大大改观，会议的学术水平也肯定会大为提高。总之，大家就积极申办达成共识，认为对我国外语教学这是一件功德无量的大事。

2002 年 12 月，国际应用语言学学会在新加坡召开第十三届大会。会前召开了国际应用语言学学会执委会和国际委员会的联席会议。胡文仲代表中国英语教学研究会作为国际委员会委员，第一次参加联席会议。会上由德国和中国代表分别陈述申办第十五届大会的理由。胡文仲和他的同事虽然在会前也做了准备，但毕竟没有相关经验，比起早已是会员单位的德国还有不小的差距。与会的德国同行不仅准备了制作十分专业的多媒体光盘，全面介绍了召开大会的城市埃森，而且特别强调从欧洲各个国家到埃森无论是乘飞机还是自己开车都十分方便，以此争取欧洲国家代表的选票。他们对于会议的议题以及财务预算也做了详细的阐述，并且带来埃森市长支持德国应用语言学会主办大会的亲笔信，以及一些资助单位的许诺。相比之下，中方的准备工作比较仓促，考虑得也没有那么细致。双方陈述之后付诸会议表决，表决后国际应用语言学学会主席克里斯·坎德林（Chris Candlin）宣布中国得了十三票，德国获得二十多票，德国获得了第十五届大会的主办权。宣布投票结果之后，胡文仲作了一个简短发言，首先对德国代表表示祝贺，接着说，中国不会轻易放弃，我们将一次再次申办，直到取得主办权。委员们对于他的表态报以热烈的掌声。会后，新加坡代表对胡文仲说，中国首次参加会议申办大会就获得十三票，这说明中国很有人缘。韩国代表半开玩笑地说，你们要举办奥林匹克运动会，又要举办世博会，如今又要举办世界应用语言学大会，现在什么都是你们中国了。胡文仲听了心里充满骄傲之情，但也更感担子沉重，责任重大，决心学习别人的长处，把工作做得细致入微，一定拿下这样一个具有重要意义的国际会议的举办权。

新加坡大会之后，胡文仲和他的同事们在各方面继续做工作，为下次再申办做准备。2004 年 5 月，中国英语教学研究会在外研社国际会议中心举行“第四届中国英语教学研讨会”，国际应用语言学学会主席苏珊·加斯（Susan Gass）应邀参加会议，并作主旨发言。这次会议让她有机会看到国际会议中心良好的会议设施和工作环境。会议间隙胡文仲还征求她的意见，希望得到她的指教。她很坦率地告诉他，主会场还不够大，中型会议室还不够多，周边设施和通往会场的道路对于残疾人的特殊需要考虑不足。苏珊·加斯还提出，会议中心离市区较远，这样大型的国际会议需要提供更便捷、舒适的交通工具。那年冬天，在国际应用语言学学会秘书长卡尔菲尔德·克纳普（Karlfield Knapp）教授访问北京期间，胡文仲又邀请他参观了国际会议中心。卡尔菲尔德·克纳普访问广州期间，胡文仲和陈建平副会长又与他坦诚地交换了意见。他对于会议议题、会议语言、交通工具、会议设施等提出十分具体的意见。他特别强调，不能把大会开成一次英语教学会议，因为外语教学只是应用语言学的一部分。苏珊·加斯和卡尔菲尔德·克纳普的这些意见使胡文仲在准备 2005 年申办报告时做到了心中有数。为了表示对国际应用语言学学会工作的支持，秘书长李朋义以外研社和中国英语教学研究会的名义向国际应用语言学学会捐赠三千美元，作为团结基金的一部分，资助经济上比较困难的代表出席大会。事后证明，作为会员单位，我国捐献的数额最大，列在捐献名单首位，给国际应用语言学学会执委会和国际委员会委员们留下很好的印象。通过这一系列的工作，胡文仲体会到这实际上是学术领域的外交活动，每件事都必须精心策划，细心安排，才能做好团结各国学者的工作。

2005 年 5 月，在赴美参加第十四届世界应用语言学大会之前，胡文仲准备了书面报告，通过电子邮件发给国际应用语言学学会秘书处，经由他们转发给所有委员。秘书处刘相东会同音像中心准备了介绍北京和会议中心的多媒体光盘。在制作光盘的过程中，无论文字、图像、录像、音乐、还是配音，都充分考虑到不同国家代表的欣赏习惯和审美情趣，做到既宣传自己又不强加于人，既传递信息又给人以美的享受。

2005年7月23日，胡文仲和刘相东出席了国际应用语言学学会执委会和国际委员会联席会议。在会上，他们首先播放了带去的光盘。十三分钟的精彩介绍给委员们留下很好的印象。播放光盘后，胡文仲做了简短的说明。他说："诸位刚才看了我们的多媒体介绍，都是讲的好的方面，现在我来讲讲问题和不足之处。"他一如既往地真诚待人，着重讲了目前会议设施和其他方面存在的缺陷，承认会议中心目前的规模还不能满足大会的需要，也承认中国英语教学研究会主办一次世界应用语言学大会在学术方面存在局限性，但是，他同时指出，会议中心将在近年内扩建，以满足2011年大会的需要。在扩建过程中一定会考虑会议的各种需求，满足大会和中型会议的需要以及残疾人的特殊需要等。胡文仲还着重说明作为会议组织者，他深知并且理解国际应用语言学学会的宗旨和委员们的担心，中国英语教学研究会将联合国内其他学术组织，保证把在中国首次召开的应用语言学大会开得有声有色，圆满成功。胡文仲晓之以理，动之以情，委员们听了颇为感动，也提出许多具体问题。他们表示特别希望能够听到中国应用语言学研究人员的学术见解，而不是只与外语教师打交道。有的委员提出，中国语言学家如果使用汉语宣读论文，我们准备如何解决会议的语言问题。胡文仲答应，可以提供详细的英文摘要，同时在会场配备学生做翻译，但是不能提供同声传译。胡文仲解释说，高质量的同声传译在北京十分昂贵，以我们的财力是承担不起的。有的委员提出，少数民族地区的双语教育能否列入议题？胡文仲深知，长期以来，我国研究汉语语言学的学者、研究外语教学的学者与研究民族语言学的学者相互联系甚少，在学术上互不通气，这种现象由来已久。如果能够利用主办这次世界应用语言学大会的机会把这些领域的学者联合起来，将会大大有利于我国应用语言学的发展，有利于我国学者间的学术交流，也有利于我国与国外的语言学家交流学术成果。于是，他欣然应允，表示可以取得民族语言学家的协助，请他们提交这方面的论文。委员们还提出有关旅游、住宿等方面的问题。总之，大家的问题很多，原议程规定申办陈述只有三十五分钟，但实际上进行了近一个小时。有些问题胡文仲事先有准备，例如，会议语言问题、住宿问题等。但有的问题事先没有准备，例如民族地区的双语教育问题，但是，他觉得经过努力这些问题都可以解决，都可以做到，所以心里还是有几分胜算。按规定，回答问题之后，胡文仲和刘相东退场，联席会议展开讨论并投票。大约过了十多分钟，国际应用语言学学会主席苏珊·加斯把他们召回会场，并大声说：Congratulations（祝贺）！与胡文仲热情握手，带头鼓掌，接着会场响起热烈的掌声。这次申办虽然悬念不大，但是，不到最后的结果公布，总是放不下心来。现在听着耳边响起的掌声，胡文仲终于松了一口气。联席会议结束后，许多国家的代表走上前来与胡文仲和刘相东握手，表示祝贺。有的委员说，你们的申办报告说明你们很愿意和国际应用语言学学会合作，开好这次大会。执委会委员、澳大利亚代表理查德·巴尔道夫（Richard Baldauf）说："你们的态度很开放。听了觉得很有说服力。" 第二天，大会开幕式上，苏珊·加斯宣布2011年在北京召开第十六届世界应用语言学大会，大屏幕上出现 AILA 2011—Beijing，China 的字样，全场响起长时间的、热烈的掌声。胡文仲激动万分，出席大会的中国代表——无论是从国内去的，还是正在国外留学的——都特别高兴。申办成功，充分说明中国英语教学研究会是国际应用语言学学会的重要成员，在推动应用语言学研究方面中国将会做出自己的贡献。

2008 年 8 月 24 至 29 日，中国英语教学研究会会长文秋芳教授、外研社高英分社社长常小玲女士一行代表下一届大会承办方赴德国埃森参加第十五届世界应用语言学大会（AILA2008）。按照世界应用语言学大会的传统，8 月 26 日晚七点半，中国英语教学研究会、北京外国语大学和外语教学与研究出版社在杜伊斯堡—埃森大学的 AudiMax Lecture Theatre（大演讲厅）举办“Beijing Night 2008”（“北京之夜 2008”）活动。常小玲社长、陈海燕副社长、英语教学研究会秘书段长城、外研社驻杜塞尔多夫孔子学院邓晓菁一同布置会场。那一夜，大红灯笼高高挂，为会场带来了浓郁的中国风韵。四十张高脚桌上燃着小蜡烛，撒满了黄色的玫瑰花瓣，墙上是大幅的 Welcome to Beijing（欢迎来北京）的 AILA2011 海报。入口旁设了签名墙，各国学者用不同的语言签下了自己的名字，纷纷表达了对中国的祝愿，并表示将到北京参加 2011 年的 AILA 大会，签名墙也成了当晚最受欢迎的摄影背景。约一千人出席了活动，可容纳近千人的演讲厅座无虚席。

国际应用语言学学会秘书长卡尔菲尔德·克纳普教授首先致辞，介绍了中国英语教学研究会及会长文秋芳教授，并表达了国际应用语言学学会对中国的支持与期待。之后文秋芳教授代表下一届世界应用语言学大会承办方发表了热情洋溢的讲话，详细介绍了承办单位、筹备工作、下届大会的举办地及特色，欢迎各国学者到北京参加下一个应用语言学界的盛会，并请大家观看介绍会议设施与北京文化的 AILA2011 宣传片。会场的便利、丰富的文化、北京城的魅力深深吸引了大家，赢得了阵阵赞赏与掌声。[1]

2011年，夏末秋初，丰收的季节，被誉为国际应用语言学界“奥林匹克”的盛会——第十六届世界应用语言学大会于8月23日首次在中国隆重召开，来自世界六十三个国家和地区一千四百八十位应用语言学专家学者欢聚一堂。国际应用语言学学会主席马丁·拜盖特[2]教授在开幕式发表演讲，表示在中国召开的第十六届世界应用语言学大会将是一届内涵丰富、独具特色的大会，欢迎全世界的专家学者与会。他代表大会主办方对为会议举办付出不懈努力的中国英语教学研究会、北京外国语大学、外语教学与研究出版社等承办方表示感谢。他还说：“应用语言学作为一门理论性、实证性的学科，因其广泛的包容性不断发展，国际应用语言学学会和各国分支机构也推动着应用语言学紧跟时代步伐，朝着新的研究领域发展。相信本次大会一定能够取得卓著成果，圆满成功。”

第十六届世界应用语言学大会的主题富有深刻的学术意义和鲜活的时代内涵，引起与会学者的广泛关注和热烈讨论。“和而不同”“和谐发展”折射出中国哲学的内涵，同时也是全球化趋势下社会、文化、语言发展的关键因素。在这一主题下，不同文化背景的众多专家学者深入研讨、广泛交流，对世界应用语言学、语言教学与研究，以及相关领域研究的和谐发展、学术繁荣起到了极大的推动作用。国际应用语言学学会主席马丁·拜

---

1 以上内容引自《第15届世界应用语言学大会“北京之夜”活动总结》。

2 马丁·拜盖特（Martin Bygate）：兰卡斯特大学名誉教授，主要研究方向为任务型语言教学。与弗吉尼亚·萨穆达（Virginia Samuda）合著《第二语言学习中的任务》（外语教学与研究出版社出版，2021年）。该书从哲学基础和方法论的角度，根据大量理论研究和实证研究的结果，探讨了任务的本质、任务的理据、任务在语言学习中的作用和价值以及任务在第二语言教学中的应用，对任务型语言教学研究者具有重要的参考价值，对任务型语言教学研究具有积极的推动作用。

盖特教授认为，在应用语言学研究领域，正是因为多样的、不同的研究分支相互影响、相互启发，才使得应用语言学成为一个充满活力的和谐整体。而在世界应用语言学大会上，不同国家、不同学术背景的学者深入研讨、广泛交流，本身就是“和谐”理念的重要体现。在为期五天的会议中，各国应用语言学专家和研究者围绕大会主题和各分议题展开充分交流。

“中国社会科学院顾曰国教授所做的开场主旨发言题为《以“经验”开拓应用语言学研究的新趋势》，从语言作为生活经验的全新视角向与会者展示了经验语言学广阔的发展空间、丰富的研究内涵，以及在应用语言学领域不容忽视的重要地位。奥地利维也纳大学芭芭拉·塞得豪佛[1]教授在题为《以英语母语者为中心的态度以及英语的全球化》的发言中指出，面对全球化的趋势，世界各国所采取的应对方式就是加强本土化；然而，在强调本土化的同时，使用英语已成为国际化的标准。英国阿斯顿大学马尔科姆·库塔（Malcolm Coulthard）教授在主旨发言《法律语境中的应用语言学》中简要阐述了法律语言学十八年来的发展历程，介绍了该研究领域为促进法律专业人士与普通民众有效交流而取得的成果，并从三个方面向与会者展示了法律语言学的研究重点：法律文本，法律程序中的口语以及作为法律证据的语言。新西兰奥克兰理工大学艾伦·贝尔[2]教授在题为《语篇分析与解释弧：研究媒体文本的新方法》的主旨发言中，强调作为‘解释弧’概念中的诠释者，我们应努力去解释与揭开文本背后的含义，抓住文本内涵核心、有扬有弃，以新鲜和开放的目光重新审视自己与社会。美

1 芭芭拉·塞得豪佛（Barbara Seidlhofer）：奥地利维也纳大学教授与 G. 库克（Guy Cook）合著《应用语言学的原理与实践》（上海外语教育出版社，1999 年版。）

2 艾伦·贝尔（Allan Bell）：新西兰奥克兰理工大学教授，著有《媒介话语的进路》（中国人民大学出版社，2016 年版）。

国密歇根大学黛安·拉森－弗里曼[1]教授的主旨发言题为《将语言习得变为语言发展》。她认为我们应赋予应用语言学重点研究领域一个更为准确的名称：第二语言发展（Second Language Development，简称SLD），并提倡研究者从学习者的角度认识并理解学习者行为，在研究语言学习者时摈弃传统视角，采用动态系统理论探索语言学习过程。

此外，大会还特别邀请了英属哥伦比亚大学帕特里夏·达夫（Patricia Duff）教授、北京大学高一虹教授、荷兰格罗宁根大学马卓林·沃斯普尔（Marjolijn Verspoor）教授和基兹·德博特（Kees de Bot）教授等著名学者主持了不同的特邀专题研讨。

大会期间，共进行主旨发言五场、特邀专题研讨八场、专题研讨六十一场、研究兴趣团队研讨九场、工作坊七场、宣读论文七百六十九篇、展示论文五十六篇。围绕各分议题的大小专题研讨、工作坊、论文宣读等多种形式的分组会议，使参会者如置身于丰富的学术盛宴，受益匪浅。"[2]

会议历时五天，8月28日，在北京外国语大学圆满闭幕。从2005年胡文仲挂帅申办到2011年第十六届世界应用语言学大会在北京成功举行，胡文仲和他的同事付出巨大的努力。他们为推动世界应用语言学的研究与发展在中国搭建了一座极好的平台，将"多样中的和谐"的理念传递到世界各地。同时，大会提高了我国应用语言学研究在国际上的影响和地位，加强了我国应用语言学家和国际同行的学术交流，有力地推动了我国应用语言学和外语教学研究的发展。胡文仲和他的团队不但兑现，还远远超过

1　黛安·拉森－弗里曼（Diane Larsen-Freeman）：美国密歇根大学教授，著有《第二语言习得研究概况》（外语教学与研究出版社，2000年版）。

2　以上引自第16届世界应用语言学大会总结。

他在申办会议上做出的承诺。许多参会专家学者都称赞大会组织得有条不紊、效率极高。中国英语教学研究会、北京外国语大学、中国外语教育研究中心和外语教学与研究出版社作为大会承办方，从基础设施、学术支持、筹备组织和人员服务等方面投入大量人力物力，为参会专家学者专注学术研讨、享受北京之行提供了有力保障。大会周全的安排、个性化的服务和富有创意的细节成为展示中国文化的窗口，也体现了中国人的智慧。大会主旨发言人、新西兰奥克兰理工大学的艾伦·贝尔（Allan Bell）教授用“完美”形容他对这一届世界应用语言学大会的印象。[1]

2011 年，为这届大会在中国举行呕心沥血的胡文仲，看到会议圆满成功，备感欣慰。那时，他虽然已经不再担任会长，但仍然怀着拳拳之心，对我国应用语言学的发展给予无限的希望。 会议期间，他接受了“搜狐教育”的采访。他在回答主持人的提问时，表达了他的心愿，那就是希望我们中国学者能以这次会议为契机，开拓进取，在应用语言学领域创立“中国学派”。

搜狐教育主持人：刚才听到胡教授的介绍，能够举行这样一次会议是很重要的事。另外我们知道目前您还在担任中国英语教学研究会名誉会长等多项职务，一直致力于我国英语教学与研究的发展，做出突出的贡献。如今世界应用语言学大会在中国召开了，实现了您的一个愿望。您对未来中国外语教学与研究有什么更高，或者是更远的期待吗？

胡文仲教授：我想最重要的是要有创新精神，这是最重要的，当

1 以上关于会议的情况，部分资料来源于“搜狐教育”2011 年 8 月 29 日新闻报道。

然大家都在做学术研究，也都有成果，也都拿得出论文，甚至于撰写出版专著，但是最重要的一点是不管你是写一篇论文也好、写一本专著也好，搞一个论文集也好，具有创新精神是非常重要的。我们中国应用语言学如果要有进一步的发展的话，一定要在创新上面下功夫。因为现在说起来，很多的理论都是来自于欧洲、来自于美国，来自于应用语言学发展比较好的一些国家，我们国家应用语言学方面也做了很多的工作，但是还不够，还需要强调创新。

我们现在还没有中国的学派，将来是不是要有中国的学派呢？我们研究必须要有自己创新的理论。研究方法也很重要，社科院顾曰国教授做了一个很好的主旨发言，他现在所研究的东西就很新，因为语料库大家都做，文字的语料库做起来，过去很难，现在比较容易，还有口语的语料库，也有人做。顾曰国教授现在做的是录像的语料库，把声音、图像、动作、表情、语言文字全都弄在一起，研究录像的材料很不容易，当然它是和语言文字结合起来进行的，他现在已经录了几万小时的录像材料，这是带有独创性、独创精神的，成功了就有很大的意义，过程中有一些挫折也是很有意义的，因为这是创新的研究。

建立中国学派！胡文仲，作为英语教育家的胸怀、眼光由此可见一斑。为了把"中国学派"真正建立起来，就必须把应用语言学研究继续推动下去。接任胡文仲做中国英语教学研究会会长的文秋芳教授深情回忆道："胡文仲教授为中国应用语言学的发展做出开创性的、巨大的贡献。为了把这一事业继续下去，他十分注意培养和提携后人。他卸任之前，推荐我做会长。我忐忑不安，生怕自己才疏学浅，难以胜任。但胡老师一直鼓励我，支持我，为我保驾护航。他还推荐我做国际应用语言学学会执行委员。为了达成这个目标，他私下里找日本和韩国代表做工作，赢得了他们的支持，使我顺利进入‘执委会’，为我们中国学者赢得更多的话语权。”文秋芳教授著作等身，是北京外国语大学博士生导师，中国外语与教育研究中心专职研究员，北京外国语大学许国璋语言高等研究院院长，国家教材委员会外语学科专家委员会主任，中国英汉语比较研究会副会长，亚洲英语教学研究会副会长。她不负胡文仲重托，把应用语言学学会的工作搞得有声有色。

第十四章

几度夕阳红

2000年吴祯福正式退休，但胡文仲此时还肩负着各种重任，包括国家教委安排的工作、指导博士研究生、主编《外国文学》等。

《外国文学》创刊于1980年，是国内外国文学研究领域历史最长、影响最大的专业学术刊物之一。刊物首任主编是王佐良教授。1991年，胡文仲从北外副院长位子上退下来之后，调到外国文学研究所，协助王佐良教授工作，之后接替王教授，任主编。王佐良先生办刊物很有经验，曾经创办学术期刊《西方语文》，还主编过多语种的《文苑》。他任主编期间，把《外国文学》定位为"一个以介绍外国作品为主的普及性刊物，尽量做到雅俗共赏……同时，努力把刊物办成一个严肃的文学性刊物。"王佐良教授任主编的十年期间，《外国文学》的学术水平逐步提升，刊物内容不断扩大充实，评论文章的比重逐渐增加，获得大学教师、研究生和外国文学爱好者的好评，确立了刊物在我国的学术地位。

胡文仲接手之后，一直遵照王佐良先生的办刊方针，决心坚持文学特色，追求开阔的视野，把《外国文学》打造成国内介绍和研究外国文学的重要平台。但是这个过程并非一帆风顺。当时，"以市场为导向"风头正健。为了盈利，不少刊物改变办刊方向，主打国外畅销小说的翻译，销量大增。而《外国文学》由于坚持学术导向，以发表纯文学作品为主，很长一段时间，印数一直徘徊在五千册上下。即使学校给予一定的补助，财务上还是相当紧张，稿费比畅销杂志低几个档次，开展活动也十分困难。有的单位曾与胡文仲商谈，想借这块"风水宝地"，盈利生财，而且定了一个明确的目标——让《外国文学》上报摊。他们认为，如果在书报亭能买到《外国文学》，那就是成功。胡文仲和编辑部的同事深知，要让学术杂志上报摊，就得彻底改变刊物的性质，改变办刊方向。只能着重介绍国外畅销小说，不再以介绍严肃文学为主导，学术评论和研究都要让位。

为了保留一块外国文学研究的净土，胡文仲坚持刊物原来的学术定位，不以畅销与否论成功，不以迎合读者趣味为目标，不以盈利为目的，即使一贫如洗也不改初衷。市场经济对于《外国文学》的冲击还不止于此。有一段时间，有些学术刊物为了增加收入，向作者收取版面费。有的作者也曾向编辑部表示愿意付给版面费。《外国文学》财务上虽然一直拮据，甚至可以说是清贫，但胡文仲深知，一旦打开收取版面费这个口子，刊物的质量就无从保证，《外国文学》就会彻底变味。为了扩大刊物的影响，提高刊物的质量，胡文仲和编辑部的同事另辟蹊径，从 2001 年起，他们就开始与各大学合作举办各种专题的学术研讨会，一方面推动了国内的外国文学研究，另一方面也从这种交流活动中汲取营养，进一步改进刊物。由于胡文仲和他的同事坚持正确的办刊宗旨和方向，《外国文学》一直都是我国中文核心期刊，中文社会科学引文索引（CSSCI）来源期刊和中国人文社会科学核心期刊（AMI）的 A 刊核心期刊，2018 年又被评为国内学界最受欢迎的二十种人文类学术期刊之一。

“忆往昔峥嵘岁月稠”。2020 年 10 月 31 日，胡文仲在《外国文学》创刊四十周年纪念会上动情地说：“……这是《外国文学》编辑部全体同仁多年努力的结果。在这里应该提到已故副主编李德恩[1]老师，他在世时为

1 李德恩：研究员，曾任《外国文学》副主编、中国西班牙、葡萄牙、拉丁美洲文学研究会理事。

刊物做了大量的工作。对姜红[1]、马海良[2]两位在任副主编、对编辑部主任李铁以及编辑部所有工作人员表示衷心的谢意。在我任主编期间，是他们承担了杂志的绝大部分工作。在这里还要感谢文学所所有同事的支持，特别是原所长王炳钧教授的支持和帮助。感谢编委会各位专家的指导和来稿。正是文学所、编委会和编辑部所有同仁的坚持和努力才保住了外国文学研究的这块重要阵地。2014 年我退休后，金莉教授继任主编，《外国文学》进入一个新的阶段，取得了更加优异的成绩。可以说，我们无愧于王佐良先生的嘱托，我们没有辜负广大作者和读者对我们刊物的期待。”

他语重心长，像以往一样，对跟着他的脚步走过来的年轻一代寄予厚望。

胡文仲还是《外语教学与研究》编审委员会成员，为这份由中华人民共和国教育部主管，北京外国语大学主办的国家重点学术期刊的发展，做出一个英语教育家应有的贡献。2007 年，他在《外语教学与研究》创办五十周年之际，发表《怀念与希望：〈外语教学与研究〉创办五十周年感言》，充分表达了他对这份刊物的深情。

> 半个世纪前，诞生了我国的第一份外语学术期刊——《西方语文》。这是我国外语界的一件大事，可以说它开创了我国外语学术研究的一个新纪元。打开创刊号的目录，我们看到的是这样一些令我们肃然起敬的名字：朱光潜、范存忠、方钜成、岑麒祥、李赋宁、郭临阁、孟复、柯鲁克、鲍文蔚、王佐良、水天同、初大告。这些大师级的作者都已

1 姜红：博士，教授，北京外国语大学外国文学研究所所长，《外国文学》副主编。

2 马海良：教授，博士生导师，北京外国语大学英语学院教授，《外国文学》副主编，中国比较诗学与外国文论研究会副会长。

经离我们而去，但是他们给我们留下了一份珍贵的遗产，这就是放在我们面前的《外语教学与研究》。

《外语教学与研究》的创刊人和此后的办刊人都是怀抱着一种理想来办杂志的。王佐良先生把刊物定在一个很高的学术起点上，他要求作者写出第一流的学术论文，要言他人之所未言：文章不仅学术水平要高，而且要有文采。他动员了一批当时国内在西方语文研究处于前沿的学者为刊物投稿，从一开始就营造了浓厚的学术氛围，确立了很高的学术水准。他对于书评更情有独钟，在刊物上专门开辟书评专栏，有时一期刊登五六篇。他还曾想创办一份专门从事书评的刊物，但可惜的是他的这个理想未能实现。提到《外语教学与研究》的创刊和早期的工作，有一位学者的名字应该提到。这就是林学洪先生。他是王先生的得力助手，负责杂志的具体编辑工作。他本人学识渊博，精通英、俄、法、西等多种外语，对于国外的语言学研究和教学法研究动态一直跟踪，这在当时是极为难得的。他为人低调，做事踏实细致，从不宣扬自己。这可能是人们对他不够熟悉的原因。20世纪80年代他出任外语教学与研究出版社的总编，为出版社又做出了突出的贡献。许国璋先生对他也十分欣赏，也常与他探讨学术问题。许先生继任主编之后，在《外语教学与研究》上倾注了他全部的心血。他把刊物的质量视为生命，他不仅自己为刊物撰稿，还对于刊物的内容经常给予点评。他所写的“编者的话”无不充满对于外语教育和我国外语学术研究的关注，无不充满对于奋战在教学第一线的中青年教师的钟爱。可以说，篇篇都是肺腑之言，篇篇都是睿智之作。在《外语教学与研究》

1990 年第四期的“编者的话”中，他语重心长地指出，不能只是引进外国的语言学理论，应该在引进的基础上做出自己的独创性的研究。他说：“目前，我们的引进已经颇有一些了。主导者问道于法坛，论道于大学，著述不息，与海外诸贤同声响，引进之功，可谓伟矣。但是，引进以后怎样？我们深盼早日看到以汉语为基础的语义学、语用学，看到以本土语言为资源的一本生成语法和一部功能语法。”著名语言学家韩礼德也曾不止一次说过，中国语言学家要做出成绩必须以汉语为材料从事研究。许先生的这些话今天读了仍然觉得语重心长切中要害。

《外语教学与研究》是我国外语教育和学术研究的一面镜子。翻看杂志的各期我们看到的是我国外语教育和学术研究的一部历史，它既记录了开创初期的学术成果，也记录了政治运动对于我国外语教育的干扰，还记录了我国外语教育改革和语言学研究的发展历程。《外语教学与研究》五十年来始终如一地坚持高标准高质量，在我国外语教育和外语学术研究领域一直保持着领先的地位，获得了全国优秀期刊的称号，得到广大教师和读者的信任和欢迎。我们应该感谢历任这份杂志的各位主编和编委，是他们坚持了正确的办刊方向，坚持了学术上的高标准，保持了高校学术领域的这一片净土。

《外语教学与研究》还是培养青年学者的摇篮。王佐良先生和许国璋先生对于年轻教师和学者历来都十分珍爱和栽培。许多人在他们的精心培养下成为我国今天的学术骨干。王先生和许先生总是鼓励年轻教师做好科研，为刊物投稿，并且不厌其烦地加以指点。我和许多当时的年轻人一样得到过他们两位的亲切教诲。《外语教学与研究》创刊后次年，王先生就鼓励像我这样的一批年轻教师为杂志投稿，我在1958、1959、1960几年中陆续为这本刊物写稿，并且从1962年起开始为刊物写一些比较长的学术论文。这段经历对于我是难忘的，它给了我信心，使得我不再觉得学术研究是高不可攀的领域。1981年回国后，王先生看了我在澳大利亚悉尼大学进修时写的一些作业，他对于我写的一篇有关文体修辞的文章特别有兴趣，告诉我不妨把它整理补充一下，投给《外语教学与研究》。这就是之后在1981年第4期上发表的《谈约·密·辛的剧作〈西方世界的好汉〉在语言上的特色》。我在一篇回忆自己学习和工作的文章中曾经提到，北外英语系是一个难得的学术群体，在这个学术群体中有王佐良、许国璋、周珏良、刘世沐等一批学术带头人确立了学术研究和教学工作的标准，它激励着后来者朝着这个标准努力，从而形成一股强大的推动力。王先生、许先生在《外语教学与研究》刊物中所树立的标准、所企求的目标是刊物前进的巨大推动力，它推动着我们朝着这个目标前进。这是《外语教学与研究》的一笔无形资产，我们应该十分珍惜。在《外语教学与研究》出版一百期的时候，王佐良先生写过一篇短文纪念，他在文章中回顾了期刊的发展和提高，在文章末尾他写道："这一切都使一个过来人觉得可喜。1957年辛苦创刊的同志现在有的逝世，有的老病，所余无几了，但是他们的工作继续了下来，而且发展了。这对于他们该是最大的安慰了。"此后不到一年，王先生也与世长辞。但是，王先生、许先生创下的事业已经后继有人，他们没有辜负前辈的嘱托，努力拼搏，精心办刊，把杂志又提高到一个新的水平。

《外语教学与研究》自创刊至今已经整整五十年。我自己从开始教书到今年也是整整50年。这份杂志见证了我们这一代人走过的道路，也见证了我们这一代人的成长历程：从一个刚从教的青年教师成长为一名中年教师，又不知不觉地进入了老教师的队伍。对于《外语教学与研究》我们既是读者，又是作者，更多的时候还是读者，我们对这份杂志有着深厚的感情，我们关注着这份杂志的进展。我们希望《外语教学与研究》杂志办得有特色，办得生动活泼，办成一份真正高水平的、反映独创研究成果的、与国际上著名学术期刊齐名的刊物。

胡文仲语重心长的话语让与会的年轻编辑深受感动。他们纷纷表示，一定牢记老一辈的嘱托，秉承理论研究与应用研究兼顾的传统，与时俱进，不断创新，与国际学术前沿接轨，建设具有高学术水准和高编辑质量的全国语言 / 外语类著名学术期刊。经过主编王克非教授和全体编辑人员的共同努力，2014 年，《外语教学与研究》荣获中国人文社会科学期刊评价报告语言学类权威期刊。并被评为百种重点期刊，社科双效期刊。

胡文仲和吴祯福两个人在职时各自忙碌，没有时间交流教学方面的体会。退休后，时间比较充裕，两个教了一辈子英语的“北外人”经常交流对于教学的看法，分享在教学中所得到的愉悦。外语教学和科研是他们生活中一个常议常新的话题，永远谈不完，永远谈不厌。

胡文仲这个时期的学术兴趣集中于跨文化交际和国家语言政策和规划上。二十年间，陆续发表了不少论文和专著。这些著作无疑凝聚了他的心血与汗水，也凝聚了他相濡以沫的妻子吴祯福教授的关爱与帮助。胡文仲在《暮年杂忆》的序言中特别表示了对吴祯福的感激之情：

祯福与我相伴一甲子，一起经历了物资匮乏的困难时期，疾风骤雨的“文革”灾难，也一同分享了改革开放带来的机遇。她既是我的妻子，也是我的知音。我一生中的重大决定都有她的参与。在我遇到困难时，她总能为我想出缓解的办法；在我苦闷时，她总是耐心地倾听我的心声；在“文革”中我孤立无援时，只有她站在我一边；在我决定辞去行政职务时，她全力支持我的想法。无论是“文革”前或改革开放时期，工作占去了我绝大部分的时间，很少有机会陪伴家人。在最忙时，一周难得在家里吃一两顿饭。女儿患病开刀，我正在山西参加社教，是祯福承受了身体和精神上的煎熬，使女儿转危为安。在女儿考大学前的紧张阶段，我赴澳留学，又是祯福既要在生活上照顾好女儿，还要在学习方面予以指导和安排。祯福退休以后，对于我的工作给予了更多的支持。这二十年来，我撰写的每一篇文章，祯福都是第一读者。她不厌其烦地仔细阅读我的初稿，之后提出她的意见和建议，这些意见十分中肯，甚至一语中的，使我得以对文章重新思考，反复修改，直至完稿。

谨以此书献给祯福以表达我对她由衷的谢意。

“春风十里柔情”，这是任何花前月下的缠绵悱恻之词都无法表达的相知与恩爱。

吴祯福不只是胡文仲的好妻子、好帮手，更是从事了一辈子英语教学的大学教授。她一直想总结自己几十年的教学经验，奉献给挚爱的英语教育事业。她花了两年多的时间完成了《教与学的良性循环》一文，收入《高校基础英语教学》（外语教学与研究出版社，2006年出版）一书。这篇文章基于她给华南理工大学外语学院教师的两次讲话，文中着重讨论了三个方面的问题：一，统一师生对于外语学习的理解和认识，以便步调一致；二，促进师生双方相互理解与交流，以便共同合作，教学相长；三，创造良好的教学氛围，形成最佳的教学心理场。吴祯福在文中所讲述的师生互动的场面是她自己几十年来上课的真实写照：

教师在课堂中起着主导作用，教师的上课态度、情绪、兴致、一言一行都直接影响到学生。最能感受到教师对教学的热爱与兴趣的人是学生。当教师衣着整齐、满面春风、精神饱满、兴致勃勃地跨进教室时，年轻人立即感受到了教师的好心情，那一双双炯炯发光的眼睛所表现出的强烈的求知欲更加激起教师上课的情绪。教师对所教的项目的强烈兴趣与激情会感染学生，如果教师对所教内容感到淡而无味，学生必定感到枯燥，没有学习兴致。上课时，教师对学生的反馈给予肯定、会心的微笑、点点头、拍拍肩，都会给学生积极的心理影响，使学生增加自信，增强参与意识，在一种好心情下轻松、愉快、积极地参加语言训练和运用。对于缺乏自信心的学生，教师对他们的点滴进步流露出由衷的喜悦、关爱，使得他们兴致勃勃、积极向上。对于他们的求知欲望和投入，教师尤其需要给予鼓励与肯定。学生的努力和投入，反过来又影响着教师，更加激发了教师的教学热情，甚至引发教师更深层的思维，使教师产生灵感，教师由此而产生的随堂的即席发挥往往效果更好。师生相辅相成，教学相长，这种良性循环有时会带来一堂课的高潮。这种课堂氛围看不见、摸不着，却是可以感知的客观存在。这种师生之间微妙的感情碰撞所产生的和谐的合作和默契对教学往往产生不可低估的作用。[1]

吴祯福对于学生细致深入的了解是她教学成功的一个重要因素，这一点在文章中也有明显的体现：

学生的个性与特点以及不同的学习习惯也是教师需要考虑的因素。比如，有的学生，由于社会、家庭、文化的影响，对外语学习产生一种误解，认为在课堂上要表示谦虚，不能过分地积极发言；又有的学生因为爱面子，保护自我形象、听不懂教师的讲解或者学生的辩论，以点头同意来掩盖这一事实，这是一些学生所采用的回避策略。这些因素也直接或间接地影响课堂气氛，影响学生积极地参与教学活动。学生的学习习惯也有很大的差异，有的善于通过听吸收语言，有的则乐于通过阅读，甚至中英对译的方法进行学习。教师应给予不同的指导，采取扬长避短的态度与做法。有的学生语音好，但表达能力差；有的不善于记忆，却长于想象；有的背功强，思维慢；有的知识面宽，理解力强；有的喜爱阅读，善于书面表达；有的兴趣广泛，却不乐于学习语言：有的乐于学习，也善于学习，但不愿合作学习。从个性和特点方面看，有的性格活泼，话多；有的内向，话少；有的要强，好胜，爱与人争辩；有的对自己要求不严，课前较少准备；有的胆小、爱面子，过于敏感；有的自我估价偏高，不屑于语言的运用；有的善于动脑子，见解较多；有的喜欢不同凡响，不爱重复别人说过的话；有的机智、幽默，爱用英语开个玩笑等。凡此种种，教师应十分敏感。教师不时

1 引自《高校基础英语教学》，外语教学与研究出版社，2006 年版。

地给不同特点的学生发挥长处的机会，使每个学生都能从其他学生身上得到启示，克服自己的不足。对学生的困难和问题，教师报以极大的耐心和同情；对学生的弱点，要善于诱导，有时甚至要宽容。对于学生的点滴付出与努力则应给予承认与肯定。帮助学生解决心理障碍，学生尝到学习的甜头，学而有获，则会逐渐形成成功与自信心的良性循环。[1]

那几年，胡文仲和吴祯福的身体都欠佳。冬天，为了躲避北京的严寒，特别是未供暖和刚停暖那一段时间彻骨的阴冷，两个人有时南下讲学大约一个月。他们先是应广州师范学院张国杨院长的邀请，到广州师范学院讲学。之后，华南理工大学外语系主任秦秀白教授安排他们在华工讲学。华工之后又接到韶关大学和海南大学的邀请，到粤北历史名城韶关和天涯海角的海口播撒知识的种子。那时节，北国千里冰封，万里雪飘。南方却粉黛繁花，重重叠叠，美丽的异木棉和洋紫荆相映成趣。胡文仲和吴祯福为那里的师生奉献了一场又一场知识的盛宴。

说来有趣，胡文仲和吴祯福在北外虽然一起工作、生活了几十年，但是由于教学内容不同，研究领域不同，两个人从来没有听过对方的课，对各自的讲课风格并不了解。他们真正了解对方讲课的风格、特点是在外面讲学期间。胡文仲发现，他和吴祯福讲课风格完全不同。胡文仲讲课比较严肃，一板一眼，一切按程序走。吴祯福则是那种生动活泼、喜欢"煽情"的老师。她在讲台上几句话就能把一礼堂的学生调动起来。吴祯福对于学生有一种天然的热爱，看到年轻人就高兴，所以和他们谈话总是很亲切，

1 引自《高校基础英语教学》，外语教学与研究出版社，2006年版。

学生也都很爱听她讲话。在广州师范学院讲学时，大礼堂座无虚席，连走廊上也站满了人。有的学生干脆爬到礼堂的窗台上，坐在窗台上面听讲。学生的热情深深地感染了这两个教了一辈子书的老师。讲课回来以后，胡文仲对吴祯福说："我从来不知道你上课是这个样子，充满激情，富于感染力。"他们俩都认为，做教师在一定程度上有点像做演员，一个好演员在舞台上可以控制整个剧场，一个人在台上表演，台下鸦雀无声，整个剧场的观众都被带到了剧情里。好老师也是一样，与学生在感情和语言上交流得好可以控制整个教室或者整个会场，这同样是一个享受的过程。

吴祯福很享受讲课的过程，当然有时讲学也富有挑战性。有的学生也会问一些很调皮的问题。吴祯福在华南理工大学讲大课时曾经说："我们在学英文初期不自觉地用中文思考，但是真正学好英文，要学到直接反应的地步，不必经过翻译。"她讲完之后，有一个提问环节。提问时，有一个学生举手发言。他一脸聪明相，跑到台前拿起话筒问："我现在说 banana（香蕉），吴老师您头脑里是什么反应？"吴祯福说："我听到你说 banana，脑子里马上出现了一个黄色的长条的东西。"那个调皮的学生笑了起来，全场同学都哈哈大笑。吴老师问他："你满意吗？"他好像有点儿挫败的样子，对吴祯福深深地鞠了一躬连声说："满意，满意。"这个学生的用意十分明显，就是考吴老师是不是经过翻译。他想让吴祯福说出中文的"香蕉"，可是吴祯福恰恰没有这样做。

20 世纪 90 年代，沐浴着改革开放的春风，我国喜事连连。围绕香港和澳门回归以及申办北京奥运会，举国上下举办过多次形式各异的演讲比赛。作为英语教育领域的老兵，胡文仲也积极参与其中。演讲主办方有奥组委、电视台、北京市、外研社，还有香港和澳门本地的大学等。各学校对于演讲比赛都十分重视，在校内通过比赛选出最有希望夺冠的学生，然后选派水平最高的教师给予辅导。北外英语学院经常辅导学生演讲的是侯毅凌教授。他的业务水平在同龄教师中有口皆碑，经他辅导的学生在比赛中屡屡获得佳绩。有一年，在北京举行的英语演讲比赛中，胡文仲发现上海复旦大学派来的辅导老师居然是大名鼎鼎的陆谷孙[1]教授。陆谷孙教授和胡文仲很熟悉，从20世纪80年代初期起就相识。他的业务水平在国内业界有口皆碑，中文英文都十分了得，书法也极其出众。他曾将他主编的《英汉大词典》赠予胡文仲，在扉页上题写："文质彬彬，方为君子。文仲学兄正之。"胡文仲十分珍视这部辞典，一直是他案头首选的辞书。陆谷孙出现在英语演讲比赛现场，让胡文仲十分惊讶。因为，通常做此类辅导工作的都是中青年骨干教师，鲜有他这样大师级别的教授。由此可见复旦大学对于这次演讲比赛十分重视。他们志在必得，陆老师不负众望，来京参赛的复旦学生在这次比赛中荣获冠军。

1991年3月18日，北京奥申委宣告成立，在北京举行了第一次新闻发布会。围绕奥运会的英语演讲比赛也紧锣密鼓地开始在全国范围内展开。这次比赛分预赛和初赛两个部分。裁判都是北京外语学院的英语教师。预赛淘汰了六百多人，选出一百二十人参加初赛。初赛选出四十六人参加复赛。复赛和决赛在亚运村的北京剧场举行。全部演讲比赛由北京电视台全程录像，从1991年11月下旬到1992年1月中旬每周周末播出。裁判委

1　陆谷孙（1940—2016）：祖籍浙江余姚，1962年毕业于复旦大学的外语系，1965年研究生毕业后留校任教，复旦大学外国语言文学学院教授、博导。上海翻译家协会理事。中国作家协会上海分会会员。主编《英汉大词典》，译有《幼狮》，撰有《逾越空间和时间的哈姆雷特》等论文四十余篇。1994年9月被授予复旦大学杰出教授称号。

员会由十人组成，包括五位教授和五位专家，他们是：胡文仲（北京外国语大学）、屠铭德（北京奥申委）、黄建东（北京第二外国语学院）、钱瑗（北京师范大学）、王式仁（北京大学）、黄震华（对外经济贸易大学）、林戊荪（外文局）、李丹（中国国际广播电台）、张惠名（《中国日报》）和章挺权（新华社体育部）。由屠铭德和胡文仲任委员会主席。评比采用十分制：内容四分，语言四分，仪表二分。尽管各位裁判的背景不同，但掌握的标准与尺度基本一致。休息时大家交换意见，都显得很激动，有的说："社会上英语学得好的人看来大有人在。"有的说："北京这地方真是人才济济。"参赛者的表现大大超出学者专家们的预料。

这次演讲比赛获得冠军的是北京广播学院（现中国传媒大学）陈鲁豫同学。

陈鲁豫的演讲声情并茂，有声有色，给全体评委留下深刻的印象。虽然参加决赛的演讲者水平都不错，但是，她的演讲无论是内容或是语言质量都明显超过了其他选手。陈鲁豫这个在演讲比赛中脱颖而出的新人后被香港凤凰电视台录用，若干年后成为凤凰台的著名主持人，也成为我国一位知名的媒体人。三十一年过去了，谈起胡文仲老师，鲁豫满怀深情地说：

> 胡文仲先生是我的英文启蒙老师，但他自己多半不知道。他教学几十年，桃李无数，除了课堂里的，还有线上的，我是其中之一，保守估计，千万分之一吧。
>
> 20 世纪 80 年代初，他在央视主持一档情景英文教育节目《跟我学》，有用又有趣，很火。胡先生一夜间有了天南地北数以千万计的学生，我也在其中。虽然我那会儿还是个小学生，二十六个英文字母

也背不全，依然每晚六点半准时收看。转眼上了初中，暑假我去上海，听说人民公园有个英语角，我就跃跃欲试地跑去了。不知当年英语角的哥哥、姐姐、叔叔、阿姨是否还记得一个大脑门女孩，讲起英语来自信爆棚。我的信心除了初生牛犊的勇气，还得益于胡先生的教学，我的发音、语感、表达……都隔着屏幕得到了真传。想到这里，我的眼眶湿润了。谢谢胡老师！

转眼到了1991年底，我参加了迎奥运英语演讲比赛，并顺利进入了专业组总决赛。那是我人生最重要的一天。说来真巧，此刻，在我提笔写下这些文字的时候，是2023年3月18日，三十一年前的今天呀！1992年3月18日，我小小的人生发生了几件大事：我在那天知道了未来我想做什么，我在那天发现评委席里竟然坐着胡文仲先生，我在那天拿到了总冠军……

那天很多细节场景我都不记得了，甚至因为太过专注于背词，生怕出错，都来不及激动。评委里大家云集，除胡先生外，还有北师大的钱瑗老师（钱锺书先生的女儿），奥申委的屠铭德先生，国际台的李丹老师……当年的我们何等幸福，那么青涩稚嫩，就有名家前辈扶我们上马。谢谢各位老师！

这么多年过去，我越发明白了一个道理，一个人取得一点点成绩，不一定是因为聪明或勤奋，但一定是因为她曾有幸遇到恩师。

这一群各大专院校选拔出来的参赛者的精神风貌也给评委们留下深刻的印象。不论是初赛、预赛，还是复赛、决赛，绝大部分参赛者都表现得信心十足、神态自若，极少有人紧张得说不出话来或者吞吞吐吐。参加决赛的选手更不必说，个个都轻松自若，胸有成竹。面对十名裁判和全场观众，潇洒自如，妙语连珠。这样的精神风貌和十年来的改革开放分不开，青年人见了世面，完全摆脱了畏畏缩缩的精神状态。他们的热情十分感人，为了争取北京能成功申办奥运会想出了无数的理由，以说服国际奥委会。有的还联系自己娓娓道来，不乏动人之处。

参加演讲比赛，听到年轻人的精彩演讲自然是一种享受，但同时也是一种挑战。因为，通常的做法是演讲这一环节结束后有十五到二十分钟的茶休。茶休后，评委和观众落座，评委会主席总结这次演讲，宣布比赛结果。在这十五到二十分钟的时间里，评委开会，将自己的评分交给工作人员。在计算分数的同时，评委们交换意见，说出各自的看法。胡文仲作为评委会主席，需要将大家的意见集中起来，形成评委会的意见。这对于他是极大的压力，因为必须在极短的时间内筛选出评委的主要看法，同时组成一段发言。他必须以最快的速度思考、过滤、判断，拟定腹稿。而恰恰在这时往往会有人走上前来和他打招呼聊天。他又不能对人家说："我在打腹稿，没法聊天。"只能勉强应付几句，而当时脑子里想的和嘴上说的完全不是一回事，心里的苦只有他自己知道。上台发言时，作为评委会主席还必须表现出沉稳大方的风度，讲话必须条理清楚，英文当然也必须流利自然。这一切比上课困难十几倍，有点像在表演。在澳门理工学院举行的一次演讲比赛是围绕澳门回归祖国。参赛者有的是澳门孩子，有的是中葡混血的孩子，都是当地的中小学生，英文比内地的孩子要好很多。他们的评选程序也与内地不同。演讲之后，评委们开会讨论打分，与此同时，评委会主席在台上讲话评论此次演讲。两部分活动同时进行。胡文仲无法知道评委们如何打分，如何评价每个演讲者的水平，只能完全凭自己的感觉和判断发言，心中确有一些忐忑。他在发言中表扬了一位他认为讲得特别好的学生，对于他的讲话作了点评，给予很高的评价。宣布结果时，评委给这个学生的分数恰好也是最高的。他获得这一届比赛的冠军，胡文仲才放下心来。

在这个时期，中央领导决定举办一个部长英语试点班，每期抽调二十多位在任部长和副部长参加，目的是提高他们的英语口语水平，以便更直接地开展国际合作和交流。试点班设在北外附近的国家行政学院内，成立了专家组和教学组，专家组有北外的教师，还有中联部、中央广播电视台的专家等。胡文仲担任专家组组长，中央电大外语系主任刘黛琳任副组长，外研社李朋义、中央电视台冯存礼都是专家组成员。专家组首先研究了教学路子和方案，考虑到部长们都是高学历，具有一定的英语阅读能力，他们决定把学习重点放在听力和口语上。因此，方案确定突出听说，并参考了过去北外三年制听说法的一些做法。例如，初级阶段不见文字或少见文字，大量听各种英语材料，规定在所有学习时间必须讲英语等。北外为这个班配备了一批得力的中青年教师和外教执教。李岚清副总理具体负责试点班这件事，7 月 27 日，开班之前，他在中南海接见了专家组、教学组的成员和参加学习的部长们。李副总理在动员报告中讲述了中央的意图和要求。他了解部长们的工作，知道他们都很忙，可能无法集中精力学习，因此特别强调在学习过程中实行三不：不许批文件、不许接见、不许谈工作。胡文仲给部长们讲过几次课，都是用英语讲，一次是讲学习方法，讲了如何训练听说能力以及阅读和听说的关系，说明阅读、扩大词汇量是听力的基础，同时特别强调阅读简易英语读物的重要性。告诉大家，只有在大量阅读的基础上才能在听说方面有所突破。外研社准备了大批的简易英语读物，供部长们课外阅读。胡文仲另一次讲课是讲跨文化交际的一些基本知识。部长们接受能力很强，学习的积极性也都很高，都没有部长的架子，对教师十分尊重，与教师合作得很好，彼此相处得十分愉快。胡文仲和别的老师一样，原来都以为部长们高高在上，不好接近，也不一定愿意和普通人交谈。可是几个月下来，实际的感受与此完全不同。大家都觉得这些部长一旦换了身份，与普通人没有什么两样，也都是很易于交往的人。9 月 18 日专家组在中南海向李岚清副总理做了全面的汇报。李岚清副总理对于学习班的教学给予了充分的肯定。第一期试点班结业后又举行过七八期，部长学习班之后扩大了范围，吸收了一部分省级领导干部，成为省部级领导干部英语强化学习班，一直都是由北外负责教学，为提高政府高级干部的文化素质做出贡献。

日月如梭，青春不再。垂暮之年，最让胡文仲难以接受的一个事实是，他的老师、朋友、亲人一个接一个相继辞世。他常常仰面长叹："词林枝叶三春尽，学海波澜一夜干。风雨已吹灯烛灭，姓名长在齿牙寒。"[1] 1992 年周珏良先生因心脏病去世，当时大家都没有任何思想准备，因为前不久还看到他在北外附近小酒馆独酌。1994 年许国璋先生驾鹤西去。许先生逝世前不久，胡文仲还曾陪他去香山卧佛寺出席一个外语教学研讨会，他还在会上做了一个简短的发言，未曾想到这竟然是他出席的最后一次学术会议。1995 年，王佐良先生的辞世引起学术界的震动。去世前，他

1 引自唐代诗人崔珏的《哭李商隐》。

曾接到香港中文大学的讲学邀请，当时曾告诉胡文仲，他还在犹豫是否接受邀请，因为校方特别说明王教授只需作一两次演讲。2000 年 11 月 1 日柯鲁克同志在长期患病之后不幸去世。在他去世前两三个月，胡文仲曾经去他家里看望，与他闲聊。柯鲁克当时走动已经十分困难，唯一的运动是去友谊宾馆的游泳池泡泡水，活动一下。每次都是二儿子柯马凯开车送他前去。11 月 10 日，北京外国语大学在北外大礼堂召开了隆重的追悼大会。大会开始后，全体起立高唱国际歌，以纪念这位为国际共产主义事业和中国革命和建设事业做出贡献的共产党人。之后，学校在北外东院为柯鲁克竖立了一座青铜雕像，按照柯鲁克生前遗愿，雕像上镌刻了如下的文字：“大卫·柯鲁克：英国人，犹太人，共产党人，中国人民的朋友。”每年 11 月 1 日伊莎白都会来到雕像前悼念她的丈夫和战友。

熊德輗老师的去世也在他生前的同事、亲友间引起很大震动。胡文仲和吴祯福历来都是十分重视情谊的人。熊老师去世前，他们俩曾到八大处附近的养老院看望他和他的夫人。熊德輗像以往一样豁达乐观，只是话没有往常那么多。2015 年 2 月 11 日胡文仲接到祝珏老师的电邮，告诉他熊老师已于当天下午三时不幸逝世。为了纪念熊老师，胡文仲和吴祯福在征得了英语学院张剑院长的同意后，在天堂网建立了一个纪念堂，将熊老师的照片和生平简历都放在上面，他生前的好友和学生纷纷发来纪念文章。熊老师的儿子熊伟发来的简历如下：

“熊德輗，1927 年 3 月 2 日生于江西省南昌市，幼时居住于南昌、上海、北京。1938 年随父母移居英国，在英国完成小学、中学和大学教育。1948 年于英国牛津大学毕业后，前往法国巴黎索邦大学进修一年，后赴希腊任职于联合国巴尔干事务特别委员会。于 1950 年年底回国，经初大告教授介绍进入北京外国语学院英语系任教，直至退休。”

熊德輗在北外深受同学们的喜欢。1954 届北外校友、外号“小皮球”的陈慧献在悼念文章中说：

“Small Teacher（小老师）” 是一个赞美不完的爱称和尊称。请问有哪一个接触过他的学生不记得他？就算是忘了他的真名也不会忘了“Small Teacher” 这个非常形象的外号。也不知是谁那么聪明给他取了个如此合适如此顺口的称号，一天之间就传遍全校。当我第一次在他背后大声喊他，“Small Teacher” 时， 他扭头看着我笑了，他停下脚步，等我走近他时，他轻声地回叫我，“Small Ball”。当时，“小皮球” 这个绰号早已在同学中传开，不过我想他是在“回敬”我。他习惯地拍拍我的头，反正我比他还矮半个头，拍起来很方便。那时他正好要给我们班上课，我就一蹦一跳地和他一起进了教室。在课堂上，他可一脸的严肃相，头天作业中的错误他一个一个地提溜出来并写在黑板上，然后鼓励犯这个错误的同学主动来修改，如果没有反应，他就会点名叫这位同学起来改。也不知他哪来那么好的记性，居然记住了谁犯了什么错。惊讶之余，同学都佩服得五体投地。你想想，谁还会再犯同样的错误？经过他认真的纠正和解释，大家都进步了。……六十多年过去了，“Small Teacher” 培养了多少人才！这位伟大的园丁培育了无数的外交战士。造就了许多出色的外语教师和其他的外语工作者。他的一生过得值啊！开过美丽的花，结出了丰硕的果！在我的心目中，“Small Teacher” 是 “Great Teacher（伟大的老师）!”

一个认真负责而又开朗、洒脱、充满童趣的熊德輗跃然纸上。

熊老师的好友，与他同岁的周谟智教授得知熊德輗去世的消息后，悲痛万分，写了一篇情真意切的文章，怀念老友：

老朋友小熊，经过长期病痛折磨，终于走了。小熊的辞世，令我们格外怀念、悲伤、惋惜。我们一直都叫他“小熊”，如今他走了，我想我们应该改变一下，尊称他为“熊公”。前几天有幸看到熊公的简历，才惊讶地发现他过去在英国的经历，我们几乎全然不知。我们知道他在英国上过学，但不知道他上过多种不同的学校：private school（私立学校），grammar school（语法学校），public school（公立学校）；还在一所法国大学学习了一年。我们只知道他在英国上学，却不知道他与英国社会有过密切的接触，并且作为联合国雇员在希腊工作过。这些经历存在于熊公身上，便是学识，很稀有、罕见的学识。熊公拥有这样的学识，却深藏不露。这一现象很难用“谦虚”来解释。这可以叫作“真人不露相”，正如用瓶子装水，如果只有半瓶，它就晃荡，哗啦出声；瓶子装满了，就反而没有声音了。

熊公为人正直，不高攀权贵，超然物外，不追名逐利；对阿谀奉承、吹牛拍马之徒十分蔑视。熊公的这种处世态度，在当时的社会气氛下，不但阻碍个人的发展，而且容易招来一些误解。因此，熊公执教近五十年，尽管他兢兢业业、誉满校内外；但熊公学识才智之发挥，不尽十一。

熊公处世谦恭平和、待人友善、幽默风趣，从不因怒失态。因而广结善缘，朋友众多。

熊公虽去，他的处世精神令人常念不忘。

五年后，2020年8月29日，周谟智教授也驾鹤西去，享年93岁。北外老一代的教授、学者就这样一个个随风而去，但他们像一株株参天大树，在身后铺下一片片绿荫，永远恩泽后人。

老一代知识分子为人处世的高尚品格也深深地留在胡文仲的记忆里。胡文仲有一次去找季羡林先生汇报有关英语教学的事情，季先生时任中国外语教学研究会会长。谈完正事以后，季先生与胡文仲聊起了在德国留学的经历，他说："二战时期，在德国读书时，整天饥饿难耐，每逢星期天，我就和其他同学一起，到郊外地里去挖土豆，装一布口袋，背回来煮着吃。真不知道怎么那么能吃，一顿能吃半锅土豆。"说完哈哈大笑。接着又说，"我写了一本《留德十年》，讲述这段经历，什么时候带给你。"胡文仲以为季先生也就是随口一说，并没有放在心上。未想到下次与季先生一起开会时，季先生从包里取出一本崭新的《留德十年》递到胡文仲手上，说："这就是我上次提到的那本书，送给你了。"胡文仲打开书，看到扉页上写着：

"文仲先生：

季羡林 1994.11.1"

像季先生这样的大知识分子对一个后学如此真诚，如此谦虚，这件事让胡文仲铭记在心，终生难忘。

在刘承沛教授九十寿辰之际，胡文仲给刘老师通过快递送去了一张贺卡和一袋绿茶，表示祝贺。胡文仲刚教书时，刘老师是他的教学组长，对他照顾有加，此后多年也一直有所交往，在胡文仲看来，刘老师九十诞辰，送个贺卡是再自然不过的事，然而，刘老师却把这件事放在了心上。没过多久，九旬高龄的刘老师在女儿起蓝的陪同下，颤颤巍巍地亲自来访，并送来一张照片和一把瑞士多功能刀。这是他儿子军凯从瑞士特意给他带来的礼物。见到身高近一米七八而体重不足五十公斤的刘老师登门拜访，胡文仲心潮澎湃，百感交集。没过多久，刘老师就与世长辞，临去世前，刘老师已经不能说话，只能写几个字给身边的亲人。

20 世纪 80 年代中期，杨树勋教授从教学岗位调到北外图书馆任馆长，他对于图书馆的工作极其认真负责，对于收入较低的工作人员的福利也十分关心，想出各种办法提高他们的待遇。当时北外与国外、境外的大学已建立了不少联系。学校安排了杨树勋老师去中国香港访问一些大学的图书馆，与他们展开交流，这既是工作的需要，也是对于杨老师的一个照顾。胡文仲把学校的意图告诉了杨老师，但是杨老师坚决不接受这个安排。他不愿意学校为他花费这笔钱。谈了两次都没有谈通，最后只好放弃了这个计划。杨老师一生为公、事事为公的形象一直留在北外师生的心上。

所有这一切让胡文仲没齿难忘。

送别了一个个相处几十年的老友，胡文仲和吴祯福特别想做的一件事情就是向一生中帮助过他们的人表示感恩。2018 年，为了感谢儿童医院的医护人员，他们两人商定在该医院设立一笔基金，帮助经济上有困难的患儿看病。在捐赠仪式上他们特别提到 20 世纪 60 年代儿童医院的医生、护士认真负责、无私奉献的精神。北京儿童健康基金会名誉理事长、儿童医院院长倪鑫和骨科主任张学军出席了捐赠仪式。悠悠往事温暖人心，胡文仲和吴祯福回忆起几十年前，为女儿胡缨主刀的那位医生，百感交集，也为自己这一善举，感到欣慰。截止到2019年年底，儿童医院共计有十一个患儿得到这笔基金的帮扶，治好疾病，这些孩子大部分来自农村，其中有的患有先天性心脏病，有的患有白血病。一个名叫先巴多杰的藏族孩子得到的补助最多，他患的是骨髓白血病，目前已经随诊复查三年，情况稳定。几年来，胡文仲、吴祯福与这个藏族家庭一直保持着联系。除此之外，吴祯福还于2006年，通过中国红十字基金会以其父母吴中士和孙毓凤的名义为具有优秀抗日传统的河北省涞源县捐建了一所博爱卫生站和第一批药品。

胡文仲从十五岁起就来到北外，他的成长和北外密不可分，为了表达对于北外培养教育的恩情，胡文仲和吴祯福拟在北外英语学院设立一笔奖学金。和英语学院领导商谈此事时，学院院长张剑教授提出奖学金可冠以他们夫妇二人的名字，这样比较好操作，因为英语学院还有其他奖学金。胡文仲和吴祯福没有同意，他们认为没有必要把两人的名字和奖学金联系起来。最后经过反复研究，他们提出用“师生情奖学金”这个名称，一方面表示对曾经教过他们的老师的感恩之情，另一方面，也希望一代代学生记住老师对于他们的培养教育。奖学金管理规定的第一段是这样写的：

“师生情奖学金”由英语学院退休教授胡文仲、吴祯福夫妇为鼓励北京外国语大学英语学院本科生而设立。胡文仲、吴祯福夫妇都是老北外人。胡文仲十五岁时在抗美援朝高潮中参加军事干校，被分配到北京外国语学校。吴祯福十八岁时被保送到北外，从俄语转学英语，在范瑛老师的教导下从零起点开始学习英语，两年内就打下了比较扎实的英语基础。胡文仲教授在北外任教、工作五十七年，吴祯福教授在北外任教四十年，两位前辈见证了北外的发展壮大。胡文仲、吴祯福二位老教授曾对英语学院领导表示：北外是中国共产党创办的具有光荣革命传统的学校，是北外把我们培养成为对国家有用之才。当年学校的党委书记刘柯同志和英文部总支书记武刚同志是我们的领路人。王佐良、许国璋、柯鲁克、伊莎白、刘世沐、杨树勋、陈梅洁、范瑛等教授都是我们的恩师。如今我们都已年逾八旬，我们对北外充满感激之情，对孜孜不倦教诲我们的老师终生难忘。我们希望在力所能及的范围对北外有所回报，并以此纪念我们的老师。为此，我们决定用我们两人的部分稿费收入在英语学院建立"师生情奖学金"，奖励品学兼优的本科学生，并希望他们铭记北外的光荣传统以及老师们对他们教育的辛勤付出。

在选拔条件中，他们特别强调入选学生必须有比较强的家国情怀，有正确的学习目的和对社会的责任感；强调学生善于学习、勤于思考；强调学生喜爱读书、诚实守信、乐于助人、热心公务等。这项奖学金计划执行十年。2021 年度英语学院进行了第一次评选，共有本科二十名学生经过各级评选审核获得师生情奖学金，每人奖励三千元。

2014 年，胡文仲正式退休。退休前，外国文学研究所所长王炳钧[1]教授曾经提议以胡文仲的名义举办学术研讨会，探讨胡文仲的学术思想，以纪念他光荣退休。王所长认为可以邀请同行以及胡文仲的学生参加，规模大约有几十人。王炳钧教授说，德国大学有这个传统，教授退休时举办学

1 王炳钧，教授，博士生导师，曾任北京外国语大学外国文学研究所所长，现任王佐良外国文学高等研究院副院长、《德语人文研究》主编、《德语学习》主编。

术讨论会，既论学术，又叙旧情。这样做自然很有意义，但王所长与胡文仲商谈两次，都未成功。胡文仲认为自己学术上没有那么突出的成就，以他退休的名义和时机举办学术会议不太妥当，最终婉言谢绝。胡文仲退休后一年，恰好是他八十寿辰，文学所为此举办了一次聚会，大家在饭桌上谈起多年来愉快共事的经历。王炳钧所长动情地说："胡老师无论在人品、学问各个方面都是我们的榜样。本来是想在胡老师八十寿辰做一个学术研讨会，举行一个小型仪式，但是胡老师特别谦虚，坚决不同意，我们就只好听胡老师的。今天在这里聚会，请大家举杯祝胡老师健康长寿。"

王炳钧先生的话说出许多"北外人"的心声，也温暖了胡文仲的心。

为胡老师举杯祝酒的又何止王炳钧先生和外国文学研究所的同事、朋友。胡文仲 1964 年教过的学生秦秀白，1965 年毕业后，一直从事英语教学工作，曾任华南理工大学外语系系主任、外国语言文化研究所所长，广东外语外贸大学外国语言学及应用语言学研究中心兼职教授、学术委员会副主任、博士生导师，广东外国语言学会会长，著述颇丰。但他始终不忘半个多世纪前胡老师的教诲。最近，这位已是八十二岁高龄的耄耋老人抚今追昔，满怀深情，撰写了长文《我毕生景仰的胡文仲老师》。文中说：

景仰一个人无须与之密切交往，更不必与其朝夕共处、如影随形。景仰一个人源于对一个人的那种发自内心的钦佩和敬重，完全是其人格魅力使然。母校胡文仲老师就是我毕生景仰的学者和师长。

我景仰胡老师，是因为我从他身上学到了"低调做人、认真做事"的品德。胡老师对许多人都说过："做人要踏踏实实，如果不踏踏实实，学问做不出来，也做不成一个诚实的人。”

……我毕生景仰胡老师，还因为在他身上看到了一位真诚善良、不求名利、老老实实做学问的中国学者风范。胡老师做学问的态度如其做人一样：真诚朴实、言必有据、言必由衷、说话公正、不讲空话；他善于运用概念，但从不腾云驾雾般地玩弄或炒作概念，而是直击问题本身，以事实为依据，据理论事，回答的都是现实存在的实际问题，所说的都是自己的独立见解；他也很少“引经据典”，更不会“拉大旗作虎皮”，虚张声势，哗众取宠；他学术视野宽广，但从不盲目追从国外流行的理论。在他看来，学术既不是玩弄概念，也不是单纯的纯逻辑推演，而是来源于实践又能指导实践的揭示真理的独立思考。胡老师的真诚善良还体现在提携后学上。凡涉及英语学习和英语教学的问题，不论是他认识的人还是不认识的人，不论对方是初学者还是大学教师，胡老师总是有求必应，有问必答， 耐心解释，认真商讨。我本人就是受益者之一。胡老师还曾多次惠寄图书给我，有些是他的作品，有些是别人撰写的作品，但他认为我会喜欢。凡是与他在工作和生活中接触过的人，都会被他表现出的与人为善、严于律己、宽以待人的品德和虚怀若谷的气度所感染。

我毕生景仰胡老师，更因为他是我国外语教育事业改革和发展的引路人。20 世纪 60 年代，他在北外主持了听说教学法教改试点项目；80 年代他主持我国高校英语专业教学大纲的制定；90 年代他主持英语专业教材编审工作；2001 年当选第三届中国英语教学研究会会长后，他通过国际学术会议、学术论坛等形式使我国的英语教学研究得以蓬勃发展。2005年7月23日，胡老师代表中国站在国际应用语言学学会执委会和国际委员会联席会议的讲台上，做了十三分钟的简短、有力、真诚的发言，致使中国成功夺得2011年第十六届世界应用语言学大会的主办权，被喻为我国语言学界的“成功申奥”，为我国外语教育史增添了绚烂的一笔。

就外语界各学科领域而言，著述成果多、业绩辉煌者并不罕见，学术威望高并兼任各级领导要职者也为数不少，但在某个学术领域具有自己独立学术思想的学者却不多见。在我看来，作为我国当代著名外语教育家、“许国璋外国语言研究奖——外语教育终身成就奖”获得者之一的胡文仲老师就是一位具有鲜明学术思想的大家。在这个问题上，我学识浅陋，没有资格予以全面评说。但根据我的学习体会，我觉得他至少在两个方面已经初步形成独到的学术思想体系：一是外语教育和教学理论与实践；二是文化与跨文化交际理论与实践。他的学术思想值得我们认真挖掘、总结并发扬光大。

“天涯海角有尽处，只有师恩无穷期。”岁月沉淀了的这种师生之谊，何其珍贵！

然而，举目四顾，已经退休的众多老者体会最深的或许还是那种被淘汰、被遗忘的失落与惆怅。甚至一些老人退休后，不再前呼后拥、门庭若市时，会扼腕长叹，连呼“人走茶凉”。但是，胡文仲和吴祯福一生淡泊名利，不贪权势，退休后并没有心理落差，更没有感到在人际关系上有太大的变化，虽然有些联系渐渐减少，慢慢疏远，但这也是人之常情。以前见面一般都是谈工作、谈学术，一旦这些内容不再是共同话题，接触必然会减少。退休之后，他们更多感受到的是朋友和同事对这一对空巢老人所表现出的格外的关心和照顾。2017 年秋季，胡文仲因肺部感染突发高烧，体温达到三十九点六度，情况比较紧急，立刻住进海淀医院。学校领导和外研社现任和前任领导李朋义、徐建中、蔡剑峰都来看望，并带来许多水果、鲜花，胡文仲从心底对他们感激。更让他感动的是刘相东和李建军两位同事几乎每天下午和晚上都要到病房来看望。他们坐在病床对面，一坐就是半个小时甚至更长。为了不让胡文仲消耗体力，只是问问病情，聊几句，并不长谈，大部分时间就是坐在那里静静地陪着，并不说话，正是“此时无声胜有声”。想起往事，胡文仲满怀深情地说：“这种静静的陪伴最能打动人心。那一刻，似乎说什么话都是多余的，似乎不说话心也是相通的。”他们天天来看望、陪伴，同病房的病人误以为是胡文仲的家人。而实际上，在胡文仲和吴祯福的心中，他们就是“家人”。因为北外就是他们的“家”。胡文仲生病期间，吴祯福更是把全部的爱和关心倾注在他的身上。她知道医院的饭菜不对胡文仲的胃口，总是想方设法带点他喜欢吃的点心送到他的病床前。有一天，窗外下着大雨，胡文仲知道吴祯福“一根筋”，生怕她冒雨来看望，他站在窗前望着外面的瓢泼大雨，十分担心吴祯福会在来医院的路上。不成想，病房的门还是被吴祯福推开，只见她一手拿着雨伞，一手提着塑料袋，笑盈盈地站在床前。这是他相伴一生、已经八十岁的妻子！是的，一位八十岁的老人，乘坐公共汽车，冒雨给病榻上的丈夫送点心！胡文仲看着被震颤病折磨的老妻，看着在她灰白的头发上瑟瑟抖动的水珠，喉咙发紧，眼角湿润。

而胡文仲对吴祯福多年来的悉心照顾，也让吴祯福心里充满了感激之情。回忆往事，她说："前几年，有一次我手发麻，去北医三院神内科看了，没有结果。转到骨科，拍了片子，发现是椎管狭窄，压迫了神经。大夫说要在颈椎上做手术。我心想年纪这么大了，怎么能做这么大的手术。我没有同意。但是，吃饭出了问题，吃饭要低头，怎么办？胡文仲就开始想办法，他找了几块硬纸板，按照合适的尺寸糊了一个盒子，上面又挖了一个洞，把饭碗放在上面，这样吃饭就不要低头。但是，这样一来我的手就悬空了，而我的手本来就颤抖，手悬空抖得更厉害。胡文仲就在网上查，看有没有合适的东西可以用。最后，买到了一套塑料提盒，高低合适，一共三层。买回来以后，效果果然不错，一层放在桌上，胳膊肘放在上面，不用悬空，手抖就好一些，饭碗放在两层的盒子上，头就不需要太低。就这样大致上解决了我的吃饭问题。我夹菜常常手一抖就洒在桌子上，文仲就经常把菜给我夹到碗里。所以，我吃饭经常是两个人合作，效果挺好，还能边吃边聊。我有时开玩笑对他说：'要是哪一天我没法自己吃饭了，怎么办？'他笑着说：'那我就用小勺喂你，给你嘴里抹浆糊。'"

笑声中虽然不无苦涩，但充满真情，充满深情！胡文仲和吴祯福这一对真正是相濡以沫的夫妻就是满怀这样的真情，这样的深情，相互搀扶着行走在风雨之中，从身姿挺拔，步履轻捷的青年时代，一直走到腰酸背疼，腿迟脚慢的耄耋之年……

说起胡文仲，吴祯福总有说不完的话，她会笑眯眯地告诉你："胡文仲爱好很多，别看他平时在外面不苟言笑，在家里也不声不响，可是你如果仔细看他一天下来干的那些事儿，就能看出他的性格。他喜欢玩电脑，甚至拆电脑，研究电脑的各种功能。他恐怕是我们学校最早买电脑的人，他出差从香港带回来一台电脑，海关的人认出他来，对他说，胡老师你怎么不买电视机呀？他在电脑上写文章，提高了工作效率。有时候还会往电脑里加些零件。电子邮件他用得也很早，那时候还没有商业的宽带，他用的是科学院高能研究所的网络，收发邮件需要赶在研究所开始工作之前。网约车我们家也用得比较早，刚开始用‘易到’，后来用过‘优步’和‘神州’，现在都是用‘滴滴’。国外旅行他用过‘爱彼迎’（airbnb），在英国和瑞士时我们都是住的洋民宿。总之，他喜欢新玩意儿，试验新东西。退休以后他要学弹钢琴。我听到他有此雅兴十分吃惊。他先学五线谱，学会了就自学弹琴。网上有付费的钢琴课，他想报名，但是，建立联系后那位老师一听他已经年过八十，就婉言谢绝了。可他毫不气馁，坚持从头开始，认真学习，过了一段时间就可以弹一些简单的曲子。他买了一大堆乐谱，有些是老歌，有些我没有听过。他虽然喜欢音乐，但唱歌却不灵，没有受过什么基本训练，常常连一个完整的歌儿都唱不完。我爱唱歌，年轻的时候，尤其是‘文革’期间，晚上无事可干，我就拿出手抄的歌本，一个歌一个歌地唱。他和孩子是我最忠实的听众。”吴祯福说笑间把一个外人不熟悉的“家里的胡文仲”，描绘得活灵活现。她接着又说：“胡文仲这个人出了名地记性好，可是有时候记性也特别地坏。我先讲他记性好的例子。有一次外事活动，客人进门时，团长把来客一一作了介绍，握手见面入座。胡文仲向客人介绍北外的情况，然后商谈合作的可能性。会见结束后，胡文仲和客人告别时居然能把大部分人的名字准确无误地说出来：

‘Nice meeting you, Mr. Johnson.（很高兴见到您，约翰逊先生。）’‘Hope you’ll enjoy the rest of your stay in Beijing, Professor Eton.（希望您后面在北京过得愉快，伊顿教授。）’等，客人听了都露出了惊讶的神情。因为他们全然想不到，这个人会在那么短的时间里记住那么多人的名字。但是有时候，胡文仲的记性又特别不好，常常记不住某个人的名字，让我提醒他。下次提到同一个人，还是记不得，又让我提醒。这种事儿一般都是他比较放松，不上心的时候。”说着，她又笑了起来。

胡文仲和吴祯福就是这样一对充满情趣、让许多人羡慕的恩爱夫妻。他们以善良、真诚赢得同事、朋友、学生的尊敬与爱戴。这种爱戴温暖了他们一生。患难见真情，2020 年，新冠肺炎疫情在全球肆虐，北京的疫情比较严重时，一个又一个朋友和同事给他们发来微信或打来电话，问他们有什么困难需要帮助解决，要不要送菜来。这些老师有的住在附近，有的住得很远，但知道两位老人遇到困难，都希望能帮上忙。短短几天之内，竟然有十几个这样内容的电话和微信。他们当中有的人平时与胡文仲夫妇并无来往，但危难关头，立即想到他们。远在新疆的维吾尔族学生买来西汗在疫情严重期间隔几天就来一个电话，询问北京的疫情和两位老师的近况，顺便告诉老师她一家在乌鲁木齐的生活状况。他们已经几十年没有见面了，但是聊起来还像当年在北外时那样亲切自然。吴祯福与她教过的一些学生也一直保持着联系，经常有学生到家里来看望她。2021 年北外八十周年校庆后的一天，她曾经教过的一个学生周伯荣携夫人前来拜访，并带来了一束鲜花。周伯荣进屋后，将鲜花递给吴老师说：“我特意选了五十七朵玫瑰送给吴老师，因为五十七年前吴老师教过我。”落座以后，师生聊起半个世纪前班上的同学，记忆犹新。周伯荣是“文革”前入学的学生，北外毕业后于1973年入伍，曾在中国人民解放军军政大学任教。在香港回归祖国时调任中国人民解放军驻香港部队副司令员，海军副参谋长，1996年晋升为少将。周伯荣告诉吴老师这些年来自己的经历，包括自己在部队受到的锻炼。师生半个多世纪未见面，见了面总有说不完的话。原来在香港工作的一对夫妇曾是吴祯福的学生，在疫情期间专门为吴老师购买了保健品寄到北京。当年《跟我学》在播放时，就是这一对夫妇为胡文仲专门买了上镜所需的衣服寄到北京，这次他们为吴祯福究竟应该买哪一类保健品颇费了一番周折。先生买回来以后，夫人发现保健品并不是针对老年人的，于是又去了药房选购适合老年人的保健品。人心换人心，胡文仲和吴祯福以他们高尚的心灵，激发了人性之美，彻底颠覆了“人走茶凉”，这一被世人达成的共识。

滚滚长江东逝水，浪花淘尽英雄。是非成败转头空。青山依旧在，几度夕阳红。2021年9月下旬，适逢北京外国语大学建校八十周年。年届九旬的郑荣成教授通过各种途径联系了在京的六十位当年参干的老同学，希望他们在校庆时能够来校聚会。这些老同学都是年过八旬的老人。校庆那一天，有二十位老同学回到了阔别多年的校园，看到今日的北外早已不是他们入校时的样子，校园到处大树参天，绿草如茵，无论是图书馆还是健身房，到处都散发着现代化的气息。有的老同学走路有困难，郑荣成专门安排了一部车把行动不便的老同学送到聚会的教室。到会的老同学最年轻的八十五岁，有潘绍中、胡文仲等，最年长的是九十高龄的徐祖光，他一辈子都在国家公安系统工作。到场的还有在国外任大使多年的王义浩，有在外交部工作多年、后任国际问题研究所副所长的戚名琮，一直在国安局工作的毛国华，在新华社工作几十年的章挺权等。另外，还有在北外任教的各位老教授。大家都是“北外人”，聚在一起谈起北外往事无不感慨万分。十点钟过后，他们的老师伊莎白坐着轮椅，在儿子柯马凯陪同下来到聚会的教室。在座的二十多位老学生全体起立，鼓掌欢迎自己的老师，之后一一走向前自我介绍，并对伊莎白表示慰问。伊莎白和老同学们坐定后合唱校歌《人民需要我们到哪里，我们就到哪里》。当年曾指挥学校乐队的戚名琮起立指挥。大家的歌声虽然没有学生时代那么洪亮，但热情不减当年。伊莎白也跟着大家一起唱。她的声音虽然没有她的学生那么响亮，但依然激情满怀。她那双见证了一个多世纪沧海桑田变化的眼睛闪闪发光，显然这是她记忆中仅存的一两支歌。唱完歌，胡文仲代表在座的老同学向伊莎白献花。他说：“伊莎白同志，我代表 1950 年参加革命、1951 年来到北外的同学们向您献花。我们刚到学校时，您和大卫住在校园北侧的平房区，我们住在旧兵营里。那时您的大儿子柯鲁只有两岁。我们非常感谢您对于中国革命的忠贞不二和对于中国外语教育事业的无私奉献。” 柯马凯想让母亲坐着接花，但一百零五岁高龄的伊莎白坚持自己站起来接受献花，她对大家说：“Happy reunion!（欢聚快乐）”

欢聚快乐！这不是一场普普通通的欢聚，而是新中国培养的第一代“外语人”的欢聚！北外是党成立的第一所外国语学校，红色基因在一代代“北外人”身上延续。胡文仲这一代“北外人”在过去的七十年见证了她的成长、发展和壮大。如今她已经发展成为以外国语言文学学科为主导，多学科并举的外语文科大学，所设学科包括文学、语言学、法学、经济学、管理学、新闻传播学等。所教外语涵盖全球所有与我国建交的国家，共计一百零一种。北外是我国语种开设最多的外语大学。北外基于语言，但超越语言，正在努力建设国际化、重特色、高水平、综合型的世界一流外国语大学，着力培养具有中国情怀、国际视野、德智体美劳全面发展、堪当民族复兴大任的复合型、复语型、高层次的人才。

胡文仲为自己有幸为北外的发展奉献自己的一生骄傲！为自己是建国后第一代“北外人”自豪！放眼望去，一代代“北外人”正向他迎面走来，他张开双臂，把他们紧紧拥入怀中，向着未来微笑，目光那样坚定！坚定！

尾声

又是一年春来早，紫竹院玉兰花开，素雅飘逸；澄鲜湖波光潋滟，柳丝依依。从2021年满眼金色的秋天到2022年充满希望的春天，我和胡文仲教授通过网络，朝夕相伴，沿着他闪光的足迹，重走他的人生之路。一路走来，我无时无刻不被他的精神、他的品德、他的人格魅力所感动。他亲切的声音不时在我耳边响起，睿智的双眸总是注视着我，给了我力量和信心。四月，这本书的初稿即将结束之时，我又有机会坐在胡文仲教授面前，走进他的心灵，倾听他的心声。现将我们的谈话记录于此，以飨读者：

李：改革开放期间，您一直在担任各种职务，先后担任过国家教委高校教材编审委员会和教学指导委员会主任委员，担任过各种学会、研究会的会长。您认为是什么原因促成了这种情况？

胡：对于这个问题我有很清醒的认识。个人的学术成就和能力是一个重要因素，但更重要的是北外在全国的学术地位和影响力。在我看来，我之所以能担任这些职务，百分之七十是因为我是北外的教授，我代表的是北外。百分之三十可能是因为我个人在学术方面、在团结合作方面做得还可以，有一定的人缘。不管你个人能力有多强，学术成就有多突出，如果你是在边远省份一所不知名的大学教书，你也不可能担任国家级的重要职务。这应该是不争的事实。所以，对个人的作用应该有恰当的估计。

李：您认为这一生过得怎么样？

胡：我觉得我很幸运，这一生过得很充实。我的人生转折点是1950年参加军事干部学校。如果我不参干，可能会有两条出路。一条是和中学同班同学一样，高中毕业后考大学，学一个专业，毕业后被分配到某个单位工作，为国家的经济文化建设做贡献。另一条出路是不上大学直接找个工作。当时家里经济困难，很可能上不了大学。也许我会找个邮局或铁路上的工作，养家糊口。不管哪一个出路都不是参加革命。而参干是参加革命。北京外国语学校是老区过来的，有着革命传统的学校。我在北外不仅学习了一个专业，更重要的是受到革命人生观的教育，树立了为人民服务的理想和信念，所以我说参干是我人生的转折点。

李：从业务发展来看，您是否也是比较幸运的？

胡：是的，我在北外学习了六年半，时间不算短，在本科打下了比较好的基础，之后又在进修班、师资班学习，教我们的都是有水平有经验的教师。经过他们的教育和在业务上的指点，在学习外语方面基本上没有走弯路。在校学习阶段还有机会出国工作了半年，在国内也有实习的锻炼。这些机会不是每个学习外语的人都能得到的，从这个意义上说，我也是很幸运的。

李：赴澳留学在您的业务发展中起了什么作用？

胡：在澳大利亚悉尼大学的两年进修是我业务发展的一个转折点。在悉尼大学我接触到过去从来没有系统接触过的领域，包括澳洲文学、英美当代文学、戏剧、文体学，阅读了大量的文学名著和文学批评理论，可以说，我这一辈子都没有集中读过这么多的书。这使我回国后得以开设一些专业课程。另外，在悉尼大学还学会了如何收集材料做科研，如何写学术论文。这为之后的科研工作打下了一个比较好的基础。严格来说，我的科研工作主要是在回国后做的，绝大部分论文和全部专著都是20世纪80年代之后完成的。因此，赴澳的两年对于我的学术成长起了关键的作用。

李：回顾您一生的经历，您有什么遗憾吗？

胡：当然有。一个遗憾是读书读得太少，在六年多的学习中无论是中国文学经典还是西方文学经典都读得不够。书读了不少，但由于当年的环境，经典作品常常是打了标签被拒之门外。西方的许多文学经典都是多年以后才有机会阅读。例如，《巴黎圣母院》《罪与罚》《红与黑》等都是五十多岁才有机会阅读。英美当代文学作品，例如艾略特的诗作、福克纳的小说是在赴澳留学之后才读到。我记得北外图书馆第一次开架，我到图书馆书库浏览，看到库里有那么多的书籍，看到书的天地那么广阔，真是感慨万千。我想读的书太多，但是真正读了的书着实太少。我们的成长过程和我们所处的时代息息相关，包括我们读书的质与量都和所处年代以及周围环境有关系，当然个人努力不够也是原因之一。另一方面的遗憾是研究的方向太多，不够集中。我的科研方向包括澳大利亚文学、跨文化交际和外语教育，每个方向下面还可以细分出很多领域。每个方面的研究要做好都要花费很多时间和精力，所以，在时间不敷使用的情况下，只能有所放弃。后期我的时间主要用在外语教育和跨文化交际研究方面，只好把澳洲文学先搁置起来。对我来说，这也是一大遗憾。

李：您太谦虚了。其实，无论在澳大利亚文学研究，还是跨文化交际学研究、应用语言学研究领域，您都是开一代先河的领军人物。这是不争的事实，也是业界学人的共识。写这本书之前，我一直以为，我们相识将近四十年，我对您非常了解，但真正动笔，才知道，以前的所谓了解，只是“皮毛”。我并没有真正走进您的内心世界，也没有把握您成长的脉络。通过这半年多的写作，我才真正对您有了比较深刻的了解，当然还很不够。但我清楚地认识到，您走过的道路，就是新中国成立以来一代“外语人”走过的道路。您从十五岁来北外求学，毕业后留校任教，七十多年来经历了中国外语教育领域所有重大变革，而且是许多变革的参与者，领导者。毫不夸张地说，您的一生是新中国成立以来外语教育的缩影。因此，写您就是写新中国外语教育的历史。这或许就是这本书的意义和价值之所在。我把这本书定名为《北外岁月——胡文仲的外语人生》也是经过一番思索的。我一直不知道该用一个什么样的名字来为这本书“点睛”。及至写完全书，灵感突至，觉得用“北外岁月” 概括您的外语人生最为恰当。您是在全国享有盛名的专家、学者，教授，但您的一生都和北外密不可分，在北外度过了七十多年。您践行了从青年时代起就高唱的《北外校歌》的精神，您用您的一生诠释了这首校歌所包含的红色基因，并且把这种基因传承下去。您是当之无愧的“北外人”！

胡：谢谢你的理解。我为自己在北外度过此生而骄傲，为我自己是“北外人”中的一员而自豪。

窗外，桃红柳绿，明媚的春光照耀着胡文仲客厅里摆放着的他和吴祯福胸前佩戴“光荣在党五十年”纪念章的大幅照片。那是 2021 年 7 月，中国共产党建党一百周年时，党中央颁发的纪念章，是他们毕生的光荣。他们无愧于这份光荣！

看着这张照片，吴祯福教授——胡文仲的夫人，也是我尊敬的师长走到我和胡老师身边，一起哼唱起属于“北外人”的那首歌：

人民需要我们到哪里，我们就到哪里。

我们有马列主义武器，毛泽东思想指导。

我们勇敢地走向岗位，永远为人民服务。

人民需要我们到哪里，我们就到哪里。

……

走近一位真诚、可爱的"北外人"

胡文仲先生是我国当代著名的外语教育家、"许国璋外国语言研究奖——外语教育终身成就奖"获得者。他十五岁与北外结缘，毕业后留校任教，曾任北京外国语大学副校长。在过去七十多年的北外岁月里，胡老师始终在外语教育领域耕耘不辍、桃李满疆，是我国最早从事澳大利亚文学研究和跨文化交际研究的学者之一，更是我国跨文化交际学学科的开拓者和带头人，见证、参与并领导了我国外语教育领域的许多重大变革，做出了一系列意义深远的国家级贡献。

2010 年，由于在北京外国语大学工作的关系，我得以见到这位敬仰已久的前辈、师者。彼时胡老师虽已年逾古稀，但精神矍铄，质朴可亲、温文尔雅的气质令人如沐春风、印象深刻。

事实上，胡老师很早就是一位"名人"了。20 世纪 80 年代风靡全国的"现象级"电视英语教学节目《跟我学》，让作为主持人之一的胡老师家喻户晓、老幼皆知。按照常理，爆红之后的"名人"们，随之而来便是铺天盖地的新闻报道和各类传记图书。然而，熟悉的人都知道，生活中胡老师为人低调、不事张扬，"面对媒体和镜头常常避之唯恐不及"，甚至从不主动和人谈起自己的学术成就。因此，几十年来，即便胡老师早已成为学界知名的权威学者，但他的人生故事却始终鲜为人知。

《北外岁月》让更多人终于有机会走近胡老师那轰轰烈烈，甚至颇有些传奇色彩的“北外岁月”，细细感受这位真诚、可爱，令人景仰的“北外人”究竟是“怎样炼成的”。文字静静流淌，一幅跨越世纪的人生图卷徐徐展开，这里有波澜壮阔的时代变迁，有朴素真挚的个人情感，有童年趣事、青年立志、中年奋斗、暮年壮怀……一段段动人往事，涤荡心灵、振奋力量，更为我们后辈学人、教育工作者带来了弥足珍贵的启示。

在书中，我们读到了胡老师胸怀天下、至诚报国的人生追求。胡老师的童年历经战乱和饥饿，饱尝外敌入侵、山河破碎的辛酸与苦楚，他幼小心灵中早早种下了修德立诚、读书报国的种子。难忘昕昕中学老校长张宗思面对日寇严刑拷打却视死如归、大义凛然的不屈壮举对青年人的深刻影响；难忘15岁的胡文仲响应国家号召投笔从戎，投身“抗美援朝保家卫国”运动的那个激动不眠之夜；难忘他在北外如饥似渴学习，积极主动实践，只为早日报效国家的热血青春；难忘他首次出国参访，尽心竭力工作，时时刻刻以祖国为傲的壮志豪情；难忘他面临工作分配与成为专业翻译失之交臂时的失落遗憾，但很快决心以教师角色，为国育才的那份坚定；难忘他不负组织信任，在领导岗位兢兢业业、攻坚克难的日日夜夜；难忘他勇挑重担、锲而不舍，带领团队成功夺得第16届国际应用语言学大会主办权的激动时刻；难忘他虽已年逾八旬，仍站在国家发展的战略高度，心系我国外语教育规划的那份牵挂……正如北外校歌所唱的那样“人民需要我们到哪里，我们就到哪里……我们勇敢地走向岗位，永远为人民服务”，胡老师以至诚报国的毕生追求，标定了自己的人生高度。

我们读到了胡老师勤勉务实、敢为人先的治学精神。在王佐良、许国璋等老一辈北外学者的言传身教之下，胡老师始终对学术研究心怀敬畏，严谨治学、一丝不苟。他曾经教过的学生、同样一生从事英语教育工作、如今年逾八旬的秦秀白教授评价胡老师的治学态度：真诚朴实，言必有据，言必由衷……直击问题本身，回答的都是现实存在的实际问题，所说的都是自己的独立见解。胡老师的论文和著作处处闪耀着他真诚朴实的学术品德。他不仅在澳大利亚文学与文化、跨文化交际学、应用语言学研究等方面开一代先河，更将这种敢为人先的开拓精神运用到北外教育改革之中，率先推动复合型外语人才培养，惠及万千学子。这种勇气与魄力，与胡老师数十年如一日勤勉务实、敢为人先，“源于实践而后指导实践”的治学精神密不可分。

我们读到了胡老师真诚善良、虚怀若谷的品格修为。胡老师一生恪守以诚相待、与人为善的处世原则，交友广泛。更为难得的是，不论诺奖得主、名师大家，还是普通师生、校园工友、医生护士，他都会平等相待，感恩每一份善意和帮助，并与他们保持长久而真挚的友谊。书中记述的一个个平凡而温暖的故事令人动容。我们相信，也正是这份真诚善良打动了吴祯福老师，使她决定与胡老师相守一生、相濡以沫。胡老师谦虚谨慎、虚怀若谷的品格更是后辈学习的楷模。在回顾自己英语教学历程时胡老师说，自认也还勤奋，几十年来夜以继日，虽然做出了一些成绩，但总的说来，距离心目中的标准还相差甚远。2014 年退休时，他再三谢绝了师生好友为他举办学术研讨会的好意，认为自己“在学术上没有那么突出的成就”。在本书最后，胡老师与李尧教授对话时，仍然坚持认为自己所取得学术成绩和学界给予的认可，多赖于自己是北外的教授，代表的是北外。多么可敬的前辈啊！

在书中，我们还读到了胡老师耕耘不辍、烛照后学的师者境界。胡老师把他毕生的热爱全部投入到教学科研、教书育人工作之中。他热爱教学工作，乐于提携后学，凡涉及外语教育教学的问题，不论是他认识的人还是不认识的人，不论对方是初学者还是大学教师，胡老师总是有求必应，耐心解答，鼓励年轻人在外语学习、研究方面大胆前行。胡老师学术成果颇丰，科研脚步从不停歇，即便在担任行政工作的“双肩挑”十年中，他也坚持利用晚上的时间开展学术研究，常常工作到深夜。几年前，胡老师和吴老师在北外英语学院捐资设立了“师生情奖学金”，奖励品学兼优的本科学生。二老说，他们对北外充满感激之情，对孜孜不倦教诲他们的恩师终生难忘，希望在力所能及的范围内对北外有所回报，希望青年学生铭记北外的光荣传统以及老师们对他们教育的辛勤付出。每每想到两位老人那拳拳爱校之心和那独属于师者的期许目光，都会不禁心头一暖，湿润了眼眶。

掩卷覃思，受益匪浅！

我们常说百年大计，教育为本；教育大计，教师为本。习近平总书记在北京八一学校看望慰问师生时曾深情地说，一个人遇到好老师是人生的幸运，一个学校拥有好老师是学校的光荣，一个民族源源不断涌现出一批又一批好老师则是民族的希望。在我和广大北外师生校友眼中，胡文仲先生正是这样一位真诚、可爱的好老师。胡老师常说自己以此生能做“北外人”为荣。事实上，北外更是以拥有胡老师这样的师者楷模为傲！

鹤发银丝映日月，丹心热血沃新花！衷心祝愿胡文仲先生和吴祯福老师身体安康、幸福常伴！

陈雨露

南开大学校长

北京外国语大学原校长

2023 年 3 月 18 日于天津

胡文仲教授的精彩人生

《北外岁月——胡文仲的外语人生》一书的传主是我非常尊敬的著名教授、英语教育专家、澳大利亚文学研究专家、我的长辈同事。传记的作者李尧老师是著名翻译家、澳大利亚文学研究专家，也是胡文仲教授的好友。在书中，李尧老师为读者分享了他所了解的胡文仲教授，以及胡文仲教授为北京外国语大学和全国外语教育事业所做出的杰出贡献。

传记，现在有时候也称为“生命写作”（life writing），是一种非常重要的文类。年轻读者一般都喜欢阅读传记，原因是可以从中学习成功经验，寻找行为榜样。胡文仲教授的传记会对学习外语的学生产生非常大的吸引力，同时也对中外交流领域提供具有普遍性的参考价值。新中国的外语教育经历了从语言学习到知识学习的发展过程，这个过程可以描述为从学习外语的听说读写译，到学习用外语撰写的关于政治、经济、文学、文化等不同学科的文章。也就是从语言习得到文学研究、语言学研究、翻译学研究、跨文化研究、国别与区域研究，等等。胡文仲教授不仅是外语学科方面这些发展变化的见证者，而且也是这些发展变化的推动者。他本人不仅是英语教育专家，也是澳大利亚文学研究专家、跨文化研究专家。胡文仲教授早期的工作集中于基础阶段的英语教学，曾参与听说法教学改革和多套英语教材的编写，包括《英语》（四册）、《大学英语教程》《大众英语》等，还曾主持央视的电视英语教学节目，在全国英语界有着相当大的影响力。但是后来他转向澳大利亚研究和跨文化研究，作为中国和澳大利亚学术交流的早期学者赴澳洲学习，开辟了中国的澳大利亚研究领域，成为中国澳大利亚研究会首位会长。他也因为在中澳交流中的贡献，获得澳大利亚政府的嘉奖，被澳大利亚顶尖的悉尼大学授予荣誉博士学位。

胡文仲教授的一生是精彩的。可以说，他在自己的领域做到了最好，在对社会和他人做贡献的同时，也活出了自己的人生价值和意义。他的人生发展有自身的轨迹、自身的逻辑性和必然性，他与普通人一样，有家人、朋友、同事、同学等形成了亲情圈和朋友圈。然而任何一个人都不可能生活在真空之中，其生活都会与社会和历史发生关系。胡文仲教授的人生跨越了好几个时代，经历了许多的重要事件。从他出生开始，经历了中国社会发展的新民主主义革命时期、社会主义革命和建设时期、改革开放和社会主义现代化建设新时期、中国特色社会主义新时代；也经历了抗日战争、解放战争、新中国成立、“文革”、改革开放等重大的历史事件和历史转折。胡文仲教授是见证人和亲历者，他的人生也会折射了这些中国历史和重大事件。人们平时在教科书上看到的历史，可能称为“大历史”或者“宏大叙事”，而历史的另一面可能存在于普通人的生活经历之中，存在于许多个人的个体体验之中。这些“小历史”或者历史细节，可能会反映出一些在“宏大叙事”中无法看到的东西，也可能给人以真正重要的启示，因为它更贴近真实的生活，更接近历史的真相。

我自己对胡文仲教授的了解，是从1993年我在北外工作开始的。当时我与胡文仲教授接触并不多，因为我在英语系的文学教研室，而他在外国文学研究所工作。后来他接替王佐良教授任外文所所长兼《外国文学》

杂志的主编。在此期间，他在期刊中开辟了“澳大利亚文学”专栏，专门翻译、介绍和研究澳大利亚文学。这个在当时是具有开拓意义的，因为澳大利亚文学研究在国内尚属空白。这个栏目的开启对于澳大利亚文学研究在中国的展开和发展起到了巨大的推动作用。他后来出版的《澳大利亚文学研究论集》（1994），也是国内所出版的类似专著的开拓性著作。

澳大利亚曾经是英国殖民地，文化传承和生活方式与英国非常相似，受英国的影响非常大。但是澳大利亚的地理位置与英国相距十万八千里，所以澳大利亚人有时候也纠结，他们到底是欧洲人还是亚洲人？是西方人还是东方人？因此，澳大利亚文学到底有何特质，是一个非常值得探讨的问题。他们的文学到底是英国文学的延伸和模仿，还是具有他们自己的特色和特质？这个问题，他们自己可能也很难回答！2018年，李尧教授的澳大利亚文学作品翻译丛书《李尧译文集》（共10卷）由青岛出版社出版，并在澳大利亚几个著名大学举办了隆重的发布仪式。我当时也参加了发布仪式的研讨会，并且以“什么是澳大利亚文学”为题做了演讲和分享，后来这篇文章在《澳大利亚研究》集刊（2018年第2期）上发表。我之所以选择这个题目，是因为受到了胡文仲教授的一篇文章的启发。在《澳大利亚文坛巡礼》这篇文章中，他通过参加1985年在澳大利亚举行的一次国际会议，提供了关于澳大利亚文学最新发展的信息。他说，人们现在已经不再讨论什么是澳大利亚文学了，因为《牛津澳大利亚文学史》（1981）的出版使这个问题成为过去。但是对于我这样一个外行来说，这个话题仍然具有重要意义，它也可能是一个初读澳大利亚文学的读者最可能第一个想到的问题。因此，我以李尧老师翻译的澳大利亚作品为例，探讨了为什么这些作品是澳大利亚文学，而不是英国文学的延伸。

2013年，《光明日报》国际文化版的编辑吴云老师委托北京外国语大学法语专业的沈大力老师推荐一位学英国文学的人为《光明日报》写稿，沈老师推荐了胡文仲教授，因为胡老师是最合适的人选。但是胡老师又推荐了我，可能是因为他想让年轻人有更多锻炼的机会。由于胡老师的推荐，我开始给《光明日报》写稿，从2013年开始，一直到2020年，我在那里发表了多篇关于英美文学和文化的文章。在这个过程中，我的确得到了很多的锻炼，也把我从前学过的很多知识变成了大众化的文章，在报刊上与非本专业的公众读者分享。这些文章不仅向我自己证明，我曾经学过的关于英美诗歌的知识具有一定的实用价值，不是纯粹的阳春白雪，是可以接地气的，而且这个经历也改变了我对文学和诗歌的认识，从而在我教授的"英美诗歌赏析"课程中坚守社会与历史的视角，将诗歌与社会现实紧密结合。根据这个想法，我又陆续编写了两本诗歌赏析教程。结果证明，学生们对这样的教学方法非常认可，我这门课程也在2019年成为国家级一流课程。

2019年，胡文仲教授和吴祯福教授夫妇决定捐赠60万元在北外英语学院设立奖学金，用于资助学业优秀且具有爱国情怀的英语专业学生。当时的英语学院党总支书记路兴和我本人专程登门拜访了两位教授，商议奖学金评奖事宜，并且对夫妇俩表达了衷心感谢！他们表示，英语学院是两人工作了一辈子的地方，他们对英语学院有深厚的感情，捐赠也是这种感情的一种表达。如果他们的捐赠能够激励下一辈人努力学习、报效祖国，那就是他们最大的心愿。关于奖学金，我们提议命名为"胡文仲－吴祯福奖学金"，但是他们不同意；我们也建议举办一个启动仪式，让大家都知道这件事，但是他们也否决了。最终奖学金的名称定为"师生情奖学金"，表达了他们低调做人的愿望。虽然两位教授不愿意宣传，但是他们都对评奖条件非常重视。在他们看来，学习优秀只是个人发展的一个方面，爱国爱家才是一个人品行的更重要体现。他们在选拔条件上特别强调家国情怀这一条。

最后，我认为《北外岁月——胡文仲的外语人生》一书的出版将成为外语界的一件盛事，因为外语教育与我国改革开放的历程同步，外语人如何助力国家的改革开放，在国家一步一步走向世界舞台中央的过程中起到了什么作用，将是读者的一个关注点，胡文仲老师走过的路将为人们提供重要的参考。另外，作为中国重要的外语大学的副校长和教育部外语专业教学指导委员会主任委员，胡老师如何积极推动中国的外语教育改革，如何让我们的外语教育发展到今天，也是外语界所关注的要点，很多的问题也将从中获得答案。

张剑
北京外国语大学英语学院院长
2023 年 2 月 1 日

致　谢

这本书得以完成、出版，当然首先要感谢胡文仲教授和吴祯福教授。没有他们二位提供资料，回忆往事，就不可能有这本书。论年龄我比胡老师、吴老师小十多岁，但总体看应该属于同一个时代的人。几十年来，他们经历过的风雨沧桑，我也基本上都经历过。所以我能和他们共情共鸣，走近他们的内心世界，理解他们在各个不同历史时期的心路历程，为写成、写好这本书奠定了基础。写作过程中，我们几乎天天联系，不断补充材料，增添细节，让这本书渐渐丰满起来。

我还要感谢北京外国语大学副校长、中国跨文化交际学会会长孙有中教授。他在百忙中为我提供写作需要的资料，还亲自撰写了我需要的文字，为本书增光添彩。感谢北京外国语大学曾任许国璋语言高等研究院院长、国家教材委员会外语学科专家委员会主任、中国英汉语比较研究会副会长的文秋芳教授，感谢北京外国语大学郑明秋教授、张良民教授、邓淑碧教授，感谢《新时代汉英大词典》（二十一世纪版）主编、外交学院潘绍中教授，感谢教育部高职高专英语类教学指导委员会主任刘黛琳教授，感谢北京大学第三医院主任医师、医学博士、博士生导师丁士刚教授。他们都非常热情地接受了我的采访，为我提供了许多宝贵的资料，使得这本书更有价值。感谢中国矿业大学副教授翟石磊博士。翟石磊博士对徐州的历史颇有研究，他为我提供了胡文仲老师曾经就读的昕昕中学、徐州三中许多非常珍贵的史料，从而使胡文仲青少年时代的生活学习环境真实地展现在读者面前。

我在撰写这本书的过程中还引用了北京大学胡壮麟教授、华南理工大学秦秀白教授、上海外国语大学戴炜栋教授、山东大学李玉陈教授、中山大学常新萍教授、著名主持人鲁豫女士、西悉尼大学韩静教授、北京对外贸易学院陈慧献教授、河南大学孙仲娜老师等许多与胡文仲教授有过这样那样交集的老师们的研究成果、回忆文章，在此一并表示感谢。谢谢你们和我一起把“北外人”胡文仲闪光的足迹呈现给读者！谢谢！

最后，感谢南开大学陈雨露校长和北京外国语大学英语学院张剑院长为本书撰写文章。谢谢你们的支持和鼓励。

李 尧

2023 年 3 月 20 日于北京

附　录

胡文仲简历：

1951—1954 年 在北京外国语学院英语系学习；1954 年年底本科毕业

1955 年 1 月—1956 年 7 月在北外英语系进修班学习

1955 年 7—12 月随中国青年代表团赴波兰参加世界青年联欢节，之后随中国京剧团赴北欧五国，任随团翻译

1956 年 9 月—1957 年 7 月 在北外英语系师资班进修

1957 年 9 月—1978 年 在北外英语系任教

1979 年 1 月—1981 年 1 月 在澳大利亚悉尼大学英文系进修，获文学硕士学位

1981—1984 年 在北外英语系任教；1982 年评为副教授，任系副主任

1984—1991 年 北京外国语学院副院长；1984 年评为教授， 1986 年任博士生导师

1991—1994 年 北京外国语大学外国文学研究所研究员

1995—1999 年 北京外国语大学外国文学研究所所长、《外国文学》主编

2000—2014 年 《外国文学》主编

2014 年 3 月 退休

国外学术职务：

1984 年 6—8 月　悉尼大学客座教授

1988 年 5—12 月美国宾州州立大学客座教授

1989 年 1—3 月　悉尼大学客座教授

1990 年 8—9 月　英国兰卡斯特大学客座研究员

1992 年 12 月—1993 年 3 月　澳大利亚国家图书馆客座研究员

1994 年 3—6 月　英国兰卡斯特大学客座研究员

1996 年 1—5 月　美国威斯康星大学客座教授

1997 年 11 月　　日本青山学院大学客座教授

2000 年 10 月　日本青山学院大学客座教授

2003 年 4—5 月 澳大利亚墨尔本大学客座研究员

社会兼职：

曾任：

高等学校外语专业教材编审委员会副主任、主任

高等学校外语专业教学指导委员会主任

国务院学位委员会外国语言文学学科评审组成员

国家教委直属高校专业设置评议委员会委员

国家教委高校招生统一考试英语学科命题委员会委员

欧美同学会副会长

中国英语教学研究会会长

中国澳大利亚研究会会长

中国跨文化交际研究会会长

中国高校英语口语协会会长

《外语教学与研究》编委

现任：

《外国文学》编委

名誉职务：

中国英语教学研究会名誉会长

中国澳大利亚研究会名誉会长

中国跨文化交际研究会名誉会长

《外语教育研究前沿》顾问

《英语学习》顾问

《英语世界》顾问

专著及论文集:

《英语的教与学》，外语教学与研究出版社，1989 年

Encountering the Chinese: A Guide for Americans（《与中国人交往：给美国人的指南》）(与尼尔·格鲁夫合著)，美国跨文化出版社，1991 年

《澳大利亚文学论集》，外语教学与研究出版社，1994 年

《外语教学与文化》(与高一虹合著)，湖南教育出版社，1997 年

《跨文化交际学概论》，外语教学与研究出版社，1999 年

《超越文化的屏障》，外语教学与研究出版社，2002 年

《胡文仲英语教育自选集》，外语教学与研究出版社，2006 年

《和胡老师谈学英语》，外语教学与研究出版社，2009 年

Encountering the Chinese: A Modern Country, An Ancient Culture（《与中国人交往：古老的文化，现代的国度》）（与科尼利厄斯·格鲁夫及庄恩平合著），美国跨文化出版社 , 2010 年

《胡文仲选集》，外语教学与研究出版社，2011 年

《跨文化交际教学与研究》，外语教学与研究出版社，2015 年

《胡文仲学术研究文集》，上海外语教育出版社，2017 年

编著:

《英语》1 一 4 册 (英语系教材组合编)，商务印书馆，1975—1979 年

《大学英语教程》1—2 册 (与祝珏、马元曦、李贺合编)，商务印书馆，1983 年

《澳大利亚短篇小说选集》, 外语教学与研究出版社，1983 年

《基础英语教学论文集》，外语教学与研究出版社，1985 年

《现代实用英语例解》，上海外语教育出版社，1987 年

《跨文化交际与英语学习》，上海译文出版社，1988 年

《跨文化交际学选读》，湖南教育出版社，1990 年

《澳大利亚研究论文集》，厦门大学出版社，1992 年

《文化与交际》，外语教学与研究出版社，1994 年

《英美文化辞典》，外语教学与研究出版社，1994 年

《大众英语》，外语教学与研究出版社，1996 年

《公务员英语》，高等教育出版社，1997 年

《实用英语写作》(与吴祯福合编)，外语教学与研究出版社，1997 年

《跨文化交际面面观》，外语教学与研究出版社，1999 年

《高等学校毕业设计（论文）指导手册：外语卷》，高等教育出版社，经济日报出版社，2001 年

《中国英语教学（三）：2001 年北京中国英语教学国际研讨会论文集》，外语教学与研究出版社，2003 年

《中国英语教学优秀论文集（一）》，外语教学与研究出版社，2005 年

《高校基础英语教学》（与文秋芳、王桂珍合编），外语教学与研究出版社，2006 年

《中国外语教育发展研究（1949—2009）》，（与戴炜栋合编），上海外语教育出版社，2009 年

译著：

《人树》(与李尧合译)，上海译文出版社，1990 年

《探险家沃斯》(与刘寿康合译)，外国文学出版社，1991 年

《当代澳大利亚短篇小说选》（与李尧合译），北京出版社，1993 年

《想入非非》（剧本），《外国文学》，1987 年第 8 期（上海人民艺术剧院曾于 1987、1988 年在沪京两地演出此剧）

《足球俱乐部》（剧本），《外国文学》，1999 年第 6 期

《一杯茶》，《外国文学》，1982 年第 4 期

《六十年代以来的澳大利亚文坛》，《外国文学》，1984 年第 6 期

《叫喊着的土豆》，《外国文学》，1990 年第 4 期

《关于“幻影工业”的报导》，《外国文学》，1990 年第 4 期

《假如有一天我决心奉献自己》，《外国文学》，1992 年第 4 期

论文：

外语教学与外语教育：

外语基础教学中的领会与复用问题，《西方语文》，1959 年第 1 期

语法教学必须服从基础阶段教学的要求，《外语教学与研究》，1959 年第 3 期

英语复合宾语，《外语教学与研究》，1962 年第 2 期

英语定语从句的位置，《外语教学与研究》，1963 年第 3 期

交际教学法初探，《外国语》，1982 年第 5 期

科学研究与教学大纲，《外语教学与研究》，1983 年第 2 期

语言习得与外语教学，《外国语》，1984 年第 1 期

从 ISTEC 看我国英语教学的动态，《教学研究》，1986 年第 1 期

学习《大学英语教学大纲》的体会和看法，《外语教学》，1986 年第 1 期

从一次学术讨论会看我国英语教学的动态，《外语教学与研究》，1986 年第 2 期

英国外语教学的格局与变化，《外语教学与研究》，1987 年第 4 期

语言规划刻不容缓，《语言文字应用》，1997 年增刊

English plus what?–A dilemma we now face（英语加上什么？——我们现在面临的困境），见 Barry Asker（巴里·阿斯克尔）编著的 *Building Hong Kong on Education*（《以教育建设香港》），朗文出版社，1998 年

A matter of balance: Reflections on China's language policy in education （《平衡问题：中国教育语言政策思考》），*Asian Englishes*（《亚洲英语》），2001 年第 1 期

我国外语教育规划的得与失，《外语教学与研究》，2001 年第 4 期

Vocationalization versus Liberal Arts Education: New Directions in Foreign Language Syllabus Design in China（职业化与人文教育：中国外语教学大纲设计的新方向），《英语教学、翻译与 21 世纪国际研讨会》，澳门理工学院，2002 年

突出学科特点，加强人文教育：试论当前英语专业教学改革（与孙有中合作），《外语教学与研究》，2006 年第 5 期

对于我国英语专业教学改革的回顾与再思考，《外语界》，2008 年第 5 期

英语专业“专”在哪里，《外语界》，2008 年第 6 期

中国英语专业教育改革三十年，《光明日报》，2008 年 11 月 12 日
新中国六十年外语教育的成就与缺失，《外语教学与研究》，2009 年第 3 期
关于我国外语教育规划的思考，《外语教学与研究》，2011 年第 1 期
试论我国英语专业人才的培养：回顾与展望，《外语教学与研究》，2014 年第 1 期
外语教育改革二三事，《外语界》2018 年第 4 期
适应国家战略需要，培养高端外语人才，载王定华、曾天山主编《民族复兴的强音：新中国外语教育 70 年》，外语教学与研究出版社，2019 年
试论北外教育之特点，载王定华、杨丹主编：《人类命运之回响：中国外语教育 100 年》，外语教学与研究出版社，2021 年

跨文化交际研究：

文化差异与外语教学，《外语教学与研究》，1982 年第 4 期
文化差异种种，《教学研究》，1985 年第 3 期
Why bother about culture in ELT?（英语教育为什么离不开文化？）《外国语》，1986 年第 4 期
文化研究与文化教学，《外语教学与研究》，1992 年第 1 期
跨文化交际研究，《外语教学》，1992 年第 3 期
试论跨文化交际研究，《语言文字应用》，1992 年第 3 期
试论外语教学中的跨文化交际研究，《外语与外语教学》，1993 年第 1 期
跨文化交际研究，《宏观语言学》，1993 年第 4 期
The Revelation of a Cross-cultural Survey（一项跨文化调查的启示），《外国语》，1994 年第 1 期
文学与文化：对通过文学教文化之探讨，《外语教学与研究》，1994 年第 1 期
关于编写文化辞典的探讨，《外语界》，1995 年第 5 期
Analyzing the changing character and sophistication of TV advertisements in the People's Republic of China（with Mick Short）（浅析中国电视广告的特征变化与复杂性）（与米克·肖特合作），*TEXT*（《文本》），1997 年第 4 期

我国跨文化交际研究的走势，《外语与翻译》，1998 年第 1 期

IJIR,SIETAR 与 IAIR: 美国跨文化交际研究最新动态，《外语与外语教学》，1998 年第 8 期

From Divergence to Convergence: On Language Use and Communication in Chinese Mainland and Hong Kong（从分化到融合：中国内地与香港的语言使用与交际研究），香港城市大学 1999 年主办的过渡时期香港跨文化交际研讨会上发言

作为国际语言的英语和跨文化交际，《跨文化交际与外语教学》（第三届海峡两岸外语教学研讨会论文集），百花文艺出版社，1999 年

中国跨文化交际研究：回顾与展望，载郑立华、徐真华主编《企业与传播》，香港开益出版社，2001 年

在英语教学中如何提高学生的跨文化意识，《第六届两岸外语教学研讨会论文集》（上册），台湾淡江大学外国语文学院编印，2002 年

Stability in the Midst of Instability: On the Changing Values of Chinese Mainland（不稳定中的稳定：谈中国大陆的价值观变化），2003 年 4 月在墨尔本大学作为麦根雅杰出研究员（Miegunyah Distinguished Fellow） 的公开演讲

论跨文化交际的实证研究，《外语教学与研究》，2005 年第 5 期

特点与趋势：跨文化交际研究综述，《中国外语》，2006 年第 3 期

跨文化交际课教学内容与方法之探讨，《中国外语》，2006 年第 6 期

从学科建设角度看我国跨文化交际学的现状和未来，《外国语》，2010 年第 6 期

跨文化交际能力在外语教学中如何定位，《外语界》，2013 年第 6 期

Indirectness Revisited: On the Communication Style in Two Types of Chinese Letters（再论委婉：有关两类中文信件交际风格的研究），载胡文仲《跨文化交际教学与研究》，外语教学与研究出版社，2015 年

澳大利亚文学研究：

《中国大百科全书——外国文学》澳大利亚文学部分共 25 条，（有部分条目与他人合写）

悉尼来信，《外国文学》，1980 年第 4 期

怀特印象记，《外国文学》，1982 年第 4 期

介绍怀特——一位有特色的澳大利亚作家，《世界文学》，1982 年第 3 期

A modest attempt: teaching Australian literature in China（在中国教授澳大利亚文学），*The Australian Journal of Chinese Affairs*（《澳大利亚中国事务杂志》），1982 年第 8 期

文苑一瞥，《外国文学》，1984 年第 5 期

访墨尔本作家华登与莫里逊，《外国文学》，1984 年第 12 期

不倦的探求：再访怀特扎记，《世界文学》，1985 年第 3 期

澳洲文坛巡礼，《外国文学》，1985 年第 6 期

帕特里克·怀特，载于《诺贝尔奖金获得者传》，湖南科学技术出版社，1987 年

一部“澳味”浓郁的新派剧作，《外国文学》，1987 年第 8 期

A survey of Chinese translation of Australian literature （澳大利亚文学的汉译研究），*Australian Literary Studies*（《澳大利亚文学研究》），1989 年第 2 期

澳大利亚剧坛印象记，《文艺报》，1989 年 8 月 12 日

澳大利亚短篇小说琐谈，《外国文学》，1990 年第 4 期

非凡的历程：评怀特长篇小说《探险家沃斯》，《文艺报》，1990 年 11 月 24 日

澳大利亚戏剧的最新趋向，《外国文学》，1992 年第 2 期

忆怀特，《外国文学》，1992 年第 4 期

What White's letters say about White（怀特信中的怀特），载于殷汝祥主编《今日澳大利亚研究》，天津大学出版社，1998 年

剧坛奇才威廉逊，《外国文学》，1999 年第 6 期

文体学：

谈约·密·辛的剧作《西方世界的好汉在语言上的特色》，《外语教学与研究》，1981 年第 4 期

现代文体学的沿革、流派和争论，《外国语》，1984 年第 5 期

《英语文体学引论》部分章节（王佐良、丁往道主编），外语教学与研究出版社，1987 年

书评：

《牛津澳大利亚文学史》评介，《外国文学研究》，1982年第3期

评杰克·理查兹和杰克·施密特所著《语言与交际》,《外语教学与研究》，1984年第2期

具有中国特色的语言学著作：评陈原著《社会语言学》，《读书》，1984年第2期

介绍一部以计算机语料库为基础的英语教学词典——*Collins COBUILD English Language Dictionary*（《柯林斯合作英语词典》），《外语教学与研究》，1987年第3期

介绍一套具有中国特点的交际英语教材，《外语界》，1991年第3期

《怀特传》的成就与不足，《外国文学》，1992年第2期

一本不可多得的教科书：评《欧洲文化入门》，《外语界》，1993年第1期

迎接跨文化交际研究的新局面：评介最近出版的三本跨文化交际学著作，《外国语》，1998年第4期

大学英语的新举措：评《大学英语》精读多媒体教学与辅导光盘，《外语界》，1999年第2期

我国外语教育的瑰宝：评介《用精神行走的人：记老一代北外外语教师的教育人生》，《外语教学与研究》（周燕主编），2013年第5期

散文、杂文及纪念文章等：

值得注意的前缀 non-,《英语学习》，1982年第2–3期

如何学好《跟我学》，《电视周报》，1982年第7期

谈《跟我学》在教学法方面给我们的启示，《上海中小学外语教学》,1982年第3期

从 He's a good worker 说起，《英语学习》，1983年第1期

文化差异与外语教学，《中学生英语报》，1983年3月15日

Language serves as East–West tie(以语言作为东西方的纽带), *China Daily*(《中国日报》) 1983年8月26日

乡下人：澳大利亚农村散记，《环球》，1983年第4期

把重点移到实际掌握上来，《中小学外语教学》，1984年第1期

Sino-Australian Cultural Ties（中澳的文化纽带）, *China Daily*（《中国日报》）, 1984 年 2 月 10 日

重访乡下人，《环球》，1984 年第 12 期

University studies move with times （with David Crook）（与时俱进的大学教育）（与柯鲁克合写）, *China Daily*（《中国日报》）, 1985 年 3 月 14 日

English comes alive on radio（英语在广播中生动起来）, *China Daily*（《中国日报》）, 1985 年 3 月 15 日

中学生如何学好外语，《中学生英语报》，1985 年 4 月 15 日

Teaching English made easier with computer（电脑让英语教学更容易）, *China Daily*（《中国日报》）,1985 年 4 月 29 日

巴拉腊特与华人的淘金生涯，《课外学习》，1985 年第 11 期

Compiling a word list of science（编一份科技词汇表）, *China Daily*（《中国日报》）, 1985 年 12 月 30 日

谈谈外语教育的专业倾向，《光明日报》，1986 年 5 月 31 日

Learn from your mistakes（从错误中学习）,《英语学习》，1987 年第 5 期

Be empathetic learners of English（做有同理心的英语学习者）,《英语世界》，1987 年第 7 期

英语学习的阶段性，《英语学习》，1988 年第 4 期

逛美国商场，《环球》，1989 年第 12 期

Learning a foreign language is learning another culture（学习外语即学习另一种文化）,《英语世界》，1991 年第 6 期

一次英语演讲比赛的启示，《外语教学与研究》，1992 年第 1 期

Notes on the Beijing English Speech Contest（北京英语演讲比赛散记）,《英语学习》，1992 年第 4 期

引人入胜的《走遍美国》，《中国青年报》，1993 年 5 月 22 日

痛悼佐良先生，《外国文学》，1995 年第 1 期

祝贺与感谢，《外语界》，1995 年第 2 期

亦师亦友，终身楷模，载李正凌等主编《柯鲁克夫妇在中国》，外语教学与研究出版社，1995 年

许先生二三事，载王克非主编《许国璋先生纪念文集》，外语教学与研究出版社，1996 年

功不可没的《外语教学与研究》，《外语教学与研究》1997 年第 4 期

回首话当年，《英语学习》，1998 年第 10 期

既要敏感，更要勤奋，《外语与外语教学》，1999 年第 11 期

Read for pleasure（为愉悦而阅读），《外语教学与研究出版社读者俱乐部会刊》，第 3 期

难忘的西苑时代，《无悔人生：北京外国语大学 50 级学生回忆录》，世界知识出版社，2000 年

Reminiscences of Patrick White, the Novelist（回忆小说家帕特里克·怀特），《英语学习》，2000 年第 1 期

我国获得 2011 年第 16 届世界应用语言学大会举办权，《外语教学与研究》，2005 年第 5 期

怀念与希望：《外语教学与研究》创办五十周年感言，《外语教学与研究》，2007 年第 4 期

“胡壮麟教授《八十回眸》”序，《中国外语》，2012 年第 2 期

曾获荣誉：

国内：

1960 年 被评为北京市文教先进工作者

1987 年 《英语》4 册获北京市高校哲学社会科学中青年优秀成果奖

1988 年 《大学英语教程》获教委高校优秀教材二等奖

1988 年 《对北京外国语学院外语教学基本经验的探讨》论文获北京高教学会教育科研优秀成果二等奖

1988 年 被评为国家级有突出贡献的中青年专家

1990 年 《现代实用英语例解》获华东区大学出版社首届图书二等奖

1991 年 国务院颁发政府特殊津贴

2001 年《关于外语专业教育改革的思考》论文获得北京高教学会优秀论文一等奖

2009 年《胡文仲英语教育自选集》获得中国大学出版社首届优秀学术著作一等奖

2013 年 高校英语专业教学指导分委员会授予中国英语教育特殊贡献奖

2015 年 北京外国语大学授予许国璋外国语言研究奖—外语教育终身成就奖

2022 年 中国翻译协会授予资深翻译家称号

国外：

1990 年 悉尼大学授予名誉文学博士学位

1996 年 澳中理事会授予文学翻译奖

1999 年 澳中理事会授予特殊贡献奖

2003 年 墨尔本大学授予麦根雅杰出研究员（Miegunyah Distinguished Fellow）称号

2004 年 墨尔本大学授予教授级名誉研究员 (Honorary Professorial Fellow) 称号